中國学術思想 研究輯刊

三 編

林 慶 彰 主編

第 13 冊

時空之下的身體展演
——《世說新語》之研究

周 翊 雯 著

郭象天道性命思想研究

沈 素 因 著

花木蘭文化出版社

國家圖書館出版品預行編目資料

時空之下的身體展演——《世說新語》之研究　周翊雯　著／
郭象天道性命思想研究　沈素因　著 — 初版 — 台北縣永和市：
花木蘭文化出版社，2009〔民 98〕

目 2+124 面／目 2+138 面；19×26 公分
（中國學術思想研究輯刊 三編；第 13 冊）

ISBN：978-986-6528-83-5（精裝）

1.（晉）郭象　2.世說新語　3.研究考訂　4.學術思想
857.1351　　　　　　　　　　　　　　　　　　98001666

ISBN - 978-986-6528-83-5

9 789866 528835

中國學術思想研究輯刊
三　編　第十三冊　　　　　　　ISBN：978-986-6528-83-5

時空之下的身體展演——《世說新語》之研究
郭象天道性命思想研究

作　　者　周翊雯／沈素因
主　　編　林慶彰
總 編 輯　杜潔祥
出　　版　花木蘭文化出版社
發 行 所　花木蘭文化出版社
發 行 人　高小娟
聯絡地址　台北縣永和市中正路五九五號七樓之三
　　　　　電話：02-2923-1455／傳眞：02-2923-1452
網　　址　http://www.huamulan.tw　信箱　sut81518@ms59.hinet.net
印　　刷　普羅文化出版廣告事業
封面設計　劉開工作室
初　　版　2009 年 3 月
定　　價　三編 28 冊（精裝）新台幣 46,000 元　　　　版權所有·請勿翻印

時空之下的身體展演
——《世說新語》之研究

周翊雯　著

作者簡介

周翊雯，2001 年畢業於中興大學中國文學研究所，現正就讀於成功大學中文博士班。專長領域為魏晉文學、思想。「身體」的探討是目前方興未艾的議題。而由於身體的塑形必然是自我／外界、主／客、內／外交互融攝後所形塑出的樣貌，而身體又是人之所以為人的最基本單位，因此筆者相信，以身體展演角度觀看魏晉名士的風度，必然可以給予一種微觀的角度，觀看名士們的種種風貌，這也是本文寫作的原因。也期許這本論文的完成，能夠拋磚引玉，讓更多身體相關的論述，進入魏晉風度之中。

提　　要

　　「身體」是人的根本，人之所以「無所逃於天地之間」，便是因為身體的存在，而人也因為身體的存在，必須拘陷在特定的時空之中；人的種種活動，更必須依靠「身體的存有」，主動將自我放置在「現場」，藉著身體場域才能進一步與世界作真正的溝通、聯繫。因此，身體是人生命存在的最根本基礎，也是人體驗生存的本質因素。

　　而魏晉板蕩亂世，對於「身體」的感受力往往更為深刻，身體一方面是存在的基礎，一方面卻又成為痛苦、快樂、不堪、超越……的最根本源頭。「身體」成了他們擺脫不了，既痛苦又快樂、既沉淪又超越的基礎根源。因此，藉由身體現象之挖掘，必能勾勒出魏晉人生動的生命寫照以及自我風貌。

　　除此之外，魏晉時期的身體展演，相較於先秦兩漢的傳統有非常大的突破。先秦兩漢時期，身體的展現，仍較偏向威儀性質。但魏晉時期的身體展演，卻開始脫離威儀禮教的限制，朝向自我個性的展現。他們的身體，開始由社會化、規範化、倫理化、威儀化的體現，轉而走向獨立化、個性化的情形；身體成為他們在主流體系下所裝置的一具具揚聲高喊「寧作我」的擴音器。他們開始意識到身體主權的存在，身體的符號與表情，都可說是為了體現自我的存在而高蹈展演，所以「身體」在魏晉知識分子的心中，已不純然只是外在的軀殼而已，它已然轉型到可由自我掌控的私有領地。他們也藉著身體，宣示著自我存在的價值與意義。

　　因此，魏晉士人開始探索身體的可塑性，也借著身體，充分表達出他們的個性意識。他們的身體是多元的，也是豐富的。他們或躁動、或沉靜、或守禮、或無禮、或豪爽、或縱情、或驕奢、或流離、……種種的身體表情，豐富的展演出他們的內心，也勾勒出一個又一個生動的自我風貌；而他們的生命個體，也都清晰地藉著身體展演映現目前。

目

次

第一章 緒 論

第一節 問題提出與研究動機

一、問題提出

　　「身體」到底是什麼？許多宗教上的衛道者認為身體是慾望、是感官、是一個萬惡不赦的邪惡本源！也有許多的哲學家認為只有精神是永存的，更有許多的哲學家企圖淡化身體的存在事實，例如馬克思、涂爾幹、韋伯等，他們雖然各有曠世的巨著討論著人類的文明發展，和相應而起的生存困頓，但身體在他們的討論中，泰半是以隱而不顯的方式存在。〔註1〕

　　儘管這些人看輕身體存在這個事實，但沒有身體，也就沒有個人卻是不爭的事實。若由人的「存在」一事來看，尼采認為存在是一個圓環，在它之中，萬物生生滅滅，週而復始，而人，則是這個輪迴的通道，存在整體就是萬物舖就的、以生存為過程的圓環。〔註2〕且不論尼采如何看待「存在」這件事，但「存在」必須依靠「身體」這個實體使其具體化是無庸置疑的，就如同尼采說的：「萬物分了又合；同一存在之屋不停地在自建；一切離了又聚，存在之環始終對自己忠實無欺。」〔註3〕分合離聚構成人存在的事實，

〔註1〕 見黃金麟著：《歷史、身體、國家》（臺北：聯經出版，2001年1月初版），頁10。

〔註2〕 見李鈞著：《存在主義文論》（山東教育出版社，2000年3月第1版第1刷），頁144～145。

〔註3〕 見尼采著，余鴻榮譯：《查拉圖斯特拉如是說》（北方文藝出版社，1988年出

而「身體」便是分合離聚間的凝結點，也是存在的重要環節；尼采也進一步說：「我就是身體，別無他物。」〔註4〕因此，我們可以說「身體」便是體現「存在」的寓所。人的存在必須依靠「身體」才能具體存有這件事，是實實在在不可否認的。本文並不試圖分析西方的身體理論，但西方的論述卻給了我們另一個思考的方向：身體若是「存在」的體現，那麼，身體是否仍是如此萬惡無赦呢？它既然是人生存的依據，難道真的是該被揚棄的慾望淵藪嗎？

吳光明先生便曾對此提出了質疑，他說：「我們也習慣把思想視為抽象活動，並將身體視為思想的『對象』（object）──這就是柏拉圖（Plato）所說的『質料』（Matter），笛卡兒（Descartes）所說的『延展的物質』（res extensa），沙特（Sartre）所指的『無活動力的即自性物體』（the inert In-Itself）。在這種思考傳統下，在西洋哲學的脈絡中談身體思維，即使不矛盾，也顯得有些奇怪。」〔註5〕因此，「身體」既是存在的本源，在思想上卻又將之視為慾望的、與精神無關的，並以視而不見的態度來面對，如此無疑是落入了一種雙重矛盾的泥淖中。

反觀中國，「身體」的觀念似乎並未像西方一樣，截然與心靈劃分，相反的，在中國身體的論述往往是涉及整個身心的，它也同時是工夫實踐、生存體驗的一項基礎。〔註6〕

再以身體的生成來說，它往往與社會、文化、歷史有著密不可分的關聯。身體必須是溶入社會的。因此，時代、社會、文化、語言的……種種要素，自然而然的會被整編入身。而反過來說，身體也同樣地呈現了一個社會、歷史、文化……的縮影，反映出時代的面貌。另外，身體的生理結構，同樣也影響著身體的構成；這內在與外在的兩者，都成為其有機體的成分，故而，身體在文化的涵養、生理的限制下，任何人都變為「特殊」、「個體」的；它也將受到社會、文化、時代、生理……的種種制約。

而循此理路來說，魏晉時期的身體展現相較於先秦兩漢時期，有著異常

版），頁358。

〔註4〕見楊儒賓著：《儒家身體觀》（臺北：中央研究院中國文哲研究所，1996年11月初版），頁14。

〔註5〕見吳光明著：《莊子的身體思維》。收錄於楊儒賓主編：《中國古代思想中的氣論及身體觀》（臺北：巨流圖書，1993年3月第1版），頁394。

〔註6〕詳見下文。

豐富的現象，[註7] 而如此豐富的身體展演是否具有尚待挖掘的深層義涵呢？這樣的身體展演，所要透露的又是什麼呢？除此之外，我們是否能夠透過探討他們的身體展演，而給予我們理解魏晉文化的另一種思考空間？或者，我們是否能透過身體的角度，去揭露魏晉士人深層的心理內涵，並進而為這些展演身體的名士們塑像？甚至以此深入了解他們的個性以及品味呢？

二、研究動機

以身體展演的進程來看，中國的身體意識，大致以兩種方向作為身體展演的面貌：一種是以「威儀禮容」作為身體展演的依據，而另一種則是以「自然」作為身體展演的表現形式。

以威儀禮容來說，似乎多站在超越身體的慾望的觀點作為身體行為的基準，例如儒家學派中的孔子，便首倡：「克己復禮」（〈顏淵第一〉），而後孟子更提出「養心莫善於寡欲」（〈盡心下〉）或「天將降大任於斯人也，必先苦其心志，勞其筋骨，餓其體膚，空乏其身，行拂亂其所為，所以動心忍性，增益其所不能。」（〈告子下〉）以及「吾身不能居仁由義，謂之自棄也。」（〈告子下〉）的論點，他們都認為，身體慾望需要「克」，並且必須居處於仁義之中，否則便是自棄無禮的表現。而荀子也認為，身體必須受到「禮」的潤澤，才能改造人成為一個道德的載體，他說：「禮者，所以正身也……無禮，何以正身？……禮然而然，則是情安禮也。」（〈修身篇〉）所以在他的觀念中，「禮」與「身」是檢束關係，身體必須要依附於禮，才能「正」。此處，他們都點出了要實踐道德，就必須揚棄身體的慾望的牽絆，更需要禮或仁義的導正、涵養，才能夠正身，並擔負重任。

在威儀禮容的觀念驅策下，「禮」成了安定身體、制約身體的權力。人身最後要安居於「禮」當中，以達到「禮然而然，則是情安禮也」的目標，「禮」成為人身的重要骨幹；而在禮與身體的交互滲透下，禮身合一，身體也因此進一步成為禮的載體。在禮的制約下，身體的型態，將以「威儀」[註8] 為展現的最終目標。威儀中的身體，不可搖筋骨、動肢節、而是時時處於敬慎的

〔註7〕詳見下文。

〔註8〕「威儀」指的是一種「禮容」的身體觀，乃貴族的儀容、舉止、言語與瞻視。見李建民著：《死生之域——周秦漢脈學之源流》（臺北：中央研究院歷史語言研究所，2000 年 7 月出版），第四章第一節。

狀態。〔註9〕而更早於孟、荀的《左傳》也有關於威儀的記載：

> 文王之行，至今爲法，可謂象之。有威儀也。故君子在位可畏，施
> 舍可愛，進度可度，周旋可則，容止可觀，作事可法，德性可象，
> 聲氣可樂，動作有文，言語有章，以臨其下，謂之有威儀也。〔註10〕

「禮」的身體表現在言行舉止之上，除了言行舉止必須具有威儀的身體外，
「禮」更是生死存亡的基幹：「郤氏其亡乎！禮，身之幹也；敬，身之基也，
郤子無基。」〔註11〕以及：「夫禮，死生存亡之體也，將左右、周旋、進退、
俯仰，於是乎取之；朝、祀、喪、戎，於是乎觀之。」〔註12〕可知，站在威
儀禮容的角度來看，身體的揖讓進退、俯仰周旋，都離不開「禮」的規範，
甚至個人的生命狀態也與禮息息相關，敗其禮法，則是自取滅亡。

除了禮容的身體外，自然的身體同樣也是身體展演上的重要型態。在中
國的思維中，天人合一，一直是思想中的重要命題。而人與天地自然的交融
合一，也一直是中國人所企求達到的修爲境界。以醫學來看，古代醫家傳統
非但不將身體隔離於大化自然之外，作靜態的定性分析，相反的，他們每從
自然環境與個人身體間的互動過程中，來理解身體正常的生理與異常的病
因。〔註13〕例如《素問・八正神明論》中的一段話：

> 天溫日月，則人血淖液而衛氣浮，故血易瀉，氣易行；天寒日陰，
> 則人血凝泣而衛氣沉。月始生，則血氣始精，衛氣始行；月郭滿，
> 則血氣實，肌肉堅；月郭空，則肌肉減，經絡虛，衛氣去，形獨居。
>
> 〔註14〕

這段話具體描繪出天候溫寒、與月亮盈虧對身體的影響，人的血氣、肌肉，
無一不受到自然界氣候寒溫、月亮盈缺的影響，人體的四時脈動，也隨時因

〔註 9〕 見李建民著：《死生之域——周秦漢脈學之源流》（臺北：中央研究院歷史語
　　　　言研究所，2000 年 7 月出版），頁 159。

〔註10〕 見左丘明原著，王守謙、金秀珍、王鳳春譯註：《春秋左傳・卷九・襄公三十
　　　　一年》（臺灣古籍出版社 1996 年 10 月初版一刷），頁 1510～1511。

〔註11〕 見左丘明原著，王守謙、金秀珍、王鳳春譯註：《春秋左傳・卷八・成公十三
　　　　年》（臺灣古籍出版社 1996 年 10 月初版一刷），頁 958。

〔註12〕 見左丘明原著，王守謙、金秀珍、王鳳春譯註：《春秋左傳・卷十一・定公十
　　　　五年》（臺灣古籍出版社 1996 年 10 月初版一刷），頁 2078。

〔註13〕 見蔡璧名著：《身體與自然——以《黃帝內經素問》爲中心論古代思想傳統
　　　　中的身體觀》（臺北：國立臺灣大學，1997 年 4 月初版），頁 323。

〔註14〕 見《黃帝內經素問》（上海：上海商務，1965 年出版），八正神明論。後文關
　　　　於黃帝內經之引文，皆由此書引出，故僅註篇名，不另行作註。

應大化流行的韻律而變化。因此，《黃帝內經》中也常云「謹奉天道」（〈素問‧五運行大論〉）、「法天則地，合以天光」（〈素問‧八正神明論〉）、「法天則地，隨應而動」（〈素問‧寶命全形論〉）、「補瀉勿失，與天地如一」（〈素問‧脈要精微論〉）、「代不可代，時不可違」、「養之和之，靜以待時」（〈素問‧五常政大論〉）……等等主張，認為不論治病或養生，甚至是平日的作息規範，都應配應時序、節氣，以符合天地自然。可知，在中國的身體觀念中，身體與自然有著密切互動的關係。

在思想上，也有許多關於身體與自然的論述，例如道家學說，對於身體的觀念，即偏重於回歸自然。《莊子‧知北遊》〔註15〕中有一段記載：

> 汝身非汝有也，汝何得有夫道……是天地之委形也；生非汝有，是天地之委和也；性命非汝有，是天地之委順也；孫子非汝有，是天地之委蛻也。

當中認為，人（汝）和身的關係，須透過天地（道）才能加以解釋。人之所以生所以死，都是天地之化的結果。所以莊子在〈養生主〉中也說：「適來，夫子時也，適去，夫子順也，安時而處順，哀樂不能入也。」人身是有限的存在，因此，人的生死來去，也都只是造化流行所造成的。故而莊子強調安時處順，認為要冥然與造化為一，如此才能跳脫哀樂、得失、生死……等種種罣礙。

而在老子的觀念中，身體也必須隨順天地，後其身、外其身，以達到與天地自然合一的境界，例如他說：〔註16〕

> 天長地久，天地所以能長且久者，以其不自生，故能長生，是以聖人後其身而身先，外其身而身存，非以其無私邪，故能成其私。（《老子‧第七章》）

老子此處同樣認為身體必須要與物同歸、無為於身，如此才能如天地一般長久。

大抵說來，儒家較偏向威儀禮容的身體，〔註17〕他們重視身體在當下的表

〔註15〕見郭象註：《莊子》（臺北：藝文印書館，2000 年 12 月初版五刷），頁 407。後文關於莊子之引文，皆由此書引出，故僅註篇名，不另行作註。

〔註16〕見王弼註：《老子註》（臺北：藝文印書館，1975 年 9 月三版），頁 16。後文關於老子之引文，皆由此書引出，故僅註篇名，不另行作註。

〔註17〕例如孔子所說的「非禮勿視，非禮勿聽，非禮勿言，非禮勿動（12～1）」，視聽言動都必須合宜，如此便可展現「君子有九思」的禮：「視思明，聽思聰，色思溫，貌思恭，言思忠，事思靜，疑思問，忿思難，見得思義（16～10）。」合宜的感官展現，即是人做為主體的價值活動。

現，身體必須合乎禮義道德，在現世中展現身體的意義。〔註18〕而道家則較偏向自然的身體，他們重視身體的體道性，企求使身體向無限時空的道回歸。

但威儀禮容的身體與自然的身體，並非是絕然二分的兩種不同型態。相反的，此二者還有交融的可能，例如漢代的身體觀念，除了禮容的身體外，身體觀念也開始由禮容的身體走向了數術化、天人化的路線。〔註19〕例如《淮南子·天文訓》中所說：

> 天地以設，分而爲陰陽。陽生于陰，陰生於陽。陰陽相錯，四維乃通，或死或生，萬物乃成。蚑行喙息，莫貴於人，孔竅肢體，皆通於天。天有九重，人亦有九竅。天有四時以制十二月，人亦有四肢以使十二節。天有十二月以制三百六十日，人亦有十二肢以使三百六十節。故舉事而不順天者，逆其生者也。〔註20〕

在這裡，透過陰陽之氣的感通，身體得以順乎天地自然，達到生生之厚、萬物同一的境地。而董仲舒在《春秋繁露》〔註21〕中，也對天人合一的關係有類似的說法，他說：

> 人之形體，化天數而成；人之血氣，化天志而仁；人之德性，化天理而義。人之好惡，化天之暖清；人之喜怒，化天之寒暑；人之受命，化天之四時。人生有喜怒哀樂之答，春夏秋冬之類也……天之副在乎人。人之性情有由天者矣。（〈爲人者天〉）

> 身之有性情也，若天地之有陰陽也，言人之質而無其情，猶言天之陽而無其陰也。（〈深察名號〉）

可知，在漢代的自然觀中，已然將身體宇宙化，並與天相連，形成一種身形遙契於天的情形。不過，儘管當時的自然觀將人提升到與天相符的境地，但是這種天人感應的背後目的，乃是爲了將「君臣、父子、夫婦」等人倫關係進一步強化，例如《春秋繁露》中說的：「君臣、父子、夫婦之義，皆取諸陰

〔註18〕例如儒家每言：修身、安身、致身、正身、守身、反身、敬身、尊身。孟子也言：「反身而誠，樂大焉」，他肯定身體的完成和人的完成是一致的。

〔註19〕見李建民著：《死生之域——周秦漢脈學之源流》（臺北：中央研究院歷史語言研究所，2000年7月出版），第四章第一節「從禮容的身體到術數的身體」。

〔註20〕見劉文典撰，馮逸、喬華點校：《淮南鴻烈集解》（北京：中華書局，1997年1月北京第2次印刷），頁126。後文關於淮南子之引文，皆由此書引出，故僅註篇名，不另行作註。

〔註21〕見董仲舒撰，凌曙注：《春秋繁露》（北京：中華書局1991第一版）。後文關於春秋繁露之引文，皆由此書引出，故僅註篇名，不另行作註。

陽之道。君爲陽，臣爲陰；父爲陽，子爲陰；夫爲陽，妻爲陰。」（《春秋繁露·基義》）、「不當陽者臣子是也，當陽者君父是也。故人主南面，以陽爲位也。陽貴而陰賤，天之制也。」（《春秋繁露·天辨在人》）在這裡，天人關係與倫理規範作了結合，漢朝人運用陰陽、天人等說法，更加鞏固了社會人倫的禮制，固若金湯的保護了忠孝仁義等信念；同時也使得社會制度、倫理關係、現實秩序……，都必須與天同構。

在這樣的情況下，爲了達到天人相類的目的，反使得人不論動靜喜怒、情感意志、肉體與精神……，都必須符合於天，因爲「人副天數」、「身猶天也」。如此，人也就受到「天」的制約；形成了陽貴陰賤、君貴臣賤、夫貴妻賤、人符天意，逐漸架構出一條不可踰越的主從、上下之藩籬。

因此，儘管漢代人認爲身體是宇宙的縮影、宇宙是人的擴大，但他們天人合一的數術觀，最終目的仍在於爲現實統治者服務。而將人倫規範與天地陰陽相結合，反而使得人倫規範成了極度強化、不可動搖的羅網，拘陷著身體的一切，因此，對於真正屬於自我個性的身體展演仍是有限、並且是尚待開發的。

到了東漢時期，天人關係的說法開始受到動搖，人們開始對天人關係間所架構出的制約力量、緊張關係以及連帶產生的濃神祕色彩感到質疑。因此，逐漸引起了反對的聲息。首先提出異議的，便是王充的《論衡》，他在《論衡》中認爲天、地、人都是自然的一部份，天並不具有任何賞善罰惡的性質，也無法規範控制人的行爲，他說：〔註22〕「夫天道，自然也，無爲。」（《論衡·譴告篇》）、「自然無爲，天之道也。」（《論衡·初稟篇》）、「天道無爲，故春不爲生，而夏不爲長，秋不爲成，冬不爲藏。陽氣自出，物自生長；陰氣自起，物自成藏。」（《論衡·自然篇》）王充認爲，自然界的萬事萬物都是「自生」、「自長」、「自起」、「自藏」，並不受到「天」的支配與控制。因此，天對於自然界的萬物也都是不作任何干預的。這樣的說法，化解了天絕對崇高的地位，也解開了天人之間主從的關係，更消除了天人之間緊密結合的張力。

而這樣的解構，儘管尚未達到全面的地步，但卻已爲魏晉時期身體的展演作了先聲。

因此，魏晉時期，一方面承續了威儀禮容的身體以及自然的身體，但另一方面，卻也有了豐富身體展演的創新。

〔註22〕此處所引王充之《論衡》，均轉引自李維武著：《王充與中國文化》（貴州人民出版，2001 年 10 月第 2 次印刷），第二章「王充的自然觀與中國文化」。

　　以創新而言，魏晉時期，天人關係以及禮容的身體，更面臨了嚴重的考驗，甚至是雙重崩解的命運。〔註23〕時局的動盪，戰亂的不斷，使得社會上人人自危，而政治上卻又面臨執政者高喊禮教但實際上卻又不斷地鬥爭奪權。知識分子們看清了這一切的虛假後，轉而反璞歸真，企圖回到純真、人性解放的自由世界。故而也使得「人」的觀念相對提高；不再願意受到禮教與天的拘束，就如同萬繩楠所說的：「人、人才、人謀、人性、人的創造力代替天走向前臺，是這個時代特有的現象。它表現了人的自我意識的覺醒，文化上曙光的來臨。」〔註24〕因此，禮教的受到懷疑、天人關係的崩解，都促使了個人意識的覺醒。故而在魏晉亂世中，身體展演的方式，反而有了多元化的方向，他們的身體綻放出自我的情志，禮法、天志再也不能夠完全拘陷他們的身體行為。他們的身體只為自我的情性而展現。

　　而以繼承而言，魏晉時期的身體觀，亦重視自然以及禮容的身體。〔註25〕

　　不論創新或繼承，都可以明顯看出魏晉時期的身體發展的豐富表現，而身體的形態也無疑是生動多樣的，或躁動、或沉靜、或守禮、或無禮、或豪爽、或縱情、或驕奢、或流離、……種種的身體表情，豐富的展演出他們的內心，也勾勒出一個又一個生動的自我風貌。

　　因此，儘管這段時期，是中國歷史上的黑暗年代，但卻也是一個身體展演爆發的年代，而這也就是本文的研究動機。

第二節　研究範圍及旨趣

　　儒家禮教或是天人關係，在禮容與天人關係的雙重崩解下，懷疑精神以及自我個性的展現，開始瀰漫在整個魏晉南北朝。儘管在當時，這些原本屬於主流地位的傳統思想在人們的心中仍留有一抹餘溫，但在懷疑精神的審視下，這些思想不斷地受到批判、也不斷地受到整合，它們不再是唯一的思想主流，甚至逐漸成為一種邊陲論述，對於身體展演的打造以及生成，也不再

〔註23〕萬繩楠在《魏晉南北朝文化史》一書中，曾提出「天人關係的顛倒」以及「對禮法的否定與對人性的追求」等觀念，當中即說明魏晉南北朝時期天人關係與禮教的衰微。

〔註24〕見萬繩楠著：《魏晉南北朝文化史》（臺北：雲龍出版社，1995 年 6 月初版），頁 32。

〔註25〕詳見下文。

具有主導的地位了。相反的，身體展演的形塑，也因為這些思想的衰微、框架的逐漸瓦解而有了空前的發展。而思想、行為、以及社會風氣、價值觀念……的改變，往往也直接影響到身體的展演，並和身體行為的呈現有著密切的關係。例如魏晉時期對「自然」的重視，不論是棲居山林或是擬身自然，這都影響了身體的展演。而當時對生命的留戀，對死亡的恐懼，也往往使身體有了不同於以往威儀、禮教的身體呈現。

　　除此之外，時代背景以及社會氛圍往往也塑造了身體展演的模式。例如魏晉時期的戰亂動盪，以及政權不斷地遷徙，人民不斷地流離，身體處在流離聚散的境況之下，便突顯了「距離」的橫亙、空間的錯置，而這也在在影響了身體的展演。而當時對「美」的重視、對「個性」的企慕……，這些都影響了身體展演的各種形姿。

　　因此，每個身體雖是獨立的個體，但是卻又無可避免的受到思想、文化、社會、經濟、國家、時代……等等影響。就身體的生成而言，它自然包括一個生物性的存有以及一個文化性的成分在內。〔註26〕故而，儘管魏晉人的身體大多仍以呈現自我個性為主，但卻往往受到當時的外在大環境的制約影響，多重層次的深度浸透後，才逐漸形成他們的身體生成。〔註27〕就如同黃金麟所說的：「就身體的生成來說，它自然包括一個生物性的存有以及一個文化性的成分在內……因為當身體的生成不單牽涉到一個生物性的存在，還牽涉到文化性的區辨和認定時，各種政治和社會的任意就能滲入身體的建構過程中……」〔註28〕以此理路來說，身體展演的發展，便宣示了一個思潮背景，而當代的思潮、文化之架構，往往也因為身體的展演而有了展示的空間。所以由身體的展演，往往可以看到外在世界的縮影，而外在的現實，同樣也顯影在身體之上，因此，兩者是相互影響，相互滲透的。

　　除此之外，「時空」是拘限人的最直接因素，探討「人」必不能忽略時空

〔註26〕見黃金麟著：《歷史、身體、國家》（臺北：聯經出版，2001年1月初版），頁5。

〔註27〕此處的「身體生成」，並非意味身體生物性的誕生或創造，而是指在肉體既存的情況下，因為政治、經濟、社會、國家、思想、文化……等外在的變革，直接或間接的加諸身體之上，從而使身體行為、模式或思維等，因應其衝擊而產生的創新與再造。見黃金麟著：《歷史、身體、國家》（臺北：聯經出版，2001年1月初版），頁3。

〔註28〕見黃金麟著：《歷史、身體、國家》（臺北：聯經出版，2001年1月初版），頁5～6。

的限制，就如同卡西勒所說的：

> 我們只有在空間和時間的條件下才能設想任何真實的事物……在世
> 界上沒有任何東西能超越它的尺度 —— 而這些尺度就是空間和時
> 間的限制。在神話思想中，空間和時間從未被看做是純粹的或空洞
> 的形式，而是被看做統治萬物的巨大神秘力量；它們不僅控制和規
> 定了我們凡人的生活，而且還控制和規定了諸神的生活。〔註29〕

可知，空間和時間，是一股無形而巨大的力量，萬事萬物都逃脫不了它的羅
網。而人之所以受到時空的限制、體會到時空的概念，很大的原因便是因為
身體的存在；因為身體的存在，讓人不得不受制於時空的框架。就時間來說，
它有著迅疾變動的特性，卡西勒也曾對時間提出自己的觀感，他說：「它（時
間）不是一個事物，而是一個過程 —— 一個永不停歇的持續的時間之流。在
這個事件之流中，從沒有任何東西能以完全同一的型態重新發生。」〔註30〕
因此，在時間之流中，沒有一個東西是永恆的，萬事萬物都在時間的見證下，
不捨晝夜的迅疾改換。

　　而人類對時間的知覺，除了透過計時器刻度所量化的「時鐘時間」外，
主要是來自於對空間變化的察覺，因為它們都是時間的載體。〔註31〕因此，
空間往往也因為時間的流經而有所變化。除了呈現時間的流動之外，空間也
是人生存於世所直接面對的；它就如同時間一樣，我們每天在其中生活、流
動與呼吸。任何的群體行為與個人思考都必須在一個具體的空間內才得以實
踐。然而空間絕不是一個價值中立的存在或是人們活動的背景，它一方面滿
足人類遮蔽、安全與舒適的需求，一方面更展現了人們在某時某地的社會文
化價值與心理認同。〔註32〕

　　魏晉之世，乃中國歷史上的多事之秋，風雨飄搖、旦夕無常。不論政治、
社會都歷經了兩漢以來所未曾經歷過的黑暗時期。在這種情形之下，戰亂、死
亡的頻仍出現；流亡遷徙的不絕如縷，更深化了時間、空間在心理上的不定性。

〔註29〕 見恩斯特・卡西勒著，甘陽譯：《人論》（臺北：桂冠圖書，1997 年 11 月再版
　　　　 四刷），頁 63。
〔註30〕 見恩斯特・卡西勒著，甘陽譯：《人論》（臺北：桂冠圖書，1997 年 11 月再版
　　　　 四刷），頁 73。
〔註31〕 見李清筠著：《時空情境中的自我影像 —— 以阮籍・陸機・陶淵明詩為例》，
　　　　 （臺北：文津出版，2000 年 10 月一刷），頁 57。
〔註32〕 見畢恆達著：《空間就是權力》（臺北：心靈工坊文化事業，2001 年 6 月初版
　　　　 一刷），頁 2。

就時間而言，當時不論在詩歌上，或在生活上，都不斷地對無情的時間之流發出了深沉的浩嘆，例如陸機在〈短歌行〉中所說：「時無重至，華不再陽。」〔註33〕或如曹植在〈野田黃雀行〉一詩中所說：「驚風飄白日，光景馳西流。盛時不可再，百年忽我遒。」〔註34〕這些都透露了對時間流逝所產生的無限哀傷。時間的盡頭，便是死亡的到來，因此，時間之感極容易深化為「死亡」的意識。

同樣的，魏晉版圖的屢遷、空間的錯置，往往會造成人民流亡天涯、生離死別的感慨。飄遙遠遊之嘆，便時常的出現在他們的詩文中，例如王粲的〈從軍詩・其二〉：「……我君順時發。桓桓東南征。泛舟蓋長川。陳卒被隰坰。征夫懷親戚。誰能無戀情。拊衿倚舟檣。眷眷思鄴城。哀彼東山人。喟然感鸛鳴。日月不安處。人誰獲恆寧。……」〔註35〕或如左思的〈悼離贈妹詩二首〉：「……以蘭之芳。以膏之明。永去骨肉。內充紫庭。至情至念。惟父惟兄。悲其生離。泣下交頸。……既乖記離。馳情髣髴。何寢不夢。何行不想。靜言永念。形留神往。憂思成疢。結在精爽。……」〔註36〕空間的分隔，往往使魏晉人有著深沉的離別哀傷；對他們來說，空間的存在，早已不如漢朝一般，是種版圖擴大的耀武揚威，反而是種離別傷亡、輾轉難眠的鞭笞。距離橫亙、空間錯置，在在都讓他們充滿了不定性、游移性；故而，魏晉人對時空的觀感，往往是敏感且強烈的。

除此之外，時空與身體總有著不可分割的交纏，身體必須存在於一個特定的時間、空間場域的這個事實，也使得人不得不受到時空的制約，導致時間、空間成為人類不可逃脫的魔障。因此，若由身體出發，並由時空的路線切入，往往便能觸及到魏晉人的生命本質。故而，本文試圖從身體作為經，以時間、空間為緯，以此來探討魏晉時期的身體展演，企圖在經緯交錯的路線中，尋找出魏晉人心靈深處的存在意義。

另一方面，就文本來說，《世說新語》可說是魏晉時期成就最高、影響最

〔註33〕見黃明、鄭麥、楊同甫、吳平：《魏晉南北朝詩精品》（上海：上海社會科學院，1996 年 8 月第 2 刷），頁 117。

〔註34〕見黃明、鄭麥、楊同甫、吳平：《魏晉南北朝詩精品》（上海：上海社會科學院，1996 年 8 月第 2 刷），頁 47。

〔註35〕見遼欽立輯校：《先秦漢魏晉南北朝詩・上》（臺北：木鐸出版社，1983 年 9 月出版），頁 361。

〔註36〕見遼欽立輯校：《先秦漢魏晉南北朝詩・上》（臺北：木鐸出版社，1983 年 9 月出版），頁 731。

大的一部志人小說。它在形式與內容上均集當時志人小說之大成，也集中反映了魏晉的社會面貌、士人的精神狀態。〔註37〕因此，本文試圖以《世說新語》作爲主要的研究對象，依此探討魏晉時期的身體展演。

第三節　名詞定義

一、「身體」的界定

身體到底是什麼？它所涵攝的意義又是什麼呢？

說到「身體」一詞，難免讓人以現代的觀點來思考。在現代觀點中，「身體」往往就只是「軀體」、「肉體」的表徵，是偏向物質性形象的。因此「身體」與「靈魂」、「健身」與「修心」，似乎是彼此鮮少交集的命題。從學校教育裡的健康教育、生物、護理等課程，乃至運用到醫療保健上，生活習慣所理解的「身體」，大都無攝於心、神、靈魂等課題。換言之，現代意義的「身體」乃侷限在其具體形貌、可以透過解剖、掃描來觀照的血肉之軀。〔註38〕

但若回過頭來探討魏晉時期的身體觀念，不難發現，在當時的身體觀念中，往往包含了「形神」以及「身心」二者的。以嵇康的〈養生論〉來說，即認爲形神、身心必須同修，才能達到養生的目的，也才能夠成爲表裡俱濟的完整身體，當中說：〔註39〕

> 夫服藥求汗，或有弗獲；而愧情一集，渙然流離。終朝未餐，則嚣然思食；而曾子銜哀，七日不飢。夜分而坐，則低迷思寢；内懷陰憂。則達旦不瞑。勁刷理鬢，醇醴發顏，僅乃得之；壯士之怒，赫然殊觀，植髮衝冠。由此言之，精神之于形骸，由國之有君也。神躁于中，形喪於外；猶君昏于上，國亂於下也。……是以君子知形恃神以立，神須形以存。……故修性以保神，安心以全身。愛憎不棲于情，憂喜不留于意。泊然無感，而體氣和平。又呼吸吐納，服

〔註37〕見苗壯著：《筆記小說史》（浙江：浙江古籍出版社，1998年12月第1版第1刷），頁123。

〔註38〕見蔡璧名著：《身體與自然——以《黃帝内經素問》爲中心論古代思想傳統中的身體觀》（臺北：國立臺灣大學，1997年4月初版），頁45。

〔註39〕見嵇康原著，崔富章注譯，莊耀郎校閱：《新譯嵇中散集》（臺北：三民書局，1998年5月初版），頁170～171。

食養生；使形神相親，表裡俱濟也。

在〈養生論〉中，嵇康提出了「終朝未餐，則囂然思食」、「夜分而坐，則低迷思寢」、「內懷陰憂。則達旦不瞑」認爲，心靈上的思、迷、懷、憂、怒等等情緒，會牽動身體上的呈現，而身體也應包含這些精神上的種種波動。因此，嵇康認爲心、身之間的關係，應該是「神躁于中，形喪於外；猶君昏于上，國亂於下也」，形神若不能兼養，則如君昏國亂一般，故而形神應該是一體的，唯有達到「形恃神以立，神須形以存」才能夠「形神相親，表裡俱濟」，也才能夠成就一個完整的「身體」，因此在嵇康的觀念中，身體應該是兼含「形神」、「身心」二者的。嵇康也進一步地重申「形神」、「身心」之間的關係，他認爲唯有「體妙心玄」（〈養生論〉），修性以保神，安心以全身才能達到與仙人同壽的養生目的。

由此可知，若身心是無涉的兩個獨立個體，則嵇康無須一再強調「思緒銷其精神，哀樂殃其平粹。夫以蕞爾之軀，攻之者非一途；……身非木石，其能久乎？」（〈養生論〉）。蕞爾之身是不斷會受到思緒精神的影響，也會受到思緒精神不斷的攻陷。在他的身體觀念中，身與心是同構的，精神的波動，會影響身體的養身，因此養心與養身是同構的，而身體也必包括了心靈，才成爲一整全「身體」。

除了嵇康之外，嵇康的好友向秀亦有類似的說法，他在〈難養生論〉中說：〔註40〕

有生則有情，稱情則自然。若絕而外之，則無生同。何貴于有生哉？

他對慾望的克制雖然與嵇康有不同的看法，但他是情身之間的相互關係卻是不可否認的。可知魏晉時期對身體的普遍認知，往往無法與心靈決然二分。

而若回溯魏晉之前的身體觀念，也可以發現身體與心靈之間無法割裂的關係。例如《黃帝內經》中所說：「身體日減、氣虛無精。病深無氣，洒洒然時驚，病深者，以其外耗於衛，內奪於榮。」（〈素問‧疏五過論〉）此處的身體觀念，顯然包括「精」、「氣」、「衛氣」、「榮氣」等現象，身體日減的原因，便是因爲「氣」的虛、無、耗、奪。〔註41〕而其中所說的「時驚」，「驚」又

〔註40〕見嵇康原著，崔富章注譯，莊耀郎校閱：《新譯嵇中散集》（臺北：三民書局，1998 年 5 月初版），頁 188。

〔註41〕身心之間的交流與氣是有著密不可分的關係，甚至可以說透過氣的貫通充滿身與心之間可以達到一共構的整全樣貌。關於氣與身心的關係，乃參賴錫三著：〈《莊子》精、氣、神的功夫和境界——身體的精神化與形上化之實現〉

屬於精神心志層面的反應，可見此處的「身體」，其實是包括心靈的。

再如儒家學說每言「省身」、「正身」、「修身」、「守身」等工夫。例如曾子所謂的一日「三省吾身」，其內容便是「爲人謀而不忠乎？與朋友交而不信乎？傳不習乎？」（《論語·學而》）；而孔子也認爲「正身」乃爲正令的先決條件（《論語·子路上》）；而《孟子》、《大學》等也多言修身之要；孟子更稱「身正」則天下歸之（見《孟子·離婁上》）。縱上諸例可知，在這些學說中所省、所正、所修、所守的「身」，絕非僅限於血肉皮毛的形軀之我。倘使中國古代「身體」概念的組成分子未包括「心」，則典籍中斷無舉「身」以涵蓋具有思維、反省能力的自我之理。

同樣的，在漢代司馬談〈論六家要旨〉中也可以見到類似的說法，他說：

> 凡人所生者神也，所託者形也。神大用則竭，形大勞則敝，形神離則死。死者不可復生，離者不可復合，故聖人重之。由是觀之，神者，生之本也，形者，生之具也：不先定其神形，而曰我有以治天下，何由哉？〔註42〕

司馬談也認爲形神必須相合，才是一整全的「身體」，神大用則竭，形大勞則敝，形神若相離，則生命也將走向死亡，因爲神是生之本，形是生之具。所以，身體唯有形神互具，合而不離，才能夠成就一完整的生命全體。

因此，儘管在中國思維中，也曾提出對於身體生理性的鞭策，例如孟子所說的：「養心莫善於寡欲」（〈盡心下〉）或「天將降大任於斯人也，必先苦其心志，勞其筋骨，餓其體膚，空乏其身，行拂亂其所爲，所以動心忍性，增益其所不能。」（〈告子下〉）等等。但同時孟子卻也提出「體有貴賤，有小大。無以小害大，無以賤害貴。養其小者爲小人，養其大者爲大人」（〈告子上〉）的觀念，他仍然重視身體的修養可能，認爲生理的身體固然還是軀體，但眞正「大」而「貴」的身體卻別有所在，〔註43〕而這別有所在之處，就是他所提出的「踐形觀」，也就是他在〈盡心上〉所說的：「形色，天性也，惟聖人然後可以踐形。」他強調身體與意識親合性的可能。〔註44〕身體與意識

一文（漢學研究第 22 卷，第二期，民國 93 年 12 月）。

〔註42〕見《歷代哲學文選·兩漢——隋唐編》（臺北：木鐸出版社，1980 年 3 月一版），頁 139。

〔註43〕見楊儒賓著：《儒家身體觀》（臺北：中央研究院中國文哲研究所，1996 年 11月初版），頁 49。

〔註44〕儘管孟子所說的是「惟聖人然後可以踐形」，但孟子性善論中也認爲：「人皆

是同質的，與心靈更可達到一如境界，而這種「身心一如」的現象，便是聖人所透顯出來的身體樣貌。而莊子的身體觀也同樣有著修養的工夫，儘管他提出來的身體最高境界是不同於儒家的「聖人」型態，但他卻同樣承認了身心的修養性以及實踐性。〔註45〕

　　這樣的身體觀念，與當代我們所認知的身體，或與西方所認知的身體─可以透過解剖、掃描來觀照的血肉之軀─是有著極大差異的。湯淺泰雄便曾針對東方傳統的身體觀念作一番解釋，他說：

> 東方身心觀著重探討下述問題，如「（通過修行）身與心之間的關係將變得怎樣？」，或者「身心關係將成為什麼？」等。而在西方哲學中，傳統的問題是「身心之間的關係是什麼？」換言之，在東方經驗上就假定一個人通過身心修行可使身心關係產生變化。……也就是說，身心問題不是一個簡單的理論推測，而是一個實踐的、生存體驗的、涉及整個身心的問題。身心理論僅僅是對這種生存體驗的一種反應而已。因此，我們必須認為，身心理論須以實踐經驗為前提。這一理論研究的基本內容並不僅僅由理性推測而獲得，它必須包括經驗的證明。〔註46〕

湯淺泰雄這一段話點出了中西對「身體」的不同看法，在中國，身體是可以藉著踐形、朗現而充分地達到一種工夫境界。所以，中國的思維中，「身體」的論述往往是涉及整個身心的，它也同時是工夫實踐、生存體驗的一項基礎。

　　因此，在中國的身體觀念中，「身體」所具存的意義，並非僅僅是狹隘的感官、生理、或是物質而已，相反的，它還是開闊的，並且具有實踐性與修養性，更有可能是形而上的、道的。〔註47〕如此說來，身體就並非僅只是狹隘的軀體而已，它可能同時也飽含了生命與心靈的體現。

　　雖然，不可否認的，中國傳統中儒、道二家的工夫論，對於心的重視更

　　可以為堯舜〈告子下〉」，只要透過修養工夫，便人人都可成聖人。這也即證明了，身體經過修養的工夫，可以達到境界證成的聖人階段。

〔註45〕莊子認為身體的修養工夫在於達到「至人無己、神人無功、聖人無名」的境界，他強調身體的超越性與解構性，要墮肢體、黜聰明，才能夠同於大通。

〔註46〕見湯淺泰雄著，馬超等編譯：《靈肉探微：神秘的東方身心觀》（中國友誼出版公司出版），頁2。

〔註47〕因為證成的身體已然不再是現實意義的肉體，而是形氣、內外交融的聚合點了。見楊儒賓著：《儒家身體觀》（臺北：中央研究院中國文哲研究所，1996年11月初版），頁24。

甚於形，但無論是儒家的「正心」、「盡心」，道家的「心齋」、「坐忘」，其工夫的完成，必相應於體貌形軀的變化。莊周筆下「得道的神人」，或言「肌膚若冰雪，綽約若處子」（《莊子・逍遙遊》），或言「色若孺子」（《莊子・大宗師》）；孟子更謂「君子所性，仁義禮智根於心；其生色也，睟然見於面，盎於背，施於四體，四體不言而喻。」（《孟子・盡心上》）內「心」的修為終可「生色」而「體」現於外。而孟子的聖人「踐形」之論，正是指「盡心」工夫的究極，充分顯現於外在形色。〔註48〕因此，身體同樣是心靈呈現的重要標的，心靈與身體仍是無法絕然二分的。故而，在做心靈層面的探討時，同樣不可置身體於心靈之外。

縱上所述，可知將「心」歸屬於「身體」義界中，乃為中國古代身體觀念的共識，在中國的「身體」思維下，往往無法置心靈於身體之外。無論我們將身體擺在動態的時間序列中來考察，抑或將身體靜置於空間結構中來解析，有形可觸的「形軀」，無形而實存的「精氣」，以及與形軀、精氣合一且交互作用的「心神」，同為探究傳統思想中的「身體觀」所無法割捨的課題。〔註49〕

因此，結合身體與心靈、形與神，便成為中國傳統文化中特殊的「身體觀」。而本文所持的「身體」義界，也大致是站在身心一如的立場。在這樣的義界下，「身體」便已然包含心靈層面在內，而身體也可以是傳達心靈的通道，可以是兼容形神的一體，更可以是完整一如的生命全體。

二、「身體展演」之定義

「身體展演」一詞，其義乃指身體的舒展、展示，以及其擴張、施展的方式，而這些借著身體舒展、展示、擴張的背後，所要推衍、陳述、闡發、傳達的意義是什麼，將是「身體展演」所要探討的內容。意即運用身體的呈現、演出，或顯外等的動機、過程及其隱含和揭櫫之價值觀進行探討。

身體既然可以代表一整全的生命整體，那麼由身體的外顯形態，必然有可能探求到更深一層的內在意義。在這個前提之下，只要是透過身體所表現出的思維、語言以及象徵，都將是本文所要探討的內容。而本文也認為，身

〔註48〕見蔡璧名著：《身體與自然 ── 以《黃帝內經素問》為中心論古代思想傳統中的身體觀》（臺北：國立臺灣大學，1997 年 4 月初版），頁 11。

〔註49〕見蔡璧名著：《身體與自然 ── 以《黃帝內經素問》為中心論古代思想傳統中的身體觀》（臺北：國立臺灣大學，1997 年 4 月初版），頁 55。

體並非純然只是生物性的感官存在，它同樣有它的語言作用，也有其思維呈現，並且能夠展現出個人的情感、心性。我們不能也不曾脫離身體而存活；或者更確切地說，我們「活出」身體，身體是我們生存的實體。於是，我們不能將身體視為不能思想的「物質」，而認為心靈是超越於身體之上的形式，因為，身體是思想的可見形式，身體在思維之中並不是伴隨的條件，而是不可或缺的本質。故而，身體不只是感覺的集合體或生物性的存在而已，更可容納萬物，使萬物得以自我表現。身體是我們主體自身的表現，也是我們行事所顯現的綜合型態主格的標誌，活生生的人格主體的作風。〔註50〕

就如同維根斯坦所說的：「人的肉體是人的靈魂最好的圖畫。」〔註51〕身體能夠傳達人的內在是無庸置疑的。而這段話，同樣也點出了身體與靈魂（精神）之間的關係，是一種內在／外在的顯影／涵藏之狀態，因此，身體與心靈是不可截然劃分的，而身體也並非僅只是感官慾望的載體而已，它同樣也含了心靈的狀態。在中國，對身體與心靈的論述，往往也抱持著互為表裡的看法，認為心論與身體論乃是一體的兩面，沒有無心性的身體，也沒有無身體的心性，身體體現了心性，心性也性著了身體。〔註52〕

而站在身體具有思維能力的立場上來看，身體所展演出的，即是心靈的指向，而身體也必然存在著語言能力，具有「行動言詞」，身體的行動就是言詞或敘述的表現。因此，身體的行為，往往也是個人與外界對話的傳達者。

因此，身體的展演能夠展現出心性、情感、思維的說法是本文所認同的。而身體展演具有語言符號的功能，也是本文所服膺的。故本文在論述「身體」之時，亦是抱持這個看法，認為身體與心靈是一個共同體，二者相互交融、不可分割；〔註53〕除此之外，身體展演的語言功能，即傳達出人的思維想法。

〔註50〕 見吳光明著：《莊子的身體思維》。收錄於楊儒賓主編：《中國古代思想中的氣論及身體觀》（臺北：巨流圖書，1993 年 3 月第 1 版），頁 393～395。

〔註51〕 見維根斯坦著，尚志英譯：《哲學研究》（臺北：桂冠圖書，1997 年 3 月初版 2 刷），頁 280。

〔註52〕 儘管身體慾望是實踐道德所應克服的首要目標，但實踐道德，需要身體的踐行以及身體的浸潤，卻又是不可爭的事實，因此，在中國心性問題往往離不開身體。見楊儒賓著：《儒家身體觀》（臺北：中央研究院中國文哲研究所，1996 年 11 月初版），導論。

〔註53〕 以此來探討魏晉人的身體，應是恰當適切的，就如同尤雅姿老師所說的：「大體而言，魏晉士人其空間意識的基本結構乃是身、心、物與情、理、美和時、空、人等三位一體的組織型態。」可知，魏晉人的行為展現，是包含身心物與情理美的。見尤雅姿老師著：《魏晉士人之思想與文化研究》（臺北：文史

故而本文的研究動機乃企圖了解魏晉人身體展現所表達的語言符碼，更企圖解析身體展演所透顯出的內在思維，進而挖掘身體展演背後的生命型態及意義。

三、「時空」之定義

時空，即指時間與空間。

「時間」與「空間」是人探索世界的最基本向度，《辭海》中對「時間」的解釋為：

（一）【時間】

1. 泛指時刻的長短，如地球自轉一周是一日，公轉一周是一年，日與年等都是時間的單位。
2. （哲學）對空間而言，凡過去、現在、未來之流轉而無限者，謂之時間。

可知「時間」不但是不停流轉，而且還趨向無限的。若從物理學的角度來看，物理學家認為，時間與宇宙是合一、不可分割的，沒有宇宙就沒有時間。而就哲學的角度上看，雖然一直沒有對時間有一個明確、一致的定義，但大致上仍包含了幾個特質：〔註54〕

1. 時間是綿延不絕、前後相繼的連續體，它和宇宙同時產生，亦將和宇宙一般持續不盡。
2. 時間是變動不居的。變動是時間重要的特質，凡時間中的事物，亦隨之而變化不已。
3. 時間具有過去、現在、與未來三相，過去的已逝，未來尚未到臨，唯有現在才是真實的存在，而時間亦可視為現在流動的歷程。
4. 時間是抽象的，必須藉外在事物的變化，方能為人所認識；故時間的測量每以事物規律的運動為準據，反之時間又是量測運動量的標準。
5. 經由理性活動，時間的測量乃得以進行，時間之奧義，方能逐漸彰顯。唯對自我而言，深一層說，時間即是生命本身。

但時間除了哲學上的意義外，不同的時代、社會、文化、思想，同樣也

哲出版社，1998年9月初版），頁60。

〔註54〕關於時間的特質，乃參考李清筠著：《時空情境中的自我影像——以阮籍‧陸機‧陶淵明詩為例》（臺北：文津出版，2000年10月一刷），頁5。

會影響「人」產生不同的時間觀感，也導致對時間的不同處理態度。〔註55〕
所以時間不只是表現出對自然韻律與節奏的一種理解，也是人活動的指標，
同時更是人在社會中的生活節奏與韻律所在。因此，不同的時代、社群以及
文化，往往會改變時間的觀感以及對時間的反應態度。

而《辭海》對「空間」的解釋則為：

（二）【空間】

1. 對時間而言，為上下四方。

2. 泛稱天地之間。

所謂「空間」，意指「任何物質存在之點的位置」而言；〔註56〕即泛指「天
地」之間的萬事萬物。與時間一樣，「空間」也是人類用以體認自身與這世界
關聯的最根源因素。海德格即認為「空間性」與「時間性」是人「存在於世」
的兩個本質。故空間亦是人類存在的基礎以及生命原始意識的根基，與切身
利害是無法分割的。

正由於空間與個人生命、存在、意識……有牢不可分的關係，因此空間
的組織必然影響處於其中的人類活動；而人類活動的景況，也必然投射於外，
將自我價值觀重新賦予其中，建構了一個有「我」的空間景象。

人類運用自己的感官來察知空間，例如視覺、聽覺、觸覺等等，但最後
這些知覺仍將回歸個人的心靈，以展現自我心靈為主，如此才有其藝術價值
存在。

因此空間對創作者或描述者而言，並非是純粹客觀的存在，在描寫敘述
的過程中，必加入了個人主觀，故而呈現在書寫中的空間，早已被重構了一
個新的價值與意義。換句話說，空間的描述，表達了創作者對於它的取捨，
也傳達了他對空間的洞察力，從中更顯露了個人的情趣以及個性。同樣的，
身處於空間之中的展演者，在與空間的交流對話過程中，也必然加入了個人
背後的所有價值意義在其中。因此，空間並非固定不變的，相反的，它因人
而異。

如此說來，空間的建構，與「人」有著息息相關的連結，不同的人會有

〔註55〕例如路易・加迪等人所寫的《文化與時間》一書，便詳細敘述了不同文化、
不同社會以及不同世代對時間的不同看法。

〔註56〕見西林山人撰：《空間論・上冊》（臺北：普賢文化事業，1994 年 5 月出版），
頁 1。

不同的空間架構；而空間，也因為與不同的人相互對話，而有了不同的呈現。
若循此理路發展，每一個時代，都將有其特殊的空間思維，而這個特殊的空
間思維，也從而形成這個時代的特色與文化。故，空間裡瀰漫著社會關係，
它不僅被社會關係支持，也生產社會關係和被社會關係所生產。〔註57〕

　　因此，本文所持的時空定義，並非僅站在超越而抽象的物理或哲學的角
度，而是包含了當時的時代背景、社會特色、文化氛圍、思想走向等等現實
環境在其中。而這些時空背景的探索，其最終的目的，仍是回歸到「人」的
身上，試圖尋找出魏晉人處在當世的時空背景下，身體展演的義涵，以及其
所呈現的內心思維。

<hr />

〔註57〕見昂希‧列斐伏爾著，王志弘譯：〈空間：社會產物與使用價值〉。收錄於夏
　　　　鑄九、王志弘編譯：《空間的文化形式與社會理論讀本》（臺北：明文書局，
　　　　1993年3月增訂再版），頁20～21。

第二章　時代背景及時代背景下的身體
展演

第一節　《世說新語》的時代背景

　　《世說新語》一書，所記載的事件，主要由東漢末年以至東晉大約二百年間名流士人的言行軼事。而這一段時期，正是中國歷史上最為動盪，卻也是最為自由，思想最為解放，最富有智慧熱情的一個時期。公元 220 年曹魏立；公元 589 年隋滅陳。這一歷時 369 年的歷史階段，便是舊史家稱為「亂世」的魏晉南北朝時期。這是秦以後，中國政局分裂持續時間最久的一段時期。由中華民族的歷史進程來看，這段時期可以說是交織著痛苦與紊亂的一段時期，但卻也是中國文化中的一個轉型時期；他承接了先秦至漢的文化傳統，卻又不墨守這個傳統，甚至揚棄、轉化為另一種美學形式，形成魏晉時期特有的時代風格，如此也為其後的隋唐盛世，積蓄了莫大的力量，更為後世的文化高潮奠定了基礎。

　　因此這段時期是生死無常、薤露易晞、卻也是耽美縱情、矛盾衝突的多樣化時期，也是身體發展的絕佳溫床。而身體展演又與時代以及社會背景有密切的關係，故而要探究當時的身體展演，必不能置整個大時代於外。所以探究時代的特色，將是本文首要敘述的部分。

　　關於此時期的時代特色，大約如下：

一、戰亂不斷的險惡環境

　　從東漢桓靈之世以來，中國便長期處於戰亂的動盪中，內有外戚與宦官

的干政，造成朝廷日益沉淪，而統治集團由內部開始腐朽後，更引發了破產而流亡的農民集結起義，靈帝時更爆發了史上所稱的黃巾起義。使得社會秩序遭到破獲，農村經濟開始崩潰。

黃巾之亂結束後，董卓在殲滅宦官的過程中取得了政權，但董卓一入洛陽，便屠虐百姓，其中的慘像，更是前所未見。《後漢書・董卓傳》載：「是時洛中貴戚室第相望，金帛財產，家家殷實。卓縱放士兵，突其廬舍，淫掠婦女，剽虜資物，謂之『搜牢』。人情崩恐，不保朝夕。」〔註1〕董卓手段凶殘，嗜殺成性，除了殺百姓，也殺皇族。例如他殺何太后、殺少帝，再加上董卓並無治事之能，只知一昧屠殺異己，早已引起眾人的痛惡反感。因此董卓死後，竟引起人民爭相慶祝、歌舞於道、慶賀者填滿街肆的景況。〔註2〕但儘管如此，當時的社會，已經被董卓荼毒得成爲：「強者四散，羸者相食，二三年間，關中無復人跡《後漢書・董卓傳》」，呈現出一片「千里無人煙」、「白骨蔽平原」的鬼域景象了。

當時，由於糧食恐慌，漢獻帝不得不渡河南下，回到洛陽。洛陽那時早已是一片焦土，「宮室燒盡，街陌荒蕪」朝廷的秩序更是蕩然無存了，此時，百官沒有房屋住，只能「批荊棘，依牆壁間」。糧食問題不但沒有解決，反而更加嚴重。建安元年，曹操親自到洛陽，藉口洛陽殘破，把迎接獻帝到許縣，自此「挾天子以令諸侯」，獻帝從此就成爲曹操手中的傀儡了。而至此之後，群雄割據，兵禍連天。〔註3〕

西晉建立後，雖短暫的得到了安寧之世，但其後卻又進入闇主惠帝；以及賈后陰險殘暴的黑暗統治，更引發歷時十六年之久的「八王之亂」，其間司馬氏兄弟親族相互攻殲、統治階級內部大混戰，人民被殺害的動輒以萬計。〔註4〕

〔註1〕 見《後漢書・董卓傳》，〔宋〕范曄撰，〔唐〕李賢等注：《後漢書》（北京：中華書局，2001年5月第九刷）。

〔註2〕 《後漢書・董卓傳》中曾記載董卓死後的情景爲：「士卒皆稱萬歲，百姓歌舞於道。長安中士女賣其珠玉衣裝市酒肉相慶者，填滿街肆。」見〔宋〕范曄撰，〔唐〕李賢等注《後漢書》（北京：中華書局，2001年5月第九刷），頁2031～2032。

〔註3〕 東漢末年，不僅兵禍連天，自然災害也頻仍發生，並且規模龐大，歷時極長。可詳見丁威仁撰：《三曹時代北地文士「惜時生命觀」研究～以建安七子與曹氏父子之詩歌爲研究對象》（國立中興大學中文研究所碩士論文，1999年7月），頁9～13所做整理，此處不再贅述。

〔註4〕 見王仲犖著：《魏晉南北朝史・上冊》（上海：上海人民出版社，1998年6月第8次印刷），頁219。

種種的戰亂景象，讓人怵目驚心。

八王之亂後，外族入侵，懷帝時，長江以北的堡壁以及洛陽都被外族攻陷，連國君晉懷帝、愍帝也相繼被害，皇室貴族紛紛東渡，西晉自此滅亡。在這段外族入侵的過程中，百姓流離失所、死傷動輒數萬人，〔註5〕甚至有「京邑大饑，人相食，百姓流亡《晉書‧王彌傳》」「沉於易水者八千人」〔註6〕的情景，讓人怵目驚心。

東晉時，偏安江左，內亂外患依舊猖狂不斷；王敦、蘇峻、桓溫、孫恩等相繼叛變，戰端四起、殺戮日重。

除了政治上的戰亂不斷，在生活上，也是水、旱、疾癘數起，如此更造成死亡的恐慌。

因此，自東漢到魏晉南北朝，政治與社會始終處在在戰亂、殺戮、鬥爭不斷的慘象之下，不論貴賤，都遭到慘痛的流離失所，迫害始終未曾停止。在這樣的情況下，社會上所一向尊崇的價值體系，也必定會遭到許多衝擊；甚至瓦解的命運。

二、價值體系的潰決

在這種充斥戰亂、死亡、疫疾的年代，原本遵循穩定的社會道路可以達到的社會地位，在此時都受到了挑戰。死亡的不斷發生，讓生活其中的人們，開始懷疑「積善餘慶、積惡餘殃」〔註7〕的真理，原本善惡是非的標準，也逐漸地被粉碎了。而統治階級的紊亂鬥爭，使得國家再也不是保護人民的對象，反而成了殘害、剝削人民的猛獸，因此，屬於國家所服膺的思想——儒家思想——，更不能說服人民繼續信服。

除此之外，儒學在兩漢時期，其特色大約呈現在兩個方面，其一是專事

〔註5〕例如《晉書‧東海王越傳》中所載：「王公士庶死者十餘萬」以及《晉書‧賈疋傳》所說：「諸郡，百姓饑饉，白骨蔽野，百無一存。」見〔唐〕房玄齡等撰：《晉書》（北京：中華書局出版，1998年3月第7刷）。

〔註6〕《晉書‧王沉傳子浚附傳》：「(浚)自領幽州，大營器械。召段務勿塵率胡、晉合二萬人，進軍討穎，……克鄴城，士眾暴掠，死者甚多，鮮卑大掠婦女，浚命敢有挾藏者斬。於是沉於易水者八千人，黔庶荼毒，自此始也。」見〔唐〕房玄齡等撰：《晉書》（北京：中華書局出版，1998年3月第7刷）。

〔註7〕例如戴逵的〈釋疑論〉中便認為，「積善餘慶，積惡餘殃」是聖人勸教所說的，並不具有實質意義。見任繼愈主編：《中國哲學發展史‧魏晉南北朝》（北京：人民出版社，1998年5月第二刷），頁771～780。

訓詁；其二是融入讖緯。

在章句訓詁之學大盛的情形下，使經學逐漸走向窮究字義、碎義逃難的局面。服膺於此的學者們彈精竭慮，甚至窮盡一生專精於此。班固對此一弊端曾嚴加痛斥，他說：「務碎義逃難，便辭巧說，破壞形體。說五字之文，至於二、三萬言。〈漢書・藝文志・六藝略序〉」而師法的固執，更造成因陳舊說、毫無新意的情形，就如同《顏氏家訓・勉學》中所言：「（漢）末俗已來不復爾，空守章句，但誦師言，施之世務，殆無一可。故士大夫子弟，皆以博涉為貴，不肯專儒。」〔註8〕因此，章句之學的大盛，反使得經學走向支離破碎、毫無生氣的死胡同中。

除了章句訓詁之外，雜揉陰陽讖緯的思想，亦是兩漢時期儒學的特色之一。漢董仲舒的《春秋繁露》，主張天人感應，以陰陽之說來解經；到了東漢時期，世人利用讖緯符命的情形更趨嚴重，也使得經學脫離了學術真理，開始向迷信圖讖靠攏，如此也使得經學失去了原有的修養價值。故而，在東漢時期，隨著統治階級一天天走向腐朽，儒學一天天神秘化和繁瑣化，日益變成一種虛偽的東西。〔註9〕

因此，儘管自漢武帝罷黜百家、獨尊儒術以來；儒學傳統，始終都在思想上、政治上、學術站著最重要的位置。但是到了魏晉南北朝時期，由於善惡標準以及國家形象都受到雙重毀滅；加上魏晉人自覺意識的甦醒；以及儒學的僵化、陰陽讖緯的荒誕虛無，使得儒學傳統再也無法收束人心。因此，兩漢士人所努力遵循的價值體系，至此已經逐漸瓦解了。

而儒學的瓦解，也可由身體行為上察知，魏晉士人的身體行為，往往擺盪在禮與非禮之間，「禮」與「非禮」成為他們解構儒學或是重建儒學的首要媒介。而這也是魏晉時期展現身體行為的一個契機。

三、思想及文化的創新

由於時代的動亂、死亡的焦慮；以及儒學傳統的潰決、價值體系的崩毀，再加上魏晉士人自覺意識的萌發。故而，此一時期學術思想開始有了不同於

〔註8〕見顏之推原著，程小銘譯注：《顏氏家訓》（臺灣古籍出版社，1996年8月初版一刷），頁139。

〔註9〕見李澤厚、劉綱紀著：《中國美學史──魏晉南北朝編（上）》（安徽：安徽文藝出版社，1999年5月第一版），頁5。

以往的轉型發展。

（一）品評人物的風氣

自漢末，由於政治上的考量，因此以徵辟、察舉等制度來選舉政治上的合適人才，而徵譬、察舉的標準，便是以道德修養、生活作風、才能識度為主。這樣的鑑定模式，也導致清議的形成。清議便是一種社會輿論，是社會上評價個人的標準，即是品評人物，而這個品評的標準，最初便是以「名教」為主。

品評人物原本是為了政治上選用人才，有其實用性質。而受評者若能得到優秀評論者的讚譽，便能享得盛名。例如曹操因為當時月旦評的名家許邵對其進行評價，故而揚名於世。〔註10〕

但到了魏晉之後，品評人物開始以對個人美感、風度的評價為主。這是因為政治傾軋、黨錮禍亂，名士少有全者，因此部分名士漸漸緘默，不再「危言覈論」（《後漢書‧郭泰傳》）「上議執政，下譏卿士」（《後漢紀‧桓帝延熹九年》）了。〔註11〕因此，清議便逐漸轉型成為不臧否人物、言及玄遠的清談了。但儘管逐漸喪失譏評時事的精神，但品評之風卻依舊盛行，除了玄學內容外，人物的審美評價，亦是其中的重要內容。而這種品評的風氣，也促使魏晉人經營自身的美感形姿，而這樣的風氣，也改變了自先秦兩漢所流傳下來的威儀身體，身體成了美的載體，而不只是「禮」的呈現。而品評之風，也促使魏晉士人開始注視自我身體的呈現，他們喜愛自我形軀、珍視自我形軀，身體成為他們最直接展現自我工具。

（二）對自然的重視

前有言，魏晉時期因為政治動亂，社會基礎開始動搖，儒學體系已不能壟斷當時的精神境界。而儒學崩毀之後，起而代之的便是玄學思想。而玄學思想，便是以「無為」、「自然」的老莊思想為基礎，進而融合儒道思想。因此，道家思想開始抬頭，也成為魏晉時期的思想重建者。

〔註10〕《三國志‧魏志‧武帝紀》中曾記載曹操受到許邵評價的情形：「曹操問：『我何如人？』邵曰：『子治事之能臣，亂世之奸雄。』」由此，曹操便引起士大夫集團的重視，漸漸與他接近了。見陳壽原著，趙幼文遺稿，趙振鐸、鄔先覺、黃峰、趙開整理：《三國志校箋》（巴蜀書社出版，2001年6月第一刷），頁2。

〔註11〕見《魏晉南北朝史‧下冊》（上海：上海人民出版社，1998年6月第8次印刷），頁740。

而道家思想著重於清靜寡欲的自然觀念，自然的最極致表現，便是天人合一的境界。因此，這個天人合一的自然觀，同樣也是魏晉士人身體展演的另一個契機。

大致說來，社會動盪所造成的儒學、禮教的崩毀瓦解，以及人物品藻、玄學大興的思想重建，這種種因素，使得魏晉時期成為身體展現自我的絕佳溫床，以下便以人物的品藻、禮教的懷疑、自然觀念的重視等要素，探討身體在其中的展演模式。

第二節　時代背景下的身體展演

一、人物品藻 —— 身體表情的開展

魏晉時期重視人物品藻之風，這人物品藻之風，乃起源於東漢末年品題人物的察舉制度。此制度形成的原因，外在地說，是實用，內在地說，是品鑑。〔註12〕因為人物的品評不但能夠為當政者提供了選用人才的標準；而評鑑者的評論，往往也能夠為被評鑑者帶來或毀或譽的結果。漢代取士大多為地方察舉、公府徵闢，而察舉的標準，即是人物的表現風評，故而造成了品鑑人物的盛行。

《人物志》便是在此品評風氣之下，根據人物品藻所累積的經驗，嚴密分析其得失，而建立起來品鑑人物的理論體系。自東漢品藻之風的大盛後，人物品藻更成為知識分子之間的重要活動，魏晉時代承此遺風，對人物才性進行全面的觀察識鑑。

大抵說來，每一「個體的人」皆是生命的創造品、結晶品。他存在於世間裡，有其種種生動活潑的表現型態或姿態。直接就這種表現型態或姿態而品鑑其源委，這便是《人物志》的工作。這是直接就個體的生命人格，整全地、如其為人地而品鑑之，這猶之乎品鑑一個藝術品一樣。〔註13〕

而《人物志》的品評系統，也開啓了中國的品鑑風氣的另一轉型。在先秦時代，評鑑論人的標準，大多站在人性善惡的道德角度上，但自《人物志》之後，品鑑風氣卻轉而以「才性名理」來品鑑個人；而這個論人的系統，也

〔註12〕見牟宗三著：《才性與玄理》（臺北：臺灣學生書局，1978 年 10 月修訂 4 版），頁 67。

〔註13〕見牟宗三著：《才性與玄理》（臺北：臺灣學生書局，1978 年 10 月修訂 4 版），頁 44。

不再以道德指標爲唯一的依歸，而是站在審美的角度，以美感來對人的才性或情性等種種姿態作品鑑的標準，這樣的品評標準，也將人物品藻之風帶向了審美的範疇。

除此之外，當時的社會背景也助長了這股對美的追求，因爲在魏代漢、晉取魏的歷史取代過程中，大批名士首當其衝，成爲政治絞殺的俎上肉，嚇破膽的魏晉名士不敢再踵武前賢了，只得口吐玄言，崇尚虛無，於是，清議轉化爲清談。這裡沒有了清議的鋒芒和政治色彩、激烈言詞，轉而重視人的外形、本體人格和玄妙的無爲而無不爲的理論。〔註14〕

因此，品評人物的風行，也間接開啓對人體之美的重視，助長了對身體形姿之美的審查。例如《人物志·九徵第一》中所說的：

> 故心質亮直，其儀勁固；心質休決，其儀勁猛；心質平理，其儀安閒。夫儀動成容，各有態度：直容之動，矯矯行行；休容之動，業業蹌蹌；德容之動，顒顒卬卬……夫色見於貌，所謂徵神，徵神見貌，則情發於目。……物生有形，形有神精，能知精神，則窮理盡性。……〔註15〕

《人物志》中認爲，人的精神氣象，往往必須借著人體外在的儀動姿容來表現。而表現於外的型態，也同樣呈現出內在的心神；所以由外知內，由顯知隱，此即觀察個人才性的必經途徑，因此形神之間具有密切的關聯性。

而到了魏晉時期，這種以形展神、徵神見貌的思想，更造成當時對形體之美的講究風氣，例如《世說新語·容止篇》，〔註16〕通篇都可見到人物姿容的美感表現：

> 王夷甫容貌整麗，妙於談玄，恆捉白玉柄麈尾，與手都無分別。（〈容止第十四·8〉）

> 潘安仁、夏侯玄並有美容，喜同行，時人謂之「連璧」。（〈容止第十

〔註14〕見吳功正著：《六朝美學史》（江蘇：江蘇美術出版社出版，1996 年 4 月第 2 次印刷），頁 29。

〔註15〕見劉劭原作，劉君祖撰述：《人物志》（臺北：金楓出版，未標出版年月），頁 32。

〔註16〕《世說新語》之引文，以劉義慶著，劉孝標注，余嘉錫箋疏，周祖謨、余淑宜、周士琦整理：《世說新語箋疏（修訂本）》（上海：上海古籍出版，1996 年 8 月第 3 次印刷）一書爲準。文中引文皆由此書引出，故僅於文後著名篇名則數，不另行作著。

四·9〉）

王丞相見衛洗馬，曰：「居然有羸形，雖復終日調暢，若不堪羅綺。」（〈容止第十四·16〉）

驃騎王武子是衛玠之舅，儁爽有風姿，見玠輒嘆曰：「珠玉在側，覺我形穢！」（〈容止第十四·14〉）

王大將軍稱太尉「處眾人中，似珠玉在瓦石間。」（〈容止第十四·17〉）

林公道王長史：「斂衿作一來，何其軒軒韶舉！」（〈容止第十四·29〉）

有人詣王太尉，遇安豐、大將軍、丞相在座；往別屋見季胤、平子。還，語人曰：「今日之行，觸目見琳琅珠玉。」（〈容止第十四·15〉）

海西時，諸公每朝，朝堂猶暗；唯會稽王來，軒軒如朝霞舉。（〈容止第十四·35〉）

魏明帝使后弟毛曾與夏侯玄共坐，時人謂「蒹葭倚玉樹」。（〈容止第十四·3〉）

這些紀錄中，每一個名士都對形貌有一番講究，他們有的是容貌整麗、連璧美容，有的是琳琅珠玉、蒹葭倚玉樹，甚至是軒軒如朝霞舉。這些魏晉名士們重視著形體姿容的美感，俊美的儀容也成爲他們獲得社會好評的指標，例如王武子見衛玠所產生的艷羨之心，讓他不得不自慚形穢；或如王敦對王衍的讚賞，認爲他有珠玉一般的美容，以及時人對潘安仁、夏侯玄的「連璧」之譽，在在都顯現出他們對形體之美的重視。這些對形體之美的重視，使得整個魏晉南北朝瀰漫著一股展現身體之美的氛圍，他們審視自我的身體，以藝術的眼光作爲身體姿容的展眼標的。

宗白華曾在〈論《世說新語》和晉人的美〉一文中提到：「這時代以前——漢代——在藝術上過於質樸，在思想上訂於一尊，統治於儒教；這時代以後——唐代——在藝術上過於成熟，在思想上又入於儒、佛、道三教的支配。只有這幾百年間是精神上的大解放，人格思想上的大自由。」〔註17〕魏晉南北朝的自由解放精神可說是中國的文藝復興〔註18〕時期，而這個藝術上的勃

〔註17〕見宗白華著：《藝境》（北京：北京大學出版，1999年1月第1次印刷），頁117。

〔註18〕宗白華認爲，魏晉時期社會秩序的大解體，就禮教的總崩潰、思想和信仰的自由、藝術創造精神的勃發，使我們聯想到西歐十六世紀的「文藝復興」。這是強烈、矛盾、熱情濃於生命彩色的一個時代（同上註，頁117）。

發時期，也開啓了魏晉人重視美感的藝術領域，而這種對美的要求，同樣也遍透於他們的身體之上。使得他們對身體的美有著狂熱的執著，身體之美更會爲他們帶來大眾的賞譽，例如：

> 潘岳妙有姿容，好神情。少時挾彈出洛陽道，婦人遇者，莫不連手共縈之。左太沖絕醜，亦復效岳遊遨，於是羣嫗其共亂唾之，委頓而返。（〈容止第十四・7〉）

> 衛玠從豫章至下都，人久聞其名，觀者如堵牆。玠先有羸疾，體不堪勞，遂成病而死。時人謂「看殺衛玠」。（〈容止第十四・19〉）

> 王右軍見杜弘治，嘆曰：「面如凝脂，眼如點漆，此神仙中人。」時人有稱王長史形者，蔡公曰：「恨諸人不見杜弘治耳！」（〈容止第十四・26〉）

> 王仲祖有好儀形，每攬鏡自照，曰：「王文開那生如馨兒！」時人謂之達也。（〈容止第十四・29〉後劉效標引《語林》）

對魏晉士人來說，身體之美是令眾人傾倒的，婦女們見到美男子，可以毫無顧忌的連手共縈之；而衛玠之美，也使得觀賞的群眾如堵牆一般；他們憾恨未能見到面如凝脂，眼如點漆的美男子，他們陷溺在自我的好儀形中，他們更毫無顧忌的攬鏡自照；形軀之美令他們沉溺其中，他們肆意的展現身體之美；身體不必一定成爲道德的載體，而可以是美的載體。

　　品評之風，原本是爲了政治上的選用人才而產生，故有其實用性存在，但到了魏晉時期，品評識鑑的風氣受到時代與思想的變革，轉而以審美欣賞爲主要內容。

　　當時天下多故，加上老莊學說大盛，故而當時人倫識鑑之風，受到老莊學說，尤其是莊學的影響極大，在莊學思想的浸潤下，品評之風完成了向藝術轉化的過程。〔註19〕

　　莊學思想本身即富含藝術精神，魏晉人受此影響，再加上當時政治上的鬥爭紊亂，因此魏晉名士們不敢再腫武前賢，高談政治，轉而將玄虛道理以

〔註19〕徐復觀曾說：「人倫鑑識開始是以儒學爲鑑識的根據，以政治上的實用爲其所要達到的目標；……及正始名士出而政治實用的意味轉薄；中朝名士出而生命情調之欣賞特隆；於是人倫鑑識在無形中由政治地實用性，完成了向藝術的欣賞性的轉換。自此以後，玄學，尤其是莊學，成爲識鑑的根柢。」見《中國藝術精神》（臺北：臺灣學生書局，1998 年 5 月第 12 次印刷），頁 152。

及外形之美作爲清談主題，因此開啓了魏晉時期對形體之美的講究。而這個美的形體，除了外形上美的維持外，更需要內在神韻的奠基；內在的神韻，是這個美的形體中最重要的環節，故而身體之美必須蘊含著神韻、氣質與風度，才能成爲一個充滿生命力與個性之美的審美對象與欣賞對象。因此外與內、形與神、身與心的和諧統一是很重要的，他不但能展現自我存在的本質，更能展現出瀟灑脫俗的個性之美，例如：

> 王子敬與謝公：「公故瀟灑。」謝曰：「身不瀟灑。君道身最得，身正自調暢。」（〈賞譽第八・148〉）

謝安之所以獲得瀟灑的讚譽，乃因他的外在之形有內在神韻的支持與調和；因此呈現出一股讓人讚賞的神韻。謝安在此也點出了一個重要的觀念：要達到瀟灑自得的境界，唯有身心調暢。若只有外在的形體之美，而沒有內在的神韻氣度相互調和，那麼一切的美形都將存有缺憾，就如同〈容止第十四・25〉所說的：

> 王敬豫有美形，問訊王公；王公撫其肩曰：「阿奴恨才不稱！」又云：
> 「敬豫事事似王公。」

王敬豫儘管有美形，但卻無美才，因此只落得讓人憾恨的景況。因此，身心、形神的和諧觀念，亦是魏晉士人們所重視的課題，更是他們審美的標準。而形與神的關係，更是互爲表裡，就如同徐復觀先生在《中國藝術精神》中所說的：「《世說新語》的作者所說的容止，不止於是一個人外面的形相，而是通過形相所表現出來的，在形相後面所蘊藏的，作爲一個人的存在本質。」〔註20〕

而《世說新語》中的人物描寫，便是通過人物的姿容樣態，挖掘出蘊藏於人物背後所特有的存在本質；而形與神的合一，更是他們審美觀念發揮到極至的表現，例如：

> 王戎云：「太尉神姿高徹，如瑤林瓊樹，自然是風塵外物。」（〈賞譽第八・16〉）

> 王大將軍年少時，舊有田舍名，語音亦楚。五帝喚時賢共言伎藝事。人皆多有所知，爲王都無所關，意色殊惡，自言知打鼓吹。弟令取鼓與之，於坐振袖而起，揚槌奮擊，音節諧捷，神氣豪上，旁若無人。舉坐歎其雄爽。（〈豪爽第十三・1〉）

〔註20〕見徐復觀著：《中國藝術精神》（臺北：臺灣學生書局，1998年5月第12次印刷），頁154。

王長史爲中書郎，往敬和許。爾時積雪，長史從門外下車，步入尚書，著公服。敬和遙望，歎曰：「此不復似世中人！」（〈容止第十四・33〉）

嵇康身長七尺八寸，風姿特秀。見者歎曰：「蕭蕭肅肅，爽朗清舉。」或云：「肅肅如松下風，高而徐引。」山公曰：「嵇叔夜之爲人也，巖巖若孤松之獨立；其醉也，巍峨若玉山之將崩。」（〈容止第十四・5〉）

裴令公有儁容姿，一旦有疾至困，惠帝使王夷甫往看，裴方向壁臥，聞王使至，強回視之。王出語人曰：「雙目閃閃，若巖下電，精神挺動，體中故小惡。」（〈容止第十四・10〉）

石頭事故，朝廷傾覆，溫忠武與庾文康投陶公求救，……別日，溫勸庾見陶，庾猶豫未能往，溫曰：「溪狗我所悉，卿但見之，必無憂也！」庾丰姿神貌，陶一見便改觀。談宴竟日，愛重頓至。（〈容止第十四・23〉）

王敬倫風姿似父。作侍中，加授桓公公服，從大門入。桓公望之曰：「大奴固自有鳳毛。」（〈容止第十四・28〉）

庾長仁與諸弟入吳，欲往亭中宿。諸弟先上，見群小滿屋，都無相避意。長仁曰：「我試觀之。」乃策杖將一小兒，始入門，諸客望其神姿，一時退匿。（〈容止第十四・38〉）

謝遏絕重其姐，張玄常稱其妹，欲以敵之。有濟尼者，並遊張、謝二家。人問其優劣，答曰：「王夫人神情散朗，故有林下風氣。顧家婦清心玉映，自是閨房之秀。」（〈賢媛第十九・30〉）

這些名士們的外形，充滿了神姿、風姿、神氣、精神。「神」的顯露，使魏晉名士的身體若神仙、若孤松、若巖下電，並使人歎其雄爽、絕重其人、望之退匿……。

「神」必須由「形」而見，「神」的觀念，大約是亦出自莊子，莊子曾說：「其神凝」（〈逍遙遊〉）、「以神遇而不以目視，官知止而神遇行」（〈養生主〉）「不離於精，謂之神人」（〈天下篇〉）魏晉時期品評人物亦重「神」。所謂「神」，指的是由本體所發於起居語默之間的作用；〔註21〕也是魏晉時期品評形象貴

〔註21〕見徐復觀著：《中國藝術精神》（臺北：臺灣學生書局，1998 年 5 月第 12 次印刷），頁 155。

賤的標準，在「神韻」的支持下，醜的身體也往往具有另一番美感，例如：

> 王長史嘗病，親疏不通。林公來，守門人遽啓之曰：「一異人在門，不敢不啓。」王笑曰：「此必林公。」（〈容止第十四‧31〉）本條後劉孝標引《語林》曰：「諸人常要阮光祿共詣林公。阮曰：『欲聞其言，惡見其面。』此則林公之形，信當醜異。」
>
> 庾子嵩長不滿七尺。腰帶十圍，頹然自放。（〈容止第十四‧18〉）
>
> 劉伶身長六尺，貌甚醜悴，而悠悠忽忽，土木形骸。（〈容止第十四‧1〉）

劉伶、庾子嵩、支道林相貌甚醜，但是卻具有個人獨特的個性與神態，因此，他們的醜形，反而轉化爲一種特殊的美感了。

這種化醜爲美的觀念，在莊子中亦可找到類似的精神，莊子在寓言故事中，所設計出的形象，往往是醜怪不堪的，例如：〈人間世〉中的支離疏，醜怪無比、不合世用，或如〈德充符〉中的兀者王駘、兀者申徒嘉、兀者叔山無趾、惡人哀駘它……一連串身體殘缺者，甚至是〈應帝王〉中的渾沌，身無七竅……。

這一連串的寓言人物，雖醜惡殘缺，但卻具有令人心折的特質，例如婦女們對哀駘它的觀感即是：「寧爲夫子妾者，十數而未止也。」如此醜怪的形象，何以會產生如此的情形呢？莊子在其後便解答了這一問題，他說：「非愛其形也，愛使其形者也。」這些人物縱使醜冠天下，但他若能展現出令人心折的光芒，便能夠讓人忘卻其形，並感到天趣盎然。

而「坐忘」中也更深一層的傳達出對「形」的解構：「墮肢體，黜聰明，離形去智，同於大通，此謂坐忘。」（〈大宗師〉）莊子傳達出來的想法是：若能忘卻自我形軀的醜惡、支離身體的形象，便能達到超越而虛、靜、明之心。而這個觀念同樣也影響了魏晉人的身體表現，也使得他們的形神觀念進化到對「神」的更爲重視。他們只對自我精神情志負責；而不在乎身體的儀軌，因爲身體是要被超越的，必須從形中發現神，甚至忘形以見神，因此形軀不再重要，美醜也不再重要，重要的是內在的「神」之表達。

因此，魏晉人對形軀之美，呈現兩種多元化的現象，一是對外形之美有著異常的執著，一種卻忘形以見神。但是不論重形或重神，都是魏晉時期藝術性格的展現。因爲不論是重形或重神，同樣都是身體規範的解構。在魏晉以前，儒術獨尊，身體必須要約之以禮、齊之以禮，甚至要克己復禮，因此

身體必須依恃著道德與禮，故而身體的美或不美，神或不神反到不是這麼重要了。但到了魏晉時期，一方面由於老莊思想的抬頭，因此對於藝術的審美有著莫大的啓發；一方面則是因爲現實的殘酷夾縫，使得他們不得不將眼光調轉到自我身上，既然外在現實是不可掌控的，那麼只有身體與個人是可以掌控的，故而不論重形或重神都是展現自我的表現。

因此，人倫識鑑的開展開啓了他們對身體的重視，更進而使他們運用自我形軀來表達自我的個性，因爲身體的美感，成爲大家共同認定的價值，故而身體成爲他們傳達精神的樞紐，所以身體美感的經營，也成爲個人存在的表徵。

總的來說，人物品藻的風氣，開啓了魏晉人對外形的重視，再加上莊學遍透的結果，使得人物品評，成了審美風尙的標準；另一方面，也使得魏晉人的身體觀，有了內在神韻風度的滲透，在藝術與思想的雙重啓發下，身體的展演有了空前豐富的發展：魏晉人或箕踞嘯歌（〈簡傲第二十四・1〉）；或對之長嘯（〈棲逸第十八・1〉）；或北窗下彈琵琶（〈容止第十四・32〉）；或遇酒則酣暢忘反（〈賞譽第八・151〉）；或姿形既妙，回策如縈（〈賞譽第八・17〉）；或遇霹靂卻神色無變（〈雅量第六・3〉），……，就在形與神的遍透交融下，他們的個性也由此強烈地呈現了出來。

二、身體越界──禮〔註22〕與非禮之間的徘徊

從漢末一直到魏晉南北朝時期，禍事不斷、戰亂連延，再加上政治鬥爭傾軋，人們開始認眞思考：儒教與禮法是否眞的能提供個人安身立命的空間？是否能給人心靈上的安慰？又是否能讓人忘卻外在的痛苦？這儒教禮法的種種疑問，在曹操發布求賢三令時，受到了空前的挑戰：

> 唯才是舉，吾得而用之。〔註23〕

〔註22〕孔子曾説：「非禮勿視、非禮勿聽、非禮勿言、非禮勿動。〈12～1〉」也説：「恭而無禮則勞，慎而無禮則葸，勇而無禮則亂，直而無禮則絞。〈8～2〉」、「不學禮無以立〈16～13〉」。荀子在〈修身篇〉中也曾提到：「凡有血氣志意知慮，由禮則治通，不由禮則勃亂提僈；食飲衣服居處動靜，由禮則和節，不由禮則觸陷生疾；容貌態度進退趨行，由禮則雅，不由禮則夷固僻違庸眾而野。故人無禮則不生，事無禮則不成，國家無禮則不寧。」因此，禮的範圍是浸透整個個人生活舉止的。故而本文所説的「禮」，乃採用廣義的説法，即爲儒家的道德規範以及行爲準繩。

〔註23〕見《三國志・武帝紀》，陳壽原著，趙幼文遺稿，趙振鐸、鄔先覺、黃峰、趙

夫有行之士，未必能進取，進取之士，未必能有行也。……由此言
之，士有偏短，庸可廢乎！有司明思此義，則士無遺滯，官無廢業
矣。〔註24〕

今天下得無有至德之人放在民間，及果勇不顧，臨敵力戰，若文俗
之吏，高才異質，或堪爲將守，負污辱之名，見笑之行，或不仁不
孝而有治國用兵之術；其各舉所知，勿有所遺。〔註25〕

曹操在這裡言明，儘管是「負污辱之名，見笑之行」，抑或是「不仁不孝」者，
只要是「高才異質」，有「治國用兵之術」，便以他們爲將爲守，用之治國練兵。
曹操在此挑戰了自古傳承下來「有德者必有才」的觀念，他明確宣佈「用人唯
才」，有才者即使無德無性也無所謂，因爲「士有偏短，庸可廢乎」。在這求賢
三令中，可以明顯看到儒學禮教所受到的挑戰，它成了高才異質下的陪葬品。

到了正始年間，阮籍的〈大人先生傳〉以及嵇康的〈與山巨源絕交書〉
更直接的對儒家禮教作了否定：

（世人所謂君子）……惟法是修，惟禮是克。手執圭璧，足履繩墨。
行欲爲目前檢，言欲爲無窮則。少稱鄉黨，長聞鄰國。上欲圖三公，
下不失久州牧……獨不見群蝨之處褌中，逃乎深縫，匿乎壞絮，自
以爲吉宅也。行不敢離縫際，動不敢出褌襠，自以爲得繩墨也。然
炎丘火流，焦邑滅都，群蝨處於褌中而不能出也。汝君子之處寰區
之內，亦何異夫蝨之處褌中乎？悲夫！而乃自以爲遠禍近福，堅無
窮也……（〈大人先生傳〉）〔註26〕

加少孤露，母兄見驕，不涉經學。性復疏嬾，筋駑肉緩。頭面常一
月十五日不洗。不大悶癢，不能沐也。……又縱逸來久，情意傲散，
簡與禮相背，嬾與慢相成。……又讀莊老，重增其放，故使榮進之
心日頹，任實之情轉篤。……至性過人，與物無傷，唯飲酒過差耳。
至爲禮法之士所繩，疾之如讎，……又每非湯、武，而薄周、孔……。
（〈與山巨源絕交書〉）〔註27〕

開整理：《三國志校箋》（巴蜀書社出版，2001 年 6 月第一刷），頁 28、39。

〔註24〕 見《三國志·武帝紀》，同上註，頁 39。

〔註25〕 見《三國志·武帝紀》注引《魏書》，同上註，頁 44。

〔註26〕 見阮籍：《阮嗣宗集》（臺北：華正書局，1979 年 3 月初版），〈大人先生傳〉，
頁 64～65。

〔註27〕 見嵇康原著，崔富章注譯，莊耀郎校閱：《新譯嵇中散集》（臺北：三民書局，

阮籍與嵇康在這裡嚴厲的批判了禮教，不但將儒家所認為的君子比喻作「蝨之處褌中」，更進一步非湯、武，薄周、孔了。禮法名教在這裡受到了空前的衝擊，被認為是羈人的繩墨。而魏晉名士們也寧願放蕩一些，不希望禮法與名教繼續約束他們的性情與慾望。因此，他們開始擺盪於恂恂儒雅的克己之風與縱情縱欲的放蕩不羈中。這種擺盪，也可在《世說新語》中見得：

> 阮步兵喪母，裴令公往弔之。阮方醉，散髮坐床，箕踞不哭。裴至，下席於地，哭弔唁畢，便去。或問裴：「凡弔，主人哭，客乃為禮。阮既不哭，君何為哭？」裴曰：「阮方外之人，故不崇禮制；我輩俗中人，故以儀軌自居。」時人歎為兩得其中。(〈任誕第二十三·11〉)

> 阮籍嫂嘗還家，籍見與別。或譏之，籍曰：「禮豈為我輩設也？」(〈任誕第二十三·7〉)

> 會稽賀生，體識清遠，言行以禮；不徒東南之美，實為海內之秀。(〈言語第二·34〉)

> 溫公喜慢語，卞令禮法自居。至庾公許，大相剖擊。溫發口鄙穢，庾公徐曰：「太真終日無鄙言。」(〈任誕第二十三·27〉)

> 高坐道人於丞相坐，恆偃臥其側。見卞令，肅然改容云：「彼是禮法人。」(〈簡傲第二十四·7〉)

「我輩俗中人，故以儀軌自居」、「禮豈為我輩設也」、「言行以禮」、「彼是禮法人」、「禮法自居」這種種形容，都可以看到他們在禮與非禮之間的徘徊。而禮與非禮的越界，同樣也影響著他們身體的表現。例如高坐道人原本的形象是「恆偃臥其側」，但遇到了禮法中人卞令的來訪時，卻肅然改容。阮籍的「禮豈為我輩設」，因此他不在乎男女授受不親的規範，而賀循的「言行以禮」，故而使他體識清遠，阮籍與賀循一無禮、一守禮，更形成一明顯的對比。而裴楷對於阮籍不崇禮制的了然於心，以及對自己以儀軌自居的了解，更展現出禮與非禮之間兩種情境。

　　而行為上的合禮或無禮，更成為他們巧答妙辯的對象，例如：

> 鍾毓兄弟小時，值父晝寢，因共偷服藥酒。其父時覺，且託寐以觀之。毓拜而後飲，會飲而不拜。既而問毓何以拜，毓曰：「酒以成禮，不敢不拜。」又問會何以不拜，會曰：「偷本非禮，所以不拜。」(言

1998 年 5 月初版)，133～137。

語第二‧12）

由拜與不拜的行爲，可以看出他們在「禮」與「非禮」之間的選擇，鍾毓認爲酒是用來完成禮的物件，因此必須謹守禮法，拜而後飲；但鍾會卻站在行爲上講，認爲在「偷」的行爲下，早已失去禮法，所以無須再拜。因此，拜與不拜的行爲，也可以看出禮與非禮的選擇。例如〈言語第二‧10〉：

> 劉公幹以失敬罹罪，文帝問曰：「卿何以不謹於文憲？」禎答曰：「臣誠庸短，亦由陛下綱目不疏。」

劉禎獲罪的原因，根據劉孝標引《典略》所載，乃因爲：「建安十六年，世子爲五官中郎將，……使禎隨侍太子。酒酣作歡，乃使夫人甄氏出拜，坐上客多伏，而禎獨平視。……乃收禎，減死輸作部。」可見他的罪過，是因平視世子妻，不合文帝之禮，故而獲配輸作部之罪。但劉禎卻不認爲自己的行爲非禮，反認爲是文帝制禮過嚴、綱目不疏，使他「顧其禮枉屈紆繞而不得申」。禮與非禮在這裡形成了不同的認定。而魏晉時期，就是這麼擺盪在禮與非禮的態度之間，但僅管有所擺盪，卻仍具有一種各得其所、安身立命的文化寬容。〔註28〕

在《世說新語》中，也記載了許多士人以禮自居、服膺儒教的情形，例如：

> 王祥事後母朱夫人甚謹。家有一李樹，結子殊好，母恆使守之。時風雨忽至，祥抱樹而泣。祥嘗在別床眠，母自往闇斫之。值祥私起，空斫得被。既還，知母憾之不已，因跪前請死。母於是感悟，愛之如己子。（〈德性第一‧14〉）

> 顧榮在洛陽，嘗應人請，覺行炙人有欲炙之色，因輟己施焉。同坐嗤之。榮曰：「豈有終日執之，而不知其味者乎？」後遭亂渡江，每經危急，常有一人左右己，問其所以，乃受炙人也。（〈德性第一‧25〉）

> 周鎮罷臨川郡還都，未及上，住泊青溪渚，王丞相往看之。時夏月，暴雨卒至，舫至狹小，而又大漏，殆無復坐處。王曰：「胡威之清，何以過此！」即啓用爲吳興郡。（〈德性第一‧27〉）

> 鄧攸始避難，於道中棄己子，全弟子。既過江，取一妾，甚寵愛。歷

〔註28〕以《世說新語》來說，〈德性第一〉整篇記錄了許多謹守「禮法」的士人行爲，但〈任誕〉、〈豪爽〉、〈簡傲〉甚至〈傷逝〉等篇卻有許多禮法越界之行爲，如此都可看出他們對與禮的徘徊，而當時的文化也對兩端之士抱以寬容的態度。

年後訊其所由，妾具説是北人遭亂，憶父母姓名，乃攸之甥也。攸素
有德業，言行無玷，聞之哀恨終身，遂不復畜妾。（〈德性第一‧28〉）

陳元方遭父喪，哭泣哀慟，軀體骨立。其母愍之，切以錦被蒙上。
郭林宗弔而見之，謂曰：「卿海內之儁才，四方是則，如何當喪，錦
被蒙上？孔子曰：『衣夫錦也，食夫稻也，於汝安乎？』吾不取也！」
奮衣而去。自後賓客絕百所日。（〈規箴第十‧3〉）

這些士人們遵守禮儀教化，崇奉儒教；例如王祥事後母至孝、顧榮之僕對其
恩義不忘、周鎮爲官清廉、鄧攸違禮而憾恨不已、陳元方誤蒙錦被而遭郭林
宗的規勸……這些都是以禮爲己任的展現；德性篇更紀錄許多孝行孝道的事
蹟，這些記載都可以見到他們對於儒家之禮的重視，同時也看出他們遵守執
政者所提出「以孝治天下」的理念，奉守儒家以孝爲百行之本的理念。

但守禮的同時，他們卻也呈現出了自我的個性，例如《世說新語》的記
載：

魏文帝受禪，陳群有感容。帝問曰：「朕應天受命，卿何以不樂？」
群曰：「臣與華歆，服膺先朝，今雖欣聖化，猶義形於色。」（〈方正
第五‧3〉）

曹丕篡漢，陳群雖然無法力挽狂瀾，仍在朝爲官。但是他義形於色的身體表
情，卻傳達了他心中的剛正之氣。藉著他義形於色的表現可以看出，儘管他
復仕其朝爲公卿，但依舊不忘舊朝。在當時士風不競的環境下，他仍勇於表
達自己的忠義個性。

再如夏侯玄：

夏侯玄既被桎梏，時鍾毓爲廷尉，鍾會先不與玄相知，因便狎之。
玄曰：「雖復刑餘之人，未敢聞命！」考掠初無一言，臨刑東市，顏
色不異。（〈方正第五‧6〉）

夏侯玄儘管是個受押的犯人，但是他格量洪濟，即使臨斬，但他的身體表現，
依舊是顏色不異、舉止自若；而他的個性也就藉著這困境之中的靜定給展現
了出來。

因此，不論是守禮或非禮，他們都在其中展演自我的個性。

但不可否認的是，儘管當時仍有許多儒者對禮教重視並且遵守，但魏晉
時期的非禮行爲，不但鄙視禮教，我行我素，更勇於打破禮的規範。這些行
爲，相應於前代，卻更是另一種突出並且充滿特例的顛覆情形。

　　「禮」乃儒家所著重的行為準則，在先秦兩漢時期，禮法除了外在的行為規範外，往往也具有內在的修養功夫，例如中國古代所講求的禮樂合一之教化，《禮記·文王世子第八》中即說道：〔註29〕

　　凡三王教世子，必以禮樂，樂所以脩內也，禮所以脩外也，禮樂交

　　錯於中，發形於外，是故其成也懌，恭敬而溫文。

可見儒家禮的修養功夫，除了修外之外，更需修內。內外交錯，才能成就恭敬而溫文、禮樂兼備的君子。而《禮記·樂記》中，也一再強調「樂也者，動於內者也；禮也者，動於外者也，故禮主其減，樂主其盈。」認為聖人的制禮是用來節飾人的行為，使其表現莊敬嚴威，作樂則是用來修養「易直子諒」的內心，因此「樂也者，動於內者也；禮也者，動於外者也」，所以儒家運用禮樂作為身心修養的設計，是共同體現於身心二者、彼此是不可背離的。

　　再如《禮記·儒行第四十一》中，將儒者的行為概述為忠信、恭敬、溫良、敬慎、寬裕、遜接、禮節……等等典範。更進而認為唯有將充滿「仁」的精神與身體行為作一最完善的結合，才稱得上是「儒者」的境界。〔註30〕在《禮記》中，即運用身心一如的實踐活動，將禮義內化於心中，完成對自身依禮義而行的成果之自覺與肯定，將禮義思維內化成一種自律型態的道德活動。

　　但到了魏晉南北朝時期，由於執政者的重視名教、高喊名教，禮教成了執政者的口號。以建立兩晉王朝的司馬氏來說，司馬氏原本為河內溫縣的世家大族，乃世代以儒學為經、長期參與政權、受人敬仰的大族。因此司馬氏在亡魏成晉之後，其氏族以及所屬集團，都屬於尊崇儒教的集團（即汝潁集團）；而他們尊崇儒家學術的傳統，也形成統治政策的主要策略，也就是標榜以禮教為本的策略，因此他們不論在政治上或在思想上，都服膺於儒教，以儒家禮教為遵行典範，〔註31〕例如「孝道」即是司馬氏集團以禮教治世的具體表現。

〔註29〕見《禮記（鄭註）》（臺北：新文豐，1978年10月初版），卷八。本文關於《禮記》之引文皆由此書引出，故僅列篇名，不另行作註。

〔註30〕見《禮記·儒行第四十一》：「溫良者仁之本也，敬慎者仁之地也，寬裕者仁之作也，孫接者仁之能也，禮節者仁之貌也，言談也仁之文也，歌樂者仁之和也，分散者仁之施也，儒者兼此而有之，猶且不敢言仁也，其尊讓有如此者。」

〔註31〕關於司馬氏家世以及其學識背景，乃參考李安彬撰：《司馬氏家族與曹魏政權關係之研究》（臺北：中國文化大學史學研究所碩士論文，1997年6月），第二章。而《晉書·宣帝紀》中也說司馬懿為：「博學洽聞，服膺儒教」。

不過，儘管他們高喊禮教，但禮教在他們的口中，卻早已失去禮教內化的精神，因為「禮」已成為他們的剪除異己的武器之一。執政者表面上高揚禮義教化，但私底下卻悖禮滅義，借著禮教來殺人，〔註32〕就如同羅宗強所說的：「西晉是以名教立國的，然有晉一代，除了孝尚未泯滅外，名教的其他內容，差不多都已經名存實亡。」〔註33〕如此的情形，更導致禮的形式化，「禮」在此已失去了內在的修養工夫，而徒留外在的儀軌形式。除了「禮」本質上的改變外，當時的政治鬥爭，以及懷疑精神的開展，都造成「禮」的頹喪。

司馬氏篡魏，本已不符合儒教的「忠」思想，再加上貪婪的爭鬥殺伐，更使得「禮教」成為一個架空的標語，〔註34〕它所殘留的只剩下權力的壓迫與虛偽的儀軌，再也無法維繫人心。這種種因素，使得「禮」加諸於人的身上，少了內在的修息養性，反而徒顯形式，成為一種外在的規範與束縛。而禮的存在，更導致身體行為的受到箝制。如此早已引起知識分子的不滿，也使得執政者所推行的名教策略，深深引起士人們的反感。士人們開始懷疑禮教存在的必要，就如同嵇康所提出的「越名教而任自然」，〔註35〕即呈現了對名教的懷疑，因此他們寧願撇開名教而服膺自然。

故而，在儒學崩毀、禮教變質的情形下，士人們寧願在現實世界中尋找自我新生的機會，他們開始利用自己的身體，試圖解開「禮」所加諸其上的羈絆；他們也利用自己的身體，尋找生活上的樂趣；他們更放縱自己的身體，使其脫離禮法的限制。身體成了他們越界禮法的工具；也成為他們展現自我的揚聲器：

> 阮仲容先幸姑家鮮卑婢。及居母喪，姑當遠移，初云當留婢，既發，定將去。仲容借客驢著重服自追之，累騎而返。曰：「人種不可失！」

〔註32〕例如曹操殺孔融，司馬氏殺嵇康……等等，都是藉著禮教的名義來行去除異己之實，禮教早已成了殺人的工具。

〔註33〕見羅宗強著：《玄學與魏晉士人心態》（臺北：文史哲出版，1992年11月初版），頁228。

〔註34〕李建中也曾說：「司馬氏的名教，將孔儒道德政治化法律化，以統治階級的政治、道德觀念魏名奮來教化臣民，來強制性地塑造人民的人格。本來，先秦儒家的倫理道德，並不乏合理內核，……然而，號稱以孝治天下的司馬氏家族，卻並無多少孝悌仁愛之心。……在孔儒忠孝仁義的幛幌之下揮舞著不仁不義的屠刀，司馬氏的這類行徑給嵇康阮籍們以極大的刺激。」見《魏晉文學與魏晉人格》（武漢：湖北教育出版社，1998年9月第1版），頁235。

〔註35〕嵇康〈釋私論〉中說：「矜尚不存乎心，故能越名教而任自然；情不繫乎所欲，故能審貴賤而通勿情。物情順通，故大道無違；越名任心，故是非無措也。」

即瑤集之母也。(〈任誕第二十三‧15〉)

> 王、劉共在杭南，酣宴於桓子野家。謝鎮西往尚書墓還，葬後三日
> 反哭，諸人欲要之。初遣一信，猶未許，然已停車；重要，便回駕。
> 諸人門外迎之，把臂便下。裁得脫幘，著帽酣宴；半坐，乃覺未脫
> 衰。(〈任誕第二十三‧33〉)

喪禮的脫序，是他們首先發難的對象。喪禮是儒家中最重要的大禮之一，居喪必需要「食旨不甘、聞樂不樂、居處不安」，〔註36〕更不能食稻衣錦，必須克制身體上的任何慾望。但是魏晉名士們，卻無視喪禮的規矩，他們在重孝期間著喪服追婢、箸帽酣宴，甚至如阮籍蒸肥豚、進酒肉，〔註37〕他們不把喪禮當一回事，他們勇敢運用自己身體的行動或慾望，來挑戰儒家禮教中食旨不甘、聞樂不樂、居處不安的喪禮。這正是「禮豈為我輩設也」的思維發酵，他們懷疑禮教存在的必要性，他們要用非禮的行為來打破禮的規範。

除了喪禮的脫序外，他們也放縱自己的身體行為，傲岸相對、旁若無人，例如：

> 桓宣武作徐州，時謝奕為晉陵。先粗經虛懷，而乃無異常。即桓還
> 荊州，將西之間，意氣甚篤，奕弗之疑。唯謝虎子婦王悟其旨。每
> 曰：「桓荊州用意殊異，必與晉陵俱西矣！」俄而引奕為司馬。奕既
> 上，猶推布衣交。在溫坐，岸幘嘯詠，無異常日。宣武每曰：「我方
> 外司馬」遂因酒，轉無朝夕禮。桓舍入內，奕輒復隨去。……(〈簡
> 傲第二十四‧8〉)

> 謝公常與謝萬共出西，過吳郡。阿萬欲相與共萃王恬許，太傅云：「恐
> 伊不必酬汝意，不足爾！」萬猶苦要，太傅堅不回，萬乃獨往。坐
> 少時，王便入門內，謝殊有欣色，以為厚待己。良久，乃沐頭散髮
> 而出，亦不坐，仍據胡床，在中庭曬頭，神氣傲邁，了無相酬對意。
> 謝於是乃還。……(〈簡傲第二十四‧12〉)

〔註36〕《論語‧陽貨第二十一》中曾提到：宰我問：「三年之喪，期已久矣。君子三
　　　　年不為禮，禮必壞。三年不為樂，樂必崩。舊穀既沒，新穀既升，鑽燧改火，
　　　　其可已矣。」子曰：「食夫稻，衣夫錦，於女安乎？」曰：「安。」「女安之，
　　　　則為之！夫君子之居喪，食旨不甘，聞樂不樂，居處不安，故不為也。今女
　　　　安，則為之！」宰我出，子曰：「予之不仁也！子生三年，然後免於父母之懷。
　　　　夫三年之喪，天下之通喪也。予也，有三年之愛於其父母乎？」
〔註37〕例如〈任誕第二十三‧2〉、〈任誕第二十三‧9〉中所記阮籍之事。

> 王子猷嘗行過吳中，見一士大夫家極有好竹。主已知子猷當往，乃
> 灑掃施設，在聽事坐相待。王肩輿徑造竹下，諷嘯良久。主已失望，
> 猶冀還當通，遂直欲出門。主人大不堪，便令左右閉門不聽出。王
> 更以此賞主人，乃留坐，盡歡而去。（〈簡傲第二十四·16〉）

> 王子敬自會稽經吳，聞顧辟疆有名園。先不識主人，徑往其家，值
> 顧方集賓友酣燕。而王遊歷既畢，指麾好惡，傍若無人。顧勃然不
> 堪曰：「傲主人，非禮也，以貴驕人，非道也。施此二者，不足齒人，
> 傖耳！」便驅其左右出門。王獨在輿上，回轉顧望，左右移時不至，
> 然後令送箸門外，怡然不屑。（〈簡傲第二十四·17〉）

他們的身體型態是：岸幘嘯詠、無朝夕禮、徑造竹下、諷嘯良久、指麾好惡、傍若無人、傲主人、以貴驕人……這些傲然不已的表現，無作客之禮，亦無東道之禮，他們全然無視禮法的存在，只知有我，不知有他人。「禮」在他們的心中，似乎已然缺乏了收束的作用，反而成為一種反抗、悖離的對象了。

而禮與非禮行為的擴張，正是自然與名教之間的衝突，士人們的挑戰喪禮，也許背後的目的乃是挑戰執政者「名教」的口號。前有言，司馬氏建立兩晉之後，以孝治天下。而喪禮上的儀則，便是遵守孝道的表現，但魏晉名士卻反對了這個儀則，他們也許正是利用身體的脫序行為，來反對司馬氏所服膺的「孝道」禮教吧！

而名教與自然間的爭端，在〈德性第一·23〉中也可見得：

> 王平子、胡母彥國諸人，皆以任放為達，或有裸體者，樂廣笑曰：「名
> 教中自有樂地，何為乃爾也！」

名教與自然的身體行為，在此有了明顯的對比，王澄、胡母彥國等人，身體表情是以放任為達、裸體，甚至如王隱所說的是：「去巾幘，脫衣服，露醜惡，同禽獸。甚者名之為通，次者名之為達」〔註38〕而樂廣以名教為得，而他的身體表現是：「性沖約，有遠識，寡嗜慾，與物無競。……其所不知，默如也。」〔註39〕兩組人馬有兩種決然不同的身體展演，這正也正是他們對名教與自然的不同詮釋：名教之士遵守儀制規範、簡約寡慾、以禮教為己任；而自然之士則是率性任真、通脫放達、以展現自我個性為主。〔註40〕

〔註38〕見〈德性第一·23〉後劉孝標註。
〔註39〕見《晉書·列傳第十三·樂廣》。
〔註40〕關於自然的身體，詳見下文。

　　這種種非禮行爲的溯源，也許正受到道家思想的啓發。莊子在〈至樂〉中就曾出現過「莊子妻死，箕踞鼓盆而歌」的情形，對喪禮甚至死亡都表現的曠達不羈。除此之外，《莊子》一書更進一步解構了仁義、道德、禮樂的重要性：

> 禮法度數，形名比詳，治之末也；鐘鼓之音，羽旄之容，樂之末也；哭泣衰絰，隆殺之服，哀之末也。……夫道，於大不終，於小不遺，故萬物備。廣廣乎其無不容也，淵乎其不可測也。形德仁義，神之末也，非至人孰能定之？夫至人有世，不亦大乎，而不足以爲之累。天下奮棟而不與之偕，審乎無假而不與利遷，極物之真，能守其本，故外天地，遺萬物，而神未嘗有所困也。通乎道，合乎德，退仁義，賓禮樂，至人之心有所定矣。（〈天道〉）

既然仁義禮樂都是可以屏除的，那麼何須遵守外在的規範呢？而禮教早已受到解構的命運，又該以何種思維來面對人生所遭遇的一切事物呢？而又要如何面對禮教崩頹後的處世缺口？面對這一個個問題，魏晉不斷的尋求解答，他們爲這個禮教的缺口找到了縫補的辦法，那就是「情」，就如同魏晉士人們所說的「一往有情深」（〈任誕第十三·42〉）、「終當爲情死」（〈任誕第十三·54〉）、「情之所鍾，正在我輩」（〈傷逝第十七·4〉）。他們情深、鍾情、爲情死，而他們的身體表情，正是這些「情」的展現。因此，魏晉人在面對禮法時，他們放縱自己的身體規範，純任真性情的表露。就如同他們在面對生死交割時，越過哀而止[註41]的服喪之禮，一往情深、情之所鍾地大慟、慟絕一般。[註42]而他們面對喪禮時的誇張舉止，也正是這種越名教而任心的的表現：

> 王仲宣好驢鳴，既葬，文帝臨其喪，顧與同遊曰：「王好驢鳴，可各作一聲以送之。」赴客皆一作驢鳴。（〈傷逝第十七·1〉）

> 孫子荊以有才，少所推服，唯雅敬王武子。武子喪時，時名士無不至者。子荊後來，臨屍慟哭，賓客莫不垂涕。哭畢，向靈床曰：「卿常好我做驢鳴，今我爲卿作。」體似聲真，賓客皆笑。孫舉頭曰：「使君輩存，令此人死！」（〈傷逝第十七·3〉）

王粲、王濟死時，因其平生好驢鳴，因此文帝、孫楚便爲故去的摯友執行這最後一件事，這完全是脫離禮制的行爲。他們越過禮教，運用身體的表現，

〔註41〕《論語·子張第十九》：「子游曰：『喪，致乎哀而止。』」
〔註42〕詳見本文第三章，對魏晉人面臨死亡的態度有更詳細的說法。

認真的展現自己的情感。

因此，對名教的反感，成為魏晉名士越過禮法的契機。為了反對執政者所服膺的儒家禮教，他們開始以道家思想中的通達任意作為自我脫序行為的解說，身體的放蕩，與反儒崇道、反禮制任個性、反名教任自然的想法是互為衍生、互為表裡的。而越過禮法限制後，身體更獲得了柳暗花明的開發，他們放縱自己的情性，也盡情展現自己的身體，魏晉士人就這麼徘徊於禮與非禮之間，而這個存在著差異的深情徘徊，則為他們的身體形姿，開啟了一個又一個絕佳曼妙的展演場。

三、天人關係——自然與身體的交融化合

「自然」之美，一直是魏晉時期的審美重點。〔註43〕

若將儒家與道家作一個概略的區分，不難發現，儒家是以倫理道德哲學為核心在中國傳統文化中佔了主導地位的；而道家則以自然哲學為核心在中國傳統文化中佔了主導地位。〔註44〕儒家之學中的自然觀，大多隱含了道德品質在其中，例如孔子所云：「苗而不秀者有矣夫！秀而不實者有矣夫！」（〈子罕·21〉）或如：「歲寒，然後知松柏之後凋也。」（〈子罕·27〉）以及「智者樂水，仁者樂山。」（〈雍也·21〉）。在儒家的觀念中，自然大多用以比喻、象徵道德之特色。而道家的自然觀，則多著重在擺脫人為造作的機心，因任自然、以求全身保真。

而魏晉之時，原本屬於儒家式的天人關係，已然受到極大的挑戰；相反的，老莊道家式的天人關係，〔註45〕開始進駐到魏晉士人的心靈。而道家的天人關係，講求的便是「自然」與「人」之間的融合。魏晉之世，道家之學大盛，加上世道的紊亂，因此對自然多所詮釋，而這種重視自然的哲學思考，往往也影響了士人們的身體表情。

〔註43〕宗白華著：〈論世說新語和晉人之美〉一文對魏晉時期自然的審美多有解釋，此處不再贅言。

〔註44〕見劉蔚華著：〈論道家的自然哲學〉，收錄於陳鼓應主編：《道家文化研究·第四輯》（上海：上海古籍出版社，1994年3月第1版），頁17。

〔註45〕本文認為，儒家所講的天人關係，主要在於道德規範以及為執政者服務，因此認為天具有賞善罰惡的能力。而道家所講的「天」是無為自然的，而天人之間的關係，也沒有善惡是非等觀念，而是純任自然，著重的是自然與人之間的交融化合。

　　以玄學的發展來說，學術史上大致分為三個階段：第一階段即以何晏、王弼為主的「名教即自然」階段；第二階段則以阮籍、嵇康為主的「越名教而任自然」階段；第三階段則是以向秀、郭象為主的「名教即自然」的階段。〔註46〕

　　當時，何晏、王弼首先對「自然」提出了許多的看法，何晏認為：

> 天地萬物皆以無為本，無也者，開物成務，無往不成者也。陰陽恃
> 以化生，萬物恃以成形

他繼承老子「天下萬物生於有，有生於無」（《老子‧四十章》）的思想，認為天地萬物的起源是「無」、「無為」或「自然」。而這種「無」「無為」或「自然」又統名為「道」，他說：「『天地以自然運，聖人以自用。』自然者，道也。」〔註47〕此種見解，深得老子自然主義天道說的宗旨。而王弼的天道觀念，同樣繼承了老子的自然主義，他認為宇宙即自然，是無為。他說：〔註48〕

> 天地任自然。無為，無造萬物。自相治理。故不仁也。仁者必造立
> 施化。有恩有為。列物不具存。物不具存。則不足以備載矣。地不
> 為獸生芻。而獸食芻。不為人生狗。而人食狗。無為於萬物。而萬
> 物各適其所。

而這種無為的觀念，更引發出「安身莫若不競，修己莫若自保」〔註49〕的順應天道之觀念，而順應天道自然的首要做法，便是「虛無柔弱、無所不可」（《老子‧四十三章註》）因為「無有不可窮，至柔不可折。以此推之，故之無為之有益也」（《老子‧四十三章註》）。他在《老子‧二十章註》中也說：「若將無欲而足，何求於益。不知而中，何求於進。」這種觀念，便發展成為「不犯於物，故無物以損其全也」（《老子‧五十五章註》）的保身觀念。而這樣的觀念，也為那些處在亂世之下的知識分子，開啟了一個全身保真的方便法門，他們服膺柔弱勝剛強的哲學；以無為為居，以不言為教，以恬淡為味來處世。這樣的哲學思維，也影響了其後對自然的詮釋。

　　到了阮籍、嵇康的階段，儘管他們對名教與自然的關係提出不同於何王的看法，認為要「越名教而任自然」。但是他們的自然觀仍受到王弼的許多啟

〔註46〕關於魏晉玄學的分期，乃參考許抗生著：《魏晉思想史》（臺北：桂冠圖書，1992年初版一刷）。

〔註47〕見《列子‧仲尼篇注》引何晏〈無名論〉。楊柏峻撰：《列子集釋》（北京：中華書局，1997年10月北京第五刷）。

〔註48〕見王弼註：《老子註》（臺北：藝文印書館，1975年9月3版），第五章。

〔註49〕見樓宇烈校釋：《王弼集校釋》（臺北：華正書局，1992年12月初版），頁352。

發，對自然的重視，也不亞於何、王二人，甚至更甚於他們。因為他們所處的世道同樣艱險，甚至更甚於王弼所處之時。〔註 50〕因此，如何使自己全身保真，更是他們思想上的要點，容肇祖也對阮籍所處的時代約略分為三點說：〔註 51〕

第一節　當時名士容易處著禍患，養成阮籍的消極的人生觀。

第二節　當時講禮教的人物，拘守和虛偽，弄成阮籍的適性主義和反禮教的觀念。

第三節　當日政治上的紛亂，造成阮籍無政府的政治思想。

這三點正是魏晉時期士人所處的環境以及其所相應的態度。其中第二點與第三點，主要形成非禮脫序的行為；但第一點，消極的人生觀，則形成阮籍，甚至魏晉士人的另一種全身保真的身體呈現。這種身體呈現，往往是「至慎」型態的身體：

晉文王稱阮嗣宗至慎，每語之言，言皆玄遠，未嘗臧否人物。(〈德性第一·15〉)

《魏氏春秋》曰：「阮籍字嗣宗，陳留尉氏人，阮瑀子也。宏達不羈，不拘禮俗。袞州刺使王昶請與相見，終日不得與言。昶愧歎之，自以不能測也。口不論事，自然高邁。」李康《家誡》曰：「……近世能慎者誰乎？……然天下之至慎者，其為阮嗣宗乎！每與之言，言及玄遠，而未嘗評論時事，臧否人物，可謂至慎乎！」(劉孝標於〈德性第一·15〉後註)

而嵇康在〈與山巨源絕交書〉中也說：「阮嗣宗口不論人過，吾每師之，而未能及。至性過人，與物無傷，唯飲酒過差耳。」除了阮籍，嵇康也同樣有類似的身體表現：

王戎云：「與嵇康居二十年，未嘗見其喜慍之色。」(〈德性第一·16〉)

不見喜慍、口不臧否人物、言及玄遠的至慎身體行為，其背後的思維光譜，或許即是顯色在道家哲學中虛懷若谷、進道若退的背景中，在「天下多故，名士少有全者」的環境之下，唯有深藏不露的玄遠姿態，才能夠全生保真。

〔註 50〕阮籍（公元 210）嵇康（公元 223）雖然生時均早於王弼（公元 226），但王弼僅二十四歲便夭亡（公元 249），因此司馬士殺伐異己的慘烈時期，以及隨後而至的黑暗統治，當不如嵇阮所體會的深刻。

〔註 51〕見容肇祖著：《魏晉的自然主義》收錄於《魏晉思想·乙編三種》（臺北：里仁書局 1995 年 8 月 31 日初版），頁 28。

因此這樣的身體行為雖看似消極，但實際上卻是當世最積極的保生之道。

而這種「至慎」的身體表現與老莊的哲學思維有著不可分割的關係，阮籍曾在〈達莊論〉中說：

> 人生天地之中，體自然之形。身者，陰陽之精氣也。性者，五行之正性也。情者，遊魂之變欲也。神者，天地之所以馭者也。以生言之，則物無不壽。推之以死，則物無不夭。自小視之，則萬物莫不小；由大觀之，則萬物莫不大。殤子爲壽，彭祖爲夭；秋毫爲大，太山爲小。故以死生爲一貫，是非爲一條也。⋯⋯至人者，恬於生而靜於死。生恬，則情不惑；死靜，則神不離。故能與陰陽化而不易，從天地變而不移。生究其壽，死尋其宜，心氣平治，不消不虧。⋯⋯此則潛身者易以爲活，而離本者難與永存也。⋯⋯

就是這種死生如一、恬生靜死、無爲無欲的思想啟發，引領他們的身體除了走向非禮縱欲的道路外，還朝著另一種潛身至慎、無爲深藏、槁木死灰的「虛己」〔註52〕方向行進。

莊子常常以身體虛化自身，以致「槁木死灰」（〈齊物論〉）成爲「虛室」（〈人間世〉）來容納萬物；或成爲「靜水」（〈天道〉）來反應萬物，而魏晉時期的潛身內足、清靜寂寞的全身哲學，似乎正是實現了莊子的身體思維。

而虛化的身體，其最後目的乃是爲了擴大自我，因爲身體可以無所不存於天地之中，甚而達到與天地合一的境界。這種「虛己」、「擴己」的身體哲學，同樣爲魏晉時期開啟了與天合一的的身體思維。

老莊之學認爲人是可以「與天爲一」的，例如莊子〈齊物論〉中所說：「天地與我並生，萬物與我爲一。」〈知北遊〉中也認爲人的形軀性命乃是：「天地之委形也；生非汝有，事天地之委和也；性命非汝有，是天地之委順也；⋯⋯」因此人的一切都是天地自然所賦予的。老子也說：「故道大，天大，地大，人亦大。域中有四大，而人居其一焉。」（〈二十五章〉）因此，人只要透過「人法地，地法天，天法道，道法自然」（〈二十五章〉）的路線，便可以

〔註52〕例如莊周化碟、鯤化而爲鵬，或如〈大宗師〉所言：「子來子有病，喘喘然將死，其妻子環而泣之。子犁子往問之⋯⋯曰：『偉哉造化！又將奚以汝爲？又將奚以汝適？以汝爲鼠肝乎？以汝爲蟲臂乎？』」莊子的觀念中，身體是可以根據造化而改變的，他虛化了的身體之形，也虛化了「自己」，開顯爲無己無功無名的狀態而這樣的虛己路線卻反而讓身體擴大與萬有合爲一體，也使人在其中找到了自身的真正定位。

達到天人相合的境界。

而莊子更認爲物物皆有道，「道」乃遍存於萬物、無所不在、無所不包、無逃乎物；生成萬物的「道」同物是沒有分際的。而按這理路來說，「道」同樣也體現在人的身上，而人也同樣可以因爲這個「道」來達到天人合一的境界。

而這個天人合一的思想，最重要的是不能執著於身體形軀的限制，必須要經過一番「解」、「離」、「黜」、「去」、「忘」「墮」、「釋」、「無」……等過程，才能夠同於大通，就如同莊子說的：

> 墮肢體，黜聰明，離形去智，返於大通。(〈大宗師〉)

> 墮爾形體，黜爾聰明，輪與物忘。大同乎涬溟，解心釋神，莫然無魂。(〈在宥〉)

而這種支離身體的工夫，便是爲了「虛化」身體，達到自己無所不存於天地之間的境界。這樣的思維，同樣也引領了魏晉人們的身體展現。魏晉士人們外其身而身存，意圖運用自我的身體打破物與物的界線，虛化自己的身體，卻也極至運用自己的身體，他們以身體的書寫達到與天地合一的化境，例如劉伶、郝隆、張吳興〔註53〕……等，在虛化與擴大的過程中，即傳達出這種以身體虛化、轉而擴大，更進而達到與天地同一的觀念。

而老莊自然哲學中，除了虛其形的的思想外，也爲這些面臨政治紊亂的名士們開啓了另一種可以柔弱勝剛強、無爲而無不爲的「體無」思維，而深藏不露的玄遠姿態，也成了魏晉時期所普遍存在的一種身體思維，他們的身體呈現了一種超遠並且無可限量的姿態，例如：

> 謝太傅絕重褚公，常稱：「褚季野雖不言，而四時之氣亦備。」(〈德性第一‧34〉)

> 郭林宗至汝南造袁奉高，車不停軌，鸞不輟軛。詣黃叔度，乃彌日信宿。人問其故，林宗曰：「叔度汪汪如萬頃之陂。澄之不清，擾之不濁，其器深廣，難測量也」(〈德性第一‧3〉)

> 顧和始爲楊州從事。月旦當朝，未入頃，停車州門外。周侯詣丞相，立和車邊。和覓蝨，夷然不動。周既過，反還，指顧心曰：「此中何所有？」顧搏蝨如故，徐應曰：「此中最是難測地。」周侯既入，與丞相曰：「卿州吏中有一令僕才。」(〈雅量第六‧22〉)

〔註53〕詳見本論文第四章。

謝太傅盤桓東山時,與孫興公諸人汎海戲。風起浪涌,孫、王諸人色並遽,便唱使還。太傅神情方王,吟嘯不言。舟人以公貌閑意說,猶去不止。既風轉急,浪猛,諸人皆諠動不坐。公徐云:「如此,將無歸!」眾人即承響而回。於是審其量,足以鎮安朝野。(〈雅量第六‧28〉)

裴叔則被收,神氣無變,舉止自若。求紙筆作書。書成,就者多,乃得免。後爲儀同三司。(〈雅量第六‧7〉)

魏明帝於宣武場上斷虎爪牙,縱百姓觀之。王容七歲,亦往看。虎承間攀欄而吼,其聲震地,觀者無不辟易顚仆。戎湛然不動,了無恐色。(〈雅量第六‧5〉)

夏侯玄初嘗倚柱作書。時大雨,霹靂破所倚柱,衣服焦然,神色無變,書亦如故。賓客左右,皆跌盪不得住。(〈雅量第六‧3〉)

嵇中散臨刑東市,神氣不變。索琴彈之,奏廣陵散。曲終曰:「袁孝尼常請學此散,吾靳固不與,廣陵散於今絕矣!」太學生三千人上書,請以爲師,不許。文王亦尋悔焉(〈雅量第六‧1〉)

山公舉阮咸爲吏部郎,目曰:「清眞寡欲,萬物不能移也。」(〈賞譽第八‧12〉)

在《世說新語》中關於這種自若靜定的身體表現,描述非常多,大抵而言,這種體識清遠,發言玄遠、玄遠幽深的身體表情,通常都表現的難測、湛然、神色無變……等等,甚至必須自外於生存險境中;而他們的外在形象大多是潛身內足、清靜寂寞,重神而不重形,例如褚季野的不言,卻備四時之氣;黃叔度具備萬頃之陂的難測器量,或是顧和的搏蝨卻有令僕之才,如此便展現出魏晉時風神瀟灑的情調。

然而與天地同、天人合一的觀念,在魏晉時期亦產生另一種身體思維,即養生的觀念。因爲養生思想的背後,便是冀圖與天同一。

魏晉時期所盛行煉丹服散的養生工夫,同樣也是由道家哲學中所轉變而來的。道家哲學認爲,人身若要「同乎天合」,就必須養生,而道家自老子開始,便形成養生的傳統。《莊子》一書中講養生之道也非常的多,例如〈養生主〉、〈繕性〉、〈至樂〉、〈達生〉、〈庚桑楚〉、〈列御寇〉……等篇,都不乏論述養生之法。其背後的思維光譜,或許即是顯色在道家哲學虛懷若谷、進道

若退的背景中。有限的自然生命裡，對身體珍重之、善保之。而這珍重善保的態度同時也是順應自然的，讓身體不與物相靡，不與人相傷，甚至不與「我」相衝突。在如此的態度下，生命成了天地自然的一部份，天地自然也融合於自我生命中，彼此相互照見，相互開顯，我與天地成就爲一笑而了然的知己模式。

但到了魏晉南北朝時期，由於死亡的隨時逼近，生命成了稍縱即逝，難以掌控的過眼雲煙，而「長生不死，肉體成仙」的終極關懷，便在於解脫生死，這與魏晉時期一再重複的死亡惡夢相結合後，便發展成爲重生而輕死，甚至千方百計地追求長生不死、羽化飛昇的厚生哲學，這也就促成了魏晉南北朝時期另類的養生風氣大盛。

而講養生必然脫離不了是：身心雙修，以求身體與心理的健康，達到延年益壽的目的；三氣共養，使精、氣、神協同保養，以精爲本，氣領身心，神統精氣，渾然一體，剛柔相繼；不爲物累，不受利絆，寡情少欲，恬淡無爲，順應自然，虛中以應物；陰陽相須，內榮外衛，虛實相應，寒溫平和，吐納得宜，養性而延命。〔註54〕而這些養生工夫，同樣也映現在魏晉時期的養生之道中，例如嵇康的〈養生論〉便呈現了許多相類似的養生之法，甚至《世說新語》中也對服散養生的風氣都有所記載。〔註55〕

嵇、阮之後，向秀、郭象的莊子註，也爲自然下了另一番註解，簡約的說，他們的思想，在於闡述「名教即自然」的思想，認爲萬物乃獨化自生、玄同彼我，冥於自然的。郭象把人的力量歸之於自然，主張人要像草木一樣無心，「若草木之無心」（〈山木注〉），「人皆自然」（〈大宗師注〉），治亂成敗皆出於自然，人爲也是自然，這樣便把「天人」完全合而爲一。〔註56〕所以他說：「知天之所爲者，皆自然也；則內放其身而外冥於物，與眾玄同，任之而無不至者。」（〈大宗師注〉）而後更進一步將治與不治、有爲與無爲都統一了，他說：

> ……而惑者遂云：治之而治者堯也，不治而得以治者許由也，斯失
> 之遠矣。夫治之由乎不治，爲之出乎無爲，取於堯而足，豈借之許
> 由哉！若爲拱默乎山林之中而後得稱無爲者，此莊、老之談所以見

〔註54〕見劉蔚華著：〈論道家的自然哲學〉，收錄於陳鼓應主編：《道家文化研究・第四輯》（上海：上海古籍出版社，1994年3月第1版），頁30。

〔註55〕詳見論文第三章。

〔註56〕見許抗生、李中華、陳戰國、那薇著：《魏晉玄學史》（陝西師範大學初版，1989年7月第1次印刷），頁371。

棄於當塗……（〈逍遙遊注〉）

他認為，若只是隱居山林，並非真正的無為，相反的，是受到見棄的。而如堯一般治世，卻也可以達到無為的境界，因為「無為之業，非拱默而已；所謂塵垢之外，非伏於山林也。」（〈大宗師注〉）。故而有為與歸隱的界限，在此被解構掉了。郭象提出這樣的見解，化解了知識分子仕與隱的矛盾，因為一切皆無心、皆自然、治與不治皆相同，故而不論人為或天然、仕或隱也都不違自然天性了。

　　魏晉時期，外在環境的板蕩不堪，知識分子們往往擺盪於仕與隱之間。有心歸隱之士，擔心執政者巧立名目徵召出山。而以退為進，欲仕還隱之士，則擔心他們的欲仕之心受到當時人的嘲諷。因此，郭象提出「名教即自然」的說法，則大大緩解了知識分子的種種矛盾。因為「夫聖人雖在廟堂之上，然其心無異於山林之中。」（〈逍遙遊注〉）他將仕與隱的衝突化解開來，也化解了身體在山林與廟堂之間的擺盪。而內外相冥的說法：

> 夫理有至極，內外相冥，未有極遊外而不冥於內者也，未有能冥於內而不遊於外者。故聖人常遊外以（宏）〔冥〕內，無心以順有，故雖終日（揮）〔見〕形而神氣無變，俯仰萬機而淡然自若。（〈大宗師注〉）

此處更將「仕／隱」「外／內」的區隔給泯除掉了。郭象的思想，給予當時的知識分子「大隱隱於市，小隱隱於野」的觀念：為官者可以藉此安心為官，無須承受「俗人」之名；被迫出山為官的隱者，則可藉此來安慰自己；而執政者更可以利用這種觀念，拉攏不欲為官的隱者。

　　郭象內外相冥的觀念提出，為擺盪廟堂以及山林的身體找到了一個重新定位的契機，身體可以安然處仕卻同時也是「西山歸來致有爽氣的」，因為一切皆統歸於適性自然的思想脈絡中了。

　　在這樣的思想背景中，身體也就呈現了人事與自然共在的雙重律動，例如：

> 竺法深在簡文坐，劉尹問：「道人何以游朱門？」答曰：「君自見其朱門，貧道如遊蓬戶。」或云下令。（〈言語第二‧48〉）

> 簡文入華林園，顧謂左右曰：「會心處，不必在遠。翳然林水，便自有濠、濮間想也。覺鳥獸禽魚，自來親人。」（〈言語第二‧61〉）

> 劉尹與桓宣武共聽講禮記。桓云：「時有入心處，便覺咫尺玄門。」劉曰：「此未關至極，自是金華殿之語。」（〈言語第二‧64〉）

在這幾則的記載中，可以看到當時人將「朱門／蓬戶」、「遠／近」、「自然／
園林」、「咫尺／玄門」等空間名詞相互等同的現象。這些空間名辭當然並不
是簡單的空間名詞，當中包含了文化隱喻在其中。撥開名相表面來看，「朱
門」、「近」、「園林」、「咫尺」往往不只是空間上的稱呼，它還暗喻了一種「入
仕」的處境。相對的，「蓬戶」、「遠」、「自然」、「玄門」也不只是空間上的形
容，它們同樣暗喻了「出仕」的型態。而這兩組各自代表出仕與入仕的詞組，
就其字面上以及其隱喻性來看，都是屬於對立的詞組。但在這一則則的引文
當中，卻發現這兩組相對性的詞組，其對立性卻被泯除了。「朱門／蓬戶」、「遠
／近」、「自然／園林」、「咫尺／玄門」成了互相融通的空間。

　　而這兩種相對的空間意義是如何有著融通可能的？本文認為，這兩種空
間思想，其互相融通的基點，應當便是建構在當時郭象對仕、隱的解釋上。
試看他所說的：

> 夫理有至極，外內相冥，未有極遊外之致而不冥於內者也，未有能
> 冥於內而不遊於外者也。故聖人常遊外以（宏）〔冥〕內，無心以
> 順有，故雖終日（揮）〔見〕形而神氣無變，俯仰萬機而淡然自若。
> 夫見形而不及神者，天下之常累也。是故睹其與群物並行，則莫能
> 謂之遺物而離人矣；睹其體化而應務，則莫能謂之坐忘而自得矣。
> 豈直謂聖人不然哉？（〈大宗師〉：「孔子曰：『彼，遊方之外者也；
> 而丘，遊方之內者也』句後注。」）

在郭象的詮解下，外、內是冥同的，因此遊外即可宏內；相同的，身在廟堂
也可以心在江海。郭象藉著這樣的思維，把「內／外」、「仕／隱」混同為一。
也因此朱門等同於蓬戶、咫尺等同於玄門、近等於遠，所以空間上的差別意
義不再具有任何的代表性，唯一的差別只呈現在處世者的身心擺放。處世者
若能將身心安適於這樣的空間混同，那麼廟堂即江海，江海即廟堂、而同也
就是不同、不同也就是同。

　　而這樣的空間新解，無疑將文人目光，由入仕主流轉而望向遠方的自然，
同時也將隱居的高調評價，牽引進入仕途殿堂之中，自然與廟堂雙軌進行著
它們的融合。這也助長了魏晉士人對自然的重視，甚至推波助瀾了人們對山
水的藝術審美。

　　或許，對自然山水與人軀體形姿的串連，也是這股對山林自然熱帶的藝
術著美風潮下的結果，例如：

　　庚子嵩目和嶠：「森森如千丈松」（〈賞譽第八·15〉）

　　時人目：「夏侯太初朗朗如日月之入懷，李安國頹唐如玉山之將崩」
（〈容止第十四·4〉）

　　裴令公目王安豐：「眼爛爛如巖下電」（〈容止第十四·6〉）

　　有人語王戎曰：「嵇延祖卓卓如野鶴之在雞群。」（〈容止第十四·11〉）

　　有人歎王恭形茂者，云：「濯濯如春月柳」（〈容止第十四·39〉）

在這些例證中，「自然」成了人的審美典範，甚至有將人擬自然化、與自然同
體的情形，而這也都可以看出自然遍透於人身的風氣。

　　自然的觀念，以及對自然的不同詮釋，無疑為魏晉南北朝時期的身體展
演開啟了多樣化的大門。而由自然進而探討的天人關係，更促使魏晉人打破
了身體的界線，使身體有了豐富的樣貌，更為此一時期奠定了風韻絕佳、充
滿個性的情調。

第三節　小　結

　　不論是品評人物所衍生對美的堅持，或是禮與非禮的越界，以及自然觀
念遍透於身體的種種樣貌，或狂妄、或至慎、或虛化、或瀟灑、或靜定、或
曠達、或豪爽、或儁美、或醜惡、或痛苦、或脫序、或……，這種種身體的
表情，都可以看出魏晉人對自我身體的主權掌控。

　　因為身體表情的豐富展演，因此，魏晉人的身體是多元的，其所代表的
意義也是豐富的。它有可能成為反社會、反政治、反禮教的工具，形成一種
對政治、對社會、對禮教、對道統的悖離關係，身體的展演成為他們試圖利
用，作為脫離社會軌道與規範的手段。

　　但另一方面，身體卻也可能成為禮教傳統的背書者，他們浸潤在儀軌道
德之中，自得於名教中的樂地，恂恂而儒雅、坦然而不踰矩立於禮、成於禮。
不論如何，他們的身體表情在在都呈現了他們的清遠、愁懷、美感、規矩以
及反抗，身體對他們來說，成為展演自我的藝術體，更成為一種傳達自我個
性的工具。

　　因此，儘管他們因為身體的存在，而無法逃脫現實的種種壓迫，他們也
因為身體的存在，而無法跳脫生命的追逼。但他們的生命力卻並未因為身體
的存在而消極認命、喪失活力；相反的，他們他們不斷運用自我的身體，來

展現生命中的情趣，達到自我個性的豐富展演。

　　所以，換個角度來說，或許身體的存在，對他們來說，並非是苦難之源，相反的，還是一種在亂世之中，對自身存在所形成的一種自我觀照吧！

第三章　壓縮的生命與解壓縮的身體

第一節　時間與身體的對話

　　「時間」是永恆的，它不因人類的存在而存在，也不因人類的消亡而消亡，它是與宇宙同生、永恆持續的。由於它是不斷地向前推進，因此，任何事物在時間的審視下，均是變動無常、無所定止的。

　　另一方面，時間又是人生活時的韻律與節奏之所在。就其對人的影響來說，「時間」是無所不在，沒有人能夠脫離時間加諸其身的支配。

　　「時間」也是人體察旦夕飄忽、四時律動、生命壽夭……的重要基素。它也是人類獨有的感覺形式，雖然生活在宇宙中的所有生命體都受到時間的掌控，但對人類以外的生物體來說，時間大多只顯示了生活上的意義，缺乏更深一層的體認。但對人類來說，時間借著過去、現在、未來三種樣貌，與人的生命、思想、活動、情感……結合形成一個緊密的網絡；不論出生或是死亡，「時間」都引領著我們，也掌控著我們。因此，「時間」可說是人類不可逃脫的魔障；它是無所不在，與人的生命息息相關的。

　　而時間往往也與社會文化有著不可分割的關係。不同的社會背景，往往也有不同的時間觀呈現。例如印度的時間觀，根據《吠陀經》的紀錄顯示，他們對於抽象的時間是不感任何興趣的，在他們看來，除了宗教儀式活動或神的行動外不存在任何連續的時間，因此，印度的時間觀往往和祭祀有所聯繫。而傳統班圖文化的時間觀，則認為只要時間沒有被一些特定事件所標明，那麼它就是沒有傾向性的、中立的實存物，因此，班圖認為時間必須與人或

動物以及一些自然現象相連結才具有特殊的意義。〔註1〕可知時間往往與社會互為表裡，時間遍透於社會之中，而社會也建構了它的特有形式。

時間除了與社會文化相互貫通外，時間對人的影響，往往也表現在身體對時間的踐形上，對時間有如何的認知，往往也表現在生命實踐的態度上。

魏晉時期，在社會背景重視人物品評的風氣下，同樣也影響了身體與時間的觀念，例如對捷悟與夙惠的讚賞，也連帶影響了他們的身體行為，使得當時對聰穎之人流露出無比的偏好，且看《世說新語》中的紀錄：

> 人餉魏武一桮酪，魏武噉少許，蓋頭上題為「合」字以示眾；眾莫能解。次至楊脩，脩便噉，曰：「公教人噉一口，復何疑？」（〈捷悟第十一・2〉）

> 魏武嘗過曹娥碑下，楊脩從，碑背上見題作：「黃絹幼婦，外孫齏臼」八字。魏武謂脩曰：「解不？」答曰：「解。」魏武曰：「卿未可言，待我思之。」行三十里，魏武乃曰：「吾已得。」令脩別記所知。……魏武亦記之，與脩同，乃嘆曰：「我才不及卿，乃覺三十里。」（〈捷悟第十一・3〉）

> 王東亭作宣武主簿，嘗春月與石頭兄弟乘馬出郊野；時彥同遊者，連鑣俱進，唯東亭一人常在前，覺數十步。諸人莫之解。石頭等既疲倦。俄而乘輿向，諸人皆似從官，唯東亭奕奕常自在前。其悟捷如此。（〈捷悟第十一・7〉）

> 何晏年七歲，明慧若神，魏武奇愛之；以晏在宮內，因欲以為子。晏乃畫地令方，自處其中。人問其故？答曰：「何氏之廬也。」魏武知之，即遣還外。（〈夙惠第十二・2〉）

在這幾則中，都可以看到一個共通的狀態，就是對先機的掌握與對反應的重視。要達到先機的掌握與反應的敏捷，必須是在最短的時間內，先於眾人了解並進入事件的核心，再加上身體對先機的踐行，例如楊脩的噉酪、王珣的奕奕在前、何晏的畫地令方……。藉著身體的踐行，如此便構成一個個敏捷聰慧的人物形象，也營造出對「捷悟」與「夙惠」的讚賞氛圍。而《世說新

〔註1〕 不同的文化所產生的不同時間觀，乃參考〔法〕路易・加迪等著、鄭樂平、胡建平譯、顧曉鳴校：《文化與時間》（浙江：浙江人民出版社出版，1988 年7 月第 1 次印刷），頁 66、119。每種文化的時間觀當然都不是一言可道盡的，但本文的論述並非以此為主，故而不再贅述，詳參閱本書。

語》的〈捷悟篇〉與〈夙惠篇〉，在在都是這些反應得體、料得先機的人物姿容；這一個個的捷悟智慧，也使得他們成爲魏晉歷史中最突出、最顯著的人物。可知一個時代的社會氛圍，影響了時間觀感，也影響了身體的行爲速率觀。

　　而時間對人的掌控，最明顯的便是在身體的控制上。「身體」也是人類體察時間的重要指標，因爲人對時間最直接的感觸往往都起因於自我歲月的流逝，亦即時間在身體上所鑄造的刻痕。這主要是因爲「時間」是個無法具體見得的東西，如果不依靠計時器或空間載體的展現，﹝註2﹞它的流動將是無法捉摸的，因此人往往容易忽略「時間」的存在。所以，當人突然將視線轉回到自我身軀時，時間的流逝在身體上所形成的急遽變化，將更深刻的讓人體驗時間的存在，也使得時間之感深刻的烙印在人的心中，故而極容易誘發出歲月不再的感嘆。例如陸機的〈百年歌〉﹝註3﹞即明顯呈現出身體與時間的關係：

> 一十時。顏如蕣華曄有暉。體如飄風行如飛。……二十時。膚體彩澤人理成。每目淑貌灼有榮。……三十時。行成名立有令聞，力可扛鼎志干雲。食如漏卮氣如薰。……四十時。體力克壯志方剛。……五十時。荷旄仗節鎮邦家。……六十時。年亦耆艾業亦隆。……七十時。清爽頗損膂力愆。清水明鏡不欲觀。……八十時。明已損目聰去耳。前言往行不復紀。……九十時。日告耽瘁月告衰。形體雖是志意非。……百歲時。盈數已登肌肉單。四肢百節還相患。目若濁鏡口垂涎。呼吸頓憊反側難。茵褥滋味不復安。

由少年時期的光彩煥發、壯年時期的體力克壯、中年時期的安邦定國，一直到老年時期的目濁肌單，時間毫不留情的在身體上刻下歲月的痕跡；人的各種變化，也都脫離不了時間的面貌。

　　而人面臨身軀形體的改變時，也意識到自我年歲的飄零，例如《世說新語》中的這段記載：

> 顧悅與簡文同年，而髮蚤白。簡文曰：「卿何以先白？」對曰：「蒲

﹝註2﹞　李清筠著：《時空情境中的自我影像》一書中也曾說過：「沒有人能脫離得了時間的節奏，然而，也沒有人能夠具體客觀的描摹時間。於是，就像對一切抽象事物的知覺模式一樣，我們必須透過實存空間中的具體物象，閱讀時間『經過』的痕跡。」（臺北：文津出版，2000 年 10 月一刷），頁 21。

﹝註3﹞　見逯欽立輯校：《先秦漢魏晉南北朝詩・上》（臺北：木鐸出版社，1983 年 9 月出版），頁 668。

柳之姿，望秋而落，松柏之質，經霜彌茂。」（〈言語第二·57〉）

大抵說來，人對時間最直接的感觸，往往都起因於自我歲月的流逝。所以見到自我形體的改變，最容易意識到時光的匆匆。霜鬢、白髮、老病、朱顏暮齒、垂鬢白髮……這些形體的轉變，無情的宣告了時光的不再，也直接呈現了光陰的痕跡；人們一旦體會到自我形體的轉變，時間之流便無情的籠罩在他的心中。而時間之流最終的歸結點，即是「死亡」，所以「死亡」往往是誘發人們感嘆時光流逝的最深沉因素。

在中國古代，時間與身體的關係更是息息相應，身體的一切構造，都是根據天時自然所形成的，例如董仲舒所提出的「人副天數」：

> 天以終歲之數，成人之身，故小節三百六十六，副日數也；大節十二分，副月數也。（〈人副天數〉）

以及《淮南鴻烈集解卷七·精神訓》所說的：

> 有二神混生，經天營地，……於是乃別爲陰陽，離爲八極，綱柔相成，萬物乃形，煩氣爲蟲，精氣爲人。是故精神，天之有也，而骨骸者，地之有也。精神入其門，而骨骸反其根，……是故聖人法天順情，不拘於俗，不誘於人，以天爲父，以地爲母，陰陽爲綱，四時爲紀。……夫精神者，所受於天也，而形體者，所稟於地也。故曰：「一生二，二生三，三生萬物。萬物背陰而抱陽，沖氣以爲和。」故曰一月而膏，二月而血，三月而胎，四月而肌，五月而筋，六月而骨，七月而成，八月而動，九月而躁，十月而生，形體以成，五臟乃形，是故肺主目，腎主鼻，膽主口，肝主耳……。

可知在中國古代，許多哲學家們都認爲人的一切，不論肉體或精神，都必須符合天時，以達天人合一與天理相合，如此才能順命安生。因此，不論是身體的行動或是軀體的形成，都與自然時間息息相關。

而人的身體與時間最直接的連結，絕大部分即來自死亡的脅迫。人類的存在，取決於他是否擁有生命。而生命壽夭，即是人類感受「時間」最直接的東西。因爲人的一生，開始於出生那一刻，結束於死亡那一剎，所以，人在世存有的時間長短，便受到生死壽夭的控制，也即受到時間的控制。因此死亡的存在，才能明確證明生的存在，所以死亡的意識，正是驚醒個體生命的雷聲，更是人體察時間的前提。例如：

> 衛玠年五歲，神衿可愛。祖太保曰：「此兒有異，顧吾老，不見其大

耳！」〈識鑒第七‧8〉

　　戴安道年十餘歲，在瓦官寺畫。王長史見之曰：「此童非徒能畫，亦
　　終當致名。恨吾老，不見其盛時耳！」（〈識鑒第七‧17〉）

死亡的將至，引發兩位老者對生命的憾恨；朝陽不再盛、老之將至矣的感慨，
也更突顯出他們對生命短暫的嘆息、對垂老暮年的無奈了。不論是英雄豪傑，
才智之士，都無法躲過老之將至，死之催逼；所有的豪情抱負，遇到了壯士
暮年的景況，都將轉化為一種深沉的悲涼。就像謝安與王羲之面對自己的老
之將至時，所產生的無奈：

　　謝太傅與王右軍曰：「中年傷於哀樂，與親友別，輒作數日惡。」王
　　曰：「年在桑榆，自然至此，正賴絲竹陶寫。恆恐兒輩覺，損欣樂之
　　趣。」（〈言語第二‧62〉）

謝安與王羲之的一段對話，也同樣呈現了這樣的矛盾情緒。他們都知道老與
死是人生必經之路，是自然的生理現象。但在面臨生命凋零的催逼時，他們
卻仍難掩「傷於哀樂」、「輒作數日惡」、「恆恐兒輩覺，損欣樂之趣」的落寞，
由此也可看出「死亡」是他們心中一個揮之不去的陰影。

　　《世說新語》一書所記錄的事件，最早起於秦末，最終止於劉宋，而大
部分的紀錄，則是以魏晉南北朝為主。就歷史與時代的背景來看，這段時期
總是戰亂不斷、兵禍連年。漢末的黃巾之亂、董卓亂政以及隨後的三國分立，
魏晉的前身已是亂象百出了。到了西晉的建立後，雖有短暫的統一，但卻因
為統治階級黑暗的統治，加上皇室的激烈鬥爭，最後演變為八王之亂，也導
致西晉的瓦解以及異族的入侵。門閥士族被迫南遷後，偏安江南、建立東晉
王朝，但整個王朝內部仍舊充滿了矛盾與鬥爭，形成內亂不斷，外患不止的
局面。估計東漢後期，經三國、兩晉，到南北朝，先後建立過三十個政權，
導致戰火此伏彼起，災禍連年不絕；因此整個魏晉南北朝，可說是長期處於
分裂割據，朝代更迭頻繁的局面，而長期戰亂的結果，人口也大量死於非命。
在這種災異頻仍、朝不保夕、動盪失衡的時代背景下，生命的無常之感，便
深刻的烙印在魏晉士人的心中。例如陸機的〈短歌行〉：〔註4〕

　　置酒高堂，悲歌臨觴。人壽幾何，逝如朝霜。時無重至，華不再陽。
　　蘋以春暉，蘭以秋芳。來日苦短，去日苦長。

─────────────

〔註4〕見黃明、鄭麥、楊同甫、吳平編著《魏晉南北朝詩精品》（上海：上海社會科
　　　　學院，1995年6月第一版），頁117。

詩中直接點出「人壽幾何，逝如朝霜」的「傷逝」之情。這個「傷逝」之情，不僅是對「生命」的慨歎；也是對「人生苦短」的悲歌。對魏晉人來說，「死亡」是隨時隨地、如影隨形的籠罩在他們的生命感知裡。也造成了他們生命隨時會消亡的心理壓力，因為「死亡」會無時無刻、不斷的的打擊他們的生命，而「死亡」也將生命時間的持續性截斷；它雖是每個人生命的必經之路，但在魏晉亂世的烘托下，它卻又無所不在的滲透到「生」的每一瞬間，所以，世道的衰亂、死亡的橫陳，讓魏晉士人的生命時間開始變得短暫、瞬間即逝，生命形成一種極端壓縮的狀態，是「俯仰之間，已為陳跡〈王羲之‧蘭亭集序〉」的。在這種極度壓縮的生命歷程中，魏晉人除了忍受之外，也開始尋找解除壓迫的方式，故而開始運用自我的身體，進行一場與生命的解壓縮競賽，而身體的展演，也開始有了前所未有的變革。

身體的存在，讓人逃脫不了死亡的催逼，因為「死亡」的成立與否，取決於生命的存亡，而生命的存亡，又須以身體的有無來界定。「死亡」是生命的分解，它是無答案的，它也是人由存在走向不存在的臨界點，更是一種終結現象，也是現象的終結，「死亡」到來後，一切事物都將煙消雲散。所以「身體」在生命時間中，所扮演的角色是一個由生到死的依據，它既是生的具體化，也是死的具體化。〔註5〕

因此在這短暫的逆旅、生死的交會中，魏晉人們不斷的詢問：「嗟人生之短期，孰長年之能執？」〔註6〕、「寓形宇內復幾時，何不委心任去留！」〔註7〕、「去此若俯仰，如何似九秋？」〔註8〕、「千秋萬歲後，榮名安所知？」〔註9〕……他們無不捫心自問：人生苦短，何苦繼續用堂皇大道來圈禁壓縮的生命？如何躲過生死大限？如何使短暫的人生不再留白？如何使自我的生命獲得解放？……這一個個的問題，無不擲地有聲的扣問著這群飽含鍾情，也飽含傷逝

〔註 5〕「死亡」的成立，乃在於身體生命的結束，故而沒有身體，也就沒有死亡；因此身體乃死亡的具體依據。

〔註 6〕見逯欽立輯校：《先秦漢魏晉南北朝詩》（臺北：木鐸出版社，1983 年 9 月出版），陸機：〈嘆逝賦〉。

〔註 7〕見逯欽立校注：《陶淵明集》（北京：中華書局出版，1979 年 5 月第 1 次印刷），〈歸去來辭〉。

〔註 8〕見阮籍：《阮嗣宗集》（臺北：華正書局，1979 年 3 月初版），〈詠懷詩‧其三十二〉。

〔註 9〕見阮籍：《阮嗣宗集》（臺北：華正書局，1979 年 3 月初版），〈詠懷詩‧其十五〉。

的魏晉名士們。故而他們不斷地發出：「人生如寄耳，頃風流得意之事，殆爲都盡」〔註10〕、「死生亦大矣，豈不痛哉！」〔註11〕、「天道信崇替，人生安得長」〔註12〕、「人生天地間，飄若遠行客」〔註13〕……的浩嘆，而這種種「薤露易晞」、「人生如寄」的情懷，也縈繞了整個魏晉時期。因此，他們也試圖解開這重壓在他們生命上的壘塊。

而「身體」束縛的開放，就是他們關注的議題之一。雖然，「身體」是人無法逃脫「死亡」羅網的原因，但魏晉時期的人們，卻也反過來，試圖運用自我的身體，來解開生命所受到的極致壓縮。他們或是利用身體縱情縱酒，獲得生命的快感，或是服膺中國古代哲學家們所提出的觀念，利用身體順天應時，達到養生惜時的效果。不論用何種方式，魏晉人展開了一系列樂生、養生的身體型態。

第二節　時間催逼下的身體釋放 ── 縱情縱酒的身體

魏晉時期，由於時代社會的背景，因此人生苦短的思維更受到深化，相對的人的生存意義和價值便成爲十分重要的問題。對魏晉人來說，「活著」才是眞正能把握的。因此，在生命短暫以及活在當下的前提下，身體展演獲得了豐富的溫床。

在漢代「罷黜百家，獨尊儒術」的情況下，儒學取得了絕對的優勢，而儒家思想首重道德修身，因此對身體的審美往往也包含道德的修養在其中，例如孔子所說的：「非禮勿視，非禮勿聽，非禮勿言，非禮勿動。」（〈顏淵第十二〉）孔子認爲人的行爲都必須按照「禮」的規範；除了孔子外，孟子也站在道德的立場對身體進行了規範，他說：「養心莫善於寡欲。」（〈盡心・下〉）以及「天將降大任於斯人也，必先苦其心志，勞其筋骨，餓其體膚，空乏其

〔註10〕見謝安：〈與支遁書〉。

〔註11〕見吳功正主編：《古文鑑賞集成》（臺北：文史哲出版社，1996 年 5 月 6 日再版），王羲之：〈蘭亭集序〉。

〔註12〕見逯欽立輯校：《先秦漢魏晉南北朝詩》（臺北：木鐸出版社，1983 年 9 月出版），陸機：〈門有車馬客行〉。

〔註13〕見逯欽立輯校：《先秦漢魏晉南北朝詩》（臺北：木鐸出版社，1983 年 9 月出版），潘岳：〈陽氏七哀詩〉。

身，行拂亂其所為，所以動心忍性，增益其所不能。」(〈告子・下〉) 在他的觀念中，身體必須要忍受外在的誘惑、壓抑自我的慾望，忍受苦勞餓空之考驗，才能達到天降大任、動心忍性的境界。而荀子也多站在道德、禮義上來看待身體的行為，例如〈修身篇〉所說的：「禮者，所以正身也……無禮，何以正身？禮然而然，則是情安禮也。」或如〈不苟篇〉所說的：「誠心守仁則形，形則神，神則能化矣！誠心行義則理，理則明，明則能變矣！變化代興，謂之天德」。他的身體大多反應了道德意識在其中，耳目感官也多體現了道德的價值。道德是身體行為的指標，不論是修身、行禮或是生活、為人，儒家對身體的要求，總包含了道德禮敬的修身層面在其中。

但到了漢末，戰端四起、時代驟變，外則朝野崩潰、綱紀紊亂，戰亂頻仍；對內則造成生命苦短的壓縮情結。在這雙重的壓力之下，整個儒學支架受到動搖，就如同《後漢書・黨錮列傳》中所說的：「朝野崩潰，綱紀文章蕩然矣。」因此，社會的擾攘動亂，動搖了大一統的漢帝國，更動搖了原本支持這王朝的精神支柱 —— 儒家思想；在國亡於上的景況下，思想也隨之淪喪於下。

而後，隨之而來的魏晉南北朝，政治社會的紊亂，比之漢末，更是有過之而無不及。所以原本定於一尊的儒家思想，他們的修身齊家治國平天下這一連串有連貫意義的道德觀念，再也無法解答亂世中的朝夕驟變；因為時代所提供的，並非是一個穩固、可按部就班來實行的修身道場。而死亡所造成個體生命急迫的危機，也使得儒家「守死善道」、「殺身成仁」的觀念，再也無法安慰這些在滔滔亂世中莫名招禍的士人們。因此，他們不再具有「朝聞道，夕死可矣」的甘心情願，對這些魏晉人來說，死亡的過於接近，反而促成他們對「生」的極度渴望。故而他們決定孤注一擲，用「身體」來化解生命所受到的箝制與壓抑，畢竟只有自我的「身體」才是可掌握的。

由此，他們釋放了自我的身體。展開了另一種身體表情來呈現自我的意志，這一種身體表情，即是縱情縱欲的身體。

既然生命不易，所以「當下」成了唯一能夠把握的部分。因此魏晉人開始以現世享樂的人生態度來度日，及時行樂便成了魏晉時期的生命哲學之一。

而「酒」便是行樂時不可或缺的必備之物，就如同王孝伯所說的：「名士不必須奇才，但使常得無事，痛飲酒，熟讀〈離騷〉，便可稱名士。」(〈任誕第二十三・53〉)〈離騷〉是屈原遭到放逐時，表明心志所作的，他的怨誹憂

時都在其中反應了出來，因此魏晉時期也藉著熟讀離騷來發洩他們對時代的
不滿。除了「熟讀離騷」外，「酒」也是他們解除痛苦、釋放身體，達到縱欲
縱情的手段之一；在《世說新語》中也映現了這一情形：

> 張季鷹縱任不拘，時人號爲「江東步兵。」或謂之曰：「卿乃可縱適
> 一時，獨不爲身後名邪?」答曰：「使我有身後名，不如即時一桮酒！」
> （〈任誕第二十三・20〉）

> 畢茂世云：「一手持蟹螯，一手持酒桮，拍浮酒池中，便足了一生。」
> （〈任誕第二十三・21〉）

> 鴻臚卿孔群好飲酒。王丞相語云：「卿恆飲酒，不見酒家覆瓿布，日
> 月久糜爛邪?」群曰：「公不見糟中肉，乃更堪久。」群常與親舊書
> 云：「今年田得七百斛秫米，不了麴蘗事。」（〈任誕第二十三・24〉）

這幾則的記錄，都可以看出魏晉時代把握當下，及時行樂的人生態度；不論生
死、名聲、世情、甚至德性如何，「盡情當下」才是最重要的。縱使留名青史，
還不如及時的縱酒享樂，「未來」畢竟還太久遠，不是「現在」所能把握的。因
此現時的行樂逐步瓦解了時間長流的重擔。身後名，反不如即時一桮酒了。故
而他們認真的放達自我慾望，追求刹那間的滿足，以有限的生命來對抗不知何
時將至的生死輪替；他們放縱自我的身體，浸淫在酒精的麻痺中。酒成了他們
解放的樞紐，也提供他們忘卻痛苦的麻痺效果，更讓他們擺脫世俗的煩惱與不
快，純任當下的縱情。例如王光祿所說的：「酒，正使人人自遠。」（〈任誕第二
十三・35〉）或如王薈所說的：「酒正自引人箸勝地。」（〈任誕第二十三・48〉）
更如王忱所言：「三日不飲酒，覺形神不復相親。」（〈任誕第二十三・52〉）以
及王孝伯所說的：「阮籍胸中壘塊，故須酒澆之。」（〈任誕第二十三・51〉）

可知「酒」是逃離現實苦難的工具，沉浸在「酒」的世界中，一方面能
擺脫外在的紛擾，一方面又能縱心物外，達到形神合一、物我冥化的境界，
更能夠將胸中鬱鬱不平之氣一一澆息。

魏晉人憂懼生命的短暫，因此藉著酒精來麻醉悲痛、宣洩情感，把握短
暫的時光，及時行樂；更藉著飲酒來肯定自我生命的強度與密度。所以縱酒
狂飲，雖非攝生之道，但他們卻藉此自我放逐，因爲只有在「杜康」之中，
他們才能尋覓到最完滿、和諧的樂園。「酒」爲他們抵擋、化解了外界的擾攘；
也讓他們心中的塊壘矛盾，在酒的世界中獲得緩解。因此他們離不開「酒」。

從另一角度來看，縱情飲酒雖然是逃避現實的方式，但卻也是處在現實

當中的求生之道，〔註14〕因此，「飲酒」一方面具有躲避現實的目的，一方面卻又具有極端的現實性，所以魏晉人好酒，往往也表達出他們對生命不捨的強烈留戀。例如：

> 鴻臚卿孔群好飲酒。王丞相語云：「卿恆飲酒，不見酒家覆瓿布，日月久糜爛邪?」群曰：「公不見糟中肉，乃更堪久。」群常與親舊書云：「今年田得七百斛秫米，不了麴糵事。」（〈任誕第二十三‧24〉）

孔群好飲酒，王導以「酒家覆瓿布，日月久糜爛」的比喻，勸戒他節制飲酒。但孔群不但不聽勸，還反以「糟中肉，乃更堪久」的道理來反駁王導的勸戒，認爲酒不但不會傷身，反而還能讓人如獲長生。

雖然「酒」並不會讓人獲得生理上的長生不老，但它卻可以讓沉迷其中的人們，進入一個虛構出來的理想樂土，暫時忘卻外在的牽掛；既然外在是無法控制改變的，那何不迷濛於酒的世界中，及時行樂呢！因此，魏晉士人便藉著「杜康」進入「自遠」、「箸勝」、「更堪久」的忘憂國度。在《世說新語》中即隨處可見這些酒氣沖天的記載，例如：

> 劉伶病酒，渴甚，從婦求酒。婦捐酒毀器，涕泣諫曰：「君飲太過，非攝生之道，必宜斷之！」伶曰：「甚善。我不能自禁，唯當祝鬼神，自誓斷之耳！便可具酒肉。」婦曰：「敬聞命。」供酒肉於神前，請伶祝誓。伶跪而祝曰：「天生劉伶，以酒爲名，一飲一斛，五斗解酲，婦人之言，甚不可聽。」便飲酒進肉，隗然已醉矣。（〈任誕第二十三‧3〉）

劉伶之妻明白說道：「君飲太過，非攝生之道，必宜斷之！」酒精，並不能達到身體上的長生之道，相反的，卻非攝生之道，宜斷之，但是在劉伶卻放任自我的慾望，「以酒爲名，一飲一斛，五斗解酲」，因爲酒能使他解開束縛，釋放身體，〔註15〕因此酒對他的重要性，甚至比妻子的殷殷期盼還要重要，爲了飲酒，不惜欺騙作弄自己的妻子。

而竹林名士之一的阮籍，更以飲酒方便與否，作爲職務上的選擇：

> 步兵校尉缺，廚中有酒數百斛，阮籍乃求爲步兵校尉。（〈任誕第二

〔註14〕 例如司馬氏向阮籍求親，阮籍大醉六十天，便可說是一種不願同流合污的求生之道，魯迅在〈魏晉風度及文章與藥及酒之關係〉中也提出了這樣的看法，他說：「阮籍名聲很大，所以他講話就極難，只好多飲酒少講話，而且即使講話講錯了，也可以藉醉得到別人的原諒」。

〔註15〕 見〈任誕第二十三‧6〉本文第四章亦多有敘述。

十三・5〉)

再如：

> 阮宣子常步行，已百前掛杖頭，至酒店，便獨酣暢。雖當世貴盛，
> 不肯詣也。(〈任誕第二十三・18〉)

> 山季倫爲荊州，時出酣暢。人爲之歌曰：「山公時一醉，徑造高陽池。
> 日莫倒載歸，茗丁無所知。復能乘駿馬，倒著白接籬。舉手問葛彊，
> 何如并州兒？」……(〈任誕第二十三・19〉)

> 周伯仁風德雅重，深達危亂。過江積年，恆大飲酒。嘗經三日不醒，
> 時人謂之「三日僕射」。(〈任誕第二十三・28〉)

> 劉公榮與人飲酒，雜穢非類。人或譏之，答曰：「勝公榮者，不可不
> 與飲，不如公榮者，亦不可不與飲，是公榮輩者，又不可不與飲。」
> 故終日共飲而醉。(〈任誕第二十三・4〉)

在這些篇章中，有的「至酒店，便獨酣暢」、有的「時出酣暢」、有的「恆大
飲酒」、有的「終日共飲」。藉著「酒」，他們不但解開了生命時間的壓縮，同
時也釋放了身體的侷限，呈現出自我的個性。他們對現實感到失望，只好藉
著酒精的麻痺，來揚棄社會責任，而醉酒之後的狂放，更是他們否定環境，
自我解脫的方式。例如周伯仁遭遇過江之後的欲振乏力，便藉著飲酒來達到
平衡。所以在心理上，他們因爲痛苦而飲酒，但飲酒之後，卻反而更明顯強
調、深化了他們的痛苦，他們的個性也由此展露無疑。甚至可以說，這些人
飲酒的程度，與其痛苦以及個性顯現的程度，是成正比的，他們越是痛苦，
就愈是以酒澆愁，個性也就愈加明顯。〔註16〕

　　而這些借酒澆愁所表現出的狂妄態度，一方面企求酒精的麻痺以達到超
然出世，但一方面卻又是處在現實中的極端入世。因此可以說，「酒」就是他
們在出世與入世之間的轉運點。魏晉人藉著酒逃脫入世的時光，也藉著酒來
進入出世的光陰。飲酒後的沉迷，正可在短暫易逝的生命歷程中，達到且以
樂今日的逍遙滿足。

　　「酒」，其實是魏晉人掌控生命、現世享樂的表現方式。飲酒之外，他們
更要進一步擺脫世俗禮教、純任自我。因此，藉著酒精的催化，身體更成爲

〔註16〕見寧稼雨著：《魏晉風度——中古文人生活行爲的文化意蘊》(北京：東方出
　　　　版社，1996 年 12 月北京第 2 次印刷)，頁 168。

對抗權力與禮教的工具,例如:

> 晉文王德盛功大,坐席嚴敬,擬於王者;唯阮籍在坐,箕踞嘯歌,
> 酣飲自若。(簡傲第二十四・1)

阮籍無視晉文王的坐席嚴敬,他純任自我、旁若無人的「箕踞嘯歌,酣飲自若」,此處,身體成了他對抗王權的工具。

而阮籍除了無視上位者的權力之外,更藉著身體的暢飲縱欲,開啓了居喪不率常理的作風,因此,身體除了是他對抗王權的工具外,更進一步成了禮法的對抗者。例如:

> 阮籍遭母喪,在晉文王坐進酒肉。司隸何曾亦在坐,曰:「明公方
> 以孝治天下,而阮籍以重喪,顯於公坐飲酒食肉,宜流之海外,以
> 正風教。」文王曰:「嗣宗毀頓如此,君不能共憂之,何謂?且有
> 疾而飲酒食肉,固喪禮也!」籍飲噉不輟,神色自若。(〈任誕第二
> 十三・2〉)

> 阮公鄰家婦有美色,當壚沽酒。阮與王安豐常從婦飲酒,阮醉,便
> 眠其婦側。夫始殊疑之,伺察,終無他意。(〈任誕第二十三・8〉)

> 阮籍當葬母,蒸一肥豚,飲酒二斗,然後臨訣,直言:「窮矣!」都
> 得一號,因吐血,廢頓良久。(〈任誕第二十三・9〉)

阮籍的身體表現,居喪飲酒,醉臥美婦旁,無視上位者高喊的「以孝治天下」,更無視自古傳承下來的居喪之禮、男女之妨,他的身體只對自我的情感負責。

但阮籍的率性行爲之背後,其實包含複雜的情感,他一方面藉著身體的率性行爲反抗禮法,但另一方面,他卻將禮法中蘊含情感的部分展露到極致。因此他的身體表現,深刻的展現了他的情感。孔子曾說:「禮,與其奢也寧簡。喪,與其易也寧戚。」(〈八佾第三〉)在孔子的禮思想裡,最終的根本仍在於情感面,而阮籍的表現正好符合了禮背後的情感面,例如母喪之後的吐血廢頓、眠美婦旁卻終無他意……,他的身體雖不遵守禮的外在規範,但他的心理卻早已將外在規範的「禮」內化於心,轉而成爲發自內心的眞情眞意,更成爲心中不可磨滅的一份執著。而這份對情感的執著,便藉著身體表現了出來。因此,阮籍的身體其實是非禮與鍾情之間的橋樑。

阮籍之後,居喪不守制的風氣遂大開,呈現出任情恣意的放縱局面:

> 陸士衡初入洛,咨張公所宜詣,劉道眞是其一。陸既往,劉尚在哀
> 制中。性嗜酒,禮畢,初無他言,唯問:「東吳有長柄壺盧,卿得種

來不？」陸兄弟殊失望，乃悔往。(〈簡傲第二十四・5〉)

未脫哀制，便忍不住居喪飲酒，不僅不符喪禮，也不符待客之禮。他們完整的呈現恣情任性、自放於禮法之外的形貌。

再如：

> 諸阮皆能飲酒，仲容至宗人間共集，不復用常桮斟酌，以大甕盛酒，圍坐，相向大酌。時有群豬來飲，直接去上，便共飲之。(〈任誕第二十三・12〉)

阮咸的嗜酒，竟連與豬共飲都不介意，他所釋放出來的身體樣貌，可說是完全棄棄了身分、地位、名聲、貴賤、賢愚，甚至禮教……這些外在社會所賦予的價值觀了，他只是認真的展現自我生命的力度與強度。

這種種禮教規範，在魏晉名士的身體踐行下，成為一文不值的敝屣。在酒精的催化下，他們揚棄禮教的規範，且看這些名士們醉酒後的身體表情：「飲酒進肉，隗然已醉」、「倒載歸，茗艼無所知。復能乘駿馬，倒著白接䍦」、「嘗經三日不醒」、「箕踞嘯歌，酣飲自若」、「與豬共飲」、「飲噉不輟，神色自若」……他們藉著酒精，獲得身體的狂放，並達到無所知的長醉不醒境界，他們藉著身體的釋放，完整地呈現自我的個性，他們企圖對外界視若無睹，只求擁有自若、自為的自我見證。

前有言，魏晉時期，世道紊亂、儒學衰寢，因此儒家思想：「朝聞道，夕死可矣」或如「志士仁人，無求生以害仁，有殺身以成仁」。這種平靜、勇敢而無所畏懼地面對死亡的態度，早已顯得抽象、高蹈而不可親近。它只構成某成道德理念或絕對律令，卻抽去了個體面臨或選擇死亡所必然產生的種種思慮、情感和意緒。〔註17〕因此，在儒學寢衰的背後，另一種思想正在魏晉士人的心理慢慢的發酵著，那就是楊朱派的「樂生逸身」之想法。而魏晉時期這種及時行樂的行為表現，也許就是奠基在如此的思想中：〔註18〕

> 楊朱曰：百年，壽之大齊，得百年者，千無一焉。……太古之人，知生之暫來，死之暫往，故從心而動，不違自然所好。當身之娛，非所去也，故不為名所勸。從性而游，不逆萬物所好；死後之名，

〔註17〕見李澤厚著：《華夏美學》(臺北：時報出文化出版，1989 年 4 月 10 日初版)，頁 134。

〔註18〕見楊伯峻撰：《列子集釋》(北京：中華書局，1997 年 10 月北京第五刷)，頁 219～222。

非所取也，故不爲刑所及。名譽先後，年命多少，非所量也。楊朱曰：萬物所異者生也，所同者死也。生則有賢愚、貴賤，是所異也；死則有臭腐、消滅，是所同也。……十年亦死，百年亦死。人聖亦死，凶愚亦死。生則堯舜，死則腐骨；生則桀紂，死則腐骨。腐骨一矣，熟知其異？且趣當生，奚遑死後！楊朱曰：原憲窶於魯，子貢殖於衛。原憲之窶損身，子貢之殖累身。然則窶亦不可，殖亦不可，其可焉在？曰：可在樂生，可在逸身。故善樂身者不窶，善亦身者不殖。

楊朱派的想法，也許正遞補了儒學衰寢的空窗期，爲士人們找到了現世縱欲的思想內涵。

除了縱欲之外，縱情也是魏晉時期的行爲表現之一：

桓子野每聞清歌，輒喚：「奈何！」謝公聞之曰：「子野可謂一往有深情。」（〈任誕第二十三‧42〉）

王長史登茅山，大慟哭曰：「琅邪王伯輿，終當爲情死」（〈任誕第二十三‧54〉）

「一往情深」與「終當爲情死」可說是爲魏晉時期的縱情作了最好的註解。而這種縱情，也多與「死亡」劃下了不可解的關係。例如：

桓宣武薨，桓南郡年五歲，服始除，桓車騎與送故文武別，因指與南郡：「此皆汝家故吏佐。」玄應聲慟哭，酸感傍人。車騎每自目己坐曰：「靈寶成人，當以此坐還之。」（〈夙慧第十二‧7〉）

王戎喪兒萬子，山簡往省之，王悲不自勝。簡曰：「孩抱中物，何至於此？」王曰：「聖人忘情，最下不及情，情之所鍾，正在我輩！」簡服其言，更爲之慟。（〈傷逝第十七‧4〉）

王長史病篤，寢臥鐙下，轉麈尾視之，歎曰：「如此人，曾不得四十！」及亡，劉尹臨殯，以犀柄麈尾箸柩中，因慟絕。（〈傷逝第十七‧10〉）

顧彥先平生好琴，及喪，家人常以琴置靈床上。張季鷹往哭之，不勝其慟，遂徑上床鼓琴。作數曲竟，撫琴曰：「顧彥先，頗復賞此不？」因又大慟，遂不執孝子手而出。（〈傷逝第十七‧7〉）

支道林喪法虔之後，精神實喪，風味轉墜。常謂人曰：「昔匠石廢斤於郢人，牙生輟弦於鍾子，推己外求，良不虛也！冥契既逝，發

言莫賞，中心蘊結，余其亡矣！」卻後一年，支遂殞。(〈傷逝第十七‧11〉)

郗嘉賓喪，左右白郗公「郎喪」，既聞，不悲，因語左右曰：「殯時可道。」公往臨殯，一慟幾絕。(〈傷逝第十七‧12〉)

王子猷、子敬俱病篤，而子敬先亡。子猷問左右：「何以都不聞消息？此已喪矣！」語時了不悲。便索輿來奔喪，都不哭。子敬素好琴，便進入坐靈床上，取子敬琴彈，弦既不調，擲地云：「子敬！子敬！人琴俱亡。」因慟絕良久，月餘亦卒。(〈傷逝第十七‧16〉)

在這幾則當中，充滿了「應聲慟哭」、「更為之慟」、「慟絕」、「大慟」、「一慟幾絕」、「慟絕良久」、「中心蘊結，余其亡矣！」等身體表情，由這些慟絕的身體，明顯可以看出魏晉士人陷入生命催逼的哀思之中，以及他們在面臨死亡深淵時，不論是自己必然走向的死亡之路，或是知己親友的消亡，他們都有著一份不可自拔、無可閃躲的悲生情懷。而「死亡」，這個生命的終結點，宣告了人生在世的時間歷程，也成為區隔生人與死者的藩籬，更因此造成了生者無限的慟絕。時間的流逝，已然令這些魏晉名士們充滿著無法自己的無力感，在面對過往的去去不可追時，他們只能無限的緬懷、哀嘆。更何況當他們進一步面對時間最後的終點──「死亡」的催逼時，他們便以全心全意的傷慟、無限地傷悲毀瘁來面對這難捨處亦得捨的生死交割。

魏晉亂象，早已讓魏晉士人明瞭不論美醜善惡、仁義敗德，最終都將走入死亡的幽谷；生命是單向航程，死亡是唯一的終點站。因此魏晉時期特別側重傷逝的情感表現。傷逝雖是人情普遍具有的反應，但魏晉時期對於生命的消亡無常，卻有更敏感、強烈、深沉的慟絕與不捨。因此，他們一方面悲傷生命靡常，一方面卻要熱烈地活出自己的生命色彩。所以除了飲酒之外，他們更要進一步擺脫禮法、正視自己的生命基調，藐視虛偽的道德規範，純任自然地展現自我靈魂的力與美。因此，他們的身體雖然深受生命壓縮的痛苦，但另一方面，他們卻也擁有自由開放的心靈，而這顆嚮往自由之心，也藉著身體給展現了出來。

有限的生命時間，讓他們排除禮法加諸於其身的束縛，不讓外在禮教影響他們的生命縱情與縱欲；他們不再服膺儒學的溫文儒雅、溫柔敦厚的威儀身體；因此，儘管這個身體充滿了醉眼朦朧、充滿了哀悼慟絕，但他們的視聽言動之中再也不願受到道德禮教的侷限。他們所呈現的，是率性放縱、真

摯深情的面象，他們也更藉此得到了自我存在的價值。

第三節　身體與時間的拉鋸──養生惜時的身體表現

面對死亡的催逼時，魏晉人呈現極端的兩種展現，一種是縱情縱欲的身體，運用身體極盡享樂。另一種則是企圖延長身體時間，運用身體進行一場與生命時間的拉鋸戰，這也就是養生惜時的身體表現。

養生觀念，以道家與道教最為盛行。中國的道教，在東漢末年正式產生，其學說淵遠流長、內容龐雜，包括古代宗教與民間巫術、戰國致秦漢的神仙傳說與方士方術、先秦老莊哲學和秦漢道家學說、儒學與陰陽五行思想以及古代醫學與體育衛生知識。〔註19〕而道教對於生命的終極目標，則在於「長生不死、肉體成仙」。例如湯一介所說的：〔註20〕

幾乎所有宗教提出的都是「關於人死後如何」的問題，然而道教所要討論的則是「人如何不死」的問題。

道教的養生，著重在於如何使人的個體生命能夠在現實之中無限延伸和直接昇華。而他們的基本主張，便是靠身心的修煉而達到成仙的目的。〔註21〕而這種身心修養，主要便是達到形神不離、養生成神的境界，如此才能達到肉體飛昇、長生成仙的目標。而既然肉體的飛昇成仙是以形神不離為條件，那麼形神又如何不離呢？在道教看來，這正是「氣」的作用。〔註22〕道教認為，人稟元氣而有形體生命，而此形體生命是一種精氣神三者合一的存在狀態，〔註23〕而這種「形、氣、神」一如的養生結構，同樣也影響了魏晉時期的身體觀。魏晉人的養生與服食，莫不就是希望能夠使形氣神達到通體貼合的境界。

〔註19〕見劉見成著：〈形神與生死 ── 魏晉南北朝時期的形神之爭〉（中國文化月刊，1997 年 7 月第 208 期），頁 36。

〔註20〕見湯一介著：《魏晉南北朝時期的道教》（臺北：東大圖書公司 1991 出版），頁 14。

〔註21〕方立天也曾說過：「道教理論也是解脫人生痛苦的解脫道，其基本主張是靠身心的修煉而達到成仙的目的」。見方立天著：《中國哲學研究》（臺北：新文豐出版，1992 年出版），頁 76～77。

〔註22〕見湯一介著：《魏晉南北朝時期的道教》（臺北：東大圖書公司 1991 出版），頁 346。

〔註23〕見劉見成著：〈形神與生死 ── 魏晉南北朝時期的形神之爭〉（中國文化月刊，1997 年 7 月第 208 期），頁 39。

　　當時，由於死亡與戰亂的不斷，使得人們更加珍視這個代表自我存在的身體，而對生命的重視，也讓他們與道家及道教的養生思想一拍集合，由此便產生了魏晉人重視養生的結果。

　　魏晉人重視養生，由他們的言談即可見得，例如：

> 舊云：王丞相過江左，止道聲無哀樂、養生、言盡意三理而已。然
> 宛轉關生，無所不入。（〈文學第四・21〉）

因為對生命短促的恐懼感，造成「服食養生」的行為，儘管死亡的瀕臨壓縮了生命時間的長度，但魏晉人卻高喊著養生，藉著養生工夫，他們試圖延長自我的生命。因此，利用自我身體與時間所進行的拉鋸戰，更透顯出魏晉人的惜時人生觀。在他們的言行舉動中，在在顯現出他們養生、厚生、貴生的思想，例如：

> 羲之既去官，與東土人士盡山水之游，弋釣為娛。又與道士許邁共
> 修服食，采藥石不遠千里，徧遊東中諸郡，窮諸名山，泛滄海，嘆
> 曰：「我卒當以樂死！」（《晉書・王羲之傳》）

> 放絕世務，以尋仙館，……初采藥於桐廬縣之桓山，餌朮涉三年，
> 時欲斷穀……常服氣，一氣千餘息。……登巖茹芝，眇爾自得，有
> 終焉之志。（《晉書・許邁傳》）

王羲之與許邁都實行養生的哲學，他們放絕世務、服食采藥、斷穀練氣……，其目的就在於延壽安身，將身體時間拉長。企圖達到「形、氣、神」一如的修煉境界，如此才有長生成仙的希望。而魏晉時期亦有教導人如何長壽甚至成仙之書，例如《抱朴子》即是箇中翹楚：

> 抱朴子曰：按黃帝九頂神丹經曰：黃帝服之，遂以昇仙。又云，雖
> 呼吸道引，及服草木之藥，可得延年，不免於死也；服神丹令人壽
> 無窮已，與天地相畢，乘雲駕龍，上下太清。（〈抱朴子・內篇・金
> 丹〉）

> 抱朴子曰：神農四經曰：上藥令人身安命延，昇為天神，遨遊上下，
> 使役萬靈，體生毛羽，行廚立至。又曰：五芝及餌丹砂、玉札、曾
> 青、雄黃、雌黃、雲母、太乙禹餘糧，各可單服之，皆令人飛行長
> 生。（〈抱朴子・內篇・仙藥〉）

金丹仙藥是否真能令人「壽無窮已」、「飛行長生」是讓人存疑的，但是魏晉人企圖運用身體的導養，達到生命的萬壽無疆，卻是不爭的事實。因為活著

才是擁有，死亡就是煙消雲散；一但身故，所有的是非善惡都成枉然，時間將會逐漸淘洗淹沒這曾有過的個體生命。因此，魏晉人重視養生，延長生命成為他們在縱情縱欲之外鋪設的另一條生命軌道。

　　當時，魏晉名士之一的嵇康，便作〈養生論〉，深入探討養生的方式：
〔註24〕

> 至於導養得理，以盡性命，上獲千餘歲，下可數百年，可有之耳。……精神之于形骸，猶國之有君也。神躁于中，形喪于外；猶君昏于上，國亂于下也。……是以君子知形恃神以立，神須形以存，悟生理之易失，知一過之害生。故修性以保神，安心以全身，愛憎不棲於情，憂喜不留於意，泊然無感而體氣和平，又呼吸吐納，服食養身，使形神相親，表裡俱濟也。……而世人不察，惟五穀是見，聲色是耽；目惑玄黃，耳務淫哇；滋味煎其腑臟，醴醪煮其腸胃，香芳腐其骨髓。喜怒悖其正氣，思慮銷其精神，哀樂殃其平粹。……今以躁競之心，涉希靜之塗；意速而事遲，望近而應遠；故莫能相終。夫悠悠者既以未效不求，而求者以不專喪業，偏恃者以不兼無功，追術者以小道自溺，凡若此類，故欲之者，萬無一能成也。善養生者，則不然矣。清虛靜泰，少思寡欲，知名位之傷德，故忽而不營，非欲而彊禁也。……又守之以一，養之以和，合理日濟，同乎大順，然後蒸以靈芝，潤以醴泉，晞以朝陽，綏以五弦，無為自得，體妙心玄，忘歡而後樂足，遺生而後身存，若此以往，恕可與羨門比壽，王喬爭年，何為其無有哉！

嵇康的〈養生論〉可說是魏晉時期「養生」的代表，全文從服食養生，到虛靜的功夫，都在闡說身心兼施的養生之道。而嵇康所提出的〈養生論〉，大致呈現了道家與道教「形、氣、神」合一的養生觀點。道家與道教學派是將人體看做是由「形、氣、神」三個層次組成的三重結構。〔註25〕例如老子曾提出「谷神不死」、「專氣致柔」等觀點，而莊子則提出：「氣變而有形，形變而有生。」(〈至樂篇〉)、「人之生，氣之聚也。聚則為生，散則為死。」(〈知北

〔註24〕見嵇康原著、崔富章注譯、莊耀郎校閱：《新譯嵇中散集》（臺北：三民書局，1998 年 5 月初版），169～183。

〔註25〕見胡孚琛著：〈道家和道教形、氣、神三重結構的人體觀〉。收錄於楊儒賓主編：《中國古代思想中的氣論及身體觀》（臺北：巨流圖書，1993 年 3 月第 1版），頁 172。

遊〉）等觀點，因此「氣」乃所以成人的關鍵，也是形神雙修的根本，形神必須靠著「氣」來相互連結感通。《淮南子・原道訓》也曾說道：「形者，生之舍也；氣者，生之充也；神者，生之制也。一失位則三者傷矣。」，魏晉時期道教學者葛洪在《抱朴子・內篇・極言》也說：「苟能令正氣不衰，形神相衛，莫能傷也。」這些都是形、氣、神並重的例證。而嵇康所主張的養生之術：「精神之于形骸，猶國之有君也。神躁于中，形喪于外；猶君昏于上，國亂于下也。……是以君子知形恃神以立，神須形以存」正是道家形神學說的發揚，他認為人要長生延年，就必須保持形體和精神不受損傷，二者相互結合，便能維持「上獲千餘歲，下可數百年」的長壽安身。

那麼，要如何達到「形、氣、神」的保養呢？就如同嵇康所說的，要「體氣和平，又呼吸吐納，服食養身」除此之外，還要「清虛靜泰，少思寡欲」以及「守之以一，養之以和」如此才能表裡俱濟、形神兼養。

因此養生的首要目標，除了練氣服食外，就是要節制慾望了。因為「五色令人目盲；五音令人耳聾；五味令人口爽；馳騁畋獵令人心發狂。」（《老子・十二章》）若是放縱慾望，「五穀是見，聲色是耽；目惑玄黃，耳務淫哇；滋味煎其腑臟，醴醪煮其腸胃，香芳腐其骨髓。喜怒悖其正氣，思慮銷其精神，哀樂殃其平粹」將會使人精神錯亂，身體受損，無法達到形神相親的養生目的，也就會如同嵇康所說的：「欲之者，萬無一能成也」。

而道家、道教學派的節制欲望、形神兼養的養生觀念，也是遍透於魏晉南北朝的，例如高彪的〈清誡〉所說的：〔註26〕

> 天長而地久，人生則不然，又不養以福，保全其壽年。飲酒並我性，
> 思慮害我神，美色伐我命，利欲亂我真，神明無聊賴，愁毒於眾煩。
> 中年棄我逝，乎若風過山，形氣各分離，一往不復還。上士愍其痛，
> 抗志凌雲煙。滌蕩棄穢累，飄秒任自然。退修清以淨，存吾玄中玄，
> 澄心剪思慮，泰清不受塵。恍惚中有物，希微無形端，智慮赫赫盡，
> 谷神綿綿存。

所以養生的最終目的，是要退修清以淨，少私寡欲，更藉著「氣」達到「形神合一」的境界，如此也就能夠與天地萬物相感通、達到天人合一的飄秒任自然了。因此，如果說縱情縱欲的身體，主要是在獲得形體的快感，那麼，

〔註26〕收錄於羅宗強著：《魏晉南北朝文學思想史》（北京：中華書局，1996 年 10 月第一刷），頁 49。

養生惜時的身體，就是要達到形神合一、天人相應的境界了。

　　而《世說新語》中也曾對練氣吐納，節制慾望的養生方法有所記載：

> 阮光祿在東山，蕭然無事，常內足於懷。有人以問王右軍，右軍曰：
> 「此君近不驚榮辱，雖古之沉冥，何以過此？」（〈棲逸第十八‧6〉）

> 康僧淵在豫章，去郭數十里，立精舍。旁連嶺，帶長川，芳林列於
> 軒庭，清流激於堂宇。乃閒居研講，希心理味，庾公諸人多往看之。
> 觀其運用吐納。風流轉佳。加已處之怡然，亦有以自得，聲名乃興。
> 後不堪，遂出。（〈棲逸第十八‧11〉）

《老子‧十三章》曾言：「寵辱若驚，貴大患若身。何謂寵辱若驚？寵為下。
得之若驚，失之若驚，是謂寵辱若驚。何謂貴大患若身？吾所以有大患者，
為吾有身，及吾無身，吾有何患？」（〈第十三章〉）。阮裕的內足於懷，不驚
寵辱，早已將身體的慾望減到最低，寵辱所引起的大患，也將不及於身。而
他的節制私慾、內足於懷、沉潛隱居、不驚寵辱的修養態度，也正達到〈養
生論〉所說的「修性以保神，安心以全身，愛憎不棲於情，憂喜不留於意，
泊然無感而體氣和平」而康僧淵在豫章隱居時，同樣也運用了吐納練氣的養
生方式，在他們的身上，便可以看到魏晉時期希心理味、運用吐納、風流轉
佳的養生情形。

　　而除了節欲養生外，服藥行散，也是魏晉人養生延命方式的一種，例如：

> 何平叔云：「服五石散，非唯治病，亦覺神明開朗。」（〈言語第二‧
> 14〉）

何晏服散，目的是為了獲得身體上的健康，更進而達到精神上的開啟爽朗。
因此，五石散具有生理與精神的雙重療效。劉孝標曾在此則後加注云：「秦丞
相寒食散論曰：寒食散之方雖出漢代，而用之者寡，靡有傳焉。魏尚書何晏
首獲神效，由是大行於世，服者相尋也。」可知服五食散的風氣，乃從何晏
開始。何晏之後大家競相模仿，也造成了魏晉時期的養生風潮，例如：

> 王孝伯在京行散，至其弟王睹戶前，問：「古詩中何句為最？」睹思
> 未答。孝伯詠：「『所遇無故物，焉得不速老！』此句為佳。」（〈文
> 學第四‧101〉）

行散服藥主要目的便是希望謀求長壽，因此服五石散可說是一種對「生」的
企望，是為了延續生命時間的長久而作的努力。但王恭在服藥之後，腦中所
浮現的卻是「所遇無故物，焉得不速老」這兩句詩，詩中所表露的對自然界

盛衰無常現象，以及人生短促與無奈的感嘆，在王恭進行行散活動時進入他的內心，他一心想延遲的「老死」大限，就像是緊箍咒一般，在他無所不用其極的謀求長生時，卻仍亦步亦趨的如影隨形。他的腦海中始終擺脫不掉對「死亡」、對短暫生命的恐懼。因此他陷入了求生，卻擺脫不了「老死」追逼的矛盾弔詭中。

魏晉的養生風氣盛行，養生背後的心理內涵就是要獲得「長生」。因為死亡的隨處降臨，故而「未知生，焉知死」的逃避態度，再也不能為魏晉人們所首肯。生命的渴望，不斷地呼喚著人們，而人們也集中體現了生的意志。因此，長生不死成為人們努力的終極目標。

除此之外，服藥亦與當時重視品評人物的風氣有關，根據〈魏武與皇甫隆令〉中所說：〔註27〕「聞卿年出百歲，而體力不衰，耳目聰明，顏色和悅，此盛事也。所服食施行導引，可得聞乎？若有可傳，想可密示封內。」服藥也許可使人耳目聰明、顏色和悅，並達到何晏所說的「神明開朗」，而服藥也能讓人年百歲，卻體力不衰，這似乎已為長壽做了保證。

而服藥者的姿容之美，卻也不斷宣示著服藥的好處，例如：

> 何平叔美姿儀，面至白；魏明帝疑其傅粉。正夏月，與熱湯餅。既
> 噉，大汗出，以朱衣自拭，色轉皎然。(〈容止第十四・2〉)

何平叔的貌美，在在打動著重視容貌的魏晉名士，儘管美容的效果不能全歸功於服藥，但服藥能使人和顏悅色、耳聰目明卻是受到魏晉人所相信的。因此，人珍視著這個軀體，不但要使其長生不老，更要使其永保美麗。

此外，服五食散所需的行散，也常常成為全身自保的方式之一，例如：

> 初桓南郡、楊廣共說殷荊州，宜奪殷顗南蠻以自樹。顗亦即曉其旨，
> 嘗因行散，率爾去下舍，便不復還，內外無預知者。意色蕭然，遠
> 同鬥生之無慍。時論以此多之。(〈德性第一・41〉)

殷仲堪企圖發動內戰，並密邀殷顗，準備說服殷顗一起參加，但殷顗不表贊同，便藉著行散的理由，託疾不還。殷顗身處亂世，只能用這樣的方式來保全自身。《晉書・殷顗傳》中對此亦有所紀錄：

> 仲堪得王恭書，將興兵內伐，告顗，欲同舉。顗不平之，……知仲
> 堪當逐異己，……因出行散，託疾不還。仲堪聞其病，出省之，謂

〔註27〕轉引自寧稼雨著：《魏晉風度——中古文人生活行為的文化意蘊》(北京：東
方出版社，1996 年 12 月北京第 2 次印刷)，248。

顗曰：「兄病殊爲可憂。」顗曰：「我病不過身死，但汝病在滅門，
幸熟爲慮，勿以我爲念也。」

儘管他最後因服散而致「看人政見半面」（〈規箴第十‧23〉）之疾，但一人身
死，總比滅門之禍來的輕微，因此，服散之危，反而成爲他避禍的方式，他
情願用個人的身體換取全家的安寧。

另外，皇輔謐亦曾以服散爲辭官避禍的理由，當武帝嚴逼不已時，他說：
〔註28〕

> 臣以尪弊，迷於道趣，因疾抽簪，散髮林臯，人綱不閑，鳥獸爲群……
> 又服寒食藥，違錯節度，辛苦荼毒，于今七年。隆冬裸袒食冰，當
> 暑煩悶，加以咳逆，或若瘟癘，或類傷寒，浮氣流腫，四肢酸重。
> 於今困劣，救命呼嚴，父兄見出，妻息長訣。仰迫天威，服輿就道，
> 所苦加焉，不任進路，委身待罪，伏枕歎息。

賀循也同樣用類似的方式來避禍：〔註29〕

> 及陳敏之亂，詐稱詔書，以循爲丹楊內史。循辭以腳疾，手不制筆，
> 又服寒食散，露髮袒身，示不可用，敏竟不敢逼。

《晉書》對賀循的記載是「言行進止，必以禮讓」，但他卻以服散後的「露
髮袒身」來當作辭官的理由，其避禍之心明顯可見。

五石散含有劇毒，若發散不當，將會五毒攻心，故而服散所產生的後遺
症，成了亂世之中的逃避方式。而服散的心理也呈現出複雜的狀態，他們一
方面爲了長生而服散，但一方面卻又藉著服散的劇毒所產生的後遺症當作全
身保命的理由。而這種以服散來達到避禍的方式，卻又往往造成身體上的重
症殘廢，例如皇輔謐的「違錯節度，辛苦荼毒……隆冬裸袒食冰，當暑煩悶，
加以咳逆，或若瘟癘，或類傷寒，浮氣流腫，四肢酸重」以及殷顗的「看人
政見半面」……。在亂世避禍的心理之下，身體的自殘成爲他們躲避威權的
方式，故而身體也成爲亂世之下的犧牲品。

但，魏晉士人們對服散仍樂此不疲，在《世說新語》中隨處可見行散的
紀錄，例如：

〔註28〕見《晉書‧皇輔謐傳》，〔唐〕房玄齡等撰：《晉書》（北京：中華書局，1998
年3月第7次印刷）。

〔註29〕見《晉書‧賀循傳》，〔唐〕房玄齡等撰：《晉書》（北京：中華書局，1998
年3月第7次印刷）。

謝景重女適王孝伯兒……及孝伯敗後，太傅繞東府城行散，僚屬悉
在南門要望候拜。(〈言語第二・100〉)

服散後伴隨毒力發作，產生巨大的內熱，因此必須行散，還要飲熱酒，並需
要用冷水浴，也不可穿過多、過暖的衣服。在《世說新語》對此亦有紀錄：

桓南郡被召作太子洗馬，船泊荻渚；王大服散後已小醉，往看桓。
桓爲設酒，不能冷飲，頻語左右：「令溫酒來！」。(〈任誕第二十三・
50〉)

可見魏晉時期的服散養生風氣是極爲盛行的；他們願意冒著服散後的危
險，只求能夠保養生命、躲避死亡的追逼。因爲外在的亂世，是無可掌握的，
唯有自我的生命才是具體的，因此他們對「生命」始終抱著一份永恆的期待，
故而他們重視自我身體的保全，甚至希望藉著這個軀體，達到成仙的夢想。
大抵說來，漢末以來的社會動亂，直接對人的生命產生威脅，故而魏晉人不
斷想延長「生」的可能，生的意志呼喚著人們，使得魏晉人不斷運用人爲的
努力，企圖延長生命。而人爲地延長生命，又集中體現了生的意志。魏晉人
的服食行散，便是在這樣的心理內涵下所產生的。

因此，不論是少思寡欲、內足於懷的節欲養生，或是冒著中毒危險的服
藥行散，都可以看出魏晉人對生命的渴望。而他們所服膺的養生哲學，雖自
先秦兩漢即有，是由先秦兩漢的養生方式所傳承下來的，但其思想內涵卻和
秦漢時期尋求長生不老的「養生」是不同的。就如同葉慶炳在〈魏晉南北朝
的鬼小說與小說鬼〉一文中所說的：[註30]「秦漢時期相信神仙，人們若是
服了不死之藥，就能長生不老。因此秦漢時期對長生不老充滿希望，於是很
少去想死後種種」。但魏晉時期，在板蕩亂世的壓迫之下，處處充斥著「白骨
蔽平原」[註31]「萬姓以死亡，白骨露於野」[註32]的景象，讓他們意識到
「昨暮同爲人，今旦在鬼錄」[註33]的生死無常，他們早已明白人難免於一
死，因此對「生死」有著敏銳的感知，故而著重「形神」的保養，以獲得延

[註30] 見葉慶炳著〈魏晉南北朝的鬼小說與小說鬼〉收錄於《古典小說論評》(臺北：
幼獅文化，1985 年 5 月初版)，頁 103、104。
[註31] 見逯欽立輯校：《先秦漢魏晉南北朝詩》(臺北：木鐸出版社，1983 年 9 月出
版)，王燦：〈七哀詩〉。
[註32] 見逯欽立輯校：《先秦漢魏晉南北朝詩》(臺北：木鐸出版社，1983 年 9 月出
版)，曹操：〈蒿里行〉。
[註33] 見逯欽立校注：《陶淵明集》(北京：中華書局出版，1979 年 5 月第 1 次印刷)，
陶潛：〈擬輓歌辭・其一〉。

年益壽的長生境界；而身體的保養，更是他們與時間進行的一場拉鋸戰，儘管他們曾在這場拉鋸戰上生生滅滅、跌跌撞撞，但是求仙服食、形神兼養不過是一種行為現象，其表層意蘊是要求得生命的永恆，而其深層文化內涵乃在於追求更大的生存空間，以求得生命的自由，更是對於人生的執著和留戀。

第四節　小　結

魏晉時期，由於時代的動盪，因此對生命歷程充滿了危機意識，死亡的過度貼近，也導致了生命型態的極度壓縮。處在這樣的情況下，身體理所當然的成為壓縮生命中尋求解放的工具，不論是縱情縱欲，或是清靜養生，「身體」都獲得了最極致的運用；它不但是情與欲甚至是禮之間的實行者，[註34]也是規避死亡、延長生命的依據對象，故而他們的身體，往往沉溺於死亡的哀思與生的執著兩者之間；因此，身體的樣貌在當時呈現淋漓盡致的豐富發展。而在這種多樣發展下，也可以看出人對身體的掌控是充滿任性自我的，儘管他們對生命仍存有戒慎恐懼，但藉著身體，他們認真的體現了自我的生命。不論是縱情縱欲或是清靜養生，都可以看到他們對自我身體的掌控。故而，在人的身上，也可以看到身體主權的展現。

另一方面，魏晉之世統治者仍高高在上的宣揚禮教，在下位的士人們，對強權無所著力以及對虛偽禮教的懷疑，只好赤裸裸的運用自我的身體作為反抗的工具。他們藉著自我身體的展演，尋求對抗的管道，因為他們不再完全接受禮法的控制，他們開始利用身體出走自我的痛苦與快樂。因此，身體成為他們在禮教壓抑下尋求自由呼吸的暗道。

故而，身體的存在雖然讓他們無法超脫現實，但身體的存在，卻也讓他們尋求釋放之道，而他們藉由身體所作的種種展演，更是板蕩亂世下所綻放的一朵朵生之曼陀羅。

〔註34〕例如阮籍。

第四章　空間之中的身體

第一節　空間與身體的對話

　　「身體」是構成一個完整的「人」所不可或缺的具體要素。儘管在先秦時期老子早已發出：「何謂貴大患若身？吾所以有大患者，爲吾有身，及吾無身，吾有何患？」（〈第十三章〉）認爲「身體」的存在即是大患的開始，以及莊子書中「日鑿一竅，七日而渾沌死」（〈應帝王〉）的寓言故事，言及感官慾望對人的戕害，他們都認爲只要有「身軀」便有感官之欲，有了感官之欲便受到物役，而人也就因此而擺脫不了外在物質、名利的種種牽絆，也因此違反自然天道，產生人生憂苦的情緒。

　　但不可否認的，人存在於世，必脫離不了自我的身體，就如同陳鼓應所說的：〔註1〕

>　　存在卻是個具體的東西，處於某一個特殊的時間空間中。傳統形上學家都在致力於探索一些永恆不變之物。但是他們忽略了人是有時空性的存在，如果他不存在時，他的一切可能性也便隨之終斷，當然他內在的所謂「本質」也便因之而起變化或歸於消失。

人之生命的存有與否，取決於「身體」的存在，身體一旦銷毀，生命也就隨之蕩然無存；因此人受到身體的拘束，也受制於特殊的時空，所以說人是時空性的存在。

〔註1〕　見陳鼓應編：《存在主義》增訂本，（臺北：臺灣商務印書館，1999年3月增定二版第三刷），頁10。

廣義的說，人之實體，就是指人的生命機體，也就是「身體」，它是人的
一切現象的寓所，人的一切性質、活動、生命等均源於此；現象學哲學家梅
洛──龐蒂也曾說過：〔註2〕

> 我即我的身體。我的存在即是我的身體的存在，我的存有的全體結
> 構也是全部含融在我的身體結構中。這個身體不是分開物我相對、
> 靈肉分立的身體，它是一個含有開顯義、含有『身體──主體』關
> 聯性的身體。

可知，人最基本體現自我存在的價值，是必須靠著「身體」的有無來界定的；
而「身體」也是人感受時空、展現生命所不可或缺的媒介；更是人存在於時
空之中的最直接依據。

　　就空間與身體的關係來說，空間上的方位、環境、居所……等物項，都
必須藉著身體的體察，投身其中，才對人形成特殊的意涵，也才能形成空間
的意義，所以「身體」是人感知空間的基本元素。但身體與空間的對話，絕
非僅只單方面的停留於感官的接收與體驗，因爲若僅停留在這一層級，人所
擁有的空間經驗，就只是「有機體的空間」罷了；而無法提升到心靈、知覺、
符號……這些形而上的抽象空間經驗了。〔註3〕

　　因此，就如同梅洛──龐蒂所說的：「身體」並非與心靈或精神相對，靈
與肉也非決然二分，相反的，他們是相輔相成的。因爲情緒波瀾往往必需依
靠各種不同的身體表情化顯於外，黑格爾也說：「我們應把身體及其組織看成
概念本身的有系統組織外現於存在，這概念使生物的一些定性在生物的肢體
中得到一種外在的自然界的存在。」〔註4〕可見唯有身體的存在與心神靈魂通
體滲透後，才能組成一個完整的生命形式。所以身體可說是感知空間的第一
站，空間上的存有與變換，引動了我們的身體，而身體的感受，也觸動引發

〔註2〕見鄭金川著：《梅洛──龐蒂的美學》（臺北：遠流出版，1993年9月1日初
版一刷），頁97。

〔註3〕卡西勒在《人論》一書中曾提到最低層次的時空間經驗即是「有機體的空間
和時間」，這是屬於動物性的空間經驗，動物們有準確的方位感和距離感，人
類在這方面的能力往往是低於動物的。但人類卻也擁有動物所缺乏的空間經
驗，那就是知覺、符號、抽象的空間概念。見恩斯特‧卡西勒著、甘陽譯：《人
論》（臺北：桂冠圖書，1997年11月再版四刷），頁64。

〔註4〕見黑格爾著、朱孟實譯：《美學》（臺北：里仁書局，1981年5月18日出版），
頁165。雖然黑格爾認爲身體與靈魂有所區別，但是他也承認，身體與靈魂統
一的關係是非常重大的，而這種統一，也才能夠形成一個完整的人。

了人的內心思維，這個內心思維最終仍舊需要依靠「身體」這個「人」的基本存有外顯於外，所以身體可說是人與空間進行對話時的立基點。

而魏晉時期的身體表情，也即是他們展現心靈思維的憑據，例如〈言語第二・30〉的記載：

> 庾公造周伯仁，伯仁曰：「君何所欣悅而忽肥？」庾曰：「君復何所憂慘而忽瘦？」伯仁曰：「吾無所憂；直是清虛日來，滓穢日去爾。」

周顗、庾亮以身體胖瘦作為心靈清濁的象徵，即是身體表情與心靈結合互滲的例證。而此則的記載，可以看到身體的胖瘦，似乎並不僅只是外在形體的不同而已，它還被隱喻成精神上的清虛與滓穢。

另如顧雍與謝安的身體表情：

> 豫章太守顧劭，是雍之子。劭在郡卒，雍盛集僚屬自圍棋。外啓信至，而無兒書，雖神色不變，而心了其故；以爪掐掌，血流沾襟。賓客既散，方歎曰：「已無延陵之高，豈可有喪明之責！」於是豁情散哀，顏色自若。（〈雅量第六・1〉）

> 謝公與人圍棋，俄而謝玄淮上信至。看書竟，默然無言，徐向局。客問淮上利害，答曰：「小兒輩大破賊。」意色舉止，不異於常。（〈雅量第六・35〉）

顧雍與謝安兩人，一得悲，一遇喜，但他們兩人都刻意的將這悲喜之情強自壓下，矯情鎮物，企圖隱藏自己的心思。不過，他們的心思最終仍教「身體」給洩露了出去。顧雍在得知顧劭的死訊時，雖然「神色不變」，但卻忍不住「以爪掐掌，血流沾襟」，是何等的悲切、何等的傷慟，才能使得一位「不飲酒，寡言語」的老者忍情的掐掌，導致血流沾襟的景況，全篇雖不著一字形容他的悲傷，但他的身體行為卻早已將他的悲傷痛切的展現了出來。

而謝安在得知謝玄大敗符堅，取得「淝水之戰」的勝利時，雖然是「默然無言，徐向局」，並刻意保持著不異於常的意色舉止，但在《晉書》的記載中，卻進一步利用他的身體行為透露出了他欣喜若狂的心情，當中說：「既罷還內，過戶限，心喜甚，不覺屐齒之折。其矯情鎮物如此。」〔註5〕是一個多大的力道，竟使得謝安在邁步戶限時，能將鞋子的屐齒都弄折了，但他卻渾然未覺屐齒的斷裂，因為他的內心早已被一股狂喜之情給充滿了；而他的的

〔註5〕見〔唐〕房玄齡等撰：《晉書・謝安傳》（北京：中華書局，1998 年 3 月第 7 次印刷），頁 2075。

狂喜之情，同樣也讓身體的表情給展露了出來。

再如許璪、顧和與王劭、王薈的身體表情：

> 許侍中、顧司空俱作丞相從事，爾時已被遇，遊宴集聚，略無不同。
> 嘗夜至丞相許戲，二人歡極，丞相便命使入己帳眠。顧至曉回轉，
> 不得快孰。許上床便咍臺大鼾。丞相顧諸客曰：「此中亦難得眠處。」
> （〈雅量第六‧16〉）

> 王劭、王薈共詣宣武，正值收庾希家。薈不自安，遶巡欲去；劭堅
> 坐不動，待收信還，得不定迺出。論者以劭爲優。（〈雅量第六‧26〉）

在第一則中，許璪與顧和兩人，一同在丞相王導的床帳中休息，許璪一上床便鼾聲大作，暢快舒眠；但顧和卻剛好相反，他在丞相的床帳中輾轉反側，整夜未眠。本則中藉由他們兩人身體表情的不同，也將他們的個性呈現了出來。許璪的咍臺大鼾，呈現出他的坦然大度、適性安然之性格，而顧和的不得快孰，則顯現出他憂心忡忡、小心謹慎的個性。

而第二則中，王劭與王薈面臨桓宣武收捕庾希一事時，王薈的遶巡不安，與王劭的從容堅坐，同樣的也將他們各自的性格給呈現了出來。

所以身體與心靈的關係是勾絲牽縷，無法分割的。而身體絕非單方面、獨自的存在個體，相反的，「身體」是與人的心靈、個性、甚至是所處的社會環境有著密不可分的關聯性；同時「身體」也是傳遞行爲的符碼，它宣告了人的存在，也建構出完整個人的形象。就如同三國時魏國的劉劭在《人物志》〈卷上‧九徵第一〉所說的：[註6]

> 蓋人物之本，出乎情性。情性之理，甚微而玄，非聖人之察，其孰
> 能究之哉？凡有血氣者，莫不含元一以爲質，稟陰陽以立性，體五
> 行而著形；苟有形質，猶可即而求之。

劉劭認爲人物各具特有的情性，也各賦有獨特的形質，誠於中形於外，所以可以根據顯現於外的形樣，如聲音、動作、容貌、……等等，而推知內心的蘊涵及其才性的種類。以劉劭的說法來解釋身體與心理的關係，就可以清楚知道，身體在空間中所呈現的樣態，正是人所要訴說的話語，所以「身體」是人表達自我情性的一大利器。

身體與心靈個性既有著密不可分的關係，而心靈思維又往往與時代、社

〔註 6〕見劉劭原作、劉君祖撰述：《人物志》（臺北：金楓出版社，未標出版年月），
頁 24。

會有著百轉千迴的關係，因此在共時性的背景之下，身體行為往往也具有某種程度的社會意義。就如同前所述的，謝安、顧雍、許璪、王劭……他們所展現出來的身體樣貌，不論是從容不迫或矯情鎮物，都可視作為社會期待下的身體表現。而這樣的身體表現，卻又包含了個人的特殊性在其中，這個特殊性也藉著身體的傳達融入社會之中，因此，社會意識遍透於身體之上，但身體卻也型塑了社會的樣貌（詳見本文第二章）。故而身體與空間的交流，往往展現了社會的各種面向，換句話說：社會建構了身體，但身體卻也重鑄了社會。

可知，身體和空間的關聯並不是處在一種固定不變的狀態。若站在身體的存在必然意含空間的相對存在之前提下，我們不難看到身體的日常踐形與活動和一些特定空間之間的緊密關聯。〔註7〕例如魏晉時期的隱居山林，身體與山林有了緊密的結合，因此才構成了隱逸的事蹟。再如當時的戰亂頻仍，士人們或渡江，或遷徙、或離鄉、或流亡……，空間上的距離感也造成了身體的游移之嘆。或如當時對風水空間的重視，也可看出他們視自然與人體為一的觀念。可知，透過身體的經常性介入、記憶的積累、感情的投射、和生活的參與等等，身體與這些空間的關係於焉建立。而將身體嵌合於外在的物理空間，使身體和家庭、社會、國家……等較大體制產生一定的連結，人的的存在感也將獲得深化。

身體的存在既然與空間的建構有著密不可分的聯繫，而空間並非一個完全中立的物理現象，相反的，它亦包含了階級、生活、知識、企圖……等權力的運作。所以權力的運作往往也透顯於空間之中，例如《世說新語》中所呈現的現象：

> 賈充妻李氏作女訓，行於世。李氏女，齊獻王妃；郭氏女，惠帝后。充卒，李、郭女各欲令其母合葬，經年不決。賈后廢，李氏乃祔葬，遂定。（〈賢媛第十九‧14〉）

> 周浚作安東時，行獵，值暴雨，過汝南李氏。李氏富足，而男子不在。有女名絡秀，聞外有貴人，與一婢於內宰豬羊，作數十人飲食，事事精辦，不聞有人聲。密覘之，獨見一女子，狀貌非常，浚因求為妾。父兄不許。絡秀曰：「門戶殄瘁，何惜一女？若聯姻貴族，

〔註7〕見黃金麟著：《歷史、身體、國家》（臺北：聯經出版，2001年1月初版），頁238。

將來或大益。」父兄從之。遂生伯仁兄弟。絡秀語伯仁等:「我所
以屈節爲汝家作妾,門户計耳!汝若不與吾家作親親者,吾亦不惜
餘年。」伯仁等悉從命。由此李氏在世,得方幅齒遇。(〈賢媛第十
九・18〉)

韋仲將能書。魏明帝起殿,欲安榜,使仲將登梯題之。既下,頭鬢
皓然,因敕兒孫:「勿復學書」。(〈巧藝第二十一・3〉)

在第〈賢媛第十九・14〉的紀錄中,李、郭二氏儘管已死,但他們死後的軀
體是否能進入丈夫賈充的墓穴中,則是自己身分地位的證明。因此,墓穴的
空間成了後世子女的爭奪目標,務必要使自己的母親入主其中。此時,墓穴
已不再是單純停放屍首的空間,它成了代表身分地位的權力場域,這個權
力場域不僅是個死亡境地,也是後世子女爭權的角力場,更是爲人妻、爲人
母的女性,最後成就自我身分地位的憑據。〔註8〕

而在〈賢媛第十九・18〉中,一個識大體、有氣度的女子李絡秀,儘管
她家境殷實,但李氏一族卻缺乏一個在社會上令人蕭然起敬的名聲地位,爲
了提昇家族的地位,絡秀甘願犧牲自我,以身體的交換,換取家族的聲名。
因此,她利用身體的屈節,使整個家族晉升爲社會上的高階層,故而身體也
成了家族、社會之下的權力載體。

再如〈巧藝第二十一・3〉的紀錄中,更可以看到君對臣、主對僕、上對
下、主動與被動之間的權力運作。宮殿一直是中國古代所有權力的集中地,
皇權、父權、軍權、甚至是神權……都在宮殿之中獲得最極致的呈現。而這
個權力集中的場域,也同樣控制了身體的行動。就如本則紀錄中的主角韋誕,
他在皇權號命之下,只能登梯題字,離地數丈高,心理上的恐懼壓力,也造
成他生理上的變化,導致頭鬢皓然,而他在面對這個無法抵抗的窘況時,只
能消極的告誡子孫「勿復學書」,在此也可以看到身體對於權力的承載與屈從。

在這些例證中,都可看到權力透過墓穴、家室、宮殿、社會……這些空
間場域,將其脈絡包覆於身體之上,也從而下達了指令,規範了身體的行爲。
因此,空間與身體之間,並非單純的只有依存關係,相反的,兩者之間往往

〔註8〕女性所感知的空間權力與男性必有不同,因爲女性在中國社會中一直是個邊
　　　緣族群,因此空間加諸於其上的運作必與男性所感知的有所差異,但雖有差
　　　異,卻仍有其相似的特性存在,這個相似點就是:他們都必須利用自我的身
　　　體,來承載空間權力的運作。

有著錯綜複雜的權力脈絡。而空間所擁有的權力，往往也成為身體的趨策力，不論是被動或是主動，身體都必須仰賴空間所下達的指令來動作。

　　但儘管空間對身體有著許多權力支配的問題，但從另一方面來看，身體卻也並非全然的被空間所片面決定，在某些時候，它也可以決定空間的建構，甚至透過這種決定來突顯自身的存在價值。例如六朝時期身體融入自然山水中的表現，以及魏晉士人將身體空間作一個重構與轉換之後，所重新建構出的空間體驗……。這些身體與空間的交融、重組，都展現出自我存在的意識，同時也宣示了自我身體主權的掌控（詳見下文）。

　　因此，空間和身體並不是處在一種單方面決定的狀態。透過挖掘身體的空間化展演，即空間如何因為身體的踐形與符號表情而產生戲劇性的轉變，以及身體如何因此而更具意義性和挑戰性，〔註9〕這都可以讓我們對魏晉六朝時期，身體與空間的關係作更多面象的了解。

第二節　自然空間與身體空間的相互啓迪

　　若站在空間是社會產物的角度來看，每個社會都獨具自己的空間觀，而這個空間觀也必反映了某種社會現象，與社會情境有不可劃分的關係。〔註10〕魏晉時期一個特殊的士人行為，即是隱逸山川，因此「山水」空間必然反映出魏晉時期士人的心靈思維以及社會、文化的意識。

　　米歇・傅柯曾經提出一個「虛構空間」的概念，認為虛構空間即非真實空間，是沒有真實地點的基地，是與社會的真實空間有一個直接或倒轉類比之普遍關係的基地，以完美的形式呈現社會（桃花源）或將社會倒轉（鏡花緣）。〔註11〕

　　山水，雖並非虛構的空間，但在士人的心靈層面，它卻是有別於現實世界的空間體驗。山水可以說是士人們將息心靈的處所，這個環境主要是安頓

〔註9〕　見黃金麟著：《歷史、身體、國家》（臺北：聯經出版，2001年1月初版），頁235。

〔註10〕　在王志弘 1991～1997 論文選：《流動、空間與社會》一書中曾提及昂希・列斐伏爾的論點，他認為：「空間是社會產物，每個社會都生產合適的空間……因此，空間裡瀰漫著社會關係。」本文此處亦借用其看法，認為空間與社會具有不可分割的關係。

〔註11〕　見王志弘 1991～1997 論文選：《流動、空間與社會》（臺北：田園城市文化事業，1998年11月初版一刷），頁8

一顆欲求寧靜之心。

而山水空間，從現實的角度來看，不過是存在於地球之上的一個物理空間。但透過身體的親近，走入這個物理空間之後，山水田園已然進入內心，成為另一個具有象徵意義與心靈休憩的多重性質之空間。因此，身體可以說是引領啓迪了人對山水的感受與體悟。透過身體的經常性介入，使山水田園這個單純的物理空間，成為一個深受各方關注的；並與政治、社會、文化緊密相連的空間場域。

魏晉之世，紛擾動盪，社會環境險惡無常，戰爭、黨爭、殺戮、遷徙、流亡……綿延充斥整個四百多年的魏晉南北朝，士人們不管是志在千里、戀棧權位、明哲保身或是休養生息，他們都需要一個心靈上的暫憩之所。而這個休憩之所，對應於外，便形成對山水空間的企求。故與現實景況相比較，山水空間其實是一個心靈性質重於功利性質的處所，可以說是抽離了現實的一處空間，也可說是一種對美感藝術的追求，就如同簡文帝與王胡之、王徽之所說的：

> 簡文入華林園，顧謂左右曰：「會心處不必在遠。翳然林水，便自有濠、濮間想也。覺鳥獸禽魚，自來親人。」（〈言語第二・61〉）
>
> 王司州至吳興印渚中看。歎曰：「非唯使人情開滌，亦覺日月清朗。」（〈言語第二・81〉）
>
> 王子猷坐桓居騎參軍。桓謂王曰：「卿在府日久，比當相料理。」初不答，直高視，以手版拄頰云：「西山朝來，致有爽氣。」（〈簡傲第二十四・13〉）

在這裡，簡文帝與王胡之、王徽之都肯定了山水的作用，是能夠滌淨人情，使人擺脫俗事，並讓人清心寡慾、胸懷爽然，恍若莊子悠遊濠濮一般的自在逍遙，擺脫名利的羈絆；在山水之中，人們只需盡情的享受自然的洗禮，與鳥獸禽魚安樂相處、與天地日月融會貼合，世俗外務、權位官勢都可以拋諸腦後。因此若以傅柯的話來說，山水空間，可說是另外一種社會空間的呈現——因為社會的殘缺、不美好，所以必須產生另一種美好的幻影，作為人們喘息之所。也由於社會的不完美，人們反而更需要另一個充滿審美情趣的環境，因此山水空間可說是一個社會的倒轉，它轉化了社會上缺陷的一面，開啓了另一個優遊容與的空間，也呈現了士人們尋求高蹈瀟灑、隱逸脫俗的精神心靈。

　　所以山水空間也可說是擺脫現實的一處世外桃源，是抽離現實的空間。
擴大來說，山水空間更像是一個仙境樂園，且看這些名士對山水的形容：

　　荀中郎在京口，登北固望海云：「雖未睹三山，便自使人有凌雲意。

　　若秦漢之君，必當褰裳濡足。」（〈言語第二・74〉）

荀羨望海遐想，油然生起一股超脫物外的凌雲之意；山水啓發了他高逸出塵
的念頭，更讓他由空間的觸發，而引起時間上的追溯，回想起秦、漢之君涉
海獲奇藥的故事，當中隱含了山水陶冶，可使人如至樂園一般，獲得長生的
思想。〔註12〕

　　在這些記載中，除了呈現對山水審美的企慕之外，更可進一步看出山水
與人之間的交融貫通；也反映出空間與心靈互爲表裡的面相。這些名士們往
往帶著自我的情感來看待自然山水，例如荀羨面對山水而產生的凌雲之意，
或如簡文帝的會心林水、王司州見洲渚而深感人情開滌、以及王徽之西山朝
來，便覺爽氣逍遙……。在這些審美過程中，山水誘發了人的情感，而這些
情感又同時反轉過來，復再投射於山水之中，因此山水空間往往承載了士人
們的情致喜好。故而這些空間的呈現，並非只是純粹客觀的存在，它往往包
含了身處其中之人的自我經驗以及直接感受。所以，「空間」早已被賦予了價
值與意義。這就如同羅宗強所說的：「山水的美，只有移入欣賞者的感情時，
才能成爲欣賞者眼中的美。山水審美在很大程度上是一種感情的流注。……
有人以壯偉爲美，蓋彼具壯偉之心境；有人以明秀爲美，蓋彼具明秀之心
境，……。」〔註13〕由羅氏的敘述，便可看出山林空間與心靈的關係。

　　再如顧愷之、王獻之、竺道壹對山水自然的描述：

　　顧長康從會稽還，人問山川之美。顧云：「千巖競秀，萬壑爭流，草

　　木蒙籠其上，若雲興霞蔚。」（〈言語第二・88〉）

　　王子敬云：「從山陰道上行，山川自相映發，使人應接不暇；若秋冬

　　之際，尤難爲懷。」（〈言語第二・91〉）

〔註12〕歐麗娟在《唐詩的樂園意識・緒論》中曾提出樂園的要素之一，就是泯除時
　　　　間的追逼以及空間的束縛，因此樂園中的人們，往往跳脫生死的必然性，隔
　　　　絕了時代遞嬗的滄桑以及滄海桑田的變化。此處即借用他的觀點；另，歐氏
　　　　對「樂園」有詳盡的定義解說，本文亦不再贅述。（臺北：里仁書局，2000
　　　　年2月15日出版）。

〔註13〕見羅宗強著：《玄學與魏晉士人心態》（臺北：文史哲出版，1992年11月初版），
　　　　頁333。

> 道壹道人好整飾音辭，從都下還東山，經吳中。已而會雪下，未甚
> 寒。諸道人問在道所經。壹公曰：「風霜固所不論，乃先集其慘澹。
> 郊邑正自飄瞥，林岫便已皓然。」（〈言語第二・93〉）

在這些紀錄中，自然山水呈現出極至的美感：千巖競秀、萬壑爭流、林岫皓
然、山川映發……；人處在山水自然之中，應接不暇、難以忘懷。這些山水
素描，將自然境界的豐美愉悅呈現出來，其中生機流轉、草木蒼籠、青樹流
泉、雨雪繽紛，人們悠遊其中，擺脫了現實厲害的醜惡，純任美感橫流，因
此身心舒放、閒適和諧，如入桃緣仙境一般。所以對山林空間的慕求，往往
也看出對樂園的追尋，因為自古到今，「樂園」一直是人類永恆追求的處所。

　　而以山林、田園之型態出現的大自然，成為士人遊賞或歸隱的重要去處，
故而具備了審美之意趣與樂園之象徵。因此山水空間，即代表了六朝人對審
美經驗的追尋。前幾則的記載，都可以看到名士們對自然山水的品藻，是要
用美的意識、美的文辭加以呈現的，這就如同〈容止第十四・24〉之注所說
的：「孫綽庾亮碑文曰：『公雅好所託，常在塵垢之外。雖柔心應世，蟪屈其
迹，而方寸湛然，固以玄對山水』。」此處一語中的，道出「以玄對山水」，
即是以超越世俗之上的虛靜之心面對山水，而此時的山水，便以純淨之姿，
融入虛靜之心當中，與人的生命幻化為一。〔註14〕正因為如此，所以當人的
身體投入自然之後，自然景物便進而引發、助長人超脫世務的隱逸之心。且
看《世說新語》中的〈棲逸〉篇即大多與山水空間有關。例如：

> 阮光祿在東山，蕭然無事，常內足於懷。有人以問王右軍，右軍曰：
> 「此君近不驚寵辱、雖古之沉冥，何以過此？」（〈棲逸第十八・6〉）

> 南陽劉驎之，高率善史傳，隱於陽岐。于時符堅臨江，荊州刺史桓
> 沖將盡計謨之益，徵為長史，遣人船往迎，贈貺甚厚。驎之聞命，
> 便升舟，悉不受所餉，緣道以乞窮乏，比至上明亦盡。一見沖，因
> 陳無用，脩然而退。居陽岐積年，衣食有無常與村人共。值己匱乏，
> 村人亦如之。甚厚為鄉閭所安。（〈棲逸第十八・8〉）

> 許掾好遊山水，而體便登陟。時人云：「許非徒有勝情，實有濟勝之
> 具。」（〈棲逸第十八・16〉）

在這幾則記載中，不論是阮光祿在東山、劉驎之的隱於陽岐或是許掾的好遊

〔註14〕此見解乃受到徐復觀著：《中國藝術精神》（臺北：學生書局，1998 年 5 月第
　　　十二次印刷）所引發，頁 236。

山水，都可以看出隱逸與山水的密切關聯。而這幾則紀錄中，隱居山川林水之中的高士們，所呈現出的情性行為，是：「近不驚寵辱」、「衣食有無常與村人共」，以及「好遊山水、體便登陟」，這些身體形象，展現出性靈上的自由解放，他們跳脫了現實利益的羈絆，開天闊地、無拘無束；他們不再汲汲營營於仕宦的晉升、財富的擁有或是恩寵的獲得，他們早已內足於懷、脩然而退，故而能夠自在的蕭然無事、因陳無用了。此處，山水代表了一種超脫世俗的心靈天地，相較於世俗朝市，它更代表了一種高遠的情懷，不論是許掾靈活健壯的身體，或是阮裕恬然自足、寵辱兩忘的心境，以及劉驎之的仁慈慷慨，只要在任何的可能內，他們都願意親近山水，以遊山玩水、隱逸山水為生活上的重心。

他們的投入山水，解放了受到道德倫理觀念及其價值標準所束縛了的個性。他們認真的體現了自我的價值，這就可以得知，何以何充勸其弟何準出仕時，他能夠自信傲然回答：「予第五之名，何必減驃騎？」（〈棲逸第十八‧5〉）的原因了。這些隱士們甘於泯然無跡、甘於平淡寂然、甘於無事無用、甘於默默無名，因為處在依山傍水的環境裡，心靈已然受到洗滌。

隱逸思想很早就在中國知識分子的心中萌芽。例如《孟子‧盡心上》所說的：「達則兼濟天下，窮則獨善其身」，《論語‧泰伯》亦云：「邦有道則見，邦無道則隱」。可見「隱逸」相對於「仕進」同樣都是中國士大夫生活中十分重要的內容；進與退、仕與隱，一直是士人們所必須面臨的痛苦抉擇。另一方面，由於深受老莊自然哲學的影響，因此，對自然的重視，一直是相對於「朝市」之外，受到知識分子們關注的議題。而「自然」呈現在人們面前最鮮明的形象，即是山水，因此隱逸總脫離不了山水的相伴。換句話說，「隱逸」是一種心靈體現，它代表著內心的瀟灑從容，而這個心靈的內在表現，外化於實際空間中，即是靠著投身山林來予以定位，因此內在心靈對樂土的追尋，即成為對山林空間的慕求。故而山水自然的空間，除了是一個實體的、存在的、在世的空間呈現外，更是一個積澱了深厚文化心理內容的地域象徵，它象徵了一個離俗的、出世的、無爭端的美感之所。

但另一方面，若身體與心靈能完滿的結合於山水之中，那的確是身在亂世的士人們所希望達到的理想狀態；可是現實當中的景況，卻往往並非盡如人意，強權的拉扯、內心的掙扎，在在都造成身體與心靈的失衡。所以在這種失衡狀態下，魏晉士人們必然得重新覓求新的平衡點，用新的平衡點因應

社會環境的挑戰與威脅。而這樣的過程，也影響波及了山水自然這個美感之所。

自然山水雖代表了歸隱、退耕的心靈淨土，不過它在某些情況下，卻也複雜的隱含了另一種「欲仕」的心境，呈現出「仕」與「隱」之間的進退兩難。在〈棲逸第十八‧12〉中即隱約透露出仕與隱的不同選擇：

戴安道既屬操東山，而其兄欲建式過之功。謝太傅曰：「卿兄弟志業，何其太殊？」戴曰：「下官『不堪其憂』，家弟『不改其樂』。」

謝安的一段問話，即可發現在他心理「仕」與「隱」是迥然不同的志向呈現。但戴氏兄弟一仕一隱，卻同時享有盛名。不過，根據戴安丘的回答，可以看出他對弟弟戴安道的屬操東山是非常讚賞的，認為跟顏回一般的志節不凡。這也隱約透露透露出魏晉人的心理，認為隱居山林是比現實仕進略高一籌的。

但在現實環境中，「仕」與「隱」卻又往往並非自我能夠選擇，因為身仕亂朝，欲當官而行，則生命可憂；欲高蹈遠引，則門戶靡託。〔註15〕因此，欲仕或欲隱，也就成為時移勢易下的一種權變方式。如此也就會有「仕」與「隱」之間的兩種不同選擇，例如：

南陽翟道淵與汝南周子南少相友，共隱於尋陽。庾太尉說周以當世之務，周遂仕，翟秉志彌固。其後周詣翟，翟不與語。（〈棲逸第十八‧9〉）

嵇中散既被誅，向子期舉郡計入洛，文王引進，問曰：「聞君有箕山之志，何以在此？」對曰：「巢、許狷介之士，不足多慕。」王大咨嗟。（〈言語第二‧18〉）

因為好友的棄隱而仕，翟道淵的態度便是：「不與語」。可以看出他對於背棄山林、背棄隱逸，轉以當世之務為己任的行為是多麼不以為然了。而向秀在其別傳中所呈現的形象是：「常與嵇康偶鍛於洛邑，與呂安灌園於山陽，不慮家之有無，外物不足怫其心」他原本是安於隱逸、安於平淡的，但在好友嵇康的慘死之後，他只能放棄自己的箕山之志，踏入仕途。但他仍試圖調停「仕」與「隱」之間的差異性，認為「唯無心者，獨遠耳。得全於夫者，自然無心，委順至理也」〔註16〕只要是「無心」的，汎然無所繫，就算是做官，也等同於隱居山林

〔註15〕見余嘉錫箋疏，周祖謨、余淑宜、周士琦整理：《世說新語箋疏‧修訂本》（上海：上海古集出版社，1996 年 8 月第 3 次印刷），頁 80。

〔註16〕見《列子‧黃帝篇》張湛注中引向秀《莊子注》。見楊伯峻撰：《列子集釋‧

之中，因爲做官僅是「容迹而已」。〔註17〕也因此，他才將巢、許解釋成不足多
慕的狷介之士，認爲他們不能在仕中求隱，不能算是眞正的隱者。

但魏晉時期這種身在廟堂，心存山林的作風，表面上似乎將山水隱逸內
化於心，但實際上卻更加明顯的呈現出山林與廟堂的差異對比：因爲自然山
水的遠在天邊，求之不得、不得求之，所以只好運用想像神思，將它化約爲
近在眼前的內心世界了。爲了化解這種欲隱還仕、欲仕還隱地尷尬，魏晉士
人們便想出了折衷的辦法，他們高喊：「聖人雖在廟堂之上，然其心無異於山
林之中」〔註18〕以及「形在江海之上，心存魏闕之下」〔註19〕藉此宣告著雖
然在朝爲官，但顧盼間仍不失山澤之儀；他們將身體與心靈劃分爲兩者，將
之分離，以此馳騁心靈的神思，化解了身體所受到的束縛，也卸除了出仕與
歸隱所帶給他們的矛盾與尷尬。而身體與心靈的分離之後，他們更可以坦然
地在朝爲官，並洋洋灑灑、大言不慚地表示自我的不失箕山之志。

而在《世說新語》中，也可以看到這種調和仕與隱的想法，例如：

> 范榮期見郗超俗情不淡，戲之曰：「夷、齊、巢、許，一詣垂名：何
> 必勞神苦形，支策據梧邪？」郗未答。韓康伯曰：「何不使遊刃皆虛？」
> （〈排調第二十五‧53〉）

范榮期見到郗超的勞神苦神、汲汲營營，便以夷、齊、巢、許的不仕來嘲弄
他，然而韓康伯卻對此發表了折衷的看法，他認爲只要精神能逍遙自適地處
於世中，使其遊於空虛之中、棄絕俗情，那麼仕即是隱、隱即是仕了，也就
無仕與隱的分別。

然而，儘管魏晉人試圖調和「仕」與「隱」的藩籬，但《世說新語》中
對於親近自然山水的士人，似乎給予較高的評價。反之，則評價亦跟著降低，
例如〈排調第二十五‧26〉：

> 謝公在東山，朝命屢降而不動。後出爲桓宣武司馬，將發新亭，朝
> 士咸出瞻送。高靈時爲中丞，亦往相祖。先時，多少飲酒，因倚如

卷二》（北京：中華書局，1997 年 10 月北京第 5 次印刷）。

〔註17〕見許抗生著：《魏晉思想史》（臺北：桂冠圖書，1992 年 12 月初版 1 刷），頁
168。

〔註18〕見郭象註：《莊子‧逍遙遊》（臺北：藝文印書館，2000 年 12 月初版五刷），
頁 22。

〔註19〕見梁劉勰著，王更生注譯：《文心雕龍讀本‧下篇》（臺北：文史哲出版社，
1986 年 11 月再版），頁 3。

醉，戲曰：「卿屢違朝旨，高臥東山，諸人每相與言：『安石不肯出，
將如蒼生何？』今亦蒼生將如卿何？」謝笑而不答。

謝安在面對高靈的諷刺取笑時，雖以「笑而不答」相應，但卻明顯可見出他
的尷尬之情；他的尷尬就在於棄隱就仕，不能貫徹東山之志的初衷，因為行
為上的自相矛盾，故而招致嘲笑時，只能苦笑以對了。而在本篇第三十二則：

謝公始有東山之志，後嚴命屢臻，勢不獲已，始就桓公司馬。于時
有人餉桓公藥草，中有「遠志」。公取以問謝：「此藥又名『小草』，
何以一物而有二稱？」謝未即答。時郝隆在座，應聲答曰：「此甚易
解：處則為遠志，出則為小草。」謝甚有愧色。桓公目謝而笑曰：「郝
參君此過乃不惡，亦極有會。」

謝安的「仕」與「隱」的行為，在這裡被隱喻成「小草」與「遠志」。儘管受
到了調笑取樂，但此時謝安只能呈現出「甚有愧色」的樣貌。原因無他，只
因為他無法堅守立場。最初朝命的屢次徵召，他都能不動如山、堅守己志，
似乎已表明了要以清高遠大的目標為志向，但最後卻打破自我的原則，入仕
作官了；一旦出山為官，便頓失立場，只能尷尬委屈的接受嘲弄。由此也可
以見出當時人在面對的「出」與「處」的行為時，毀與譽是邈如天壤般的差
別。

除此之外，山水也具有人物品藻的作用，例如：

謝車騎道謝公：「遊肆復無乃高唱，但恭坐捻鼻顧睞，便自有處山澤
間儀」。(〈容止第十四·36〉)

孫興公為庾公參軍，共遊白石山，衛君長在座。孫曰：「此子神情都
不關山水，而能作文？」庾公曰：「衛風韻雖不及卿諸人，傾倒處亦
不盡。」孫遂沐浴此言。(〈賞譽第八·107〉)

雖然謝安在初出仕時，受到了許多嘲弄，但高居廟堂之上的他，在恭坐捻鼻
之時，卻能不失隱逸山林之間的情懷，因此仍獲得了謝玄的讚賞。此處藉著
謝安「自有處山澤間儀」的描述，透露出對他高蹈情懷的賞譽，也再一次驗
證前所言的：對於親近自然山水的士人，往往給予較高的評價；而山水空間
更是一種瀟灑恣肆之情志的代表。

而在〈賞譽第八·107〉則中，山水更是文學藝術創作優劣的表徵，衛永
「神情都不關山水」，所以讓人懷疑他是否能夠作文。可見，親山近水除了是
瀟灑風韻的代表，也是才華有無的衡量指標。

　　這種重視山水自然的現象，應該與魏晉時期重視「自然」的思想層面有很大的關係。在先秦時期，儒家是以山水作爲道德精神的比擬，例如孔子說的「仁者樂山，智者樂水」。但道家卻站在自然與人爲一，而自然更具有「遊」的象徵、例如〈逍遙遊〉中所說：「無何有之鄉，廣漠之野，彷徨乎無爲斯則逍遙乎寢臥其下，不夭斤斧，物無害者，無所可用，安所困苦哉！」空間走向一個無邊界的形態，而人則遊於此不設防的空間中，主體（人）與客體（空間）相互融涉，共同形塑出逍遙的模態。到了魏晉時期，隨著人物品藻和玄學、佛學的興起，對自然山水的觀念也產生了改變。大抵說來，魏晉之世，山水自然被視作人之才情風貌的象徵，並將對自然山水的親近、觀賞看做是實現自由、超脫人格生活的理想，再加上山水與玄學、佛學的哲學體悟常常是相互感通的，也使人更進一步與自然融爲一體。〔註20〕因爲對自然的融入，故而影響到人們對山水田園這些自然空間的重視。

　　但另一方面，當時由於外在環境的不可捉摸，因此仕與隱也往往不是自我所能決定的，魏晉人往往得因順時勢做出不得不的選擇。然而，當他們面臨這仕與隱的矛盾時，卻也另謀了一條調和的出路，這條出路便是：建構出另一套無心而順有、自然無心的哲學架構，例如向秀所說的「汎然無所繫」，或如郭象所提出的「游外宏內」之說。他們高喊：「無心以隨變，汎然無所繫。」〔註21〕以及「無心以順有，故雖終日揮形，而神氣無變，俯仰萬機，而淡然自若。」〔註22〕。他們認爲，儘管是俯仰萬機，也可以是足性而逍遙的，聖人就算是在廟堂之上，但他的內心卻無異於山林之中。他們藉著這內心與身體的分離方式，讓身心成爲二元的兩者，心靈既然可以脫離身體的侷限，便不須再受形軀之累，而可以享受山林隱逸的逍遙快樂，如此便調和了現實情況中仕與隱的矛盾。

　　而除了思想上的調和外，魏晉名士也積極的在日常生活的空間之中架構

〔註20〕對自然山水的審美歷史以及魏晉之世對自然山水的哲學思考，乃參考李澤厚、劉綱紀著：《中國美學史──魏晉南北朝編（上、下）》（安徽：安徽文藝出版社，1999年5月第一版），頁477～485。

〔註21〕《列子・黃帝篇》張湛注中引向秀《莊子注》說：「唯無心者，獨遠耳。得全於夫者，自然無心，委順至理也。苟無心而應感，則與變升降，以世爲量，然後足爲物主，而順時無極耳。無心以隨變也，汎然無所繫。」

〔註22〕郭象在〈大宗師〉注中曾說：「未有極游外之志，而不冥於內者也；未有能冥於內，而不由於外者也。故聖人常游外以宏內，無心以順有，故雖終日揮形，而神氣無變，俯仰萬機，而淡然自若。……則夫游外宏內之道，坦然自明。」

出一個山水空間。當時，莊園經濟大盛，標榜隱居的士人轉而在城市近郊開發山林水泊，營造帶有園林色彩的大型莊園，合居住、遊賞、農耕等多種功用為一體，例如石崇所建的金谷園、謝靈運的石壁精舍、徐湛之的廣陵園宇……，這些都是將山水融入園林之中的表率。

隨著隱居環境的大幅改善，隱居處所離原始的深山越來越遠，而與城市生活越來越近，「城市園林」就是在朝市與山林之間架起的平衡支點，〔註23〕這也就調和了廟堂仕進與隱居山林的不同選擇。

因此山水空間的心理內涵其實是複雜多樣的，它同時是文化民族的心理呈現，但同時也是個人心理思想的表徵；它是多元的，也是調和的。

若說空間與社會、心靈有密切的關係，那麼外在社會的紊亂，讓魏晉士人不得不投身自然，轉而以自然山水來慰藉千瘡百孔的心靈。而身體的引領與啟迪，更將自然山水進駐到士人內心，也進一步開啟了他們的審美意趣。所以魏晉士人一方面睜開眼向內省視自我生命，一方面又雙眼炯炯有神的望著外部世界，他們從自然山水那裡發現了另一個樂園境地，也從而萌發、確定了自然山水的審美文化，更進而使山水空間成為心靈與現實的一處平衡點；山水自然是他們處於現實環境下的一個喘息、暫憩、擺脫塵世紛擾、盡情展現悠然瀟灑的一方天地。

第三節　身體空間的重構與轉換

雖然身體引領士人進入了山水田園的自然空間，而山水田園也提供給魏晉士人一個喘息的處所，但若從主、客體的角度上來看，魏晉之前，文人雖走進山林、打從心底欣賞山林之美，但是對山林之美的詠嘆，仍是以「人」的立場為主，因此人是主體，而「山水空間」是客體，「山水」與「人」仍有主客的分別，山水是山水、人是人，兩者之間也有彼與此的分別。

魏晉士人必定不甘於這樣的藩籬與分別，他們企圖破除身體與空間的界線，因此他們運用了另一種方式，將身體重構、轉換，進一步開展了自我的身體空間使外在的空間進入身體之中，達到物與我相合為一的境界。

空間的存在是建立在對於人的客觀性及主觀性活動的描述上；空間也由

〔註23〕見李文初等著：《中國山水文化》（廣東：廣東人民出版社，1998年3月第二次印刷），頁562。

人體所構成。事實上，人體不只使我們感受、生產、受制於空間，也使我們呈現於空間而成空間的一部份；它更使我們能包容週遭的各種物體而擴展了空間。〔註24〕前有言：「身體」是構成一個完整的「人」所不可或缺的具體形軀。人的生命存有與否，都必須取決於「身體」的存在，身體一旦銷毀，生命也就隨之瓦解；人必須仰賴身體得以生活。因此人受到身體的拘束，也受制於特殊的時空。

　　所以，人因身體而有時空的限制，但另一方面，人卻也可以透過身體的實踐，來轉化空間的區隔。因此身體並非只單向地接受空間的控制，它同樣可以反轉過來，成為空間的生產者。透過身體的展演，空間形象得以獲得嶄新的樣貌，重新對人產生影響，而人也得以藉由身體與空間的交融，更具意義的體現了自我存在的價值。

　　而魏晉人也同時藉著身體的展演型態，展現了空間重構、轉換的思維模式。例如劉伶的〈酒德頌〉〔註25〕所呈現的：

> 有大人先生，以天地為一朝，萬期為須臾。日月為扃牖，八荒為庭衢。行無轍跡，居無室廬。幕天席地，縱意所如。……唯酒是務，焉知其餘……無思無慮，其樂陶陶。兀然而醉，豁爾而醒。靜聽不聞雷霆之聲，熟視不睹泰山之形。不覺寒暑之切肌，利欲之感情。
>
> 俯觀萬物，擾擾焉如江漢之載浮萍。二豪侍側，焉如蜾蠃之與螟蛉。

劉伶藉著酒精的催化作用，使得他全然舒展自己的身體，忘卻了外在一切的囚禁，讓身體與心靈全然的冥化合一、無所顧忌地視天下為小，而成就大人之道。他突破了現實時空的界限，以「天地為一朝，萬期為須臾。日月為扃牖，八荒為庭衢」，達到幕天席地、縱意所如的境界；不聞雷霆之聲、無視泰山之形、不覺寒暑之切、視萬物如浮萍。他藐視天下萬物，已然將自己提升到同宇宙合一、與自然相感的境地。酒精成為他精神上的救贖，這個救贖使他驚醒於「身體」的變化。因為清醒時的意識，在在提醒著他身體所受的侷限，使他不得不屈居於現實時空中；但藉著酒精，他開始重構自己的身體空間，使身體空間趨近於無限大的宇宙，也同時轉化宇宙空間，使其內涵於身

〔註24〕見黃應貴主編：《空間、力與社會》（臺北：中央研究院民族學研究所，1995年12月初版），頁3。

〔註25〕見《文選・卷第四十七・頌》。〔梁〕蕭統編，〔唐〕李善注（上海：上海古籍出版社出版，1997年10月第5次印刷），頁2098～2099。

體之中，在這個重構轉化的過程中，身體已然與自然宇宙化合爲一，而他自己，則獲得了全然放縱的自由。

除了劉伶之外，陶淵明詩中亦曾出現這種人與自然宇宙相化合的情形，例如〈讀山海經・其八〉：〔註26〕

> 自古皆有沒，何人得靈長？不死復不老，萬歲如平常。赤泉給我飲，
> 員丘足我糧。方與三辰游，壽考豈渠央。

詩的開頭雖是問句，但整首詩卻透露出詩人對生命、對天地自然的想望。他企圖劃破現實時空的限制，靠著飲赤泉之水、食員丘之樹，以獲得不死不老之萬歲平常；更進而達到與日、月、星同遊，與天地同壽的無邊神力。

人若能打破「身體」所受到的時空侷限，那麼不論生命長短或是範圍廣狹，這些時空限制，將不再是控制人的枷鎖，人也將獲得全面的自由。而將「身體」與天地自然幻化爲一體；將有限的自我，代換成無限的時空，便是一種獲得萬古長生的方法。

中國自古即重視人與自然的關係，認爲人要能與自然融合，才能達到天、地、人合一的境界，也才能夠在悠悠時空中長治久安，甚至跳脫時空限制。而在《世說新語》中也常常可以看到這種人與自然的交融對話，最明顯的莫過於〈任誕第二十三・6〉了：

> 劉伶恆縱酒放達，或脫衣裸形在屋中人見譏之。伶曰：「我以天地爲
> 棟宇，屋室爲褌衣，諸君何爲入我褌中？」

劉伶以天地爲棟宇、以屋室爲褌衣的言詞，與他所作的〈酒德頌〉有異曲同工之妙。除了可以看出劉伶的任性放達外，也同樣可以看到他將身體空間擴大爲宇宙空間的想法。如果說「身體表現出許多的語言，這些身體語言是一種溝通方法，與其他人、物或神發生接觸」〔註27〕那麼劉伶便是藉著他的身體，來與自然宇宙相互溝通了——天地成爲他的屋宇，屋室成爲他的褲子；而他自己，則裸身開放了所有的觸感，以最自然無華的軀體，以及最極致的身體面積，去體驗天地八方；將天地萬物涵化於他的小小身軀中，也將無垠宇宙籠攝於有限形軀中。

〔註26〕見逯欽立校注：《陶淵明集》（北京：中華書局出版，1979 年 5 月第 1 次印刷），頁 137。

〔註27〕見李宗芹著：《與心共舞——舞蹈治療的理論與實務》（臺北：張老師文化事業，1998 年 5 月初版，4 刷），頁 28。

　　劉伶乃竹林七賢之一，史書上說他：「放情肆志，常以細宇宙，齊萬物為心。澹默少言，不妄交游……常乘鹿車，攜一壺酒，使人荷鍤而隨之，謂曰：『死便埋我』其遺形骸如此。」〔註28〕由於他的遺形骸，所以才能放開身體的侷限，齊萬物、細宇宙，也因此能打破人所受的空間限制，與天地、自然、萬物齊同平等了。因為人與天地、自然化合為一，宇宙空間與人體相互滲透，便排除了有形的侷限，開闊成了一個無限大的宇宙空間，也重新展開了另一番生命機體的運作。

　　然而，這種將身體化約為宇宙，將宇宙融合於身體的觀念，往往包含了以小容大的空間觀，意即以「身體」為基礎單位，將身體所具存的現實空間擴大，微縮外在的物件；而在這樣的情況下，身體便開始有了隨物而化的可能，例如：

　　　　郝隆七月七日出日中仰臥。人問其故，答曰：「我曬書。」（〈排調第二十五‧31〉）

另如〈排調第二十五‧30〉：

　　　　張吳興年八歲，虧齒，先達知其不常，故戲之曰：「君口中何為開狗竇？」張應聲答曰：「正使君輩從此中出入！」

郝隆與張吳興，雖然是站在「排調」立場，戲謔嘲笑，但卻可看到他們以自我「身體」為立基點所展開的空間重構與轉換。郝隆在面對俗眾不以內在的學養展現真實知識，反以物質性的「書籍」來表徵自我的書香門第時，他便跳出眾俗之外，大言不慚地將自己的身體轉換重組為知識的符碼：出日中仰臥、以肚皮為書。展現自己學富五車的狂放，更藉此諷刺那些只知曬書，卻未必讀書的眾人僅著重書籍外物，卻無法坦率面對自我本身。而郝隆此舉，早已自信滿滿的宣佈：知識已然內涵於心中，而身體更成了知識的領域場，故而曬身即曬書，何庸曬書假象來表現自我學養呢？

　　而張吳興也與郝隆有異曲同工之妙，當他受到先達長輩以狗洞來嘲笑自己的缺齒時，他不慌不忙的以「正使君輩從此中出入！」來回應，使得嘲笑他的先達們陷入雙難矛盾的景況中。先達若肯定缺齒是「口中開狗洞」的假定，那麼就也必須肯定這個狗洞是為了「使君輩從此中出入」的假設，反之，若缺齒非狗洞，那麼先達長輩們即不用成為狗洞中來去的狗輩，但這卻又與他們企圖

〔註28〕見〔唐〕房玄齡等撰：《晉書‧卷四十九‧列傳第十九》（北京：中華書局，1998 年 3 月第 7 次印刷），頁 1375～1376。

戲弄張吳興的本意有所違背，因此他們落入了「兩難矛盾」之中。〔註29〕但不論這個矛盾是誰勝誰負，都可以看出他們以身體器官所作的轉換重組：缺齒成了狗洞的假想，而這個假想更擴大成為能讓君輩從此中出入的門戶，張吳興藉著身體的轉換，化解了他所面臨的窘況。

這兩則敘事都展現了以小容大、縮大入小的空間變幻，不論是郝隆或張吳興，他們同樣地將身體擴大成為另一種空間載體，當他們轉化自我身體的符碼時，也同時利用這個轉換，重新組構了另一種新的空間體驗。

而魏晉時期身體的轉化重組，往往也呈現在人的自然化之上，將身體比擬為自然萬物，而在比擬的過程中，身體與自然便形成為一體，例如〈言語第二·95〉：

> 顧長康拜桓宣武墓，作詩云：「山崩溟海竭，魚鳥將何依。」人問之曰：「卿憑重桓乃爾，哭之狀其可見乎？」顧曰：「鼻如廣莫長風，眼如懸河決溜。」或曰：「聲如震雷破山，淚如傾河注海。」

顧愷之在面臨對他有知遇之恩的桓溫去世時，他以「山崩海竭」來形容這位亂世梟雄的消亡；而對於自己的哀傷，他也按照面部器官──眼與鼻──的反應將之形容成「長風懸河」，而器官──口與眼──所相應發出的聲響及動作則成為「震雷傾河」。在這裡可以看出顧愷之將「身體」與自然現象相結合，進而使人「擬自然化」〔註30〕的情形。顧愷之在其畫論中首重「傳神」，認為繪畫必須得其傳神之趣乃休；寫形則死、寫神則活。若以此來看他對自己悲傷情緒的形容，可以發現，若他真的直敘表達，則畫面上顯現地將是一個涕淚縱橫，哭聲震天的景況，但顧愷之藉著自然景物來代換情緒表現的手法，卻使畫面維持了誇飾的美感，也對他的悲傷表現有了傳神的描寫。

除了顧愷之將人自然化，在《世說新語》中也屢屢可以見出將人「擬自然化」的情況，例如：「太尉神姿高徹，如瑤林瓊樹。」（〈賞譽第八·16〉）、「庾子嵩目和嶠：『森森如千丈松』」（〈賞譽第八·15〉）、「見山巨源，如登山臨下，悠然深遠」（〈賞譽第八·8〉）、「嵇康身長七尺八寸，風姿特秀。見者嘆曰：『蕭蕭肅肅，爽朗清舉。』或云：『肅肅如松下風，高而徐引。』山公

〔註29〕此「雙難矛盾」乃參考尤雅姿老師的論點，見《魏晉士人之思想與文化研究》（臺北：文史哲出版社，1998 年 9 月初版），頁 267～268。

〔註30〕「擬自然化」的提出，乃參考徐復觀教授著：《中國藝術精神》（臺北：臺灣學生書局，1998 年 5 月第 12 次印刷），頁 233～236。

曰：『嵇叔夜之爲人也，巖巖若孤松之獨立；其醉也，傀俄若玉山之將崩。』」
（〈容止第十四・5〉）、「裴令公目王安豐『眼爛爛如巖下電。』」（〈容止第十四・6〉）、「李安國頹唐如玉山之將崩」（〈容止第十四・4〉）、「僧淵曰：『鼻者面之山，目者面之淵。山不高則不靈，淵不深則不清』」（〈排調第二十五・21〉）。
類似的例子，在《世說新語》中不勝枚舉。這些記載，都是將人的身體形姿，甚至動作及器官比擬作自然景物；藉由身體的連結，自然也進駐到他們的內心，成爲美感的表徵。

　　魏晉士人重視自然，與自然親和的原因，除了因爲自然景物是美的載體外，它也是人化通天地的終極呈現；因爲自然與人的相忘而相化，人便可以遺脫世務、純任美感，進而跳脫世俗醜惡，以虛靜之心成就永恆的生命之旅。就如同黑格爾說的：「人必須在周圍世界裡自由自在，……他的個性必須能與自然和一切外在關係相安，才顯得是自由的。」〔註31〕而所謂的相安，便是主體與自然達到和諧的狀態，即「主體與外在界雙方的共鳴，使他們融合成爲一個整體。」〔註32〕魏晉士人，便是企圖以身體空間與自然宇宙的重構與轉換，將天地自然微縮於體內，以期在週遭世界中獲得共鳴，進而獲取主體的自由與和諧。

　　這種將身體與自然外物相結合的情況，在道家「物我齊一」的哲學中亦可看出端倪，例如《莊子・大宗師》中所說：

> 浸假而化予之左臂以爲雞，予因以求時夜；浸假而化予之右臂以爲彈，予因以求鴞炙；浸假而化予之尻以爲輪，以神爲馬，予因而乘之，豈更駕哉！

不論造物主將身體變換成任何模樣，得道者都能體悟「萬物一體」的道理，了解「人」之所以得到「人身」，不過是個偶然罷了。因此道家哲學中將身體物化的思想前提，是因爲已達「安時處順」的境界，了解「死生，命也」的自然不可強求，故而莊子的「物我不分」，起因於他的逍遙無礙，無往不因、無因不可。

　　然而魏晉人企圖化合身體與自然的心態，卻與莊子稍有不同。魏晉之世

〔註31〕見黑格爾著，朱孟實譯：《美學》（臺北：里仁書局，1981 年 5 月 18 日），頁330。

〔註32〕見黑格爾著，朱孟實譯：《美學》（臺北：里仁書局，1981 年 5 月 18 日），頁333。

由於社會板蕩、亂象橫流，死亡的催逼又毫不留情的擂鼓而來；故而他們一方面希望能擺脫現實世界對他們的箝制，另一方面他們也希望能夠獲得永恆的生命。因此，藉著身體空間的延伸，他們希望與宇宙達到萬歲同年的夢想，所以魏晉人企圖將身體與自然宇宙相化合的理念，其背後往往有許多莫可奈何的執著在其中。因為他們早已了解到：畢竟身體所佔據的時空是如此的短促狹隘，所以唯有當人與自然結合之後，人所掌握的空間才能重新定位。

大抵說來，魏晉時期，社會紛亂不安，政治壓迫日大，人一方面想獲得永恆長生之道，一方面卻不斷的想從惡劣的社會環境中超脫出來。但令人失望的是，不論是哪種想望，人終究受制於「身體形軀」的限制，被迫在這樣的時空環境下繼續生存。當他們認清了無法逃脫的事實之後，只能無奈的默默以對。所以「身體軀殼」成為魏晉士人處於世間的最大負擔。因此他們只能想盡法子，讓自己的形軀重新獲得創造，更進一步讓它擁有超越的無限性。他們了解到，唯有藉著精神上與自然相容合、與宇宙同壽考的企圖，才能達到生命機體的重新組構、超越形軀的囿限，所以他們不斷的使人自然化。因為與自然相融合後，才能達到物我合一的境界，人也才能夠「託體同山阿」，〔註33〕更甚至能夠忘卻身體這一個帶來的痛苦的大患，達到「忘天地、遺萬物，外不察乎宇宙，內不覺其一身，故能曠然無累，與物俱往，而無所不應也」〔註34〕的境界。因此，儘管這樣的身體運用，有時會讓人感到舉止荒謬、甚至可笑突兀，但是，他們正是利用「身體」這個基礎，對「自我」進行一個存在的省思，呈現了一種生機充滿的主體意識；也藉著身體空間的重組與轉換，重新尋找出自我生命的無限可能。

第四節　距離變換下的身體流離

思鄉，一直是離鄉背井的人們複雜卻又美麗的感情表現。而故鄉，更是遊子們心靈上的最後依歸。

不論是故居、故鄉、故土或是故國，都是每個人曾經成長、發源、居留、安置、甚至展才……的活動空間，而這些所在，之所以成為「故舊」的地點，

〔註33〕見逯欽立校注：《陶淵明集》（北京：中華書局出版，1979 年 5 月第 1 次印刷），陶潛：〈擬輓歌辭〉。
〔註34〕見郭象註：《莊子・齊物論》（臺北：藝文印書館，2000 年 12 月初版五刷），頁 47。

除了時間上的流逝之外，更多的可能，是空間上的變換。而空間上的變換，往往即是身體的流離所造成的。因為身體的流離失所，所以使人不得不與原鄉剝離，也造成了離鄉者心靈上的無所皈依。

「距離感」往往是身體最直接感受空間變換的基因。「距離」，也是人意識「空間」的重要因素。它使得身體意識到處在偌大空間之中的漂泊，也使身體游離於新與舊的空間之中，同時更造成了一股徬徨無依的氛圍，而這股氛圍，即是魏晉時期所普遍存在的。例如《世說新語》中所記載的：

> 元帝始過江，謂顧驃騎曰：「寄人國土，心常懷慚。」榮跪對曰：「臣聞王者以天下為家，是以耿、亳無定處，九鼎遷洛邑，願陛下勿以遷都為念。」（〈言語第二・29〉）

> 過江諸人，每至美日，輒相邀新亭，藉卉飲宴。周侯中坐而嘆曰：「風景不殊，正自有山河之異！」皆相視流淚。唯王丞相愀然變色曰：「當共戮力王室，克復神州，何至作楚囚相對？」（〈言語第二・31〉）

> 衛洗馬初欲渡江，形神慘悴，語左右云：「見此茫茫，不覺百端焦急；苟未免有情，亦復誰能遣此！」（〈言語第二・32〉）

> 溫嶠初為劉琨使來過江。於時江左營建始爾，綱紀未舉。溫新至，深有諸慮。既詣王丞相，陳主上幽越，社稷焚滅，山陵夷毀之酷，有黍離之痛。溫忠慨深烈，言與泗俱，丞相亦與之對泣。敘情既畢，便深自陳結，丞相易厚相酬納。既出，懽然言曰：「江左自有管夷吾，此復何憂？」（〈言語第二・36〉）

> 袁彥伯為謝安南司馬，都下諸人送至瀨鄉。將別，既自悽惘，歎曰：「江山遼落，居然有萬里之勢。」（〈言語第二・83〉）

在這幾則記錄中，都可以看到，對這些漂流者而言，故土雖在，但咫尺天涯；故國變色，江山已不堪遼落；而故鄉，更早已是渺茫慘澹、迢遙難再了。「家」成了他們心中最大的負擔，也是最難以放下的壘塊。故舊空間的消亡，以及身體的游離，讓他們飽受鄉愁的肆虐，因此他們透顯出來的的言行狀貌，往往都是心常懷慚、相視流淚、形神慘悴、百端焦急、暗自悽惘、黍離之痛，甚至是楚囚相對了，這在在都透露了他們「身」在異鄉為異客、未知「身」死處的「身」不由己。

在魏晉時期，文士們身處於板蕩險惡的動亂時代，版圖時經更迭，生存

空間也歷經威脅，身體處在如此亂世之下，只好不斷地游離、不斷地尋求新的棲身之所。但他們在適應新環境的同時，卻又忍不住一再地回眸凝視那塊令自己魂牽夢縈、藕斷絲連的故土，就如同薩依德所說的：〔註35〕

> 有一種風行但完全錯誤的認定：流亡是被完全切斷，孤立無望地與原鄉之地分離。但願那種外科手術式、一刀兩斷的劃分方式是真的，因為這麼一來你知道遺留在後的就某個意義而言是不可想像的、完全無法恢復的。……對大多數流亡者來說，難處不只是在被迫離開家鄉，而是在當今世界中，生活裡的許多東西都在提醒：你是在流亡，你的家鄉並非那麼遙遠，當代生活的正常交通始你對故鄉一直可望而不可即。因此，流亡者存在於一種中間狀態，既非完全與新環境合一，也未完全與舊環境分離，而是處於若即若離的困境，一方面懷鄉而感傷，一方面又是巧妙地模仿者或秘密的流浪人。

對這些失去故有版圖的魏晉文士來說，並非找到了新的棲身之所便解除了流亡的陰影，相反的，身體所面臨的空間變動，也導致他們心理上充滿了無盡的漂流感，他們總在舊地與新居之間徘徊，一方面想要快速的融入新環境，一方面，卻又對舊環境難以割捨。因此他們的心情始終帶著矛盾的思維，任何一草一木、一山一水，都足以提醒他們自己所面臨的漂泊：見江水而嘆茫茫、見江山而感萬里、風景不殊，卻飽含山河之悲。甚至在距離的烘托之下，新鄉的一切都不如故鄉的美好，例如：

> 陸機詣王武子，武子前置數斛羊酪，指以示陸曰：「卿江東何以敵此？」陸云：「有千里蓴羹，但未下鹽豉耳！」（〈言語第二・26〉）
>
> 張季鷹辟齊王東曹掾，在洛見秋風起，因思吳中菰菜羹、鱸魚膾，曰：「人生貴得適意爾，何能羈宦數千里以要名爵！」遂命駕便歸。俄而齊王敗，時人皆謂為見機。（〈識鑒第七・10〉）

在離鄉的背景下，故鄉的一切，就算是一碗簡單的蓴菜羹、菰菜羹、鱸魚膾，都顯得美好而令人懷念。可知，在離鄉者的心理，新居的一切事物，都足以讓他們懷想到故鄉。而這空間的改換，之所以造成情感張力，絕大部分是因為「距離」的存在。因為「距離」突顯出離鄉者與故舊的一切是處於分隔兩地的景況。他們難以突破這空間上的藩籬，故而在面對這個分隔時，將更加

〔註35〕見艾德華・薩依德（Edward W.Said）著，單德興譯：《知識分子論》（臺北：麥田出版社，2000年2月1日初版六刷），頁86～87。

意識到故人不再、故鄉難見的窘況，而「距離」也顯示出故鄉的早已遠去，不復存在目前的新時空。因此離別的愁緒，便形成離鄉者情感上的一個缺口。而離鄉者也將為這個情感缺口尋找填補的空間，所以便形成「回憶」的動因，離鄉者藉著「回憶」在心靈中另闢疆土，為故鄉、故物開啟了另一個心靈空間。

　　但回憶中的人、事、物與現實中的人、事、物終究是不同的，因此也呈現出現時、昔時；此地、舊地的差異性。而這差異性，則同時開啟了對所離別的「人、事、物」的想像空間。這也就如同薩依德所說的：〔註36〕

> 流亡者同時以拋在背後的事物以及此時此地的實況這兩種方式來看事情，所以有著雙重視角，從不以孤立的方式來看事情。新國度的一情一景必然引他聯想到舊國度的一情一景。就知識上而言，這意味著一種觀念或經驗總是對照著一種觀念或經驗，因而使得兩者有時以新穎不可預測的方式出現：從這種並置中，得到更好、甚至更普遍的有關如何思考的看法。

雙重視角的開展，讓離鄉者不斷地沉浸於舊有的回憶之中，因為新的經驗，不斷誘發著舊有經驗的重生，但舊經驗重回現場後，卻又不得不承認，故鄉早已不在場，記憶中的故鄉，已然是「社稷焚滅，山陵夷毀」了；而眼前所見的景色，儘管「風景不殊」，但卻是「山河之異」了。

　　因此，離鄉者不得不重新展開新的視野，睜開雙眼重新審視新環境的種種。因為要達到重回故土的目標，首要的任務，就是克服新環境對他們的挑戰。所以，儘管故鄉成了他們心中永遠的依歸，但另一方面，他們卻也不會任憑離鄉的痛苦、思鄉的哀愁完全控制他們的心緒。他們同樣會以慷慨激昂來面對自我的流離，頑強的抵抗催折心肝的自憐自艾；這些離鄉者仍具有堅強面對困境的豪爽之氣，因為必須「以天下為家、共戮力王室」，這也就是他們重新燃起新生動力的目標。

　　所以這些流亡的士人們，雖普遍瀰漫著緬懷過去的感傷氛圍，不斷跑蹣於兩個或兩個以上的地域，在原鄉與異邦之間游離著悲歡不定的情緒；但卻也表現出一種對新環境的空間探索精神，兢兢業業的面對新環境的挑戰。就像王導初渡江時，為了籠絡江東人心，而重視吳聲的策略：

〔註36〕見艾德華·薩依德（Edward W.Said）著，單德興譯：《知識分子論》（臺北：麥田出版社，2000 年 2 月 1 日初版六刷），頁 97～98。

> 桓玄問羊孚：「何以共重吳聲？」羊曰：「當以其夭而浮。」（〈言語
> 第二‧104〉）

「夭而浮」的吳音，竟受到大眾所珍視，這除了因為吳語柔媚輕巧的特色外，
更重要的就是政治上的考量了，就如同陳寅恪所說的：「蓋東晉之初，基業未
固，（王）導欲攏落江東人心，作吳語者，亦其關濟政策之一端。」〔註37〕除
了政策上的推行吳語之外，王導也企圖以兒女婚事來結援吳人：

> 王丞相初在江左，欲結援吳人，請婚陸太尉。對曰：「培塿無松柏，
> 薰蕕不同器；玩雖不才，義不為亂倫之始。」（〈方正第五‧24〉）

為了與吳人融合，最直接的方式便是通婚，王導當然熟知這個道理，因此他
也企圖以兒女的聯姻來達到這個目的，雖然最終仍被南方士族所婉拒，但由
此也可以看出北方士族希望儘速融入新環境的決心。

除了大臣王導之外，領兵作戰的武將也希望能建匡立之功：

> 劉琨雖隔閡寇戎，志存本朝，謂溫嶠曰：「班彪識劉氏之復興，馬援
> 知漢光之可輔；今晉祚雖衰，天命未改，吾欲立功於河北，使卿延
> 譽江南，子其行乎？」溫曰：「嶠雖不敏，才非昔人，明公以桓、文
> 之姿，建匡立功，豈敢辭命。」（〈言語第二‧35〉）

不止文臣武將，國君也同樣為著「克復神州，戮力王室」而努力：

> 元帝過江猶好酒，王茂弘與帝有舊，常流涕諫。帝許之，命酌酒一
> 酣，從是遂斷。（〈規箴第十‧11〉）

晉元帝曾以酒廢事，故而在亡國之悲的壓力下，為了完成中興大業，毅然聽
從王導的勸諫，斷絕本身的喜好，深以為戒，故而《晉紀》評其為：「克己復
禮，官修其方，而中興之業隆焉。」〔註38〕以此也可看出元帝對中興之業的
決心與抱負了。

但不可否認的，儘管對新環境有著挑戰的勇氣，但漂泊無依的流亡感，仍
舊是當時人們心中永遠無法抹滅的傷痛，國破家亡之悲、唇亡齒寒之慟，在在
都提醒著他們：他們是外來的、邊緣化的一群，就如同薩依德所說的：〔註39〕

〔註37〕見劉義慶著，劉孝標注，余嘉錫箋疏，周祖謨、余淑宜、周士琦整理：《世說
　　　新語箋疏（修訂本）》（上海：上海古籍出版，1996年8月第3次印刷），〈排
　　　調第二十五‧13〉後余嘉錫之注。
〔註38〕見本則後劉校標注。
〔註39〕見艾德華‧薩依德（Edward W.Said）著，單德興譯：《知識分子論》（臺北：
　　　麥田出版社，2000年2月1日初版六刷），頁99～100。

最後，任何真正的流亡者都會證實，一旦離開自己的家園，不管最後落腳何方，都無法只是單純地接受人生，只是成為新地方的另一個公民。或者即使如此，在這種努力中也很侷促不安，看來幾乎不值得。你會花很多時間懊悔自己失去的事物，羨慕周圍那些一直待在家鄉的人，因為他們能接近自己所喜愛的人，生活在出生、成長的地方，不但不必去經歷失落曾經擁有的事物，更不必去體驗無法返回過去生活的那種折磨人的回憶。……流亡意味著將永遠成為邊緣人……

可知離鄉流亡令人難以釋懷的，除了離鄉背井之外，更多的是心理上的邊緣化。對這些離鄉者而言，故舊的提醒，與新環境的衝擊，不斷並置堆疊，漸而形成他們心中難以面對的事實。對於這些失落了昔日版圖的離鄉者而言，不論對新環境投注了多大的努力與適應，心中總存有無可抹滅的邊緣感，也因此才會產生「寄人國土，心常懷慚」的黍離之悲了。

　　這種流亡感的產生，與「距離」有著無法分割的關係；除了國破家亡而不得不的遷徙外，「距離」的橫亙，也是身體流離、心靈失衡的主要因素。

　　前有言，「距離感」是身體最直接感受空間變換的基因。「距離」，也是人意識「空間」的重要因素。不管是否是因為逃難流亡而作的遷徙，人在面對「距離」時，離別的痛苦、生活空間的轉換、心靈上的咫尺天涯……、種種的感傷難耐便油然而生，也更加突顯出「距離」的長遠。

　　根據梅洛──龐蒂的距離定義，距離是「關係到我們掌握到他能力的對象情境之辭」，而所謂的「情境」，在梅洛龐蒂的認定中是「物質之序、生命之序、心靈之序」的三序合一，因此在這個定義下，距離大約可分為三種：第一種稱為「空間的距離」，第二種為時間的距離，第三種為心理的距離。〔註40〕不管是空間上的距離或是心理上的距離，這兩者往往互為表裡，試看《世說新語》中的描寫：

　　晉明帝年數歲，坐元帝膝上，有人從長安來，元帝問洛下消息，潸然流涕。明帝問何以致泣？具以東渡意告知。因問明帝：「汝意謂長安何如日遠？」答曰：「日遠。不聞人從日邊來，居然可知。」元帝異之。明日集群臣宴會，告以此意，更重問之。乃答曰：「日近。」

〔註40〕見鄭金川著：《梅洛──龐蒂的美學》（臺北：遠流出版，1993 年 9 月 1 日初版一刷），頁 40～43。

元帝失色，曰：「爾何故異昨日之言邪？」答曰：「舉目見日，不見長安。」（〈夙惠第十二‧3〉）

長安何如日遠？元帝所提的問題，不但問出了物理空間的距離觀察，更問出了離鄉者縈繞挫折的深層心理。遠、近是人對距離的感受，就物理空間來講，太陽距離人的位置，當然較長安遠的多，這也就是明帝第一次回答「日遠」的原因。但在國家動盪、空間錯位、故國空間消亡的背景之下上，近在咫尺的長安，成了可望而不可及的地點；在心理距離的烘托下，長安對離鄉者而言，更遠甚於太陽，它成了咫尺天涯、萬里難見的所在。這也就是聽聞洛下消息，便禁不住潸然流涕的元帝，心中以不樂爲樂的悽愴原因了。

因此，這個距離感，也許是自我與故鄉之間的路途，也許是亂世倥傯下的悲涼之嘆，也許是自我對自我的放逐，更也許是理想與現實的差異。「距離」一旦產生，人心便也隨之受到影響，或傷離別、或哀鄉愁、或悲山河崩毀、或嘆窮途末路……種種情懷意緒，便形成了各種不同的身體表情。

魏晉之際，名流士族，或西遷、或東渡、或戎行沙場、或避難他鄉……身體不斷地游移於各種不同的位址，地理位置的頻繁變換，在心理上便造成空間錯位的悽愴。亂世游子，既是在瘡痍滿目的山河間流徙，更是在蒼蒼莽莽的宇宙中飄蕩，這種空間上的錯位，釀成了宇宙茫茫之感。

而當他們回顧現實時，卻又發現自己的羈旅漂泊、寄人籬下，自身的轉圜空間是那麼的狹窄，如此更引發出天地如此之大，卻四顧茫然的無依感。這種雙重的壓力，讓魏晉人只感到天地太大而人太小；因此空間越闊，悲哀越甚；悲哀越甚，空間越闊。如此他們怎能不悽惘悲嘆：「江山遼落，居然有萬里之勢」，或是形神慘澹地發出百端交集之哀鳴了。

第五節 小 結

空間與身體有著密不可分、複雜又多樣的關係。人的種種活動，都必須依靠身體的存有，主動地將自我放置在「現場」，所以只有藉著身體場域才能進一步與世界作眞正的溝通、聯繫。〔註41〕

魏晉時期，是中國政治上最混亂，社會上最苦痛的時代，然而卻是精神

〔註41〕 見劉淑敏著：《梅洛龐帝《知覺現象學》「我思」蓋念之內涵》（臺北：私立中國文化大學哲學研究所碩士論文，1995 年），頁 54。

史上極自由，極解放，最富於智慧，最濃於宗教熱情的一個時代。因此也就是最富有藝術精神的一個時代。〔註 42〕故而各種外在束縛的解放，也使得身體開始對禮法進行反抗，這樣的過程便成爲開啓身體豐富表情的重要契機。

魏晉士人的種種面容，都呈現了他們所受到的痛苦、不堪、承擔以及超越，因此，他們的身體表情在在展現了他們的愁懷以及美感，他們的生命個體，是那麼清晰地藉著身體展演而映現目前。

而身體的展演必定是落實於空間之中，因爲空間是承載身體的所在，故身體的展演往往必須靠著不斷地與空間進行對話而達成，因此空間所擁有的權力亦遍透於身體之中；空間的型態，亦會影響身體的呈現，但是身體並非單項的處於接受者的位置，相反的，身體亦具有啓迪與引領的角色；例如自然山水的空間，即必須靠著身體的進入，才能眞正領略山水空間的美感，而身體進入山水空間後，受到其影響，身體往往也呈現出清虛怡然的情境，因此，身體與空間是相互影響，相互滲透的。

身體除了引領啓迪了山水空間的美感與重要性之外，魏晉士人也更進一步將自我形軀與宇宙自然相互化合，將身體重構轉換成另一種空間體驗，如此也解除了身體所受的時空侷限，成就了另一種永恆無限的生命形式。

而魏晉時期，世道的動亂、空間的錯位移置，同樣也影響了身體的展演，身體必須在茫茫無所依的空間之中不斷游移，儘管處在板蕩之中的士人們，亦曾努力地突破空間的限制，但卻仍掩不住空間改換所帶來的憂傷情懷，因此也就形成了魏晉時期矛盾衝突、徬徨無依的時代氛圍。

〔註42〕見宗白華著：《美從何處尋》（板橋：元山書局，1985 年 2 月初版），頁 187。

第五章　結　論

第一節　個性化的身體經營——寧作我

在〈品藻第九·34〉、〈品藻第九·35〉、〈品藻第九·37〉、〈品藻第九·38〉中曾出現這樣的紀錄：

> 撫軍問殷浩：「卿定何如裴逸民？」良久答曰：「故當聖耳。」

> 桓公少與殷侯齊名，常有競心；桓問殷：「卿何如我？」殷云：「我與我周旋久，寧作我。」

> 桓大司馬下都，問眞長曰：「聞會稽王語奇進，爾邪？」劉曰：「極進，然故是第二流人耳。」桓曰：「第一流復是誰？」劉曰：「正是我輩耳！」

> 殷侯既廢，桓公與諸人曰：「少時與淵源共騎竹馬，我棄去，已輒取之。故當出我下！」

在這些宣言中，他們一遍一遍地說出關於「我」的看法，他們「寧作我」、「故當出我下」、「正是我輩耳」。能夠成就一個「我」對他們來說，是最重要的一件事，因爲只有「我」能證明自己。

在這裡可以看到魏晉人對於自我的掌控是充滿了自信，他們具有強烈的自我認同感。在先秦兩漢時期，「我」的存在，必須依存於社會、國家、道統之下。例如孟子所說：「父子有親，君臣有義，夫婦有別，長幼有序，朋友有信」或是如《白虎通德論》中所說：「以紀綱爲化，若羅網之有紀綱而萬目張

也。」〔註 1〕在儒家的觀念中，三綱六紀、人倫關係才是最重要的，「自我」往往是依附在社會中「父子、君臣、夫婦、長幼、朋友」等這些複雜而綿密的人倫網絡中，才能獲得定位。但在魏晉南北朝時期，社會失衡，國家主權面臨種種挑戰，〔註2〕原本屬於主流地位的儒家道統，更面臨瓦解的命運。士人們開始懷疑、否定原本認同的價值體系，而在懷疑、否定的過程中，也將「我」逐漸地從這些機制中釋放出來，形成一個個具有獨立地位的形象。就如同李澤厚所說的：〔註3〕

> 魏晉南北朝思想文化中大放異彩的一個重要原因就是它一反漢代把群體、社會放在至高無上的地位，而把個體的存在推上了重要的位置。歷來儒家特別是漢儒都不斷要人們絕對服從於群體、社會，魏晉南北朝的思想則不然，它對這種思想提出異議、表示懷疑以致批判，它要重新去尋求和確定個體存在的意義和價值

懷疑精神的勃發，使得個體自覺逐漸在群體意識的籠罩下獲得解脫。所以，在當時，「我」的產生，是純粹個人化的，非關於社會、政治、團體、或是道統……。「我」無須服膺任何的東西，因為「我」就是「我」。

　　而對外在權威的懷疑和否定，才有內在人格的覺醒和追求。因此，當時可說是毀滅與重生雙軌進行的年代。原本的主流機制面臨毀滅，但是個體以及新的思維模式〔註4〕卻在毀滅之中重生。而在毀滅與重生之間，「我」便開始釋放。而自我的釋放，更宣示了內在的獨特個性。因此，儘管魏晉人不斷地擺盪、不斷地尋求新的自我定位，但是他們在擺盪、定位的過程中，卻也產生了自我個性的覺醒。

　　他們身體的展演，便是這股覺醒熱潮中的先鋒。身體受到了個性的鼓舞，生動而多樣地呈現了他們的內在人格；不論是在空間之中的書寫或是在時間催逼之下的展演；不論它所呈現出來的是對美感的要求、對自然的重視、或

〔註 1〕 見《白虎通德論》卷三〈三綱六紀〉篇。轉引自萬繩楠著：《魏晉南北朝文化史》（臺北：雲龍出版社，1995 年 6 月初版），頁 38。

〔註 2〕 在羅宗強在《玄學與魏晉士人心態‧第一章》中即對漢末、魏晉時期大一統政權的崩毀有詳細的敘述，此處不再贅言。

〔註 3〕 見李澤厚、劉綱紀著：《中國美學史——魏晉南北朝編（上）》（安徽：安徽文藝出版社，1999 年 5 月第一版），頁 10。

〔註 4〕 例如道家思想。儘管儒家思想在當時仍影響著人們，但是當時的儒家思想已非原來的儒家思想，是經過改造、結合其他思想的，因此相較於原本的儒學傳統，魏晉時期的儒學，仍是一種新興的思維。

是對主流意識的順服與反抗；所體現的都是一種向內伸展的特殊個性，而非向個體之外的角色而伸展。

所以魏晉士人的身體，可以說只爲自己的情感負責。在儒學傳統與禮教的瓦解下，他們有的仍舊服膺於禮教的規範，讓自己成爲禮法中人；但卻也有一部份的士人，他們除了口喊「非湯武而薄周孔」、「越名教而任心」的口號外，連身體表情也有了跨越禮教的行爲，狂放恣肆、任誕無禮，他們放縱情慾、縱酒高樂，只爲了滿足自己的慾望，而他們在放縱的同時，卻又充滿了至情至性，例如阮籍的悲母喪（〈任誕第二十三·9〉）、王戎的喪子之慟（〈傷逝第十七·4〉）、桓子野的一往有情深（〈任誕第二十三·42〉）、任育長的有情癡（〈紕漏第三十四·4〉）、張驎的輓歌悽苦（〈任誕第二十三·45〉），他們莫不傾盡全力來展現心靈深處最真實的情感。

魏晉人不斷地試圖甩開自古以來的道德身體，[註5] 他們認真的享樂、認真的忿狷、認真的興盡，甚至認真的儉嗇，且看這些紀錄：

> 武帝常降王武子家，武子供饌，並用琉璃器。婢子百餘人，皆綾羅綺糯，以手擘飲食。蒸豚肥美，異於常味。帝怪而問之，答曰：「以人乳飲㹠。」帝甚不平，食未畢，便去。王、石所未知作。（〈汰侈第三十·3〉）

> 王藍田性急。嘗食雞子，以筯刺之，不得，便大怒，舉以擲地。雞子於地圓轉未止，仍下地以屐齒蹍之，又不得，瞋甚，復於地取內口中，齧破即吐之。王右軍聞而大笑曰：「使安期有此性，猶當無一豪可論，況藍田邪？」（〈忿狷第三十一·2〉）

> 王子猷居山陰，夜大雪，眠覺，開室，命酌酒，四望皎然。因起彷徨，詠左思招隱詩。忽憶戴安道。時戴在剡，即便夜乘小船就之。經宿方至，造門不前而返。人問其故，王曰：「吾本乘興而行，興盡而返，何必見戴？」（〈任誕第二十三·47〉）

> 王戎儉吝，其從子婚，與一單衣，後更責之。（〈儉嗇第二十九·2〉）

〔註5〕 孟子的思想中，認爲形、氣、心都是道體的安居之處，並且有「德潤身」、「踐形生色」等說法，而荀子也認爲所謂的「美身」，乃身體經過長期修養，耳目感官皆充斥著道德意識與社會規範的向度。因此，在儒家觀念中，身體最重要的乃體現道德的價值，故此處稱「道德身體」。見楊儒賓著：《儒家身體觀》（臺北：中央研究院中國文哲研究所，1996 年 11 月初版），導論。

他們讓身體浸淫在汰侈享樂、性急忿躁、乘興盡興、吝嗇貪婪……的情緒中，他們不再拘謹於「德潤身」的標的；他們釋放自我的身體，讓身體不再受到任何的圈禁；他們重建身體的型態，讓身體成為自己個性的載體；他們勇於操控身體，使身體不再是道德、社會、人倫或道統……的從屬者。他們讓身體展演出自我的樣貌。

因此，身體成了魏晉人用來裝置在社會、文化以及名教……等重重價值網絡上的一具具「寧作我」的擴音器，意圖揚聲搖撼固有的社會框架，重塑失落的自我世界。

除此之外，魏晉人的身體展演也是多元的，儘管他們釋放自我的身體，但是他們卻也用自藏、自持、自忍的行為來隱藏身體的欲求。例如阮籍的至慎（〈德性第一·15〉）、王戎的湛然（〈雅量第六·5〉）、簡文帝的穆然清恬（〈雅量第六·25〉）、謝安的雅量（〈雅量第六·28、29〉），除了狂妄恣肆之外，至慎至藏也是他們特殊的身體表情。而他們這種至慎至藏的身體，與道家哲學應有密切的關係，由於道家思想講究「全身保真」，因此在他們的身體上，可以發現不見喜慍、口不臧否人物、言及玄遠的至慎行為，而這種行為，正暗合了道家哲學中虛懷若谷、進道若退的思想展現，在「天下多故，名士少有全者」的環境之下，唯有深藏不露的玄遠姿態，才能夠全生保真。因此這樣的身體行為雖看似消極，但實際上卻是最積極的保生之道。因此他們的身體行為也往往在縱情縱慾之外呈現另一面玄遠超然的表現。

而身體的矛盾，也展現在面對生死的態度上。由於魏晉時期死亡的處處顯現，因此死亡對他們來說是驚心動魄的，他們重視生的種種，害怕死亡的催逼。但儘管如此，當他們面對死亡的降臨時，卻又充滿了坦然面對死亡的勇氣，例如竹林七賢之一的嵇康，他重視生命、保養生命，因此也遵守著養生之道，認為人必須保養形神，必須為了生命而克制慾望。他珍視自己的身體，不令損傷；但當他面對死亡的大限到來時，卻又神情自若、慷慨就死，且看他的赴死態度：

> 嵇中散臨刑東市，神氣不變。索琴彈之。奏廣陵散。曲終曰：「袁孝尼嘗請學此散，吾靳固不與，廣陵散於今絕矣！」太學生三千人上書，請以為師，不許。文王亦尋悔焉。（〈雅量第六·2〉）

因此，生與死，對他來說，儘管有許多的不捨、許多的無奈；但他卻仍保有一貫的神氣不變，輕巧而坦然的越過這生死的鴻溝。而在這生與死的跨越下，

他的個性便強烈地展現了出來。

　　除了狂與慎、生與死之外，仕與隱亦是他們身體定位上的複雜之處。當時政權的腐敗、黑暗，再加上玄學思潮的衍生，因此，對這些清高傲世、曠達任放的獨立個性的魏晉士人來說，隱遁山水、脫離仕務將是他們的最佳選擇。在《世說新語》中甚至更立〈棲逸〉一篇，記載士人隱逸的情狀。但另一方面，仕進之途卻也是他們所重視的，例如：

　　南陽翟道淵與汝南周子南少相友，共隱於尋陽。庾太尉說周以當世之
　　務，周遂仕，翟秉志彌固。其後周詣翟，翟不與語。〈棲逸第十八・9〉
　　嵇中散既被誅，向子期舉郡計入洛，文王引進，問曰：「聞君有箕山
　　之志，何以在此？」對曰：「巢、許狷介之士，不足多慕。」王大咨
　　嗟。（〈言語第二・18〉）

因此，無論是脩然而退（〈棲逸第十八・8〉）、寵辱不驚（〈棲逸第十八・6〉）或是入朝為仕、以當世為務，這些都可以看出魏晉人獨立人格的真實寫照；〔註6〕不論是隱逸山林或是入朝出仕，他們都努力體現「寧作我」的宣言。

　　但是，儘管他們的身體思維呈現許多的矛盾點，但是他們卻能夠洽切地調和這個矛盾，而就在矛盾與協調之間，身體便宣佈了他們自我的獨立人格，也宣示了他們獨特的個性。

　　魏晉士人「寧作我」的獨立人格，儘管強烈地表現出樂生、狂縱、欲仕的狀態，但是在同時，他們心靈深處卻也呈現出儒教、坦然、至慎以及隱逸……等標尺，無時無刻的拉扯著士人們朝著多樣而又極端的行為展演他們的身體。而自我意識也就在這股拉鋸戰中獲得全方位的展露；魏晉士人便是在這種種衝突矛盾中追求著獨立人格的實現。

　　所以，魏晉士人的身體展演，無疑是豐富多樣的。他們不為人趨、不為物役、我行我素、唯我獨尊，他們「寧作我」的獨立人格，都藉著身體展演，直指內心的詮釋了出來。他們的身體，更毫不掩飾的將內在思維體現了出來。

　　因此，若說「『自我』是一個過程（關係），是一個為實現自己而不斷進行的過程。」〔註7〕那麼魏晉士人們便是在發覺自我、實現自我的過程中，去

〔註6〕見李建中、高文強著：《日月清朗，千古風流——《世說新語》》（雲南：雲南人民，2002年1月第2次印刷），頁131。
〔註7〕見李鈞著：《存在主義文論》（山東：山東教育出版社，2000年3月第1版第1刷），頁56。

映現自我的存在價值。

第二節　時空羅網下的身體意義

　　魏晉時期面臨了儒學崩毀、禮教崩毀、甚至正統觀念淡化，與王權都產生了疏離感，[註8] 原本知識分子所服膺的道統，都開始面臨了瓦解的命運。因此，當時是身體意識最勃發的時候，他們破除了禮教加諸於其身的束縛規範，他們意識到身體主權的存在，他們也同時宣示了自我的身體主權，而這種身體主權的意識，乃是受到主體存在價值觀的啓發，因此，身體的符號與表情，可說是爲了體現自我的存在而高蹈展演。所以「身體」在魏晉知識分子的心中，已不純然只是外在的軀殼而已，相反的，「身體」被提升到了逐漸可由自我掌控的私有領地，在身體的領域場內，士人們可以縱酒高歌、可以養生保命、可以取笑作樂、可以瀟灑任意、更可以縱欲高樂……，只要是他們想做的，他們都可以藉著身體來表達。

　　因此，身體雖使人受限於時空，也使生命成爲由生到死的單向旅程，魏晉亂世更加深了時空的迅疾變動；但魏晉人卻利用身體的展演，企圖將自己脫離生命單行程之外，他們盡情地以身體來逃脫這時空籠罩的羅網，也用身體來擺脫生命的單向性命運；故而身體的展演，成了魏晉人體現自我存在；進而觸及生命最深層價值的立足點。

　　而魏晉的板蕩不安，使得士人在面對失衡的年代中，總有許多的痛苦與無奈，時空背景造成他們對外界的無力感，但儘管他們有許多的無力感以及不滿，但他們並非單向的走入無奈妥協中，而是利用身體的展演，轉而將眼光望向自我，回歸自身的存在；因爲在亂世中，只有自我的身體是能夠掌控的，所以他們利用身體抗爭，以尋求生存的平衡點。故而，身體的展演在魏晉時期達到了最極致的表現。因爲「身體」是他們在面臨外在無力感時，唯一能證明「此在」的物證，而世道的紊亂，死亡的隨時而至，更讓他們感到，身體是他們在面臨生命催逼時唯一「存在」的意義。

　　就身體展演的目標來說，魏晉時期的亂象，使得外在環境往往無法呈現正面的意義，對一個知識分子來說，處在一個負面意義大於正面意義的社會，

〔註 8〕羅宗強先生曾在《玄學與魏晉士人心態》一書中提到「士與大一統政權的疏
　　　　離」，此處乃採用他的看法。

那麼，與「社會」脫離，純任自我，將是身體展演的終極目標；而身體，也將是實踐自我的場域。若說魏晉時期整個外在大環境呈現許多的荒謬，那麼士人們就是利用自我身體的展演來解脫這個荒謬感。

　　因此魏晉人的身體展演往往呈現了複雜而矛盾的樣貌，既展現了歡愉與愛；卻也展現了痛苦與恨。他們利用身體毫不掩飾自我對現實地背離，但同時，他們卻又以現實為他們生存的體現處、踏腳處。因此，他們的身體就在痛苦與歡愉、愛與恨中展現了自己。儘管身體的存在讓他們不得不面臨生存的痛苦，甚至不得不沉淪，但是他們卻也利用身體超越了痛苦；並在超越之中實現了自己。故而，不論他們的身體展演能否達到完滿的超人境界，但他們仍試圖用身體的展演將自己從對外在一切的痛苦中解救出來，他們用身體的展演來自我救贖；也試圖超越一切痛苦的情結。因此，身體可說是一座橋樑，一座讓他們超越痛苦的橋樑。所以，魏晉人運用身體的展演，順應荒謬與不確定的生存本相，他們試圖化解生存的痛苦，不管最後的結果是成功或失敗，他們都將自己寄託在這身體的展演上，輕盈舞蹈、生生不息。

參考書目

一、書籍類

（一）古代經傳史集

1. 《春秋左傳》，王守謙、金秀珍、王鳳春譯註，臺灣古籍出版，1996 年 10 月初版一刷。

2. 《禮記》，鄭註，臺北：新文豐，1978 年 10 月初版。

3. 《三國志校箋》，陳壽原著，趙幼文遺稿，趙振鐸、鄢先覺、黃峰、趙開整理，巴蜀書社出版，2001 年 6 月第一刷。

4. 《後漢書》，〔宋〕范曄撰，〔唐〕李賢等注，北京：中華書局，2001 年 5 月第九刷。

5. 《春秋繁露》，董仲舒撰，凌曙注，北京：中華書局，1991 年第一版。

6. 《晉書》，〔唐〕房玄齡等撰，北京：中華書局，1998 年 3 月第 7 次印刷。

7. 《列子集釋》，楊柏峻撰，北京：中華書局，1997 年 10 月北京第五刷。

8. 《老子註》，王弼註，臺北：藝文印書館，1975 年 9 月 3 版。

9. 《抱朴內篇校釋》，〔晉〕葛洪原著，王明校釋，北京：中華書局，1988 年 7 月第 3 次印刷。

10. 《淮南鴻烈集解》，劉文典撰，馮逸，喬華點校，北京：中華書局，1997 年 1 月北京第 2 次印刷。

11. 《莊子》，郭象註，臺北：藝文印書館，2000 年 12 月初版五刷。

12. 《莊子集釋》，〔清〕郭慶藩撰，臺北：頂淵文化事業，2001 年 12 月初版一刷。

13. 《論語體認》，姚式川著，臺北：東大圖書，1993 年 11 月初版。

14. 《世說新語箋疏（修訂本）》，劉義慶著，劉孝標注，余嘉錫箋疏，周祖謨、余淑宜、周士琦整理，上海古籍出版，1996 年 8 月第 3 次印刷。

15. 《新譯世說新語》，劉義慶著，劉正浩、邱燮友、陳滿銘等註譯，臺北：三民書局，1996 年 8 月初版。

16. 《王弼集校釋》，樓宇烈校釋，臺北：華正書局，1992 年 12 月初版。

17. 《文心雕龍讀本》，梁劉勰著，王更生注譯，臺北：文史哲出版社，1986 年 11 月再版。

18. 《文選》，〔梁〕蕭統編，〔唐〕李善注，上海古籍出版社出版，1997 年 10 月第 5 次印刷。

19. 《先秦漢魏晉南北朝詩》，逯欽立輯校，臺北：木鐸出版社，1983 年 9 月出版。

20. 《阮嗣宗集》，阮籍，臺北：華正書局，1979 年 3 月初版。

21. 《陶淵明集》，逯欽立校注，北京：中華書局，1979 年 5 月第 1 次印刷。

22. 《陶淵明集》，陶潛原著，郭維森、包景誠譯注，臺北：地球出版社，1994 年 8 月第一版。

23. 《嵇康集校注》，嵇康撰，戴明揚校注，臺北：河洛圖書出版，1978 年 5 月初版。

24. 《新譯嵇中散集》，嵇康原著，崔富章注譯，莊耀郎校閱，臺北：三民書局，1998 年 5 月初版。

25. 《人物志》，劉劭原作，劉君祖撰述，臺北：金楓出版，未標出版年月。

26. 《顏氏家訓》，顏之推原著，程小銘譯注，臺灣古籍出版，1996 年 8 月初版 1 刷。

27. 《歷代哲學文選‧兩漢——隋唐編》，臺北：木鐸出版社，1980 年 3 月一版。

（二）研究專著

1. 《中國古代思想中的氣論及身體觀》，楊儒賓主編，臺北：巨流圖書，1993 年 3 月第 1 版。

2. 《死生之域——周秦漢脈學之源流》，李建民著，臺北：中央研究院歷史語言研究所，2000 年 7 月出版。

3. 《身體與自然——以《黃帝內經素問》為中心論古代思想傳統中的身體觀》，蔡璧名著，臺北：國立台灣大學，1997 年 4 月初版。

4. 《身體與社會》，布萊恩‧特納著，馬海良等譯，瀋陽：春風文藝出版社，2000 年 3 月第 1 次印刷。

5. 《與心共舞——舞蹈治療的理論與實務》，李宗芹著，臺北：張老師文化事業，1998 年 5 月初版 4 刷。

6. 《儒家身體觀》，楊儒賓著，臺北：中央研究院中國文哲研究所，1996 年 11 月初版。

7. 《歷史、身體、國家》，黃金麟著，臺北：聯經出版，2001 年 1 月初版。

8. 《《世說》探幽》，蕭艾著，湖南出版社，1992 年 11 月第一版第一刷。

9. 《《世說新語》發微》，王守華著，上海：文藝出版社，1998 年 5 月第 1 版。

10. 《日月清朗，千古風流——《世說新語》》，李建中、高文強著，雲南人民，2002 年 1 月第 2 次印刷。

11. 《世說新語研究》，王能憲著，江蘇古籍出版社，1992 年 6 月第 1 版第 1 刷。

12. 《亂世苦魂——世說新語時代的人格悲劇》，李建中著，北京：東方出版社，1998 年 3 月第 1 刷。

13. 《六朝社會文化心態》，趙輝著，臺北：文津出版社，1996 年 1 月初版。

14. 《魏晉士人之思想與文化研究》，尤雅姿著，臺北：文史哲出版社，1998 年 9 月初版。

15. 《魏晉風度及其他》，魯迅撰，吳中杰撰，上海古籍出版社，2000 年 12 月第 1 次印刷。

16. 《時空情境中的自我影像——以阮籍・陸機・陶淵明詩爲例》，李清筠著，臺北：文津出版，2000 年 10 月一刷。

17. 《魏晉文學與魏晉人格》，李建中著，湖北教育出版社，1998 年 9 月第 1 版。

18. 《魏晉名士人格研究》，李清筠著，臺北：文津出版，2000 年 10 月一刷。

19. 《魏晉南北朝詩精品》，黃明、鄭麥、楊同甫、吳平，上海社會科學院，1996 年 8 月第 2 刷。

20. 《魏晉風度——中古文人生活行爲的文化意蘊》，寧稼雨著，北京：東方出版社，1996 年 12 月北京第 2 次印刷。

21. 《中國知識階層史論〈古代篇〉》，余英時著，臺北：聯經出版，1989 年 9 月初版第三刷。

22. 《陳寅恪魏晉南北朝史講演錄》，萬繩楠整理，合肥：黃山書社，1999 年 4 月第一版第二刷。

23. 《魏晉南北朝文化史》，萬繩楠著，臺北：雲龍出版社，1995 年 6 月初版。

24. 《魏晉南北朝史》，王仲犖著，上海人民出版社，1998 年 6 月第 8 次印刷。

25. 《魏晉南北朝史論稿》，萬繩楠著，臺北：昭明出版社，1999 年 12 月第 1

版第 1 刷。

26. 《魏晉南北朝社會生活史》，朱大渭、劉馳、梁滿倉、陳勇，北京：中國社會科學出版社，1998 年 8 月第一版。

27. 《才性與玄理》，牟宗三著，臺北：臺灣學生書局，1978 年 10 月修訂 4 版。

28. 《中國哲學發展史・魏晉南北朝》，任繼愈主編，北京：人民出版社，1998 年 5 月第二刷。

29. 《玄學與魏晉士人心態》，羅宗強著，臺北：文史哲出版，1992 年 11 月初版。

30. 《論魏晉自然觀》，章啓群著，北京大學出版，2000 年 8 月第一次印刷。

31. 《魏晉玄學史》，許抗生、李中華、陳戰國、那薇著，陝西師範大學出版，1989 年 7 月第 1 次印刷。

32. 《魏晉的自然主義》，容肇祖著，北京：東方出版社，1996 年 3 月第 1 次印刷。

33. 《魏晉南北朝文學思想史》，羅宗強著，北京：中華書局，1996 年 10 月第一刷。

34. 《魏晉南北朝時期的道教》，湯一介著，臺北：東大圖書公司，1991 出版。

35. 《魏晉思想（乙編三種）》，魯迅、容肇祖、湯用彤著，臺北：里仁書局，1994 年 8 月 31 日初版。

36. 《魏晉思想論》，劉大杰撰，上海古籍出版社，2000 年 9 月第 2 次印刷。

37. 《中國美學史──魏晉南北朝編（上、下）》，李澤厚、劉綱紀著，安徽文藝出版社，1999 年 5 月第一版。

38. 《六朝美學史》，吳功正著，江蘇美術出版社出版，1996 年 4 月第 2 次印刷。

39. 《六朝情境美學》，鄭毓瑜著，臺北：里仁書局，1997 年 12 月 31 日初版。

40. 《中國喪葬史》，張捷夫著，臺北：文今出版社，1995 年 7 月初版一刷。

41. 《生死、享樂、自由》，趙有聲、劉明華、張立偉著，臺北：雲龍出版社，1991 年 3 月。

42. 《詩與酒》，劉揚忠著，臺北：文津出版，1994 年 1 月初版。

43. 《中古文學繫年》，陸侃如著，北京：人民文學出版社，1998 年 7 月北京第 1 次印刷。

44. 《中國山水文化》，李文初等著，廣東人民出版社，1998 年 3 月第二次印刷。

45. 《中國古代文學十大主題──原型與流變》，王立著，臺北：文史哲出版，1994 年 7 月初版。

46. 《古文鑑賞集成》，吳功正主編，臺北：文史哲出版社，1996 年 5 月 6 日 再版。

47. 《古典小說論評》，葉慶炳著，臺北：幼獅文化，1985 年 5 月初版。

48. 《阮籍（等十四人）》，高海夫、金性堯主編，臺北：地球出版社，1993 年 6 月第一版。

49. 《唐詩的樂園意識》，歐麗娟著，臺北：里仁書局，2000 年 2 月 15 日出 版。

50. 《筆記小說史》，苗壯著，浙江古籍出版社，1998 年 12 月第 1 版第 1 刷。

51. 《興亡千古事——中國古典詩歌中的歷史》，蔡英俊，臺北：故鄉出版社，1982 年 9 月出版。

52. 《中國思想史》，韋政通著，臺北：水牛出版社，1988 年 9 月 15 日第八 版。

53. 《中國哲學研究》，方立天著，臺北：新文豐出版，1992 年出版。

54. 《王充與中國文化》，李維武著，貴州人民出版，2001 年 10 月第 2 次印 刷。

55. 《兩漢魏晉之道家思想》，陶建國，臺北：文津出版，1990 年 3 月出版。

56. 《解構的中國知識型理論分析》，歐崇敬著，臺北：新視野圖書，2000 年 2 月 1 版 1 刷。

57. 《道——回歸自然》，馮達文著，廣東人民出版社，1998 年 3 月第 3 次印 刷。

58. 《道家文化研究·第四輯》，陳鼓應主編，上海古籍出版社，1994 年 3 月 第 1 版。

59. 《中國藝術精神》，徐復觀教授著，臺灣學生書局，1998 年 5 月第 12 次 印刷。

60. 《美的歷程》，李澤厚著，臺北：三民書局，1996 年 9 月初版。

61. 《美從何處尋》，宗白華著，板橋：元山書局，1985 年 2 月初版。

62. 《華夏美學》，李澤厚著，臺北：時報出文化出版，1989 年 4 月 10 日初 版。

63. 《華夏美學》，李澤厚著，臺北：三民書局，1999 年 10 月二版。

64. 《藝境》，宗白華著，北京大學出版，1999 年 1 月第 1 次印刷。

65. 《歷史學的本質》，簡後聰著，臺北：五南圖書，1989 年 7 月初版。

66. 《文化與時間》，〔法〕路易·加迪等著，鄭樂平、胡建平譯，顧曉鳴校，浙江人民出版社，1988 年 7 月第 1 次印刷。

67. 《人的存在論》，楊金海著，廣西人民出版社出版，1995 年 10 月第 1 刷。

68. 《人論》，恩斯特·卡西勒著，甘陽譯，臺北：桂冠圖書，1997 年 11 月再

版四刷。

69. 《存在主義文論》，李鈞著，山東教育出版社，2000 年 3 月第 1 版第 1 刷。

70. 《存在主義增訂本》，陳鼓應編，臺灣商務印書館，1999 年 3 月增定二版第三刷。

71. 《知識分子論》，艾德華·薩依德（Edward, W.Said）著，單德興譯，臺北：麥田出版社，2000 年 2 月 1 日初版六刷。

72. 《查拉圖斯特拉如是說》，尼采著，余鴻榮譯，北方文藝出版社，1988 年出版。

73. 《美學》，黑格爾著，朱孟實譯，臺北：里仁書局。

74. 《哲學研究》，維根斯坦著，尚志英譯，臺北：桂冠圖書，1997 年 3 月初版 2 刷。

75. 《動物與超人之維——對尼采《查拉圖斯特拉》第一卷的哲學解釋》，〔英〕安內馬麗·彼著，李潔譯，北京：華夏出版社，2001 年 1 月北京第 1 次印刷。

76. 《情感與形式》，蘇珊·朗格著，劉大基等譯，臺北：商鼎文化，

77. 《梅洛——龐蒂的美學》，鄭金川著，臺北：遠流出版，1993 年 9 月 1 日初版一刷。

78. 《意義的瞬間生成》，王一川著，山東文藝出版社，1997 年 4 月第 2 次印刷。

79. 《空間、力與社會》，黃應貴主編，臺北：中央研究院民族學研究所，1995 年 12 月初版。

80. 《空間的文化形式與社會理論讀本》，夏鑄九、王志弘編譯，臺北：明文書局，1993 年 3 月增訂再版。

81. 《空間就是權力》，畢恆達著，臺北：心靈工坊文化事業，2001 年 6 月初版一刷。

82. 《空間論》，西林山人撰，臺北：普賢文化事業，1994 年 5 月出版。

83. 《流動、空間與社會》，王志弘 1991～1997 論文選，臺北：田園城市文化事業，1998 年 11 月初版一刷。

84. 《風水——中國人的環境觀》，劉沛林著，江蘇：上海三聯書店，2001 年 1 月第 8 次印刷。

85. 《風水與建築》，亢亮、亢羽編著，天津：百花文藝，2001 年 3 月第 7 次印刷。

86. 《實存·空間·建築》，諾伯格·斯卡爾茲著，王淳隆譯，臺北：臺隆書店，1994 年 2 月 20 日六版發行。

87. 《時間、歷史與記憶》，黃應貴主編，臺北：中央研究院民族學研究所，

1999 年 4 月初版。

88. 《論述、版本、與語文展演——當代「西藏議題」的意識形態文化交鋒過程》，謝世忠，蒙藏委員會，2001 年 12 月初版一刷。

二、期刊論文

1. 〈虛擬實境中的生命締視——談魏晉文學裡的臨界空間〉，尤雅姿著，中央研究院中國文哲研究所主辦：空間、地域與文化——中國文學與文化書寫，國際學術研討會，2000 年 11 月 16～18 日。

2. 《《莊子》「眞人」的身體觀—身體的「社會性」與「宇宙性」之辨正—〉，賴錫三，台大中文學報第十四期，2001 年 5 月。

3. 〈從《世說新語》試探當代美男子形象〉，王妙純，國立成功大學中國文學系主辦，第四屆魏晉南北朝文學與思想學術研討會，2001 年 3 月 17～18 日。

4. 〈面對死亡：死亡態度的歷史演進〉，簡旭裕，歷史月刊，1999 年 8 月號。

5. 〈莊、孟的生死智慧及其對中國知識分子的影響〉，曾春海，歷史月刊，1999 年 8 月號。

6. 〈道教生死觀——「不死」的養生觀〉，鄭志明，歷史月刊，1999 年 8 月號。

7. 〈形神與生死——魏晉南北朝時期的形神之爭〉，劉見成著，中國文化月刊，1997 年 7 月第 208 期。

8. 〈佛教的生死觀——生死輪迴〉，鄭振煌，歷史月刊，1999 年 8 月號。

9. 〈陰曹與地府——中國民間的死亡智慧〉，鄭曉江，歷史月刊，1999 年 8 月號。

10. 〈維摩經與東晉士人的生死關〉，劉楚華，鵝湖月刊第二○卷第七期總號第 235 期。

三、碩博士論文

1. 《三曹時代北地文士「惜時生命觀」研究——以建安七子與曹氏父子之詩歌爲研究對象》，丁威仁撰，國立中興大學中文研究所碩士論文，1999 年 7 月。

2. 《劉義慶及其《世說新語》之散文》，尤雅姿撰，國立台灣師範大學國文研究所碩士論文，1986 年 5 月。

3. 《司馬氏家族與曹魏政權關係之研究》，李安彬撰，中國文化大學史學研究所碩士論文，1997 年 6 月。

4. 《由《世說新語》論魏晉名士生命之美》，李宛怡撰，國立成功大學藝術

研究所碩士論文，1998 年 6 月。

5. 《《禮記》中的人觀》，林文琪撰，私立中國文化大學哲學研究所博士論文，1998 年 12 月。

6. 《世說新語呈現之魏晉士人審美觀研究》，徐麗眞撰，國立政治大學中文研究所博士論文，1995 年 6 月。

7. 《六朝文學與思想心靈境界之研究》，張森富撰，國立政治大學中文研究所博士論文，1999 年 6 月。

8. 《世說新語之人物群像與描寫技巧研究》，廖麗鳳撰，國立台灣師範大學國文研究所碩士論文，1990 年 5 月。

9. 《搜神記暨搜神後記研究──從觀念世界與敘事結構考察》，劉苑如，國立政治大學中文研究所碩士論文，1990 年七月。

10. 《六朝志怪的文類研究──導異爲常的想像歷程》，劉苑如，國立政治大學中文研究所博士論文，1996 年。

11. 《梅洛龐帝《知覺現象學》「我思」概念之内涵》，劉淑敏著，私立中國文化大學哲學研究所碩士論文，1995 年。

12. 《梅洛──龐蒂的身體與美學研究》，鄭金川撰，私立東海大學哲學研究所碩士論文，1989 年 4 月。

郭象天道性命思想研究

沈素因　著

作者簡介

沈素因,台灣雲林縣人,國立中正大學中國文學系博士候選人。目前研究重心為魏晉玄學與美學,著有《郭象天道性命思想研究》(碩士論文),及〈郭象自生義之深層意涵探析〉、〈郭象《莊子注》之工夫論探究〉、〈孔子的養生論——從《論語・鄉黨篇》的飲食觀談起〉、〈《型世言》之「厭女」研究〉、〈《聊齋誌異》之妒悍婦形象及其性政治意涵研究〉等學術論文數篇。

提　要

　　中國哲學是生命的實踐哲學,致力於調節生命、運轉生命、安頓生命,以求安身立命之道。而郭象幾乎經歷了西晉政權的建立與滅亡;從司馬氏奪權的誅殺縱橫,至八王之亂的攻伐混戰,再至永嘉之禍的燒殺擄掠,現實生活充斥著太多的苦難、恐慌與慘酷,百姓生活顛沛流離,無一不在生死線上痛苦地掙扎著,令諸多名士對生命的無常感到唏噓不已,不禁熄滅心中理想之火,士風日趨頹廢,另一方面,也有一部份的名士仍努力調和自然與名教,試著為失序的社會尋回平衡點,為無依的靈魂找到安置處。而郭象身處此中,面臨現實與理想的割裂矛盾,對生命的感觸與思維應有深刻之處,是以,本論文藉著探究郭象之天道性命思想,以瞭解郭象如何為動盪環境下的人們提供一安命立身之道。

　　第一章緒論:說明研究動機、研究範圍,回顧前人研究文獻,並闡述研究方法與步驟,以陳構郭象天道、性命之思想內容。

　　第二章郭象天道思想——有無雙遣之自然論:先論述孔、孟、老、莊、王弼、嵇康、阮籍等人之天道觀,再闡明郭象面臨元康年間的虛無風氣時,仍試圖保存「無」的真正精神,其思想乃與道家血脈相連,具有道家玄理玄智的性格,以「自然」為思想中心來建構其玄學系統。然而,為了無去時人對於「無」的執著,郭象在說明萬物之生時,多以自生敘之,而不直言道生。但這並不代表郭象全然否定「無」的形上意義,「道生」與「自生」並不衝突,二者是一體的兩面,說萬物自生並不代表就是否定形上之萬物宗主,而是以有顯無,是經由萬有之自生自化來彰顯無的形上智慧。故仍承襲道家精神,以「無」為形上之萬物宗主。

　　第三章郭象性命思想——順性安命之人性論:旨在說明郭象對人性的看法雖重人之才性部分,但是,對於人人具有之超越善惡的自然真性亦能正視之、論及之,認為人性是源於自然無為之天道,故精純真樸、善惡兩忘,即使各人所稟賦的才能有多寡、高低之別,但皆同通於道,而無好壞、貴賤,因此,凡得於性者,不論大小,俱可逍遙。至於現實外在環境或條件的限制,郭象則以「命」論之。當郭象「性」、「命」二字連用時,常常透顯出對人生命本身以及現實外在環境或條件限制的超越意義與安然承擔。

　　第四章天道與性命相貫通——泯齊性分之逍遙論:著重於郭象工夫論的探究,以及分辨凡人之逍遙與聖人之逍遙的同與異。認為郭象《莊子注》是透過詭辭為用的方式來呈現其工夫修養之言論,不過,郭象雖主張人皆可透過生命實踐的工夫回歸自在具足之本性,但並不就此宣稱自足於本性者即可為聖人,因為,郭象以為真正的聖人非僅是足於本性之自通,亦須使萬物不失其所待而同於大通。且期許在上位者成為聖王,以沖虛靈妙之心玄覽萬物,令天下萬物各順其性,達到天下皆逍遙之整體和諧與完滿。

　　第五章結論:除了總結、歸納本論文之重要觀點外,並指出尚有幾個論題頗值得繼續加以深究。

目

次

第一章 緒 論

第一節 研究動機

魏晉是一個政權迭替、烽火連天的年代，禮樂已失去眞實道德精神的挺立，徒留一虛僞的制度空殼。然而，蔓延的戰火與僵化的禮教，並沒有窒息民族的慧命或掩滅文化的精神，反而在這混亂而分裂的魏晉時代中，閃耀著燦爛奪目的玄智靈光，呈現出開放活潑的多采姿態，一如宗白華所言：

> 漢末魏晉六朝是中國政治上最混亂、社會上最痛苦的時代，然而卻
> 是精神史上極自由、極解放，最富於智慧、最濃於熱情的一個時代。

[註1]

在動盪的大環境底下，面對生存難題，魏晉名士努力調和自然與名教，試著爲失序的社會尋回平衡點，爲無依的靈魂找到安置處，於是交織出一幅富有「智」與「美」的時空繪圖。然而，反觀筆者現今所處之時代，又何嘗不是一個道德失落、價值迷失的年代？該如何安身立命？該如何爲流浪的生命覓得靠岸的港口？恍惚之中，筆者似乎已身在魏晉。

魏晉人物之中，最引筆者注目，當是西晉郭象（約西元 252 年～312 年）。
[註2]《晉書·卷五十·庾峻傳》記載庾敳曾對郭象言道：「卿自是當世大才，

[註 1] 見宗白華：《美學散步》，頁 208。
[註 2] 關於郭象的生卒年以及籍貫，《晉書·郭象傳》僅記載：「永嘉末，病卒。」因此，郭象的生卒年與籍里皆不確定。而目前學界廣泛能接受的看法是郭象爲河南人，約生於三國魏劭陵屬公曹芳嘉平四年（西元 252 年），卒於永嘉四年（西元 312 年）。相關詳細論述可參閱蘇新鋈《郭象莊學評議》頁 1～4，以

我疇昔之意都已盡矣。」〔註3〕欣賞郭象玄理精微，乃是不可多得的清談人才。再者，當時清談領袖人物王衍亦對郭象讚譽有加，認為郭象言語精湛「如懸河寫水，注而不竭。」〔註4〕而且，《文士傳》也稱其：「少有才理，慕道好學，託志老莊，時人咸以為王弼之亞。」〔註5〕王弼乃魏晉玄學的理論奠基者、建立者，〔註6〕引領當代學術思潮，時人以「王弼之亞」稱郭象，並且王衍、庾敳皆認為他才學豐贍、言辯滔滔，由此得知，郭象確實是當代清談場合上的能人高手。除此之外。近代一些研究魏晉思想的學者，更是視郭象為玄學理論發展的高峰，〔註7〕由此足見郭象之於魏晉玄學的重要性與屹立不可撼動的地位。

因此，筆者不免心生好奇，當世大才的郭象是如何為惶恐不安的人心求一安身立命之道？如何面對宇宙、人生？如何顯現人生樂土不須遠求，當下即是？

中國哲學是生命的實踐哲學，「是以生命為它的對象，主要的用心在於如何來調節我們的生命，來運轉我們的生命、安頓我們的生命。」〔註8〕於是，中國哲學乃重主體性與道德性，〔註9〕企求透過主體的道德實踐工夫，達到與

及莊耀郎《郭象玄學》頁2。

〔註3〕 見《晉書》，頁1396。本文所引《晉書》之文，皆據楊家駱：《新校本晉書》，鼎文書局，1987年。以下出處只標明頁碼。

〔註4〕 見余嘉錫：《世說新語箋疏·賞譽篇》，頁438。

〔註5〕 《世說新語箋疏》，頁206。以上這兩條引文亦可見於《晉書·郭象傳》與《晉書·庾峻傳》，文字稍有出入。《晉書·郭象傳》：「郭象字子玄，少有才理，好老莊，能清言。太尉王衍每云：『聽象語，如懸河瀉水，注而不竭。』」（頁1396～1397），《晉書·庾峻傳》：「郭象善老莊，時人以為王弼之亞。」（頁1396）。

〔註6〕 何啓民認為何晏雖然有倡導正始玄風之功，不過，「真正為談論奠定理論基礎，而正始之成其為正始的，則屬之職業談士的王弼。」（《魏晉思想與談風》，頁84），林麗真亦持相同看法，宣稱王弼「建設了儒道融通的玄學理論。這對當時思想界的影響，實無一人能出其右！」（《王弼》，頁1）。

〔註7〕 大陸學者湯一介認為「魏晉時期的玄學是我國古代哲學發展中的一個重要階段，郭象是魏晉時期的重要哲學家，他的思想可以說是那個時代哲學發展的最高點。」（《郭象與魏晉玄學（增訂本）》，頁9）。另外，台灣學者林聰舜有云：「魏晉玄學之發展，由易而老，由老而莊，愈演愈熾。至向郭莊注出，綜合前說，『發明奇趣，振起玄風』，更將玄學之發展，推至空前的高峰。」（《向郭莊學研究》，頁199）。

〔註8〕 見牟宗三：《中國哲學十九講》，頁15。

〔註9〕 關於中國哲學的重點何以落在主體性與道德性的詳細論述，請參見牟宗三《中國哲學的特質》第二講。

天契合，天人合一的境界。唐君毅在〈如何了解中國哲學上天人合一之根本觀念〉一文中，開宗明義說：

> 天人合一是中國哲學上的中心觀念——這一觀念直接支配中國哲
> 學之發展，間接支配中國哲學之一切社會政治文化的理想。〔註10〕

人經由主體不間斷地與天地相契接，生命得以在這向上超拔的過程中安頓，進而讓社會清明和諧、民樂無憂。故吾人可藉由研究郭象的天人關係，瞭解郭象在面對人生、宇宙時，是如何地作一深刻的反省，以立身安命。於是，遂興起研究郭象天道性命思想的念頭，期盼經由郭象《莊子注》中天道與性命關係的研究，可得知郭象安身立命之道，並希望能提供一些看法予學界參考。

第二節　研究文獻回顧

　　歷來學界先進對於郭象的研究著墨頗多，能從不同角度切入、論述，如唐君毅在《中國哲學原論・原道篇二》第十章〈郭象莊子注中之言自然獨化與玄同彼我之道〉中，即先探討郭象注莊在莊學中之地位，再進而分別闡發郭象注莊之主要玄理玄思，如自生獨化思想、適性思想、逍遙義、齊物義、養生義、超因果與無無論，並與莊子本義做一番比較。又如牟宗三於《才性與玄理》第六章〈向、郭之注莊〉首先申辯向秀與郭象注莊之疑案，繼而言老莊在寫作風格上的分別、表達方法上的差異、義理形態上的不同，然後再論及向、郭之逍遙、迹冥、天籟、養生、天刑、四門示相諸義。再者，湯一介所撰《郭象與魏晉玄學（增訂本）》一書，即就郭象生平、著作、郭象與向秀、莊子、王弼、張湛的比較，及郭象的哲學體系等多方面立言論說，並以郭象為中心，探討魏晉時期的幾個主要哲學議題：有無問題、動靜問題、知與無知、聖人可學與不可學。又如蘇新鋈《郭象莊學平議》乃依序就郭象生平、思想淵源、郭象與向秀之殊異、郭象對莊義之發明與對成玄英疏之影響等方面來究盡郭象哲學。還有，林聰舜《向郭莊學之研究》除了對郭象生平、注莊疑案、注莊因緣、對般若學之影響詳細陳述己見外，且逐一分析郭象逍遙義、自生說、齊物觀、迹冥論之玄理與玄思。另外，莊耀郎《郭象玄學》

〔註10〕見唐君毅：《中西哲學思想之比較論文集》，頁128。另外，牟宗三亦持相同看法：「中國思想的中點與重點不落在天道本身，而落在性命天道相貫通上。」（《中國哲學的特質》，頁30）。

一書對於郭象的龐大哲學系統，則採更多元的角度切入問題，提出眾多論述與見解，全書共十二章，分章析究郭象之生平著作、玄學體系、思維方式、逍遙觀、自然論、性分論、有無論與無爲論、聖人論、名教觀、生死觀、自生觀、獨化論與玄冥論等。以上諸位大家對郭象思想內涵的闡發及見解，皆用力頗深且論說精闢，然而，卻未見特以「天道與性命」爲主題來深入探析郭象哲學玄思，惟蒙培元於《中國心性論》第九章〈向秀、裴頠的天理自然說與郭象的獨化自性說〉約略論述郭象之天道性命關係，以及錢國盈、鍾芳姿分別於其碩士論文中有立說闡述。其他的學者雖亦有言及郭象之命論、性論或道論的作品，但多是分開闡明，少有探究其間關係者。以下便分別概述這三篇文章：

一、蒙培元〈向秀、裴頠的天理自然說與郭象的獨化自性說〉

蒙氏認爲自然獨化說是郭象自性說的理論基礎，所以，郭象的「物各有性」和「自足其性」的思想，可以說有兩方面意義：第一，承認人的個性存在及其自我發展。第二，人性是有分限的，是自我限定而不可超越。

既然性出於獨化自然，又有不可超越的分限，因此要實現人性，就只能求於內而不能求於外。所以，郭象把人性看作是內在的自我存在，靠自我直覺才能實現，而人的自我知覺只能在自發的、放鬆的的自然狀態下實現，不需運用理智思維，如此才能進入天人合一的玄冥境界。

二、錢國盈〈郭象人性論〉

此爲錢國盈碩士論文中的一章，主要在探究郭象人性論的根據、內容及適性逍遙的思想，全文共分四節。

第一節郭象人性論的理論根據，言郭象之人性論理論乃是萬物自生，獨化於玄冥之境。

第二節郭象性、心的內容及適性逍遙思想，首先探討郭象所用「性」字的涵義，接著，進一步討論郭象適性逍遙的主張。

第三節郭象聖人思想及自然與名教的會通，言聖人應物，故有種種行爲動作的產生，而聖人之行爲動作所成之化跡即是名教，因此，名教即是自然。

第四節郭象人性論的特點與缺失，郭象的適性逍遙思想及無爲而自爲的人性思想，其主要成就乃是可免除生命的奔鶩與困頓，以及凸顯個人的價值

性，缺失則在於此適性逍遙的思想亦可成爲妄爲造作者的藉口。

三、鍾芳姿《郭象的性論及人生、政治思想》

此乃鍾芳姿之碩士論文，全書共有五章，旨在探求郭象對「性」字的用法與論述，並進一步闡明郭象適性逍遙之說以及適性的社會政治思想。

第一章緒論。說明研究動機與目的，且簡單介紹魏晉的才性論與儒道會通的思想主題。

第二章性與命。文分三節，第一、二節皆在討論郭象對「性」字的用法及其字辭的意義，第三節乃就郭象所提出的性命及生命價值做一番陳述。

第三章時代的苦難與性命的主題。第一節介紹郭象適性逍遙理論提出的時代背景。第二節闡述萬物之所以不得逍遙之因。第三節探討郭象之適性逍遙思想，可分爲有待之逍遙與無待之逍遙，並認爲郭象適性逍遙的觀點乃在於明「內聖外王」之道與理想。

第四章適性的社會、政治思想。第一節言明由「適性」思想而來的社會階層論，皆爲人之「自然」本性中所固有，不可相跂。第二節與第三節則是在討論聖人之內聖外王之道。

第五章結論。首先，綜述第二章至第四章所言。再者，點出郭象思想的理論得失。

由上述我們可略知，海峽兩岸學者少有專文特別探討郭象之天道與性命關係，多是單論天道觀或單論性命觀，例如莊耀郎《郭象玄學》中〈性分論〉與〈自然論〉二章，便分別闡明郭象之天道思想、性命思想，惜未深究二者之間的關係。或者側重在人性論方面的研究，如蒙培元〈向秀、裴頠的天理自然說與郭象的獨化自性說〉、錢國盈〈郭象人性論〉、鍾芳姿《郭象的性論及人生、政治思想》。蒙氏著重於心性論在整個中國思想史上之發展，其要點乃在「史」的流變；錢氏亦是如此，不過他將範圍縮小，專精於魏晉時期人性論之概念演變；鍾氏則直就郭象人性論立說，統計郭象注莊中「性」字的出現次數，並摘出部分文句，再一一探討。所以，此三位學者之著眼處皆在郭象人性論部分，對於天道與性命之關係問題雖有論及，但非其所重，皆點到爲止。故學界前輩之研究成果實碩大輝煌，由不同面向——關懷郭象思想體系，然則，對於天道與性命間相貫通的議題，多是約略論述，似未特見有意於此處用力者。

因此，基於前人研究成果，以及天道、性命相貫通之論題向來是中國文化中一顯要特徵，也是研究郭象玄學的一條重要線索，故筆者乃有意於此問題上著眼，期盼本論文透過對郭象天道與性命觀的分析，能為身處於類似魏晉時空下的台灣人們，提供一安身立命之道。

第三節　研究範圍

一、主要著作

本論文之研究範圍乃以《莊子注》〔註11〕為主，而歷來學者對於《莊子注》是否為郭象所撰的問題討論頗多，大致上可分為二種看法：一是主張郭象竊襲向秀之注而為己作，僅自注〈秋水〉、〈至樂〉兩篇，改〈馬蹄〉一篇，其餘皆剽竊向秀之辭義而加以點定文字。〔註11〕其主要論證根據多依《世說新語‧文學篇》所云：

> 初，注莊子者數十家，莫能究其旨要。向秀於舊注外為解義，妙析奇致，大暢玄風。唯秋水、至樂二篇未竟而秀卒。秀子幼，義遂零落，然猶有別本。郭象者，為人薄行，有雋才。見秀義不傳於世，遂竊以為己注。乃自注秋水、至樂二篇，又易馬蹄一篇，其餘眾篇，或定點文句而已。後秀義別本出，故今有向、郭二莊，其義一也。〔註12〕

〔註11〕　本文關於郭象《莊子注》之原文，乃依據郭慶藩：《莊子集釋》，頂淵文化事業有限公司，2001 年 12 月。除非必要，將只標明頁碼，以便翻檢，不另作討論。

〔註11〕　楊明照即曾引向秀注 89 條與郭象注相較，得出結論是：「其與郭注同者四十七，近者十有五，異者二十有七。輩榷較之，厥同踰半。雖全豹未窺，難以懸定，然侏儒一節，長短可知。是子玄河分尚勢、春入燒痕之嫌，寔有口莫辯。」（〈郭象莊子注是否竊自向秀檢討〉，《燕京學報》，1940 年 12 月，頁 87）。又侯外盧主編的《中國思想通史第三卷》主張郭象剽竊向秀注，並言道：「判決詞為郭象確犯了盜竊罪行，應將其莊子注的版權撤消，並賠償向秀千古的名譽損失，以為世之鈔書者警戒。」（頁 217）。又如錢穆有云：「今讀郭注，頗多破莊義以就己說者。而其說乃顧有似於向秀之難嵇康。則郭之竊向，其獄自定矣。」（《莊老通辨》，頁 333〜334）。

〔註12〕　見余嘉錫：《世說新語箋疏‧文學篇》，頁 206。再者，《晉書‧郭象傳》亦採《世說新語》此說，僅於文字上略作修改，其文如下：「先是注莊子者數十家，莫能究其旨統。向秀於舊注外為解義，妙演奇致，大暢玄風，惟秋水、至樂二篇未竟而秀卒。秀子幼，其義零落，然顧有別本遷流。象為人薄行，以秀

二是認爲郭象編注《莊子》一書時，乃有參考向秀之作，並在其基礎上「述而廣之」，〔註13〕非全盤抄襲。如王叔岷〈莊子向郭注異同考〉一文，即宣稱：

> 今據莊子釋文、列子注、及他書所引，詳加纂輯，得向有注郭無注者四十八條，向郭注全異者三十條，向郭注相近者三十二條，向郭注相同者二十八條，列此明證，然後知郭注之與向注，異者多而同者少，蓋郭雖有所與向，實能推而廣之，以自成其說者也，豈僅自注秋水至樂二篇，及易馬蹄一篇而已哉？晉書向秀傳云：「莊周著內外數十篇，秀爲之隱解，發明奇趣，振起玄風。惠帝之世，郭象又述而廣之」。所謂述而廣之，蓋紀其實矣。而郭象傳本世說文學篇之說，妄加以剽竊之名，誠誣人也！且向秀之注，亦多本於崔譔者，……。蓋向秀亦本崔譔之義，述而廣之，與郭象本向注述而廣之者實同，則獨加郭象以竊名，不亦冤乎！〔註14〕

王叔岷將古注與類書中關於向秀注的部分皆蒐羅輯錄，十分完備，共計 138 條，每與郭象注相互對照比較，而得出「向有注郭無注者四十八條，向郭注全異者三十條，向郭注相近者三十二條，向郭注相同者二十八條」，由此可見，郭象竊向秀注而爲己作之實情應非一如《世說新語》所言。故筆者乃採第二種說法，將《莊子注》視爲郭象在向秀基礎上「述而廣之」的作品。

二、其他著作

　　根據一些史籍與文獻資料的記載，郭象之著述尚有《論語體略》、《論語隱》、《老子注》、《論稽紹》、《致命由己論》、《碑論十二篇》、《郭象集》，不過，除了

義不傳於世，遂竊以爲己注。乃自注秋水、至樂二篇，又易馬蹄一篇，其餘眾篇或點定文句而已。其後秀義別本出，故今有向、郭二莊，其義一也。」（頁1397）。

〔註13〕《晉書·向秀傳》記載：「莊周著內外數十篇，歷世才士雖有觀者，莫適論其旨統也，秀乃爲之隱解，發明奇趣，振起玄風，讀之者超然心悟，莫不自足一時也。惠帝之世，郭象又述而廣之。」（頁1374）。

〔註14〕見王叔岷：《莊學管闚》，頁 114～115。再者，壽普暄亦持論郭象有參考向秀之作，並在其基礎上繼續發揮，於是有言：「郭注之因於向，於向注盡量採取，則是事實也；誣爲薄行盜竊，則誇飾矣。」（〈由經典釋文試探莊子古本〉，《燕京學報》，1940 年 12 月，頁 97）。另外，如何啓民（《竹林七賢研究》，頁 115～131）、蘇新鋈（《郭象莊學評議》，頁 12～23）、湯一介（《郭象與魏晉玄學（增訂本）》，頁 128～144）等人皆認爲郭象是「述而廣之」而非薄行剽竊。

《莊子注》仍大部分完整且流傳至今外,《論語體略》、《老子注》僅可見一小部分之片斷,《論稿紹》只存後人徵引之殘篇,其他作品皆亡佚。〔註15〕今即將《論語體略》、《老子注》、《論稿紹》之殘文現錄於下,以便讀者作為參考:

(一)《論語體略》〔註16〕共九則

1. 〈為政第二〉:「子曰:為政以德,譬如北辰居其所,而眾星共之。」

   郭象注:「萬物皆得性謂之德,夫為政者奚事哉?得萬物之性,故云德而已也。得其性則歸之,失其性則違之。」

2. 〈為政第二〉:「子曰:導之以政,齊之以刑,民免而無恥,導之以德,齊之以禮,有恥且格。」

   郭象注:「政者,立常制以正民者也;刑者,興法辟以割物者也。制有常,則可矯;法辟興,則可避。可避則違情而苟免,可矯則去性而從制。從制,外正而內心未服;人懷苟免,則無恥於物,其於化不已薄乎?故曰民免而無恥也。德者,得其性者也;禮者,體其情者也。情有可恥而性也所本,得其性則本至,體其情則知至。知恥則無刑而自齊,本至則無制而自正,是以導之以德,齊之以禮,有恥且格。」

3. 〈述而第七〉:「子在齊,聞韶,三月不知肉味,曰:不圖為樂之至於斯也。」

   郭象注:「傷器存而道廢,得有聲而無時。」

4. 〈泰伯第八〉:「子曰:禹吾無間然矣。」

   郭象注:「舜、禹相承,雖三聖故一堯耳。天下化成,則功美漸去,其所因循,常事而已。故史籍無所稱,仲尼不能間,故曰:禹吾無間然矣。」

5. 〈先進第十一〉:「顏淵死,子哭之慟。從者曰:子慟矣!子曰:有慟乎?非夫人之為慟而誰為慟?」

   郭象注:「人哭亦哭,人慟亦慟,蓋無情者與物化也。」

〔註15〕關於郭象之著述,可參見蘇新鋈:《郭象莊學評議》,頁11~23;莊耀郎:《郭象玄學》,頁8~18;湯一介:《郭象與魏晉玄學》,頁307~321;許抗生:《魏晉思想史》,頁178~179。

〔註16〕關於郭象《論語體略》殘文之出處,本論文乃據馬國翰:《玉函山房輯佚書》,台北:文海出版社有限公司,1974年12月,頁1686~1688。

6. 〈憲問第十四〉：「子路問君子，子曰：修己以敬。曰：如斯而已乎？曰：修己以安百姓。修己以安百姓，堯舜其猶病諸？」

　　郭象注：「夫君子者不能索足，故修己索己。故修己者僅可以內敬其身，外安同己之人耳。豈足安百姓哉？百姓百品，萬國殊風，以不治治之，乃得其極。若欲修己以治之，雖堯舜必病，況君子乎？今堯舜非修之也，萬物自無爲而治。若天之自高，地之自厚，日月之明，雲行雨施而已。故能夷暢條達，曲成不遺而無病也。」

7. 〈衛靈公第十五〉：「子曰：吾之於人也，誰毀誰譽？如有所譽者，其有所試矣。斯民也，三代之所以直道而行也。」

　　郭象注：「無心而付之天下者，直道也。有心而使天下從己者，曲法。故直道而行者，毀譽不出於區區之身，善與不善，信之百姓。故曰：吾之於人，誰毀誰譽，如有所譽，必試之斯民也。」

8. 〈衛靈公第十五〉：「子曰：吾嘗終日不食、終夜不寢以思，無益，不如學。」

　　郭象注：「聖人無詭教，而云不寢不食以思者何？夫思而後通，習而後能者，百姓皆然也。聖人無事而不與百姓同事，事同則形同。是以見形以爲己異，故謂聖人亦以勤思而力學，此百姓之情也。故用其情以教之，則聖人之教因彼以教，彼安容詭哉。」

9. 〈陽貨第十七〉：「孔子曰：諾，吾將仕矣。」

　　郭象注：「聖人無心，仕與不仕隨世耳。陽虎勸仕，理無不諾。不能用我，則無自用，此直道而應者也。然危遜之理，亦在其中也。」

（二）《老子注》〔註17〕共五則

1. 〈第三章〉：「虛其心，實其腹。」

　　郭象注：「其惡改盡，諸善自生，懷道抱一，神和內足，實其腹也。」

2. 〈第四章〉：「湛兮或似存。」

　　郭象注：「存，在也。道湛然安靜，古今不變，終始常一，故曰存。存而無物，故曰似也。」

〔註17〕本論文關於郭象《老子注》之殘文出處有二：一是〈第三章〉與〈第十章〉之注文乃據《道德經注疏·卷一》，台北：藝文印書館，1965 年，頁 11 與頁 16。二是〈第四章〉、〈第二十四章〉、〈第三十九章〉之注文乃據李霖：《道德眞經取善集》，上海：上海古籍出版社，1995 年，頁 223、頁 257 與頁 285。

3. 〈第十章〉:「生而不有。」

郭象注:「氤氳化合,庶物從生,顯仁藏用,即有爲迹,功不歸己,故曰不有。」

4. 〈第二十四章〉:「自矜者不長。」

郭象注:「矜誇自恃,不解忘功,眾所不與,故不長也。」

5. 〈第三十九章〉:「谷得一以盈。」

郭象注:「谷,川谷也,谷川得一,故能泉源流潤,溪壑盈滿。」

(三)《論嵇紹》〔註18〕

紹父死在非罪,曾無耿介,貪位死闇主,義不足多。〔註19〕

故本論文的研究範圍乃是以郭象《莊子注》爲主,再輔以其他今日尚可見之文字,從中探析郭象之天道性命思想。

第四節　研究方法與步驟

本論文乃是以「郭象天道性命思想」爲切入點,而此論點則包含著「天道思想」、「性命思想」、「天道與性命之間」的種種關係,此外,一家思想的產生絕不是無中生有,對郭象思想的了解與研究,並非單單只探討他一人,

---

〔註18〕 本論文關於郭象《論嵇紹》之殘文出處,乃依據李昉:《太平御覽・品藻上》,台北:國泰文化事業有限公司,1980年1月,頁2048。

〔註19〕 《世說新語》與《晉書・郭象傳》皆評論郭象「爲人薄行」,然而,今觀《論嵇紹》之殘文,不禁令人懷疑《世說新語》與《晉書》之言是否仍有商榷空間。莊耀郎曾根據《論嵇紹》之殘文,有云:「郭象身處晉室,而敢著文評論嵇紹之非,力抗時流。嵇紹乃嵇康子,郭象責其失義者二:一爲無顧念其父死於非罪,而仕於殺父之晉室;二是貪其位而爲暗王死。所以沒什麼值得頌讚的。此可注意者有二:郭象身仕於晉,而不認同嵇紹之仕晉,且責紹之仕,其於非罪之父死乃曾無耿介。其次直陳惠帝爲暗王。可見郭象之思考非以仕宦富貴爲意,有超越於利祿、君主眷顧之義存焉。而王隱的《晉書》引郭象的這一條資料,何以沒有被唐朝編《晉書》者所採入,恐怕也是編者仍有所顧忌,而郭象敢於當時直言不諱,亦可以見其直道之一斑。……至於劉義慶說他『爲人薄行』,劉知幾《史通》已辨其乃妄言,認爲『僞跡昭然,理難文飾。』宜以劉孝標的註解爲正說,且若依其著論及行事視之,或恐是強勢的風格導致政敵的攻訐,章太炎則依〈論嵇紹〉的佚文,而給予郭象很高的評價。」(《郭象玄學》,頁7~8)莊耀郎此段論述相當精闢,能點捻出郭象非以仕宦富貴爲意和直言不諱的行事風格,進而對《世說新語》與《晉書》提出質疑,故筆者乃採其說。另外,蔡振豐亦有類似看法,其詳請參見《魏晉名士與玄學清談》,頁167。

而是除了歸納彙整郭象之天道與性命觀外，亦須對其思想淵源作一介紹。魏晉玄學乃是以匯通孔老爲務，思想上呈現儒道互補之特徵，故於概述郭象思想淵源方面，便分別擇選儒道二家具代表性人物——孔孟、老莊之關於天道與性命的論點作一番整理爬梳，組織成篇，並將同爲魏晉玄學思想之巨擘——王弼及竹林玄學之阮籍、嵇康納入探討，通過一個思想史上發展脈絡的角度，把他們連在一起來看。

　　至於詮釋郭象天道性命思想的方法上，本論文乃採傅偉勳所倡言之「創造的詮釋學」（Creative Hermeneutics）〔註20〕來陳構郭象思想內容，傅偉勳曾說明闡析文本的五個詮釋次第：

1. 實謂層次——「原思想家（或原典）實際上說了什麼？」（"What exactly did the original thinker or text say ?"）

2. 意謂層次——「原思想家想要表達什麼？」或「他說的意思到底是什麼？」（"What did the original thinker intend or mean to say ?"）

3. 蘊謂層次——「原思想家可能要說什麼？」或「原思想家所說的可能蘊含是什麼？」（"What could the original thinker have said ?", or " What could the original thinker's sayings have implied ?"）

4. 當謂層次——「原思想家（本來）應當說出什麼？」或「創造的詮釋者應當爲原思想家說出什麼？」（"What should the original thinker have said ?", or "What should the creative hermeneutician say on behalf of the original thinker ?"）

5. 必謂層次——「原思想家現在必須說出什麼？」或「爲了解決原思想家未能完成的思想課題，創造的詮釋者現在必須踐行什麼？」（"What must the original thinker say now ?", or "What must the creative hermeneutician do now , in order to carry out the unfinished philosophical task of the original thinker ?"）〔註21〕

〔註20〕「創造的詮釋學」爲傅偉勳所自創，關於此一方法論進路的建構與形成，傅偉勳曾解釋道：「它的建構與形成實有賴乎現象學、辯證法、實存分析（existential analysis）、日常語言分析、新派詮釋學理路等等現代西方哲學之中較爲重要的特殊方法論之一般化過濾，以及其與我國傳統以來的考據之學與義理之學，乃至大乘佛學涉及方法論的種種教理（如教相判釋、勝俗二諦、言詮方便之類）之間的『融會貫通』。」詳細的論述可參考《從創造的詮釋學到大乘佛學》之〈創造的詮釋學及其應用〉一文。

〔註21〕傅偉勳：《從創造的詮釋學到大乘佛學》，頁 10。

　　於是，運用這五個詮釋層次，本論文對於郭象「天道思想」、「性命思想」、「天道與性命之關係」的分析研究，首先應力求對原典文獻的掌握──郭象著作之版本與存佚的考證。其次，應發現文獻語句的脈絡意義，並理性思辨地認知與發揮文獻的思想意涵，以求合於原典或原思想家的意思或意向。再者，多方面蒐集歷來研究郭象的相關評論，如專書、碩博士論文、期刊論文等，經由對這些資料的細讀，去除主觀因素的偏差，將郭象天道與性命觀的論點逐一摘出匯聚，並據此敘述郭象對天道之見解，闡明郭象對人性之看法，以及天道與性命之間的關係。接著，掘發郭象思想之深層結構意涵，且嘗試以自身所積累之詮釋學體驗與心得探究其隱而未發之處。最後，試著更進一步地提出郭象天人思想的侷限性與內在難題。

第二章　郭象天道思想——有無雙遣之自然論

第一節　孔孟、老莊之天道義

　　關於天人之際的思考，早在西元前二千年殷商時期的中國古代社會便已開始，當時人們崇拜自然，並形成宗教信仰，創造出自然之神，也就是將自然物或自然現象神靈化，令其既擁有人格特徵，又具備神性、神職。而這種自然崇拜的情形便像圖騰崇拜一般。佛洛依德說：

> 圖騰是什麼？它多半是一種動物，也許是可食或無害的，也可能危險且可怖；較少見的圖騰，可以是一種植物，或一種自然力量（雨、水），它與整個宗族有著某種奇特的關係。大抵說來，圖騰總是宗族的祖先，同時也是其守護者；它發佈神諭，雖然令人敬畏，但圖騰能識得且眷憐它的子民。〔註1〕

殷人對於自然物、自然力量或自然現象之崇拜，亦是如此，將自然視為人民守護者，可為人們排憂解難，且令人心生敬畏之意。不過，倘若人們所作所為觸犯神的旨意，違反某種禁忌，則會遭受懲罰。近代學者朱歧祥便舉殷墟卜辭為例，如「丙寅卜，爭貞：今十一月帝令雨？」（〈集5658〉）〔註2〕、「貞：祝岳」（〈集14478〉）、「貞：其即日？」（〈集27456〉）、「庚寅卜，爭貞：

〔註1〕見《圖騰與禁忌》，頁14～15。
〔註2〕朱歧祥所使用的甲骨文材料乃是選錄自《甲骨文合集》，簡稱〈集〉，而〈集5658〉即指《甲骨文合集》第5658片。本文所舉例證皆是，不另作說明。

我其祀于河?」(〈集 14549〉)、「丙辰卜,于土寧風?」等等,以諸多殷墟卜辭來說明:

> 殷墟卜辭中除普遍祭祀先公先王外,復多見崇拜自然神的辭例。由頻密的祈盼諸自然神祇的去災賜吉祥,反映殷人對於各種不可知的自然現象,由畏懼而崇拜,並予以神格化。這些天神地祇長期成爲殷人精神的支柱,是提供殷人面對各種生活災難時的力氣來源。〔註3〕

可見殷商人們對於宇宙自然存著一份崇拜敬畏之心,視其擁有至高無尚之神靈力量,可保佑人們,爲人們消災降福,對人事現象深具影響力與主宰力。此外,殷人亦認爲人死後乃靈魂不朽,永庇子孫,並成爲人與神之間的溝通橋樑,所以,殷人多尚鬼,企圖透過祖先的靈魂與天地之神相交流。由此可知,殷商時人對於天人之間的關係仍處於原始宗教的認知狀態,甘受自然支配,以爲人們的行爲應完全受外在神明的指使。

西周初年,人們大致上仍承繼商朝原始宗教性的天人觀念,將自身行爲的準則訴諸於外在的天命、帝命,不過,由於對夏商滅亡的反省,使得周人產生憂患意識,〔註4〕認爲夏商二代雖皆善鬼神,但終究厥命墜亡,所以,由「天命不易」覺悟到「天命靡常」,天命並非毫無條件地支持統治者或統治集團,而是依據人的行爲善惡來作爲支持與否的判斷標竿。因此,人應對自身的種種行爲負責、承擔,不可再將政治責任全部委諸天命,而這也使得

〔註3〕 見《甲骨文研究──中國古文字與文化論稿》,頁445。
〔註4〕 「憂患意識」乃徐復觀於《中國人性論史・周初宗教中人文精神的躍動》一文中所提出,主張「憂患意識不同於作爲原始宗教動機的恐怖、絕望。一般人常常在恐怖絕望中感到自己過份渺小,而放棄自己的責任,一憑外在地神爲自己作決定。……『憂患』與恐怖、絕望的最大不同之點,在於憂患心理的形成,乃是從當事者對吉凶成敗的深思熟考而來的遠見;在這種遠見中,主要發現了吉凶成敗與當事者行爲的密切關係,及當事者在行爲上所應負的責任。憂患正是由這種責任感來的要以己力突破困難而尚未突破時的心理狀態。所以憂患意識,乃人類精神開始直接對事物發生責任感的表現,也即是精神上開始有了人地自覺的表現。」(頁18~19)牟宗三贊同徐復觀的看法,並認爲中國哲學之所以重道德性乃是根源於憂患意識,還進一步提出「天地雖大,人猶有所憾,可見人生宇宙的確有缺憾。聖人焉得無憂患之心?他所抱憾所擔憂的不是萬物的不能生育,而是萬物生育之不得其所。這樣的憂患意識,逐漸伸張擴大,最後凝結成悲天憫人的觀念。悲憫是理想主義者才有的感情。在理想主義者看來,悲憫本身已具最高的道德價值。」(《中國哲學的特質》,頁16)所以,「憂患意識」的確是中國人由宗教恐怖意識走入人文精神世界的重要轉捩點。

周人逐漸將「敬神」的「敬」，轉爲「敬德」，敬的對象是德性，是一種道德的「敬」，是對自己的一種要求，且依此建立一個「敬德」、「明德」的觀念世界。〔註5〕如《尚書・召誥》有云：「惟王受命，無疆惟休，亦無疆惟恤。嗚呼！曷其奈何弗敬！」〔註6〕召公認爲幸福乃上天所賜予，但萬萬不可僅知享福而忘其憂患，因爲若無憂患意識，行爲不檢，則天命將無以永存，所以，人應處於憂患意識之中，敬謹於德行。《尚書・康誥》又曰：「惟乃丕顯考文王，克明德慎罰」，〔註7〕此乃周公告誡康叔之語，欲康叔學習文王純善之美德，不僅要明德，還須慎罰。而這個從憂患意識進一步轉出「敬」的道德觀念，不但將周初的宗教人文化，亦奠定中國文化精神的基礎，對後來文化思想發展產生深遠的影響。

西周末年，厲、幽王昏聵暴虐，施政不佳，使得「天」的權威性開始動搖，乃至降墜，因爲自古以來，統治者是彰顯、象徵天之德的主要人物，故統治者之不德即代表天之不德，再加上周初的宗教人文化，人文的自覺精神躍動，於是「天」的概念發展至春秋時，已由原本深具不可撼動性的天威神權走向墜落之途，人格神意味漸減，轉化成以理序、規律爲內容的「形上天」，以天作爲生命、萬物的根源；價值、眞理的根源。儒、道兩家即是春秋戰國時「形上天」觀念發展的重要代表。

《論語・公冶長》記載：「子貢曰：『夫子之文章，可得而聞也，夫子之言性與天道，不可得而聞也。』」〔註8〕綜觀《論語》一書，孔子（西元前 552 年～前 479 年）果眞對性與天道並未特別清楚指陳、說明。然而，孔子何以罕言？這極可能是因爲孔子所重爲「仁」，重在生命德性之挺立與瑩徹，重在人間道德的建立，是以對超越性之形上天無積極討論。〔註9〕不過，吾人仍可由《論語》

〔註5〕 關於周初「敬」的觀念的產生，可參考徐復觀《中國人性論史》第二章〈周初宗教中人文精神的躍動〉一文。

〔註6〕 見《尚書》，頁 220。本文關於《尚書》之引文，皆據《十三經注疏》，藝文印書館，1997 年 8 月。除非必要，將只標明頁碼，以便翻檢，不另作討論。

〔註7〕 見《尚書》，頁 201。

〔註8〕 見《論語・公冶長》，頁 43。本文關於《論語》之引文，皆據《十三經注疏》，藝文印書館，1997 年 8 月。除非必要，將只標明頁碼，以便翻檢，不另作討論。

〔註9〕 關於孔子何以少言性與天道的問題，牟宗三有十分精彩的論述，認爲並非孔子於此無獨到之見，亦非子貢資質低劣，誠乃性與天道是自存潛存，是客觀的，實體性的，第一序的存有，實爲神秘奧密，若眞當一客觀問題討論，總不免智測且無法盡其究，所以，孔子沒有以智測入於「存有」之幽，將這方

的一些篇章敘述中得知孔子關於天道的態度。〔註10〕如《論語・季氏》：

子曰：「君子有三畏，畏天命，畏大人，畏聖人之言。」〔註11〕

此處的「畏」字非「畏懼」之意，而應作「敬畏」解，表示對天道有著虔敬
與依歸之心，於是，孔子不斷地透過實踐仁德之工夫，終能「五十而知天命」
〔註12〕將自身之生命提升以契合天道。所以，當他立於岸旁，見浩浩川流往
而不息時，便有云：

逝者如斯夫，不捨晝夜。〔註13〕

朱熹於此乃注：「天地之化，往者過，來者續，無一息之停，乃道體之本然也。」
〔註14〕孔子誠乃以「仁」之生命為天道的印證，故能真實地體會天道之健行
不已，並以不捨晝夜之川流為喻來啟發人們。

　　雖然孔子少言天道，但其踐仁行道以知天的生命態度則給予孟子（約西
元前382年～前289年）莫大啟示，於是，孟子明白地說：

誠者，天之道也，思誠者，人之道也。〔註15〕

以「誠」為天道之內容，又「誠」乃仁心之發動，故有云：

面的問題暫時撇開，而從德行盡仁以開出精神領域，去把握己身所能把握，
表現道德生命的莊嚴，「以德行而開出價值之明，開出了真實生命之光。在這
裡也有智，但這智是德性生命的瑩澈與朗照：它接于天、即契合了天的高明；
它接於地、即契合了地的深厚；……在德性生命的朗潤（仁）與朗照（智）
中，生死晝夜通而為一，內外物我一體咸寧。它澈盡了超越的存有與內在的
存有之全蘊而使它們不再是自存與潛存，它們一起彰顯而挺立，朗現與貞定。
這一切都不是智測與穿鑿。故不必言性與天道，而性與天道盡在其中矣。」（《心
體與性體（一）》，頁220）。

〔註10〕關於孔子對天的看法，根據朱哲的統計「《論語》一書中『天』字49見，單
　　　　音詞『天』字19見，……『天子』2見，……『天下』23見，……『天命』
　　　　3見，……『天祿』1見，……『天道』1見」（《先秦道家哲學研究》，頁114），
　　　　扣除「天子」、「天下」等處，其餘24處的天字除了將天視為形上天之外，
　　　　尚有指稱宗教人格神的意味，如「天之未喪斯文也，匡人其如予何？」（《論
　　　　語・子罕》）、「吾誰欺，欺天乎？」（《論語・子罕》）、「夫子矢之曰：『予所
　　　　否者，天厭之，天厭之。』」（《論語・雍也》），但是，由於本文於此主要在
　　　　探究孔子對於超越的客觀性原則之觀點，因此，關於人格神之天的部分並未
　　　　納入討論。

〔註11〕見《論語・季氏》，頁149。

〔註12〕見《論語・為政》，頁16。

〔註13〕見《論語・子罕》，頁80。

〔註14〕見《四書集註・論語集注卷五》，頁113。

〔註15〕見《孟子・離婁上》，頁133。本文關於《孟子》之引文，皆據《十三經注疏》，
　　　　藝文印書館，1997年8月。除非必要，將只標明頁碼，以便翻檢，不另作討論。

仁也者，人也；合而言之，道也。〔註16〕

人之所以爲人乃在於擁有一顆活潑潑、健行不止之仁心，當一個人可盡心踐形時，便可證驗「仁」即是「天道」。〔註17〕因此，孟子言：「盡其心者，知其性也。知其性，則知天矣。存其心，養其性，所以事天也。」〔註18〕擴充一己之仁心，即可證知天道之內容。誠如盧雪崑所說：

> 孟子言「萬物皆備於我」、「上下與天地同流」、「盡心知性知天」，是將心性之道德創造融于天命、天道中與之合而爲一，由此天命天道遂有其具體的眞實內容，其爲生化之理、存在之理遂亦得其具體之實。〔註19〕

孟子以誠言天道，而「誠」乃仁心之發動，於是，心、性、天實爲無異，「仁」即人之性、即天之道，透過仁心的擴充與實踐，賦予天道有血有肉的眞實內容，而非僅是抽象的漠然存在。

另外，老（生卒年不詳）、莊（約西元前369年～前286年）之道家思想亦對「形上天」之天道觀念多所闡揚，《老子·第一章》開宗明義地宣稱：

> 道可道，非常道；名可名，非常名。〔註20〕

眞正的天道都是不可言說、不可定名，因爲我們所知的概念或語言文字都是有限的，以有限的概念或文字來表達無限的天道，是無法清楚完整地涵蓋道的眞義，因此，表現天道的最佳方式即是不以言說詮定。〔註21〕《老子·第

〔註16〕見《孟子·盡心下》，頁252。

〔註17〕根據盧雪崑《儒家的心性學與道德形上學》統計，《孟子》全書言「天」共有81處，字義多所不同，但因本文於此處之主要意旨乃在研究孟子關於道德形上天的觀念，因此，僅單就《孟子》一書中具有形上天意義的文句加以闡述。至於，自然之天，如「天之高也，星辰之遠也。」（《孟子·離婁下》）；命運之天，如「莫之爲而爲者，天也；莫之致而致者，命也。」（《孟子·萬章上》）；人格神之天，如引《尚書》太甲之言：「天作孽，猶可違；自作孽，不可活。」（《孟子·公孫丑上》、《孟子·離婁上》）等等，則不在討論之列。

〔註18〕見《孟子·盡心上》，頁228。

〔註19〕見《儒家的心性學與道德形上學》，頁79。

〔註20〕見樓宇烈校釋：《老子周易王弼注校釋》，頁1。本文關於《老子》以及王弼之引文，皆據樓宇烈之《老子周易王弼注校釋》，華正書局，1981年9月。除非必要，將只標明頁碼，以便翻檢，不另作討論。

〔註21〕「道可道，非常道；名可名，非常名。」這亦似人生的道路一般，「可道」、「可名」之路是通過特定的人心所開展，是通過有限的人文、名號所規範，如此一來，這些「可道」、「可名」之路便無法眞正屬於每一個人，只能適合某一部份的人，然而眞正的生命道路應是對所有人開放的常道，因此，不加限定

十四章》亦即指出天道此種不可名的特質：

> 視之不見名曰夷，聽之不聞名曰希，搏之不得名曰微。此三者不可
> 致詰，故混而爲一。其上不皦，其下不昧，繩繩不可名，復歸於無
> 物，是謂無狀之狀，無物之象。是謂惚恍。迎之不見其首，隨之不
> 見其後。〔註22〕

天道是無限的，故老子多以「無」來形容，認爲道乃無名無形、無狀無象，視而
不可見、聽而不可聞、搏而不可得，所以，從這個角度來說，天道是「無」。可
是，天道卻又「惚兮恍兮，其中有象；恍兮惚兮，其中有物。」〔註23〕從此言之
則爲「有」。是以，天道乃似有若無，即有即無，不可得而定之。雖然，天道無
象無狀，無法以有限的語言文字來表述、涵蓋，然而，爲了詮說的方便，乃勉強
「字之曰道，強爲之名曰大。」〔註24〕再者，此無形無名之道爲萬物之宗主，先
天地生，天地萬物皆因得此道而成就，〔註25〕是以《老子·第一章》曰：

> 無，名天地之始；有，名萬物之母。故常無，欲以觀其妙；常有，欲以
> 觀其徼。此兩者同出而異名，同謂之玄，玄之又玄，眾妙之門。〔註26〕

的人生道路才有無限的可能。

〔註22〕 見樓宇烈校釋：《老子周易王弼注校釋》，頁31～32。劉大杰依此段《老子》
原文，將道解釋爲「道是『夷』『希』『微』這些元素構成的。正如歐美人所
說的原子電子一樣。這些東西看不見聽不到觸不著，是無狀之狀，無物之象，
所以名之爲惚恍或是混成。」（《魏晉思想甲種三編·魏晉思想論》，頁46）筆
者以爲此種說法仍有商榷空間，因爲「夷」、「希」、「微」皆是對道體某一方
面特性的形容，也僅止於形容。道乃無形無名，任何語言文字皆只能詮說道
的某一側面，而無法全面籠罩說明，所以，老子言「道可道，非常道」，王弼
於《老子指略》亦云：「然則『道』、『玄』、『深』、『大』、『微』、『遠』之言，
各有其義，未盡其極者也。」所言甚佳！因此「夷」、「希」、「微」並非「物」，
只是對道體的一種形容，亦不能如物品一般相加混成爲「道」。

〔註23〕 語出《老子·第二十一章》，見樓宇烈校釋：《老子周易王弼注校釋》，頁52。

〔註24〕 語出《老子·第二十五章》，見樓宇烈校釋：《老子周易王弼注校釋》，頁63。

〔註25〕 《老子·第三十九章》：「天得一以清，地得一以寧，神得一以靈，谷得一以
盈，萬物得一以生，侯王得一以爲天下貞。」此段文字之「一」乃指「道」，
故道誠爲天下萬物之形上宗主。

〔註26〕 此章在斷句上有所爭論，因爲自嚴遵、王弼以來，均斷句爲「無名，天地之
始；有名，萬物之母。故常無欲，以觀其妙；常有欲，以觀其徼。」直至司
馬遷、王安石等人乃改以「無，名天地之始；有，名萬物之母。故常無，欲
以觀其妙；常有，欲以觀其徼。」爲讀。對此，王邦雄曾言：「此句經文旨在
通過不可道不可名之反省歷程，思以突破語言概念之抽象固定的限制，以烘
托出非認知所對的眞常之道來。故重點不在無名有名的討論，而在以『無』
與『有』這兩個非『指事造形』的觀念，來表顯道的雙重性。以道無定體，

「無」與「有」皆是道之特性，「無」象徵道之空靈、無限妙用，「有」則爲此妙用之徵向性、發見處，因此，「常無，欲以觀其妙；常有，欲以觀其徼」。而當「有」、「無」泯化爲一時，便恢復了道的具體眞實作用，恢復道之沖虛玄妙以生萬物，則此具體作用即是「玄」，是創造萬物的根據，依此，道乃爲「天地之始」、「萬物之母」。

　　莊子承繼老子對於天道的觀點，認爲道是一切萬物的根源，是無所不在，遍在萬物身上，甚至一般人最鄙夷、嫌棄之物亦存在著道，如螻蟻、稊稗、瓦甓、屎溺等。〔註27〕道誠瀰滿於天地之間，無高下貴賤之分，周遍而無私，於是《莊子·大宗師》曾說：

> 夫道，有情有信，無爲無形；可傳而不可受，可得而不可見；自本
> 自根，未有天地，自古以固存；神鬼神帝，生天生地；在太極之先
> 而不爲高，在六極之下而不爲深，先天地生而不爲久，長於上古而
> 不爲老。〔註28〕

點拈出「道」是「有情有信」，可以徵驗而證知，但卻又「無爲無形」，沒有具體的形象，所以，只可意會不可言傳，僅能心領神會地體證天道，無法用感官加以捉摸、考察，無形跡可見。此外，道乃先天地而存在，沒有成毀變化，無始無終，超越時空限制，在高不爲高，在深不爲深，在久不爲久，在老不爲老，無處不在，是萬物所依據之共同終極原理。

第二節　王弼、嵇康、阮籍之天道義

　　魏晉時期玄風大起，名士們莫不貴「無」尙「自然」，以「無」或「自然」爲一切事物之本源根據，魏晉玄學巨擘王弼（西元226年～249年）即

　　無分限，而不可表詮故。」（《老子的哲學》，頁76）。此說甚有道理，且《老子·第四十章》有云：「天下萬物生於有，有生於無。」亦是以「有」、「無」說明道生成萬物之具體作用。因此，當以「無，名天地之始；有，名萬物之母。故常無，欲以觀其妙；常有，欲以觀其徼。」爲是。

〔註27〕《莊子·知北遊》：「東郭子問於莊子曰：『所謂道，惡乎在？』莊子曰：『無所不在。』東郭子曰：『期而後可。』莊子曰：『在螻蟻。』曰：『何其下邪？』曰：『在稊稗。』曰：『何其愈下邪？』曰：『在瓦甓。』曰：『何其愈甚邪？』曰：『在屎溺。』」可知道乃遍在萬物，無私無偏，不因卑賤而不存。

〔註28〕見《莊子集釋》，頁246～247。本文關於《莊子》之引文是依據郭慶藩：《莊子集釋》，頂淵文化事業有限公司，2001年12月。除非必要，將只標明頁碼，以便翻檢，不另作討論。

以「無」爲核心來建構其思想體系，倡言「道者，無之稱也，無不通也，無不由也。」〔註29〕且認爲「無」乃萬有之根據，《晉書·王衍傳》曾記載：「魏正始中，何晏、王弼等祖述老莊，立論以爲天地萬物皆以無爲本」，王弼在其著作中也屢屢提及「無」是天地萬物之本，以下乃簡單舉例說明：

> 凡有皆始於無，……萬物始於微而後成，始於無而後生。〔註30〕

> 是以天地雖廣，以無爲心。〔註31〕

> 天下之物，皆以有爲生。有之所始，以無爲本。將欲全有，必反於無也。〔註32〕

> 夫物之所以生，功之所以成，必生乎無形，由乎無名。無形無名者，萬物之宗也。不溫不涼，不宮不商。聽之不可得而聞，視之不可得而彰，體之不可得而知，味之不可得而嘗。故其爲物也則混成，爲象也則無形，爲音也則希聲，爲味也則無呈。故能爲品物之宗主，苞通天地，靡使不經也。〔註33〕

王弼認爲無名無形之「無」（道）是品物之宗、苞通天地，是萬物的形上依據，欲全「有」必反於「無」。再者，天道是不可以特定的形名限圍之，其爲象無形、爲音希聲、爲味無呈，故能無所不在、無所不往。所以，《老子·第二十一章注》又謂：

> 恍惚，無形不繫之歎。以無形始物，不繫成物，萬物以始以成，而不知其所以然。〔註34〕

道不營私，以自然無爲的方式來成就天下萬物，任物自生自化，「順自然也。萬物無不由之以治以成之也。」〔註35〕道之運作誠爲順物自然，無妄不私地全載萬物，使鱗魚游乎江湖，飛鳥邀翔天際，萬物渾然不知其所以然，各有所屬，因此，王弼《老子·第二十五章注》有云：

> 道不違自然，乃得其性，〔法自然也〕。法自然者，在方而法方，

〔註29〕王弼《論語釋疑》注：「志於道」，見樓宇烈校釋：《老子周易王弼注校釋》，頁624。
〔註30〕見樓宇烈校釋：《老子周易王弼注校釋》，頁1。
〔註31〕見樓宇烈校釋：《老子周易王弼注校釋》，頁93。
〔註32〕見樓宇烈校釋：《老子周易王弼注校釋》，頁110。
〔註33〕見樓宇烈校釋：《老子周易王弼注校釋》，頁195。
〔註34〕見樓宇烈校釋：《老子周易王弼注校釋》，頁52。
〔註35〕見樓宇烈校釋：《老子周易王弼注校釋》，頁91。

　　在圓而法圓，於自然無所違也。自然者，無稱之言，窮極之辭也。
〔註36〕

在《老子》書中，「自然」一詞僅出現 5 處，而王弼《老子注》則有 31 處。〔註 37〕此段文字之「自然」並非現今西方科學所指稱的自然——是對客觀實然世界的描述，亦非認爲在道之上還有一更高原則，而是形容道之自己如此的一種狀態，即是道之運作乃沖虛無執，是自己而然、不待他然之自由自在。「道」本身實爲一虛靈玄妙之朗然自在，但人們往往將道孤提單懸，視爲一外在客觀的實體，進而執著於此道。因此，言「法自然」之意乃在強調、凸顯道以自然爲性，只有眞正達到自然之沖虛意境時，才能無繫無執於外在的一切稱謂、名號，而返樸歸眞。是以，道對於萬物之涵養便是順其本性，在方法方，在圓法圓，無所主、無所違，令萬物各如其己，圓滿自足。於是，「自然」乃用來表示無形無名之道本身，或道之作用方式。〔註38〕此外，王弼亦常強調天生之質即是「自然」，「不學而能者，自然也」，萬物各有其天生才質，雖具大小、長短之殊異，但只要安其分，無所矯僞，便能契會自然之道、展現自然之道，所以，萬物自身的存在也是「自然」。而王弼透過萬物天生自然本性、狀態來表現天道的思維，隱然使得「以無爲本，由有見無」的哲學命題走向自然主義。〔註39〕

〔註36〕見樓宇烈校釋：《老子周易王弼注校釋》，頁 65。「法自然也」四字乃樓宇烈根據陶鴻慶之說〔註37〕校補。凡關於王弼之引文中出現〔　〕號，即爲樓宇烈所改正、增補的字。

〔註37〕錢穆於《莊老通辨》舉出王弼《老子注》中「自然」概念的引文有 27 條（其詳參見《莊老通辨》，頁 363～367），陳黎君則統計王弼《老子注》書中之「自然」出現 31 次（《郭象哲學體系中「自然」概念之探義》，頁 101），補正錢穆所缺漏部分，共有 4 條，如下所列：

（1）注《老子・第十二章》：「五色令人目盲，五音令人耳聾，五味令人口爽，馳騁畋獵令人心發狂。」云：「……夫耳、目、口、心，皆順其性也。不以順性命，反以傷自然，故曰盲、聾、爽、狂也。」

（2）注《老子・第二十章》：「絕學無憂。」云：「……自然已足，益之則憂。」

（3）注《老子・第二十七章》：「是以聖人常善救人，故無棄人。」云：「聖人不立形名以檢於物，不造進向以殊棄不肖。輔萬物之自然而不爲始，故曰：『無棄人』也。」

（4）注《老子・第四十九章》：「聖人皆孩之。」云：「皆使和而無欲，如嬰兒也。……若乃多其法網，煩其刑罰，塞其徑路，攻其幽宅，則萬事失其自然，百姓喪其手足。」

〔註38〕湯一介認爲在魏晉玄學中，「自然」一詞的含意往往與「道」、「無」相同。其詳參見《郭象與魏晉玄學（增訂本）》，頁 47～48。

〔註39〕李玲珠認爲王弼除了就主觀境界言「自然」外，亦就萬物自身之存在言「自

　　隨著政權逐步由曹氏轉向司馬氏，玄學思想的發展也產生了變化。正始時期，名士清談多引《老子》，《莊子》並未特受矚目，〔註40〕但由於政治的黑暗，司馬氏大開殺戮之門，誅滅異己，清除反對聲浪，視人命如草芥，於是，名士們為遠禍避災，紛紛隱退，〔註41〕而《莊子》一書正好可提供避患之方，給予人們心靈上的自由與放達，因此，莊學大起，崇尚自然，希慕玄古，以嵇康（西元223年～262年）、阮籍（西元210年～263年）最具代表性。

　　嵇康在經歷魏晉政權交替的鬥爭後，又眼見司馬氏以名教為旗幟來織羅罪名的殘酷手段，於是，內心逐漸將名教視為殘害生命的陷阱，繼而興起「越名教而任自然」〔註42〕的思想，〔註43〕力求去除私心造作，返歸於自然。至此，不禁要問：「自然」一詞在嵇康的思維裡代表何種意義內容呢？是萬物的形上根據嗎？是遊心於恬淡平和的逍遙嗎？「自然」一詞在嵇康現存的詩文

然」，「萬有以無為本，本體無在萬有中作用，自然更需萬有的載體展現，這也是王弼『自然』觀側重客觀存有的原因；形上本體必須透過萬物的自然本性、狀態表現，所以貴無派『以無為本，由有見無』的哲學命題隱然已將思潮推向自然主義。」（《魏晉自然思潮研究》，頁116）。

〔註40〕《三國志·何晏傳》有言：「晏之少以才秀知名，好老莊言」，劉孝標在注《世說新語·文學篇》第六條時，引《王弼別傳》曰：「弼字輔嗣，……十餘歲便好莊老」。可見正始之際，時人便對《莊子》有所注目。但是，在清談場合上，卻少見引《莊子》為論者，注本亦多以《老子》、《易經》、《論語》為主。所以，《莊子》固然於正始時期即吸引名士眼光，但仍未被熱烈討論而成學術主流，直至竹林時期，方才發揚興盛。

〔註41〕正始十年（西元249年）正月，司馬懿發動政變，篡謀曹氏政權，誅殺曹爽、曹義、曹訓、何晏、鄧颺、丁謐、畢軌、李勝、桓範、張當等人及其三族。《三國志·魏書》卷九〈曹爽傳〉記載此事：「十年正月，車駕高平陵，爽兄弟皆從。宣王部勒兵馬，先據武庫，遂出屯洛水浮橋。……於是收爽、義、訓、晏、颺、謐、軌、勝、範、當等，皆伏誅，夷三族」。所以，倖免於此次政變之名士便紛然隱居避難，如夏侯玄本多參與清言談坐，「風格高朗，弘辯博暢」，但於高平陵之變後，則「內知不免，不交人事，不畜筆研」（《世說新語·方正篇》第六條注引《魏氏春秋》）。由夏侯玄原本熱衷參與清談到後來的不與人往來、不著筆墨之轉變觀看，當時社會應是充滿肅殺之氣，人心惶惶。

〔註42〕見戴明揚：《嵇康集校注·釋私論》，頁234。本文關於嵇康之引文，皆依據戴明揚：《嵇康集校注》，河洛圖書，1978年5月。除非必要，將只標明頁碼，以便翻檢，不另作討論。

〔註43〕余敦康認為嵇康早年同魏晉時人一樣，皆致力於自然與名教的調和，以自然為本、名教為末，但在經歷政權爭奪的黑暗後，發現自然與名教之調和已破裂，「原來的精神支柱崩潰以後承受了巨大的內心痛苦繼續從事新的探索」，故繼而言「越名教而任自然」。其詳參見〈阮籍、嵇康玄學思想的演變〉，《文史哲》，1987年5月，第三期。

中，共計出現 44 次，〔註 44〕然而，嵇康似乎只是使用「自然」一詞，對於自然之道的內容並未有正面而直接的討論。〔註 45〕或許也正因如此，使得學界對於嵇康「自然」思想的理解，產生多種不同的看法。〔註 46〕不過，大致上可確知嵇康自「氣」言萬物生成，如：

> 浩浩太素，陽曜陰凝，二儀陶化，人倫肇興。〔註 47〕

> 夫天地合德，萬物貴生。寒暑代往，五行以成。故章爲五色，發爲五音。音聲之作，其猶臭味在於天地之間。其善與不善，雖遭濁亂，其體自若，而不變也。〔註 48〕

以氣化宇宙論的觀點來談天地萬物之生成，認爲萬物皆是由太素、陰陽所陶化，一旦成爲形體，便具有自己的體性，且此體性並不會因環境或遭遇而有

〔註 44〕根據吳曉菁統計，「自然」一詞在嵇康現存的詩文中，共出現 44 次（《魏晉有無之辨研究——從王弼到郭象》，頁 164）。

〔註 45〕岑溢成言道：「阮、嵇的『自然觀』仍在老、莊思想的籠罩下，在旨趣和深度上並沒有甚麼新意。正因爲沒有甚麼新意，所以阮、嵇只是使用「自然」這個詞，並沒有對自然的內容有正面而直接的討論。」（〈嵇康的思維方式與魏晉玄學〉，《鵝湖學誌》，1992 年 12 月，頁 32）。

〔註 46〕嵇康「自然」一詞之義爲何？海峽兩岸研究嵇康思想的學者們有不同的見解，大陸學者方面：如余敦康主張「自然，它的確切涵義並不是指道家思想，也不是指茫茫無垠的自然界本身，而是指支配著自然界的那種和諧的規律。」（〈阮籍、嵇康玄學思想的演變〉，頁 6）。又如湯用彤認爲嵇康之自然有三義，一是不可分的混沌、玄冥狀態；二是富有情調、音樂性的法則、秩序；三是和諧之整體。（其詳參見〈嵇康、阮籍之學〉，《中國文化》，1990 年 6 月，頁 1341～135）。或是李軍以爲：「『自然』是道家固有而核心的概念，在老子那裡是本然而然之意。嵇康繼承和發展了這個特定的範疇。他認爲，『自然』是支配世界本原發展的規律，對社會和自然界來說是指自然運行的客觀規律；就人自身而言，是指固有本性的自然發展變化狀態和過程。」（〈嵇康的自然主義教育論及其反現實性〉，《中國文化月刊》，1994 年 12 月，頁 69）。台灣學者方面：例如岑溢成認爲其用法有兩種意義，一是「天然」的同義詞；二是老莊思想中的「自然」，指自然之道或契合自然之道的精神境界（其詳參見〈嵇康的思維方式與魏晉玄學〉，頁 31～32）。再者，謝大寧宣稱嵇康「自然」有四義，一是工夫論的境界義；二是天地太朴無爲的境界；三是自然科學所說的大自然；四是性命自然義（其詳參見《歷史的嵇康與玄學的嵇康——從玄學史看嵇康思想的兩個側面》，頁 13～18）。另外，吳曉菁將嵇康之「自然」根據語境分爲兩個層面，一是就事物的原始狀態而言，有「天理自然」、「性命自然」；二是用例則指由複雜紛擾歸於平靜單純，「展現出行爲模式與人生境界的緊密結合」（其詳參見《魏晉有無之辨研究——從王弼到郭象》，頁 164～165）。

〔註 47〕見戴明揚：《嵇康集校注·太師箴》，頁 309。

〔註 48〕見戴明揚：《嵇康集校注·聲無哀樂論》，頁 197。

所更易。然而，此體性爲何？其實即是自然平和之道。所以，嵇康仍有承繼
道家的自然觀，將恬澹至和之自然視爲天道，並企求與此自然之道相契合：

> 順天和以自然，以道德爲師友，玩陰陽之變化，得長生之永久，任
> 自然以託身，並天地而不朽。〔註49〕
>
> 以無心守之，安而體之，若自然也。〔註50〕

當人以虛靜的工夫來去除生命的紛沓、奔馳，令生命能回歸自然，與自然契
合爲一體時，才能眞正使自己的性靈安頓且在精神上獲得一永恆境界，同宇
宙萬物融合無間，渾然無我。可見嵇康實有體悟道家之玄理，並能發揮自然
之道的義蘊。

另外，同嵇康交遊往來的阮籍亦對道家自然之道有所見解，他年少時本
懷有儒家的經世濟民之志，曾自言：「昔年十四五，志尚好詩書，被褐懷珠玉，
顏閔相與期」，〔註51〕但由於身處混亂年代，人心虛僞、禮教僵化，故其思想
逐步地由儒轉道。〔註52〕如其早年作品〈樂論〉〔註53〕即從儒家「安上治民，

〔註49〕 見戴明揚：《嵇康集校注・答難養生論》，頁 191。

〔註50〕 見戴明揚：《嵇康集校注・家誡》，頁 316。

〔註51〕 見陳伯君：《阮籍集校注・詠懷詩第十五》，頁 265～266。本文關於阮籍之引
文，皆依據陳伯君：《阮籍集校注》，中華書局，1987 年 10 月。除非必要，將
只標明頁碼，以便翻檢，不另作討論。

〔註52〕 《晉書・阮籍傳》亦記載：「籍本有濟世志，屬魏晉之際，天下多故，名士少
有全者，籍由是不與世事，遂酣飲爲常。」（頁 1360）。可見阮籍原有經世之
心，但由於不可抗拒的時代因素使然，便轉而狂放曠達、不拘禮法。

〔註53〕 王葆玹認爲阮籍〈樂論〉應撰於正始元年以後，正始五年以前（其詳參見《正
始玄學》，頁 139～140），丁冠之主張「從時代思潮及〈樂論〉的內容來看，
魏明帝末年是產生〈樂論〉最適宜的環境，最晚也不晚於正始初年。魏明帝
是歷史上有名的奢靡之君，耽於音樂，卻不知道音樂的教化作用，當時的學
者高堂隆、劉劭等或著書立說，或上書勸諫，力陳音樂的教化作用。……阮
籍〈樂論〉的主旨亦在強調樂的教化作用，反對大鐘失制，樂失其序，也引
用了周景王的歷史教訓，與高堂隆有異曲同工之妙，討論的問題也完全吻
合。……阮籍的〈樂論〉就是一篇有針對性針砭時弊的文章，寫於魏明帝末
年是非常可能的。」（辛冠潔主編：《中國古代著名哲學家評傳》續篇二，頁
105～106）。丁冠之的說法甚具道理。然而，若阮籍撰寫〈樂論〉是因緣於明
帝西取大鐘所起之爭論，則阮籍〈樂論〉的寫定時間應於劉劭及高堂隆之後，
因爲劉劭較阮籍年長，且於建安時期便已出仕，而阮籍雖一度進入仕途，但
爲時甚短，尚未與朝廷建立密切的政治關係。「如果說，劉劭的《樂論》屬於
朝廷內部的爭論，那麼，阮籍的《樂論》則顯然屬於社會的反響。」（高晨陽：
《阮籍評傳》，頁 69）再者，夏侯玄曾撰〈辯樂論〉反駁阮籍「律呂協則陰陽
和，聲音適則萬物類」的看法，於是，〈辯樂論〉當完成於阮籍〈樂論〉之後。

莫善于禮；移風易俗，莫善于樂。」〔註 54〕的觀點出發，認爲完善的雅樂乃
是「天地之體，萬物之性」〔註 55〕的一種展現，所以音樂具有陶冶性情、滌
化人心之社會功能，使人與人之間交流和善，人與萬物之間成爲一和諧整體，
「禮定其象，樂平其心；禮治其外，樂化其內；禮樂正而天下平。」〔註 56〕
並以道德意義作爲分辨正樂、淫聲的標準。雖然，他在論述音樂之形上本體
時，乃是兼採《易傳》之乾坤易簡與道家之自然平淡，不過，其主要思想精
神仍傾向儒家。〔註 57〕然而，經過高平陵之變後，阮籍的道家思想色彩日漸
濃厚，終有〈通老論〉、〈達莊論〉、〈大人先生傳〉等作品出現，倡言自然無

而高晨陽考證〈辯樂論〉的撰作時間，認爲根據「《三國志‧魏志‧夏侯玄傳》
載，夏侯玄於正始初年任散騎常侍，後遷中護軍，不久，又『爲征西將軍，
假節都督朔涼諸軍事，與曹爽共興駱谷之役』。『駱谷之役』發生在正始五
年。……由於史料欠闕，我們無法確定夏侯玄外任征西將軍的時間，但據上
面史籍記載，當在『駱谷之役』的前面，很可能在正始四年。夏侯玄在外任
一段時間內，軍務繁忙，大概是沒有時間和興趣與阮籍打筆墨官司的。正始
十年，曹爽被誅殺，夏侯玄才調回京師。……在這段時間內，由於政治氣氛
恐怖，他採取了小心謹慎的處世態度。……因此，其《辯樂論》不大可能作
於此時。據上述材料推測，夏侯玄操作《辯樂論》的時間，最大可能是在出
任征西將軍之前。」(《阮籍評傳》，頁 69）綜合上述，大致上可推論出阮籍〈樂
論〉之寫作時間，最早應不超過正始元年，最遲不晚於正始四、五年。
〔註 54〕 見陳伯君：《阮籍集校注‧樂論》，頁 77。
〔註 55〕 見陳伯君：《阮籍集校注‧樂論》，頁 78。
〔註 56〕 見陳伯君：《阮籍集校注‧樂論》，頁 89。
〔註 57〕 歷來學者對於阮籍〈樂論〉所顯現之思想色彩持有不同說法，大致上可分爲
三類：一是爲儒家精神之表現，如曾守正：「大致說來，阮籍〈樂論〉的思想
並沒有超越荀子〈樂論〉，《禮記‧樂記》的範圍；……在思想本質上，實在
不必一味地以時代背景（如自然與名教的衝突）來強爲詮說，硬使〈樂論〉
賦上道家色彩。」(〈阮籍〈樂論〉的美學思想〉，《鵝湖月刊》，1992 年 11 月，
頁 38）。二爲道家思想之展露，如周大興：「阮籍早期〈樂論〉思想實非傳統
儒家說法，而是採取了正始玄學以來的道家自然平淡之旨，以作爲現實名教
上易風俗、安百姓的自然之道。」(〈阮籍〈樂論〉的儒道性格評議〉，《中國
文化月刊》，1993 年 3 月，頁 74）。三則是主張爲儒道互補，如蔡忠道：「阮
籍的〈樂論〉……其中有許多觀念繼承傳統儒家的理論，如論音樂的『和』
與『樂』，雅樂與淫聲之辨，聖人惡亂求治而作樂，禮樂刑教四者是爲政的資
具等觀念都可以從《荀子‧樂論》、《禮記‧樂記》中找到相似的言論根據。
然而，阮籍音樂思想的特出處，在其論音樂的本質在於自然之道，……展現
儒道互補的特色。」(《魏晉儒道互補之研究》，頁 238）。筆者以爲阮籍〈樂論〉
實爲呈現儒道思想互補之特點，不過，其自然之道乃是基於乾坤易簡，故直
道而行，便平淡不偏飾，此乃《易傳》、《中庸》之儒家傳統。所以，阮籍〈樂
論〉雖兼具儒道色彩，但乃以儒家爲主。

爲之道：〔註58〕

> 天地生于自然，萬物生于天地。自然者無外，故天地名焉；天地者有內，故萬物生焉。當其無外，誰謂異乎？當其無內，誰謂殊乎？……天地合其德，日月順其光，自然一體，則萬物經其常，入謂之幽，出謂之章，一氣盛衰，變化而不傷。是以重陰雷電，非異出也；天地日月，非殊物也。故曰：自其異者視之，則肝膽楚越也；自其同者視之，則萬物一體也。〔註59〕

天地萬物乃生於自然，換言之，「自然」爲天地萬物生成之形上根據，因此，從自然之道的角度來說，「自然者無外，故天地名焉」，自然是天地萬物的體性，沒有一物可以外於自然之道而獨立存在；就萬物自身的角度來說，「天地者有內，故萬物生焉」，由於自然之道乃內於萬物己身，萬物的生化皆可自然而然地順道而行，故「當其無外，誰謂異乎？當其無內，誰謂殊乎？」天地萬物皆以自然爲形上根據、爲體性，皆可順自然之道生成而無例外者，是以，萬物雖有高低不同、長短相異、陰陽之別、水火之分，但就萬物本歸自然、自然而然這方面來看，則是無所差異、無所分殊。

著眼於萬物自然而然，阮籍乃進一步推論「自然一體」、「萬物一體」，萬物個個順著自然之道而行，自然而然，便可顯現出整體的和諧性，成爲一體。〔註60〕天地萬物雖各有自身的特質、形體、運作方式，可是若就形上本體來說，萬物俱爲自然之道的不同形態的存在，其氣固然有盛衰變化，卻也都是

〔註58〕 多數研究阮籍思想的學者，對於其「自然」有不同的理解，例如湯一介認爲「嵇康、阮籍把『自然』看成是一種混沌狀態的無限整體，天地萬物都應存在於這一個整體中，它們是統一的。」（《郭象與魏晉玄學（增訂本）》，頁49）。任繼愈以爲「阮籍所說的『自然』、『天道』、『太極』，都是指宇宙的最高本體。」（《中國哲學發展史》，頁166）。戴璉璋則主張「現象世界的整體是阮氏自然的基本涵義；而萬物本體的規律則是由現象世界的整體所呈現的一種自然之道。」（〈阮籍的自然觀〉，《中國文哲研究集刊》，1993年3月，頁307）。另外，李玲珠將阮籍的自然觀分前後期，認爲前期的「自然」並非指涉形上本體，應是指陳宇宙間原始和諧的自然。後期的自然思想則是充分發揮莊子齊物、逍遙思想，將「自然」看似形上本體的實體性銷融掉，在萬物外並未立一形上本體，自然即天地萬物。（其詳參見《魏晉自然思潮研究》第五章，頁126～136）。

〔註59〕 見陳伯君：《阮籍集校注·達莊論》，頁138～139。

〔註60〕 戴璉璋認爲「自然一體」與「萬物一體」是同一個事實的兩個面向，乃言道：「萬物自然，則必和諧一體；萬物一體，則必個個都能『經其常』，即循其常性，自然而然。」（〈阮籍的自然觀〉，頁311～312）。

順道自然而不傷。所以，自萬物之具體形態與特質言，物物不相同；自萬物之形上根據言，物物皆為自然之道的具體呈現，則萬物一體，自然和諧。

第三節　郭象之天道義

郭象少有才華玄思，好老莊之道，言若滔滔，誠可謂西晉時期獨領風騷之風流人物。在郭象的思想體系中，「自生」說是一個相當重要的主張，海峽兩岸研究郭象的學界先進，或多或少都有論述其「自生」觀念，對於郭象注莊所說「無既無矣，則不能生有；有之未生，又不能為生。然則生生者誰哉？塊然而自生耳。」〔註61〕這段話中之「無」，大多將其視為「不存在」、「什麼都沒有」（non-existence, nothing），或「數學上之『零』」，所以，「無」不能生「有」，萬物皆是掘然「自生」。〔註62〕而且多數學者也據此推論郭象「自生」說乃否定萬物之上有一造物主存在。〔註63〕然而，筆者在細讀郭象注莊後，對其自生論是

〔註61〕見《莊子‧齊物論》：「夫吹萬不同，而使其自己也」注，頁50。
〔註62〕對於郭象自生義中「無」的涵義，多數學者認為郭象主張「無」只是邏輯上的「非有」。因為持此論點之學者眾多，以下僅列出較具代表性的說法：
  （1）馮友蘭：「無」既然是無，那就是沒有，既然是沒有，怎麼會產生出來有呢？（《中國哲學史新編》，頁517）
  （2）湯一介：「無」就是「不存在」，……郭象把「無」看成是「虛無」，是真正的「零」，這就從根本上取消了「無」作為造物主的地位和作為「有」存在的超越性的根據。（《郭象與魏晉玄學（增訂本）》，頁174～175）
  （3）林聰舜：「無既無矣，則不能生有」，則「無」僅成一頑空之死體，或數學上之「零」，而非形上意義之「無」。（《向郭莊學之研究》，頁116）
  （4）莊耀郎：在郭象的語意脈絡中，無就是沒有，就是空無所有，就不可能生有。（《郭象玄學》，頁283）
〔註63〕關於郭象注莊否定萬物之上有一造物宗主的說法，海峽兩岸多數學者皆表贊同，由於為數眾多，以下便試舉幾位學者的論述為代表：
  （1）任繼愈：郭象認為沒有一個促使萬物產生的造物者（真宰），萬物都是自然而然產生的。萬物本來如此（自然），沒有使它如此的支配者。（《中國哲學史》，頁228）
  （2）許抗生：郭象否定了造物主的存在，否定了「無」中生「有」說，而主張有之自生說。（《魏晉思想史》，頁183）
  （3）錢穆：郭象言自然，其最精義，厥謂萬物皆自生自化，更無有生萬物與化萬物者。……無所謂造化者，亦不復有一物之化而為他物。（《莊老通辨》，頁395～頁397）
  （4）李玲珠：「大塊」在貴無論中可指涉造物之本，郭象已將造物之本無去，所以說「無物」；由物之初始，根本否定造物主的存在。（〈魏晉「自生」概念研究〉，《國研所集刊第三十七號》，1993年6月，頁399）

否僅僅單純地否定「無」，將「無」視作「不存在」、「什麼都沒有」或「數學上之『零』」產生疑惑，並對郭象反造物主的論點有所懷疑。於是，試圖先以「無」在魏晉玄學史上的脈絡發展與郭象哲學體系的核心研究，分別探討郭象對「無」的把握，再進一步研究郭象自生論關於「無」的內在深層意涵。

一、「無」在魏晉玄學史上的脈絡發展

自何晏、王弼大倡玄風起，魏晉名士莫不貴「無」尚「自然」，王弼注《老子‧第一章》說：

> 凡有皆始於無，故未形無名之時，則爲萬物之始。及其有形有名之時，則長之、育之、亭之、毒之，爲其母也。言道以無形無名始成萬物，〔萬物〕以始以成而不知其所以〔然〕，玄之又玄也。〔註64〕

認爲無名無形之「無」（道）是萬物之始、萬物之母，以「不生之生」〔註65〕的方式來成就天下萬物，任物自生自化，「任其自然，而物自生；不假修營，而功自成。」〔註66〕然而，王弼的學說雖以「無」爲本、以「有」爲末，重視「無」勝過於「有」，但是，卻未主張「賤有」，仍重視「有」的具體意義，以「有」來彰顯「無」的無限妙用，「舉終以證始，本始以盡終」，〔註67〕以有證無，以無盡有，無與有是本末不離的關係，故「夫無不可以無明，必因於有」，〔註68〕「無」乃是無形無象，必須通過「有」才能開顯意義，體證「無」之用。誠如林麗眞所言：

> 他雖然不從客觀物質存在（現象界）的角度去思量問題，卻也未嘗抹煞現象界的實在性。在他的基本觀念中，只是希望啓悟末學脫離對於表面現象（末）的拘泥，返本歸源，達到「體用如一」、「有無

〔註64〕見樓宇烈校釋：《老子周易王弼注校釋》，頁1。

〔註65〕《老子‧第十章》：「生之，畜之。生而不有，爲而不恃，長而不宰，是爲玄德。」王弼注曰：「不塞其原也。不禁其性也。不塞其原，則物自生，何功之有？不禁其性，則物自濟，何爲之恃？物自足長，不吾宰成，有德無主，非玄而何？凡言玄德，皆有德而不知其主，出乎幽冥。」（樓宇烈校釋：《老子周易王弼注校釋》，頁24）。

〔註66〕王弼注《周易‧坤掛‧六二爻辭》，見樓宇烈校釋：《老子周易王弼注校釋》，頁227。

〔註67〕見樓宇烈校釋：《老子周易王弼注校釋‧老子指略》，頁197。

〔註68〕《周易‧繫辭傳》韓康伯注引王弼《大衍義》，見樓宇烈校釋：《老子周易王弼注校釋》，頁548。

並觀」、「本末不離」的境地；然後再落實下來，本此心境以應世事。
〔註69〕

不過，王弼的玄學理論仍造就一股貴無風氣，而這般思潮至嵇康、阮籍之竹林時期，進而演變爲「越名教而任自然」，由原先的無爲體、有爲用，名教出於自然，貴無而不賤有的思想，逐步轉化成視名教爲箝制枷鎖、殘害生命的陷阱，「誠天下殘賊、亂危、死亡之術耳」，〔註70〕因此，嵇康、阮籍認爲戰戰兢兢遵守克盡儒家禮法者，猶同「逃乎深縫、匿乎壞絮，自以爲吉宅也。行不敢離縫際，動不敢出褌襠，自以爲得繩墨也」〔註71〕的蝨子。唯有氣靜神虛、體亮心達、不爲禮法羈縻的高人，才能超塵拔俗、邁世傲群，進而「越名教而任自然」，不被世俗所羈絆，生命不遭受扭曲而顯得高尙優雅，稱得上眞正的大人、君子。

於是，在此「越名教而任自然」的風氣下，貴無的思潮自然是有增無減，更盛昔日。然而，並不是每一位名士皆如阮籍是「外坦蕩而內淳至」〔註72〕之人，或像嵇康有至德之琴音來宣和情志，導氣養神，「誠可以感盪心志，而發洩幽情矣」，〔註73〕以音樂撫慰心靈，體會玄妙境界，而不致流於放浪形骸、輕浮無恥。是以，當貴無玄風經王衍大力鼓吹提倡後，發展得更加蓬勃，甚至走向極端，已由竹林時期的放達轉爲疏狂，思想情操亦由高逸變爲劣穢，例如《晉書‧謝鯤傳》記載謝鯤「好老易，能歌善鼓琴」、「恬於榮辱」，但是他卻貪戀鄰家高氏女兒的美色，膽大妄爲地調戲、挑逗對方，高氏之女憤而投梭「折其兩齒」，當時人們因此調侃他說：「任達不已，幼輿折齒」，豈料謝鯤還厚顏的傲然長嘯曰：「猶不廢我嘯歌」。〔註74〕又如畢卓雖身爲吏部郎，卻常常晝夜酣飲，不事己職，甚至有一回因醉酒而深夜至鄰家偷酒喝，被人當場捉住，隔日太陽東昇後，鄰人發覺這小偷居然是畢吏部，趕緊釋放，沒想到畢卓戀戀不忘甕間美酒，竟要求鄰人請他喝酒，直至酣醉方肯回家。〔註75〕另外，王澄、胡毋輔之等也是放蕩任性，縱酒酣飲，乃至裸體爲快，《晉書》稱之爲：「皆亦放任爲達，或至裸體者」。〔註76〕由此可見，當時貴無派的輕浮虛妄程度，已經到了氾

〔註69〕見林麗眞：《王弼》，頁67。
〔註70〕見陳伯君：《阮籍集校注‧大人先生傳》，頁170。
〔註71〕見陳伯君：《阮籍集校注‧大人先生傳》，頁165～166。
〔註72〕見《晉書‧阮籍傳》，頁1361。
〔註73〕見戴明揚：《嵇康集校注‧琴賦》，頁106。
〔註74〕請詳見《晉書‧謝鯤傳》，頁1377。
〔註75〕請詳見《晉書‧畢卓傳》，頁1381。
〔註76〕請詳見《晉書‧樂廣傳》，頁1245。另外，《晉書‧五行志上》亦記載：「惠帝

濫的地步。莫怪張蓓蓓在敘述魏晉名士風氣時會言道：

> 魏晉人物的風氣，自好的一面言，可稱自然真率，通達不拘；自壞
> 的一面言，不免流於虛浮輕易，放誕無恥。〔註77〕

也莫怪裴頠（西元267年～300年）會「深患時俗放蕩，不尊儒術，何晏、阮籍，素有高名於世，口談浮虛，不遵禮法。尸祿耽寵，仕不事事。」〔註78〕於是大力批評斥責貴無之流弊，指出「有」才是萬物得以存在的根本，「無」只是「有」之「遺」，故「無」是「非有」、「不存在」。〔註79〕裴頠在《崇有論》開宗明義地說：

> 夫總混羣本，宗極之道也。方以族異，庶類之品也。形象著分，有
> 生之體也。化感錯綜，理迹之原也。〔註80〕

千千萬萬事物的總和即是「宗極之道」，也是說「宗極之道」即是萬有的綜合，湯一介解釋說：「『有』的本身就是其存在的根據」，因為「整個無分別的群有本身就是最根本的『道』（本體）」。〔註81〕裴頠以實存的具體客觀世界為基礎，來說明萬物存在的根據是「有」，進而反對貴無派以「無」為萬有形上根源的說法。

　　裴頠論崇有、非貴無，曾令貴無派的名士攻難交至，但皆未能使之折服，《世說新語‧文學第四》記載：「裴成公作崇有論，時人攻難之，莫能折；唯王夷甫來，如小屈。」〔註82〕這說明裴頠辭論豐博，善於辯論，在當時清談場合上技壓群雄，唯王衍方能與之平分秋色、旗鼓相當。〔註83〕然而，事實上，裴頠在《崇有論》所言之「無」，是邏輯概念上的「沒有」、「不存在」，

　　　　元康中，貴游子弟相與為散髮裸身之飲，對弄婢妾，逆之者傷好，非之者負
　　　　譏，希世之士恥不與焉。」（頁820），其行為舉止果真放蕩頹廢不已。
〔註77〕見張蓓蓓：《中古學術論略》，頁124。
〔註78〕見《晉書‧裴秀傳》，頁1044。
〔註79〕裴頠曰：「自生而必體有，則有遺而生虧矣。生以有為己分，則虛無是有之所
　　　　謂遺者也。故養既化之有，非無用之所能全也；理既有之眾，非無為之所能
　　　　循也。」（《崇有論》）。由此可知，裴頠是站在具體客觀世界的角度來論「有」、
　　　　「無」，所以，「無」是「有之所謂遺者也」，是不存在，是什麼都沒有。
〔註80〕《崇有論》是裴頠現今僅存的一篇思想作品，根據劉汝霖《漢晉學術編年》
　　　　所考，乃大抵為惠帝元康九年（西元299年）間所撰。全文可見於《晉書‧
　　　　裴秀傳》中，而本文關於裴頠《崇有論》之引文皆據楊家駱主編之《新校本
　　　　晉書》，頁1044～1047。
〔註81〕見湯一介：《郭象與魏晉玄學（增訂本）》，頁57。
〔註82〕見余嘉錫：《世說新語箋疏》，頁201。
〔註83〕傅暢曰：「裴頠談理，與王夷甫不相推下」，（《晉諸公讚》，頁14）。

這樣的空無當然不能生有，不過此種客觀的實有論與老莊之「無」其實並不相應，也無由對治。但是，時人卻莫能屈之，可見他們已不明道家「無」的精神智慧，對「無」並沒有真切生命層次上的把握，只知任性縱情。所以，當裴頠以客觀實有論的角度來非議老莊之「無」時，他們雖交相攻難，卻因不知癥結何在而不能使之折服。〔註84〕

不過，在裴頠大聲疾呼貴「無」賤「有」流弊的影響下，令身處同一個時空下、同一個氛圍裡的郭象亦對「無」的真正蘊義與精神產生反省與思考。

王弼以「無」名「道」，乃為表明道之無名無形、無限妙用，但王衍之徒不明王弼深意，縱情狂放，以虛無、無為相互標榜，「無」之生命張力被抽離，遂成掛空。郭象面對魏晉元康時期上及造化、下至萬事，凡立說莫不以虛無為貴的風氣，以及名士放蕩疏狂的行徑，「或悖吉凶之禮，而忽容止之表，瀆棄長幼之序，混漫貴賤之級。其甚者至於裸裎，言笑忘宜，以不惜為弘，士行又虧矣。」〔註85〕眼見所及乃是江河日下的社會風氣，是名士的縱酒終日、不親庶事，於是，他對「無」產生疑惑與反省，而有了超越一般元康名士、超越裴頠的見解，他認為落於「有」固然是一種執著，落於「無」也未嘗不是一種執著，這兩種執著都會將生命黏著於特定方向，皆非道家真正的精神所在，道家的玄虛妙體不應當只講「無」，否則生命便會掛空、停止。所以，除了要無掉「有」的依恃、枷鎖，也要無掉「無」的浮虛、頑空，他在注〈應帝王〉關於神巫季咸見壺子的寓言中，即言道：

> 夫至人，其動也天，其靜也地，其行也水流，其止也淵默。淵默之與水流，天行之與地止，其於不為而自爾，一也。今季咸見其尸居而坐忘，即謂之將死；覩其神動而天隨，因謂之有生。誠〔能〕應不以心而理自玄符，與變化升降而以世為量，然後足以為物主而順時無極。〔註86〕

真正的聖人是動如天行、流水，靜如地止、默淵，虛己忘懷，隨世變而時動，

〔註84〕 對於時人攻難裴頠卻不能折之的原因，盧國龍曾作如是解：「時人攻難之而不能折，原因在於裴頠的呼籲有其現實的合理性，但他只關注現實而不要理想，所以有『時人攻難之』的事發生，但攻難之者也同樣不能將政治現實與其理想理論地同一起來，所以也不能使裴頠折服。」（《郭象評傳——理性的薔薇》，頁43）。

〔註85〕 見裴頠：《崇有論》。

〔註86〕 見《莊子集釋·應帝王第七》，頁299～300。「能」字乃郭慶藩依道藏本所補。凡郭象引文中出現〔〕號，即為郭慶藩所改正、增補的字。

不執於「有」、「無」,「有」、「無」雙遣,不滯一邊,無去心中的意念造作、執著而任自然覆載,則能與萬物、萬理玄應。另外,在〈齊物論〉「有有也者,無有也者」一段,亦有相同的論述出現:

> 有有則是非美惡具也。〔註87〕
>
> 有無而未知無無也,則是非好惡猶未離懷。〔註88〕
>
> 知無無矣,而猶未能無知。〔註89〕
>
> 此都忘其知也,爾乃俄然始了無耳。了無,則天地萬物,彼我是非,豁然確斯也。〔註90〕

關於這段引文,莊耀郎有相當貼切而完整的解釋:

> 此言有無,……其大旨在說明「有」是執定是非美惡的主觀價值的分別,「無」是無此分別,雖然無此分別,這個分別之意仍然耿耿於懷,只是在有分別與無分別中,能知而取其無分別罷了,猶未能遣去這個「無分別」意念的執著。既然知道有一個「遣去胸中有無分別」的境界,這表示胸中仍有介意,有個「知」的意思在,雖距有無分別的執著已經很遠,境界也很高了,但還未達到「忘其知」的境界,這個忘即忘卻一切、彼此、是非、美惡、類不類、有無分別,渾然當下即是,也就無所謂「無無」了,這個境界就是「了無」。〔註91〕

限定在是非、善惡、美醜、高下的大小等差價值中,固然是「有待」的境界,而知道要無去「分別心」,甚至知道要無去「無分別心」,也仍是落於「有待」的境界,因爲心中依舊有個「知」,唯有連同心中的這個「知」都無掉,方是眞正「了無」的玄冥境界。這正如《老子·七十一章》所言:「知不知,上;不知知,病。」,〔註92〕把「知」無去,進入「不知」的境界,是生命的向上超拔、飛越,所以是「上」,而由「不知」的境界落於「知」,是生命的往下滯落、黏著,這便是「病」了。〔註93〕

〔註87〕《莊子·齊物論》:「有有也者」注,頁80。

〔註88〕《莊子·齊物論》:「有无也者」注,頁80。

〔註89〕《莊子·齊物論》:「有未始有无也者」注,頁80。

〔註90〕《莊子·齊物論》:「俄而有无矣,而未知有无之果孰有孰无也」注,頁80。

〔註91〕見莊耀郎:《郭象玄學》,頁151~152。

〔註92〕見樓宇烈校釋:《老子周易王弼注校釋》,頁179。

〔註93〕關於《老子·第七十一章》:「知不知,上;不知知,病。」的解釋有很多種,最常見的說法是:知道自己有所不知,最好;不知而又自以爲知,則是缺點。

因此，面對元康時期的虛無風氣，就郭象而言，真正要達到老莊玄冥的精神境界，絕對不是只執滯於「無」的一方，而應當要徹底實踐老莊「忘」的智慧，「忘」掉「無」，才能真正的保存「無」，否則成天將「無」掛在嘴邊、擺在心裡，反而遺落了「無」的精神與真諦，一如老子所言「後其身而身先，外其身而身存。」〔註94〕你要如何保存住自己，最好的方法就是忘掉自己，因此，要如何保存「無」，最好的方法就是「忘」掉「無」，在無去「有」後，還要無去「無」、忘卻「無」，方能透顯「無」，進而達到玄冥之境。

由上述郭象對「無」的反思看來，郭象仍試圖保存「無」的真正精神，無掉虛浮、掛空的無，以「作用的保存」〔註95〕來落實「無」的生命實踐工夫與智慧。故郭象所說的「無既無矣，則不能生有；有之未生，又不能為生。然則生生者誰哉？塊然而自生耳。」是否如歷來學者所言，只是單純地否認「無」的形上作用，將「無」視為「不存在」、「什麼都沒有」的這個論點就值得深思、商榷了。

二、郭象哲學體系的核心探討

在瞭解完郭象於整個元康時期的虛誕風氣下對「無」的反思後，接著繼

（相關的論述可參見陳錫勇《老子校正》頁137，以及陳鼓應《老子今註今譯》頁219）。而王邦雄在〈老子的形上智慧〉一文中，對於這段話則有另一番體會：「知的層次是知識，你如果把你的知識消化掉了，而不受到它的束縛的話，你就進到不知的層次，不知就是把知化掉，而不受它的拘束，所以不知是智慧。從『知』進到『不知』是『上』；反之，從『不知』掉到『知』，這是病。所以知不知代表生命的方向，生命是要往上的，從知進到不知，是將知消化掉，這是生命的往上昇越；若是由不知掉到知的話，對生命說來是病，因為這是生命的往下滯落。」（《儒道之間》，頁141）。筆者認為王邦雄此番見解甚為深刻，且更合於老子境界形態的生命智慧，故採其論點敘述。

〔註94〕 見樓宇烈校釋：《老子周易王弼注校釋》，頁19。

〔註95〕 「作用的保存」乃牟宗三所提出，用來解釋道家「無」的智慧，認為道家以作用層當實有層，以「如何」（How）保住「是什麼」（What），例如道家提到聖、智、仁、義時，它不正面說什麼是聖、智、仁、義，而是要問你如何把聖、智、仁、義以最好的方式體現出來？這就是（How）的問題。既是 How 的問題，那我們就可以說道家是默默地肯定了聖、智、仁、義，而這種肯定是作用層上的肯定，所以，牟先生稱之為「作用的保存」。又如道家言「後其身而身先，外其身而身存。」你要如何保存住自己，最好的方法就是忘掉自己。若天天將自己擺在腦子裡邊，動不動就去檢查身體，稍有不對勁便投醫就診，結果反弄出病來，保不住自己。其詳請參見牟宗三《中國哲學十九講》第七講〈道之「作用的表象」〉一文。

續探討郭象個人哲學體系的核心問題。

王邦雄曾說：

> 所謂「體系」，是要有體有系的。所謂的「體」，就是它的中心思想；
> 所謂的「系」，就是中心思想所導引出來的系統，「系」本來是牽繫，
> 這個中心思想所拖帶牽引出來的龐大的觀念系統，而且是有中心的
> 系統，這叫「思想體系」。〔註96〕

我們要討論的思想核心就是「體」，也就是能統攝整個哲學的中心論點，是思想系統中眾多論題的共同基點、共通之理。論題則是一種由中心思想所牽引出來的觀念，是「系」，稱不上哲學核心。對於郭象哲學體系之中心觀念，湯一介認為「『有』是郭象哲學體系中的最基本概念」，〔註97〕他於《郭象與魏晉玄學（增訂本）》一書中言道：

> 他的哲學是統一於「有」，從這個方面達到「體用如一」。郭象的「體
> 用如一」要求「萬有」自身的統一。達到這種自身統一的「聖人」，
> 則能「獨化於玄冥之境」。〔註98〕

湯一介主張「有」為郭象哲學中心論點，「獨化於玄冥之境」則是其思想之最高理境。湯一介此項觀點影響了許抗生，許氏在《魏晉思想史》第四章〈向秀、郭象的玄學崇有派哲學思想〉部分，談到郭象玄學體系時，主張郭象同裴頠一般，皆是崇有而反貴無，都反對無中生有說和以無為本說。於是，宣稱郭象玄學體系之骨架是：

> 以反對無中生有說為始點，而提出自生無待說，進而由自生無待說
> 推至獨化相因說，並由獨化說導致足性逍遙說為中間環節，最後由
> 足性逍遙說得出宏內遊外，即名教與自然合一說，為其哲學的最後
> 歸宿。〔註99〕

許抗生以為郭象的玄學理論是崇有而反貴無，所以，認為郭象是反對以無為本與無中生有說，並以此為其哲學體系之始點。另外，鍾竹連於《郭象思想研究》中有云：

> 郭象之思想旨味，雖淵深玄奧，然「性分」乃其各方思想據之以成

〔註96〕見王邦雄：《儒道之間》，頁71。
〔註97〕見湯一介：《郭象與魏晉玄學（增訂本）》，頁227。
〔註98〕同上，頁288。
〔註99〕見許抗生：《魏晉思想史》，頁181。

之中心論點。〔註100〕

而莊耀郎則倡言郭象玄學乃一「自然」觀之玄論系統,「自然」就是最高的存有,故於《郭象玄學》第二章〈郭象玄學的體系及思維方式〉道:

　　郭象的理論體系可以說起於自然,而歸於獨化。〔註101〕

這四家說法各有不同,然而究竟何者論點爲是?何者能眞正直探郭象哲學之核心呢?

　　郭象處於元康時期的虛誕風氣下,見王衍之徒偏執貴無一端,虛談廢務之風已到氾濫需檢討反省的時刻了,於是,郭象主張「無無」,進而「了無」,無掉虛空的的無,去除生命中意念的執著、造作,使生命復歸於自然的狀態,不斷地「損之又損,以至於無爲」,〔註102〕實踐「忘」的工夫智慧,方能保存「無」的精神,所以,郭象用意仍在保存「無」、實踐「無」,可說是一種有無雙遣的貴「無」思想展現。因此,湯一介主張郭象哲學是統一於「有」,以「有」爲郭象哲學核心的論述,便有再商榷的餘地。

　　復次,鍾竹連持論郭象之思想中心爲「性分」。由性分論政治之君臣上下,各有定分;或言適性而大小皆可達逍遙之境,皆可得郭象旨意,但是,若由性分言郭象之自生論或萬物生成問題,似乎會形成其理論邏輯上的困難與衝突。因此,以「性分」爲郭象哲學核心的論點,應有再討論的空間。另外,許抗生受湯一介觀點影響,以「反對無中生有說」爲郭象玄學始點,而莊耀郎則是以「自然」爲郭象思想體系之始點。在此,我們不禁要問:哲學思想的起點與核心有何不同?二者是否可以等同?

　　哲學理論「起點」與哲學理論「核心」的定義其實並不相同,就「起點」而言,乃是思想家建立哲學體系的第一個觸發點、興起點,是整個哲學理論的開始、發端,若以圖形來譬喻,是一直線的肇始點。「核心」則總持、統攝所有思想脈絡,全部的思想論題皆以此爲中心而呈現輻射圖形,是思想家哲學體系內,最關鍵、最無可替代的概念。所以,「起點」與「核心」實有差異,如孔子思想的起點是針對周文疲弊而發,以「仁」爲核心來統攝所有觀念。〔註103〕

〔註100〕見鍾竹連:《郭象思想研究》,頁231。

〔註101〕見莊耀郎:《郭象玄學》,頁39。

〔註102〕語出《老子·第四十八章》,見樓宇烈校釋:《老子周易王弼注校釋》,頁128。

〔註103〕牟宗三對於先秦諸子之起源問題曾作一番探討,主張儒、墨、道、法四家皆對周禮有所反思,並由此逐步建構其學說思想,故先秦諸子的起源乃是針對周文疲弊而發。其中,孔子在面對周文時,認爲問題並非出在這一套禮樂制

　　於是，順著上述對「起點」與「核心」的分辨後，我們再進一步探究許抗生以「反對無中生有說」為郭象玄學體系始點，及莊耀郎持論是起於自然的看法是否恰當，是否可為總攝郭象玄學理論的「核心」觀念。

　　誠如上節所言，面對元康時期浮誕風氣，郭象反對掛空的「無」，認為這種「無」不能生有，且非為老莊「無」之真義，故主張在無去「有」後，仍要「無無」，進而「了無」，試圖以此透顯「無」的生命實踐功夫，並改善日趨輕妄的社會風氣。由此看來，郭象思想之觸發點應為反對以頑空的無來談造化，「反對無中生有」，而這也正是許抗生對郭象哲學起點的見解。

　　不過，倘使細細研讀許抗生《魏晉思想史》一書中關於郭象玄學體系的諸般論述，不難發現，許抗生闡明郭象之自生說、無待獨化說、獨化相因說、足性逍遙說以及游外宏內說時，崇有觀念時時貫串其中，乃為其共通之理。據此推論，許抗生是以湯一介所言之「有」作為郭象哲學中心論點，來統攝所有思想脈絡，故在《魏晉思想史》替郭象哲學體系所下之標題乃為：「郭象崇有論玄學體系」。然一如先前所論，以「有」為郭象玄學核心的看法，事實上，仍有待進一步討論與推衍，故許抗生「郭象崇有論玄學體系」的論述也值得商榷了。既然如此，究竟何者方是郭象之思想中心？而莊耀郎所說的「自然」是否可為之？

　　郭象注〈逍遙遊〉曰：

> 天地者，萬物之總名也。天地以萬物為體，而萬物必以自然為正，自然者，不為而自然者也。故大鵬之能高，斥鴳之能下，椿木之能長，朝菌之能短，凡此皆自然之所能，非為之所能也。不為而自能，所以為正也。〔註104〕

天地是萬物的總名，萬物則為天地的具體內容，而「天者，自然也。自然既明，則物得其道也。」〔註105〕天道即是自然，所以，萬物必以自然為其實

度上，而是起因於貴族生命的墮落，於是，孔子提出「仁」，以使周禮生命化。（其詳請參見《中國哲學十九講》，頁53～68）是以，孔子學說的起點當是針對周文疲弊而發，是對禮樂制度的一種反思。而勞思光亦持論「『禮』觀念為孔子學說之始點」（《新編中國哲學史（一）》，頁111），但「禮」並非孔子學說之中心，『仁』觀念是孔子學說之中心」（頁118）。因孔子乃「攝禮歸義」，「攝禮歸仁」，提出「仁」的觀念來，進而以「仁」為其思想之核心。

〔註104〕《莊子·逍遙遊》：「若夫乘天地之正，而御六氣之辯，以遊无窮者，彼且惡乎待哉」注，頁20。

〔註105〕《莊子·天道》：「是故古之明大道者，先明天而道德次之」注，頁471。

現原理，並以自然爲本性，「物之自然，各有性也」，〔註106〕「言自然則自然矣，人安能故有此自然哉？自然耳，故曰性。」〔註107〕自然即是自己如此、自己而然，人亦不知其所以然，而萬物之性便是以此種狀態存在，於是，當萬物能順其本有「自然之素」〔註108〕而成就之，「橫縱好醜，恢恑憰怪，各然其所然，各可其所可。」〔註108〕不跂慕於自然性分之外，無論大小、長短、美醜，皆不悲所異，安於性分之內，則物各足，郭象明確地言道：

> 夫以形相對，則大山大於秋豪也。若各據其性分，物冥其極，則形大未爲有餘，形小不爲不足。〔苟各足〕於其性，則秋豪不獨小其小而大山不獨大其大矣。……無小無大，無壽無夭，是以蟪蛄不羨大椿而欣然自得，斥鴳不貴天池而榮願以足。苟足於天然而安其性命，故雖天地未足爲壽而與我並生，萬物未足爲異而與我同得。則天地之生又何不並，萬物之得又何不一哉！〔註109〕

萬物形氣不同，各有偏能，有大有小，有壽有夭，此種差異是無法改變的，「天性所受，各有本分，不可逃，亦不可加。」〔註110〕不過，若能安於自然天性，不自以爲多，亦不自以爲少，各冥其極，稱體而足，則俱可達到無待逍遙之境，與天地並生、萬物同得，「夫物有自然，理有至極。循而直往，則冥然自合，非所言也。」〔註111〕因此，不羨不求，以素樸的本性爲依歸，即是體現自然、體現天道。

　　郭象依此理路繼而談名教即自然，認爲聖王應順自然而爲，以無爲治天下，使萬物自得其所，人人各安其業，百官各司其職，「夫無爲也，則羣才萬品，各任其事而自當其責矣。」〔註112〕聖王若能順物性而任自然，令百姓自

〔註106〕《莊子・天運》：「孔子不出三月，復見曰：『丘得之矣。烏鵲孺，魚傳沫，細要者化』」注，頁533。

〔註107〕《莊子・山木》：「人之不能有天，性也」注，頁694。

〔註108〕《莊子・逍遙遊》：「斥鴳笑之曰：『彼且奚適也？……』此大小之辯也。」一段注，頁16。

〔註108〕《莊子・齊物論》：「故爲是舉莛與楹，厲與西施，恢恑憰怪，道通爲一」注，頁71。

〔註109〕《莊子・齊物論》：「天下莫大於秋豪之末，而大山爲小；莫壽於殤子，而彭祖爲夭。天地與我並生，萬物與我爲一」注，頁81。

〔註110〕《莊子・養生主》：「是（遁）〔遯〕天倍情，忘其所受」注，頁128。

〔註111〕《莊子・齊物論》：「且女亦大早計，見卵而求時夜，見彈而求鴞炙」注，頁99。

〔註112〕《莊子・天道》：「靜則无爲，无爲也則任事者責矣」注，頁460。

爾、自爲，如此便可使耕織自如，衣食無缺，天下萬民得以各安其性命。倘若以一己之意來宰制天下，不僅保不住自己眞實本性，且天下亦爲之滯塞，「一身既不成，而萬方有餘喪矣。」〔註113〕故曰：

> 以己制物，則物失其眞。夫寄當於萬物，則無事而自成；以一身制天下，則功莫就而任不勝也。全其性分之內而已。各正性命之分也。不爲其所不能。禽獸猶各有以存，故帝王任之而不爲，則自成也。
> 〔註114〕

是以，爲政者應以百姓之心爲心，順萬物之性而無所雕飾，不爲其所不能，使萬物能復歸其自然素分之內，履性自爲、自化，令「神器獨化於玄冥之境」，〔註115〕無爲而天下治。

另外，郭象亦以自然論生死，言明萬物生死變化乃自然而然，自爾如是，不可加、不可禁，猶如春夏秋冬之四時運轉，皆自然命行，所以，人無須以生爲悅、以死爲禍，應順任自然之理，忘懷生死。郭象有云：

> 夫生死之變，猶春秋冬夏四時行耳。故死生之狀雖異，其於各安所遇，一也。今生者方自謂生爲生，而死者方自謂生爲死，則無生矣。生者方自謂死爲死，而死者方自謂死爲生，則無死矣。無生無死，無可無不可。〔註116〕

郭象以「遣之又遣以至於無遣，然後無遣無不遣而是非自去」〔註117〕的方式來論證生死，無掉「生」的執著，無掉「死」的畏懼，不偏滯於己身之存在，「不識不知而冥於自然」，〔註118〕順應自然，體化合變，則可超越生死，玄冥於當下。

由此可見，郭象不僅以「自然」一觀念來說明天道即自然、無爲即自然、性分即自然、玄冥之境即自然，更進而言名教即自然、生死即自然，因此，「自

〔註113〕《莊子・在宥》：「其存人之國也，無萬分之一；而喪人之國也，一不成而萬有餘喪矣」注，頁394。

〔註114〕《莊子・應帝王》：「狂接輿曰：『是欺德也；其於治天下也，……，而曾二蟲之無知！』」一段注，頁291～292。

〔註115〕郭象〈莊子序〉，頁3。

〔註116〕《莊子・齊物論》：「彼是方生之說也，雖然，方生方死，方死方生；方可方不可，方不可方可；因是因非，因非因是」注，頁67。

〔註117〕《莊子・齊物論》：「今且有言於此，不知其與是類乎？其與是不類乎？類與不類，相與爲類，則與彼无以異矣」注，頁79。

〔註118〕《莊子・天地》：「忘己之人，是之謂入於天」注，頁429。

「然」實爲郭象哲學體系之核心，以「自然」爲思想中心，導引出一個龐大系統，一如莊耀郎所說：

> 郭象玄學可以說是一「自然」觀的玄論系統，他所說的自然乃統天
> 地萬物作爲其內容者，即所謂「天地以萬物爲體，萬物必以自然爲
> 正。自然者，不爲而自然者也。」，由聖人「與物冥而循大變」說無
> 待之逍遙，以明無爲即自然，由適性之逍遙以說明性分即自然，由
> 遊外冥內以說明名教即自然，由萬物之自生獨化說明存在之自然，
> 外不資於道，內不由於己，自然就是最高的存有，因此，郭象實涵
> 一自然之存有論。〔註119〕

在瞭解郭象的「自然」觀後，不難發現，郭象實乃具有道家玄理玄智性格，其精神宗旨亦歸於虛妙玄德之道，他所謂「自然」是根據精神主體開展而出，以道家「無」之生命智慧貫徹而成，亦指無形無名之道，可總提爲萬物之實現原理。所以，郭象對於道家「無」之生命智慧當有所把握，對王弼論「無」之說亦應有所瞭解。故郭象以「自然」爲核心的哲學體系，可說仍承襲道家「無」的智慧與精神。

　　但是，既然郭象乃承襲道家玄智思維，何以在論及「自生」時，會否定「無」的形上作用與地位？會無視於「無」的智慧與精神，而僅僅單純地將「無」視爲「非有」、「不存在」？這個問題便值得深思、推敲了。

三、郭象自生義「無」的深層意涵

　　在一片虛妄浮誕的社會風氣下，郭象感受到掛空之「無」的氾濫與流弊，遂反對以此種不具生命實踐意義的「無」來談造化，其文有云：「無既無矣，則不能生有；有之未生，又不能爲生。然則生生者誰哉？塊然而自生耳」。歷來學者大多據此言明郭象否定「無」的形上作用，將「無」視爲一無所有，空無內容之空無，是頑空之死體，是數學上的「零」，並進一步闡述郭象否定在萬物上有一造物宗主存在。然而，在郭象玄理玄智的思維模式下，對於「無」的看法果眞如此單純嗎？筆者以爲，若依此理解郭象注莊，會把郭象說淺了，只交代出郭象論「無」的表面意涵，忽略內在深層蘊義。

　　就郭象對「無」的反思著眼，他仍有意保存「無」的眞正精神，試圖無

〔註119〕見莊耀郎：《郭象玄學》，頁36。

掉掛空的無，以作用的保存來落實「無」的生命實踐工夫與智慧，這是一種對「無」最純粹的肯定。其次，就郭象哲學體系核心而言，他亦在道家玄理玄智之思維底下建構其玄學系統，以「自然」爲思想中心，不論是探討聖人、政治、生死或性分，都充分發揮「無」之工夫智慧。戴璉璋言郭象「自生」義時，曾有云：

> 他在本體論宇宙論上不以「無」作爲萬物之本，在工夫論上卻仍然肯定「無爲」、「無心」的重要性。〔註120〕

莊耀郎亦宣稱：

> 郭象以「自然」替代了王弼的「無」，所以，可以推得的結論是：郭象的反形上學表述，只落在反對造物主的觀念以及「有生於無」的論點上，其他和貴無論者並無不同。〔註121〕

既然郭象對「無」有所肯定，也有所把握，然則，何以在論及「自生」觀上會獨獨否定「無」？郭象是否果眞如戴璉璋、莊耀郎所言乃是反對「無」爲萬物之形上宗主？「無既無矣，則不能生有」這句話最佳解讀難道眞爲視「無」作一頑空死體，就是全無內容之空無，所以不可能生有？郭象如是說是否另有一層蘊義呢？這其中曲折實在頗耐人尋味與深思。筆者在探究郭象注莊後，認爲郭象並未反對「無」爲萬物宗主之意，而是肯定「無」爲萬物宗主。

郭象注〈齊物論〉「夫吹萬不同，而使其自己也」有言：

> 無既無矣，則不能生有；有之未生，又不能爲生。然則生生者誰哉？塊然而自生耳。自生耳，非我生也。我既不能生物，物亦不能生我，則我自然矣。自己而然，則謂之天然。天然耳，非爲也，故以天言之。
> 〔以天言之〕所以明其自然也，豈蒼蒼之謂哉！而或者謂天籟役物使從己也。夫天且不能自有，況能有物哉！故天者，萬物之總名也，莫適爲天，誰主役物乎？故物各自生而無所出焉，此天道也。〔註122〕

當「無」只是抽象地呈現對形上世界之邏輯思維的一面，或沒有確切落實於生命裡時，這樣的「無」是掛空的，是不能以「不主之主」、「不生之生」的方式來成就天下萬物，而「有」在未生之時，則是 non-existence, nothing，是

〔註120〕 見戴璉璋：〈郭象自生說與玄冥論〉，《中國文哲研究集刊》，中央研究院中國文學研究所，1995年9月，頁43。
〔註121〕 莊耀郎：《郭象玄學》，頁87。
〔註122〕 《莊子‧齊物論》：「夫吹萬不同，而使其自己也」注，頁50。

屬於不存在的狀況，因此也不可能生成萬物。如果對郭象自生論的解讀就此打住，不再向下探究，單就「無既無矣，則不能生有；有之未生，又不能為生。」來看，則可說郭象乃將「無」視作一頑空死體，因為這個「無」已經遺落了生命實踐的精神與智慧，已非道家所說之「無」。不過，郭象思維並非如此單向、簡易，他是採「詭辭為用」的詮釋方式注莊，透過「正言若反」以達到「作用的保存」。莊耀郎曾對郭象注莊的方法做過一番探析：

> 他的一貫思維方式，即先認定此相對觀念，通過辯證的發展，層層
> 轉進，終而達致玄冥獨化之境，而將相對觀念中的偏執、矛盾、衝
> 突和異化等等皆在發展過程中一一予以解消，終達圓融。〔註123〕

認為郭象乃將相對觀念，如是非、生死、有無，透過「遣之又遣以至於無遣」的辯證方式，層層消融其中的執著、異化，以達無是無非、無生無死、有無皆泯之境。於是，依循郭象「詭辭為用」之注莊方式，繼續探討郭象注〈齊物論〉「夫吹萬不同，而使其自己也」的文字，則會呈顯出更深層的內在意涵。

當偏執於「有」、「無」任一端時，便無法發揮道之沖虛妙用以生成萬物，唯冥默有無，方可「玄之又玄，眾妙之門」恢復道創生萬物的具體作用。故郭象言：「玄冥者，所以名無而非無也。」〔註124〕清楚地指稱生成天地萬物之玄虛妙用乃是「無」而又「非無」，即無亦有，即有亦無，不執著於無有，冥默無有。所以，郭象認為生成萬物者非頑空的無，也非單指具體的有，必須無掉「無」，必須無掉「有」，不讓生命黏滯於特定方向，進而「無無」、「了無」，當到達「了無」的玄冥之境時，則萬物乃「塊然而自生耳」。故「塊然

〔註123〕見莊耀郎：〈郭象《莊子注》的方法論〉，《中國學術年刊》，1999年3月，頁233。另外，湯一介亦認為郭象是採「正言若反」的方式注莊，「通過否定達到肯定」，甚至言道：「郭象的『遣之又遣，以至於無遣』似乎又比老子前進一步，認為如果要堅持『否定』的方法，那麼對『否定』本身也應『否定』，這樣才是徹底地否定，而徹底地否定才可以真正達到『無是無非』而一切都可以肯定。」(〈論郭象注《莊子》的方法〉，頁5)。

〔註124〕《莊子‧大宗師》：「於謳聞之玄冥」注，頁257。戴璉璋對於「玄冥者，所以名無而非無也。」曾在〈郭象自生說與玄冥論〉一文中作過兩種解釋，一是：「依郭象《注》對於『冥』及『玄冥』的用法，這裡『所以名無』的『無』，應該是指『道』而言，這是道家傳統中對於『道』的習慣稱謂；『非無』的『無』，則是一般認為『空無所有』及『虛無』的概念。」(頁42)。另一則是：「郭《注》『所以名無而非無』，即指道的既無亦有，既有亦無的特性。」(頁64～65)。這兩種說明雖有文字敘述上的差異，但皆表現出郭象認為道乃冥默有無、不執一端的觀點。

而自生」是在主觀玄智心境觀照下言，是「無」的工夫與智慧的呈顯，是「無」
展現其真正無形無象、沖虛玄妙時，對於萬物生成以順其自然本性、開源暢
流的方式，任物自生。這正也是老莊言道生萬物「生而不有，爲而不恃，長
而不宰，是謂玄德」〔註125〕之意。因此，「塊然而自生耳」這句話是以「有」、
「無」雙遣的高度智慧來肯定「無」爲造物主、具有形上作用。

　　然而，「無」之爲萬物宗主、造物者，並不是說真有一實體名曰「無」來
生萬物，倘若就此解釋「無」，則「無」便落於實體，就不虛不玄了。因此，
「無」爲萬物宗主的論點是就「境界形態」上說，〔註126〕是屬於主觀心境上
的作用，《老子》曰：「天下萬物生於有，有生於無」，〔註127〕乃是將這個主觀
心境的作用視爲本體，如此一來，便使得「無」似乎成爲一客觀的實有、成
爲具實有層意義的本體，其實，「無」只是具有一貌似「實有形態」之姿態。
牟宗三有云：

　　道非實物，以沖虛爲性。其爲萬物之宗主，非以「實物」之方式爲
　　宗主，亦非以「有意主之」之方式爲宗主，乃即以「沖虛無物，不
　　主之主」之方式，而爲萬物之宗主。〔註128〕

所以，道家所說的「無」是一種主觀心境的呈現，是在作用層上說「無」能
生萬物、爲造物主。順此思維來解讀郭象注莊之自生義，則可清楚明瞭郭象
的努力與用心，爲避免人們將生命黏著於特定方向，他必須有無雙遣、動靜
皆泯，才能真正透顯道家「無」的精義，因爲停於「有」、「無」的任一面，
道的具體性就無法呈現，就不能顯出道生天地萬物的妙用。然而，當道以其
「玄之又玄」的妙用來生成萬事萬物時，是「莫之命而常自然」，〔註129〕萬物

〔註125〕見樓宇烈校釋：《老子周易王弼注校釋》，頁24。
〔註126〕牟宗三認爲道家所說的「無」是就主觀方面講，是個實踐、生活上的觀念，
　　而非存有論的概念，於是將其名爲「境界形態的形而上學」，牟宗三有言：「道
　　家的這個境界形態的形上學就是表示：道要通過無來了解，以無來做本，做
　　本體，『無名天地之始，有名萬物之母。』這個『無』是從我們主觀心境上講
　　（主觀心境不是心理學的，而是實踐的）。假如你要了解『無名天地之始』，
　　必須進一步再看下面一句，『常無欲以觀其妙』，此句就是落在主觀心境上說。
　　道家的意思就從這裡顯出來，就是作用與實有不分，作用所顯的境界（無）
　　就是天地萬物的本體。」（《中國哲學十九講》，頁131）。關於牟宗三之詳細
　　論述可參見《中國哲學十九講》第五章至第七章。
〔註127〕語出《老子・第四十章》，見樓宇烈校釋：《老子周易王弼注校釋》，頁110。
〔註128〕見牟宗三：《才性與玄理》，頁140。
〔註129〕語出《老子・第五十一章》，見樓宇烈校釋：《老子周易王弼注校釋》，頁137。

生於道中、長於道中，卻絲毫不覺有任何操縱、主宰，因此，就萬物本身來說，是「塊然而自生」，是在「造物無物」的玄德下成就而不知其所以然。只能見其迹，而不得其所以迹。

於是，郭象繼言「自生耳，非我生也。我既不能生物，物亦不能生我，則我自然矣」。自生是在主觀玄冥心境下說，並非落於形下現象界談論，所以萬物不爲其他事物所支使，乃是自然而然地生成。當萬物自生、自長時，即是彰顯「道」不有、不恃、不宰之玄德，故「自己而然，則謂之天然。」以「天然」來形容萬物之自生，除了說明萬物自然而生之外，亦凸顯「道」之玄德，因此，「天」在此處非「蒼蒼之謂」，不作自然界的天來理解，乃是意指道生萬物的沖虛玄德。不過，人們對於「道生萬物」往往產生理解上的偏差，誤以爲有一客觀實體名曰「道」來生萬物、役使萬物，其實，「道」爲萬物宗主是指將主觀心境作用視爲本體以「不生之生」來生成萬物，令萬物的生長、運行皆本其自然本性爲之，故不得不高、不得不廣、不得不行、不得不昌，並非眞有一實體生育萬物。再者，這個主觀心境必須無去生命紛馳、無去意念造作方可顯其作用，「夫天且不能自有，況能有物哉！」道是主觀心境透過「無」的工夫將執著化掉後的展現，因此，道之於萬物當是不私有、不役使，以「不生之生」令萬物自爾、自生。

經由上述可以得知，郭象與道家仍是血脈相連，承襲「無」的精神宗旨，自生論對於「無」的看法並非只在表面上單純地將其視爲頑空死體，而是有更深一層的警醒與體會，須避免落於有、無任一方的偏執，冥默有無，才能眞正透顯「無」的形上智慧，恢復道生萬物的具體作用，以令萬物自生。故言「自生」即是對「無」形上作用之肯定，與「道生」乃是一體之兩面。

如此詭辭爲用的詮釋方式，於注莊之中比比皆是，郭象在罔兩問景一段時，即再次以詭辭消化「有」、「無」，論證「道生」與「自生」互爲表裡：

> 夫造者，有耶無耶？無也？則胡能造物哉？有也？則不足以物眾形。故明眾形之自物而後始可與言造物耳。是以涉有物之域，雖復罔兩，未有不獨化於玄冥者也。故造物者無主，而物自造，物各自造而無所待焉，此天地之正也。〔註130〕

世人對於萬物之宗主爲何者，總執著於「有」或「無」的任一面，但此皆非然，因爲，若滯於「無」，則「無」將成虛無；若滯於「有」，則「有」將成

〔註130〕《莊子‧齊物論》：「惡識所以然，惡識所以不然」注，頁111～112。

頑體。如此一來，生成萬事萬物者究竟為何？其實生成萬物的就是「道」、就是經過「遣之又遣以至於無遣，然後無遣無不遣」的「了無」，而道之生展現於萬物之上即是「造物者無主」，不為、不宰地任物自生。換句話說，當人們對天地萬物不存私心，不會直想操縱、把持，懂得順萬物之本性而讓開一步以令萬物自由自在、自由生長的智慧時，便始可語造物之妙。郭象於〈莊子序〉言道：

　　　　上知造物無物，下知有物之自造也。〔註131〕

王叔岷認為此乃郭象注莊之綱領，〔註132〕其實「造物無物」與「有物之自造」也正是郭象自生說的重要主張，表明道生萬物與萬物自生實為一體兩面、互依不離。所以，「造物無物」是說造物之主對於萬物是不操縱、不把持、不私有，無掉了役使萬物的心，而令萬物能在此沖虛玄德下順其本性自己生、自己長，故使「有物之自造」。倘若戕賊萬物的本性，則萬物便不能生長，相對地，讓開一步，順著萬物的本性，「不塞其原，不禁其性」，則萬物便能生長，如此就等於生了它，事實上，仍是萬物自己生長。於是，僅見道化萬物之迹——萬物自生，卻終不得其所以迹，「畜之而不得其本性之根，故不知其所以畜也」〔註133〕道乃沖虛玄妙、無形無名，瞻養萬物而萬物不知其所以然。郭象有云：

　　　　道之瞻物，在於不瞻，不瞻而物自得，故曰此其道與。〔註134〕

道之生長與衣養萬物的方式，乃是不生之生以令萬物自生、自得，「夫生者，豈生之而生哉，成者，豈成之而成哉！」〔註135〕並非刻意去役使、生成萬物，

〔註131〕見郭象〈莊子序〉，頁3。
〔註132〕王叔岷道：「其立論也，重在物之自生自化。物之外，無所謂主宰。〈序〉中：『上知造物無物，下知有物自造』二語，實為全書綱領。」（《郭象莊子注校記・自序》，頁 1）。王叔岷認為郭象重萬物之自生自化，所以，言萬物自生乃是否定道生萬物，反對萬物之上有一造物宗主。據此推論，王叔岷應視「造物無物」中的「無」字為空無、不存在、什麼都沒有。然則，此般解釋正與筆者觀點不同，筆者認為「造物無物」的「無」字是在作用層上立言，意指萬物之宗主對於萬物是不操縱、不把持不私有，無掉了役使萬物的心，而令萬物能在此沖虛玄德下順其本性自己生、自己長，故使「有物之自造」。不過，筆者仍認同王叔岷所言「〈序〉中：『上知造物無物，下知有物自造』二語，實為全書綱領」。
〔註133〕《莊子・知北遊》：「萬物畜而不知。此之謂本根」注，頁 737。
〔註134〕《莊子・知北遊》：「萬物皆往資焉而不匱，此其道與」注，頁 744。
〔註135〕《莊子・大宗師》：「若然者，登高不慄，入水不濡，入火不熱。是知之能登假於道者也若此」注，頁 227。

而是開源暢流使物自生，此即是生了它，即是以「無」來成就天下萬物。因此，郭象又言：

> 無也，豈能生神哉？不神鬼帝而鬼帝自神，斯乃不神之神也；不生天地而天地自生，斯乃不生之生也。故夫神之果不足以神，而不神則神矣。〔註136〕

「無」是如何能神鬼帝且生天地呢？一般人對「無」的智慧與精神多不能眞正有所領會與體契，往往將「無」視爲一外在的客觀實體，認爲眞有一物名曰：「無」來創生天地萬物，因此心靈流於向外追逐，而終滯落於特定一端上，以致生命無法推展開來。其實，「無」乃內在於生命自身，不須外求，是一種主觀心境的呈現，是在作用層上說「無」能生萬物、爲萬物宗主。故「無」之神鬼帝與生天地，乃是以不神之神令鬼帝自神，以不生之生令天地自生，若強爲之神、強爲之生，則非「無」、非「道」，不能發揮沖虛之無限妙用。「無」之於天地萬物，是以不主宰、不把持、不損益的方式爲萬物宗主，讓天地萬物於道之玄德中，自然生成、自在自得。是以，萬物「自生」與「道生」萬物誠爲一體之兩面，當萬物自己而然地生成時，即是天道玄冥之德的展現。

由此可知，郭象自生論並非否定萬物之上有一形上宗主，乃是舉自生以證道生，本道生以盡自生，道生與自生之間呈雙迴向關係。

另外，郭象注〈知北遊〉「有先天地生物者邪？物物者非物。物出不得先物也，猶其有物也。猶其有物也，無已。」一段，其文有云：

> 誰得先物者乎哉？吾以陰陽爲先物，而陰陽者即所謂物耳。誰又先陰陽者乎？吾以自然爲先之，而自然即物之自爾耳。吾以至道爲先之矣，而至道乃至無也。既以無矣，又奚爲先？然則先物者誰乎哉？而猶有物，無已，明物之自然，非有使然也。〔註137〕

此段文字饒富思趣，非但表現出郭象詭辭爲用的詮釋特色，更凸顯郭象曲折的思維理路，以及破除執著的用心努力。「誰得先物者乎哉？」爲一值得思辨議題，整個魏晉崇有、貴無之爭由此開端，整個郭象玄學體系亦由此逐步開展，所以，郭象於此反覆論證，希望可釐清始末。首先，他以陰陽爲物之先，但是，陰陽實乃「物」之一類，「有之未生，又不能爲生」，故陰陽不得爲先物者。於是，郭象繼以「自然」即「物之自爾」爲先物者。翻閱《注莊》

〔註136〕《莊子・大宗師》：「神鬼神帝，生天生地」注，頁248。
〔註137〕郭象注〈知北遊〉，頁764。

一書，郭象談萬物之生多言其乃忽然自爾，「既明物物者無物，又明物之不能自物，則爲之者誰乎哉？皆忽然而自爾也。」〔註138〕「萬物皆造於自爾。」〔註139〕所以，按理說來，他論「誰得先物者乎哉？」應該就此打住了吧！應該論述至「物之自爾」即可作結，但是郭象沒有，他並無意就此結束這個議題，仍續言不已。然而，郭象何以仍續言？這就十分有意思了。

面臨元康時期的虛無風氣，郭象是有所反省的，他明瞭執著於「有」，是有待，執著於「無」，又何嘗不是一種有待。唐君毅於此有一精闢看法：

> 人之心思往攀緣「已生之有」之外之此「無」，則亦可覺此「已生之有」之有所不足，而感其生命之有一空虛缺漏，而待填補。則此「無」，即可導致其心思之外慕外羨其自己生命所已有者之外，爲其自己生命所無，而爲其他之人物之生命所有者。則此爲一境相對象之「無」之觀念，即爲禍本。人于此便須更無此爲境相對象之無，而無此無。〔註140〕

人心執於「無」，把「無」視爲一對象，非內在於生命本身，則此「無」將導致人心的外慕、外求，所以，郭象要無去時人對於「無」的執著，不讓心靈黏滯於特定一點上，在闡明萬物之生時，才多以自生敘之，而不直言道生。因此，郭象以自生證道生，目的即是令人們知曉「無」乃內在於生命，不須遠求，此外，「無」的沖虛妙用需要透過具體的「有」方可彰顯，否則僅僅滯落於「無」，也終成掛空，生命尋不得挺立點，不能恢復道創生萬物的具體作用。故倡言自生，將「無」的妙用落在「有」上說，將道之玄德落在萬物自生上說。

雖然以有無雙遣的高度智慧言自生，但郭象對於人心之執著與異化是相當警醒的，以「自生」來無去對外的企求、追逐，但人心會不會因此反而執著於自身之存在？人心之於自生會不會又落入了另一個窠臼？陷入另一個以

〔註138〕《莊子・知北遊》：「謂盈虛衰殺，彼爲盈虛非盈虛，彼爲衰殺非衰殺，彼爲本末非本末，彼爲積散非積散也。」注，頁 754。在此段文字的注文之前，郭象寫道：「不際者，雖有物物之名，直明物之自物耳。」兩相對照，總令讀者乍看下頗爲因惑，其實，此乃郭象用心破除執念之處。一方面言道不主宰萬物，任物自生，道之德即在萬物的自然生成中展現，以使人們回歸生命自身，呈現自身即是價值之所在，破除向外追求之紛馳；另一方面又言萬物自身亦不能自我主宰，以破除「自生」觀念可能帶來的我執之造作。故郭象乃意在通過層層否定的方式，令人心不黏滯於特定一端上。

〔註139〕《莊子・達生》：「以通乎物之所造」注，頁 636。

〔註140〕見唐君毅：《中國哲學原論原道篇卷二》，頁 392。

此爲是、以彼爲非的思維？倘若如此，言自生豈不等於再爲人心設一個牢籠，讓人限於此中而無法超拔。所以，郭象要更進一步破除「自生」，連「自生」都要否定，才能「無彼無是，所以玄同也」，〔註141〕遣之又遣直至無遣無不遣，方可無是無非，是謂玄同。

當冥默有無，冥默一切可能的執著而達到無彼無是之玄冥境界時，便可眞正恢復道的具體創生作用，於是郭象接著說：「吾以至道爲先之矣，而至道乃至無也。」道生萬物，道即是「至無」，即是冥默一切之「無」。論述至此，郭象以「無」爲形上造物宗主之意已頗爲清楚，但時人對「無」的把握又不眞切，若以「無」言之，難免時人又將執著起來，所以，郭象乃續言：「既以無矣，又奚爲先？」再次闡明道家「無」的眞義，提點人們「無」並非是抽象地呈現對形上世界之邏輯思維的一面，亦非眞有一外在的客觀實體名曰「無」來創生天地萬物，而是在主觀心境上說，是具有實踐性的境界形態形上學，以玄覽觀照的方式生成萬物。讓開一步，不操縱、不把持、不損益，令萬物自生，「不恃其成而處物先」，〔註142〕不雄據成績，又怎會處物之先呢？但是，由此論來，豈不是沒有先物者了嗎？「然則先物者誰乎哉？」究竟有沒有先物者呢？若說沒有，則「萬物萬情，趣舍不同，若有眞宰使之然。」〔註143〕若說有，卻又「起索眞宰之眹釋，而亦終不得」。〔註144〕萬物萬情趣舍不同，似有眞宰使之如此，然而卻又尋不著其所以迹，「而猶有物，無已」。所以，推論至終，仍僅可見萬物自生自長之迹，不過，也就是從萬物自在生長的情形上，吾人可明瞭道爲萬物宗主乃是不役使、不主宰，以順其本性的方式，不著痕跡地生成萬物。

因此，郭象不斷地透過詭辭爲用闡釋「誰得先物者乎哉？」的議題，意圖甚爲明顯，即欲以遣之又遣的工夫，層層轉進，讓人心不陷於泥淖，不滯於虛無之中，進而超拔、飛越，眞正達到冥默有無之至無、了無境界。如此一來，萬物沐浴於道中，便感無拘無束，毫無一絲勉強、一絲造作，一切生成變化皆自己而然，不知所以然，故郭象多運用「忽然」、「掘然」、「欻然」、「突然」形容「自生」，〔註145〕以萬物自生是瞬間的、動態的發展，來表明道

〔註141〕《莊子・齊物論》：「物无非彼，物无非是」注，頁66。
〔註142〕《莊子・大宗師》：「不雄成」注，頁227。
〔註143〕《莊子・齊物論》：「若有眞宰，而特不得其眹」注，頁56。
〔註144〕同上。
〔註145〕郭象多運用「忽然」、「掘然」、「欻然」、「突然」形容「自生」，例如：「夫生之陽，遂以其絕迹無爲而忽然獨爾，非有由也。」（注〈寓言〉，頁958），「外

生萬物皆在最自然的狀態下長之、育之,「忽,勃,皆無心而應之貌。動出無心,故萬物從之,斯蕩蕩矣。」〔註146〕道以無心生萬物,萬物則於此完全渾化、完全開放之境下自在生長、自在自得。換言之,當萬物不委屈、不扭曲,自然而然地生成或展現其自己時,便是天道自然功化之發顯。因此,郭象亦以「自然」言天道,「天者,自然也。自然既明,則物得其道也。」〔註147〕此「自然」非意指現今西方科學所指稱的自然,非對客觀實然世界的描述,乃是根據精神主體所開展之一虛靈境界,是以「無」的生命實踐工夫與智慧體現而成,意指無形無名之道,可總提爲萬物之實現原理。

由上述可知,郭象透過有無雙遣、動寂皆泯的工夫與智慧,再一次闡發道家「無」的眞正精神與境界,而能以一沖虛之境爲萬物之本,故郭象言「莊老之所以屢稱『無』者,何哉?明生物者無物而物自生耳。自生耳,非爲生也,又何有爲於己生乎!」〔註148〕「無」之於天地萬物即是不支使、不摻雜、不損益地任其自生,明「自生」便是明「道生」,是以,牟宗三言郭象乃是:

> 將老子之道之客觀性、實體性、實現性之姿態全化爲境界形態之一片虛靈,而即在此境界形態之一片虛靈上說道,說無,說自然,說一。依此,仍然有一超虛靈之境界涵蓋於「存在」之上而爲其本,此爲主觀形態或境界形態之本,……。自此而言,則謂「塊然自生」亦無不可。〔註149〕

郭象對於道家「無」的精義是有所掌握的,「無」在其思想體系中應不是單純地意指「不存在」、「空無內容」或「頑空之死體」,他在論萬物生成時,乃是爲了避免虛誕之弊,於是直接就「無」在「有」所展現的妙處上說,故言萬物自生、自爾、獨化。而此自生乃由主體渾化境界立言,是以主觀心境上的「無」爲本體,用沖虛無物、不主之主的方式爲萬物宗主,「明物物者,無物

不資於道,内不由於己,掘然自得而獨化也。」(注〈大宗師〉,頁251),「欻然自生,非有本。」(注〈庚桑楚〉,頁 800),「突然自生,制不由我,我不能禁。」(注〈則陽〉,頁918)。

〔註146〕《莊子・天地》:「蕩蕩乎!忽然出,勃然動,而萬物從之乎!此謂王德之人」注,頁413。

〔註147〕《莊子・天道》:「是故古之明大道者,先明天而道德次之」注,頁471。

〔註148〕《莊子・在宥》:「來!吾語女至道,至道之精,窈窈冥冥;至道之極,昏昏默默」注,頁381~382。

〔註149〕見牟宗三:《才性與玄理》,頁368。

而物自物耳。物自物，故冥也。」〔註150〕因此，「道生」與「自生」並不衝突，二者是一體的兩面，說萬物自生並不代表就是否定形上造物主，而是以有顯無，因爲「無之逃物，則道不周矣，道不周，則未足以爲道」，〔註151〕言明「無」的妙用仍需「有」方能形象化、具體化、生命化，於是，經由萬有之自生自化來彰顯無的形上智慧。

　　西周末年，厲、幽王昏聵暴虐，施政不佳，使得「天」的權威性開始動搖，加上周初的宗教人文化，人文的自覺精神躍動，於是「天」的概念發展至春秋時，已由原本深具不可撼動性的天威神權走向墜落之途，人格神意味漸減，轉化成以理序、規律爲內容的「形上天」，以天作爲生命、萬物的根源；價值、眞理的根源。儒、道兩家即是春秋戰國時「形上天」觀念發展的重要代表。

　　在儒家方面，孔子雖對超越性之形上天無積極討論，不過對於天道仍懷有虔敬與依歸之心，於是，不斷地透過實踐仁德之工夫，終能「五十而知天命」將自身之生命提升以契合天道。孟子則以「誠」爲天道之內容，又「誠」爲仁心之發動，因此，心、性、天實爲無異，「仁」即人之性、即天之道，透過仁心的擴充與實踐，賦予天道有血有肉的眞實內容。

　　在道家方面，老子認爲天道是萬物之宗主，先天地生，萬物皆因得此道而成就，且天道是無限的，故多以「無」來形容，可是，天道卻又「惚兮恍兮，其中有象；恍兮惚兮，其中有物。」從此言之則爲「有」。是以，天道乃似有若無，即有即無，不可得而定之。雖然，天道無象無狀，無法以有限的語言文字來表述、涵蓋，然而，爲了詮說的方便，乃勉強「字之曰道，強爲之名曰大」。莊子承襲老子此番天道觀點，認爲道是一切萬物的根源，是無所不在，且道乃先天地而存在，沒有成毀變化，無始無終，超越時空限制，是萬物所依據之共同終極原理。

　　至魏晉時期，由於儒學衰退，崇尚老、莊思想，名士們莫不貴「無」尚「自然」，以「無」或「自然」爲一切事物之本源根據，如王弼認爲無名無形之「無」（道）是萬物之始、萬物之母，以「不生之生」的方式來成就天下萬物，任物自生自化，「任其自然，而物自生；不假修營，而功自成」。然而，

〔註150〕《莊子・知北遊》：「物物者與物無際」注，頁753。
〔註151〕《莊子・知北遊》：「汝唯莫必，无乎逃物」注，頁751。

王弼的學說雖以「無」為本，但卻未主張「賤有」，仍重視「有」的具體意義，以「有」來彰顯「無」的無限妙用，因此，王弼亦常強調天生之質即是「自然」，萬物自身的存在即是「自然」。而王弼透過萬物天生自然本性、狀態來表現天道的思維，隱然使得「以無為本，由有見無」的哲學命題走向自然主義。於是，發展至竹林時期，嵇康提出「越名教而任自然」的思想，力求去除私心造作，反歸於自然，阮籍亦倡言自然，主張天地萬物乃生於自然，皆以自然之道為形上根據，是以，天地萬物應順任自然，而視虛偽名教為箝制枷鎖、殘害生命的陷阱。

在此「越名教而任自然」的風氣下，貴無的思潮自然是有增無減，更盛昔日。是以，當貴無玄風經王衍大力鼓吹提倡後，發展得更加蓬勃，甚至走向極端，已由竹林時期的放達轉為疏狂，思想情操亦由高逸變為劣穢。於是裴頠深患時俗放蕩，大力批評斥責貴無之流弊，且令身處同一個時空下、同一個氛圍裡的郭象亦對「無」的真正蘊義與精神產生反省與思考。而歷來學者多認為郭象自生論乃是將「無」視為一頑空死體，是數學上的零、什麼都沒有，並進一步推論郭象否定無的形上作用以及萬物之上有一造物宗主。然則，就「無」在魏晉玄學史上的脈絡發言來說，郭象面臨元康時期的虛無風氣，以及名士放蕩疏狂的行徑，對「無」產生一番反思，認為執著於有、無的任一端皆為有待，故郭象藉由「無無」進而「了無」來保存「無」的生命實踐工夫與智慧，要徹底實踐老莊「忘」的智慧，「忘」掉「無」，才能真正的保存「無」，否則成天將「無」掛在嘴邊、擺在心裡，反而遺落了「無」的精神與真諦。由此可見，郭象仍試圖保存「無」的真正精神。

再者，就哲學體系的核心探討而言，郭象乃以「自然」為思想中心，在道家玄理玄智之思維底下建構其玄學系統，不論是探討聖人、政治、生死或性分，都充分發揮「無」之工夫智慧。所以，郭象對於道家「無」之生命智慧當有所把握，對王弼論「無」之說亦應有所瞭解。

由上述可知，郭象玄學仍承襲道家玄智玄智的性格，於是，據此深入探究郭象之自生，則可發現，郭象對於道家「無」的精義是有所掌握的。

當人心執於「無」時，把「無」視為一對象，非內在於生命本身，則此「無」將導致人心的外慕、外求，因此，郭象要無去時人對於「無」的執著，不讓心靈黏滯於特定一點上，於是，在闡明萬物之生時，才多以自生敘之，而不直言道生。但這並不代表郭象全然否定「無」的形上意義，相反地，郭

象是運用冥默有無的工夫來恢復道創生萬物的具體作用，透顯「無」的眞正精神與智慧，且經由萬物自己生、自己長來彰顯道生萬物的沖虛玄德。「道生」與「自生」並不衝突，二者是一體的兩面，說萬物自生並不代表就是否定形上之萬物宗主，而是以有顯無，是經由萬有之自生自化來彰顯無的形上智慧。

　　然而，郭象對於人心之執著與異化是相當警醒的，雖以「自生」來無去對「無」的企求與追逐，但人心會不會因此反而執著於自身的存在？會不會又落入了另一個窠臼？陷入另一個以此爲是、以彼爲非的思維？故郭象更進一步破除「自生」，連「自生」都要否定，方可無是無非，眞正達到玄冥之境。

　　所以，在郭象思想體系中，否定「無」是爲了保存「無」，乃以作用的保存來落實「無」的生命實踐工夫與智慧，並在主體渾化境界上說萬物自生、破萬物自生以顯「無」之沖虛妙用，故仍承襲道家精神，以「無」爲形上萬物宗主。

第三章　郭象性命思想──順性安命之人性論

第一節　孔孟、老莊之性命義

　　於《論語》一書中，直接論述「性」的文字記載並不多，僅有二見，一為《論語·陽貨》:「性相近也，習相遠也」;〔註1〕另一為《論語·公冶長》:「夫子之文章，可得而聞也，夫子之言性與天道，不可得而聞也」。〔註2〕在第一則引文中，孔子雖言「性相近」，但對「性」的內容並無具體、清楚的指陳，所以，後代研究《論語》者，便根據「相近」一詞來推論此性乃氣質之性，如朱熹對「性相近」一語即解釋為:

　　　　此所謂性，兼氣質而言者也。氣質之性，固有美惡之不同矣，然以
　　　　其初而言，則皆不甚相遠也。〔註3〕

但是，吾人若就《論語》所呈現之思想論述與相關材料來看，朱熹之言似乎不甚妥貼。孔子雖未直接論及性的內容為何，不過他曾說:

　　　　人之生也直，罔之生也幸而免。〔註4〕

　　　　仁遠乎哉?我欲仁，斯仁至矣。〔註5〕

〔註1〕見《論語》，頁154。
〔註2〕見《論語》，頁43。
〔註3〕見《四書集註·論語集注卷九》，頁175～176。
〔註4〕見《論語·雍也》，頁54。
〔註5〕見《論語·述而》，頁64。

「人之生也直」的「直」字應作「正直」解，意指人的存在應循正直之道，應以向善為主。〔註6〕再者，「我欲仁，斯仁至矣」一句更點出「仁」不必遠求，反求諸己，此仁在心，內在於每個人的生命中。因此，孔子雖無對「性」作詳確的陳述，但吾人可由《論語》的其他相關記載來推敲，孔子所謂「性相近」當與《孟子‧告子上》：「其好惡與人相近也者幾希」的「相近」同一意義。〔註7〕如是，孔子此句之「性」應非意指氣質才性。

復次，孔子重視「仁」，〔註8〕且透過仁心的覺動與健行不息，於五十歲之際，終能遙契天道、知天命。而孔子之所以能上達天德，則在於他以一顆活潑潑之仁心為基，逐步地擴大生命精神層次，直至仁體完全展露，以仁體之生命去印證天道，達到感通宇宙萬物為一體之境，體悟個人生命與宇宙生命是相互融合無間。所以，此一仁體之生命應如天道般的至善朗澈。另外，「仁」又遍在每個人的生命內，人人皆有，只需反求諸己便可行仁，不需借助任何外在力量，「為仁由己」，〔註9〕可知孔子雖未言明人性本善，但他對「仁」的開闡，實已具有性善論的傾向，並為爾後人性本善之說奠定基礎。

〔註6〕 徐復觀認為「人之生也直」的「直」字義為「一切人之常態」（《中國人性論先秦篇》，頁89），南懷瑾釋為「直道而行，是率直的。」（《論語別裁》，頁290），楊伯峻與潘重規都以「正直」解（分別參見《論語譯注》，頁61；《論語今注》，頁118），江淑君亦作「正直」解，並指出此句「有勉人以正為德、人的存在應循正直之道而行的意義，此處雖未清楚指出人性的本來面目是善是惡，但似乎說明人的存在應以向善為主。」（〈王弼、郭象玄解《論語》人性觀析論〉，收錄於《含章光化：戴璉璋先生七秩哲誕論文集》，頁478）。

〔註7〕 見《孟子》，頁200。另外，唐君毅指出：「孔子言性相近、習相遠，亦未言明性善。孔子謂人之生也直，我欲仁而仁至，而仁者能中心安仁，此仁在心，更宜即視為此心之善性所在。其所謂相近亦當涵孟子所謂：『同類相似』，『聖人與我同類』，而性皆善之義」（《中國哲學原論原性篇》，頁31）；徐復觀亦持相同看法，認為此「相近」應視同《孟子‧告子章》：「其好惡與人相近也幾希」來解釋，並進一步宣稱：「性相近的『性』，只能是善，而不能是惡的。」（《中國人性論史先秦篇》，頁89）。蔡仁厚受其影響而言道：「孔子所謂『性相近』的相近，和孟子所說的相近，意思應該是一樣的。如此，便不能說『性相近』之性是氣質之性，而應該是人人皆同的義理之性。」（《孔孟荀哲學》，頁105）。

〔註8〕 「仁」字在孔子之前乃多指「仁愛」、「仁厚」之德（參見徐復觀《中國人性論史‧先秦篇》，頁90），至孔子方深化其意蘊，且以「仁」為學說中心，貫串整個思想體系。根據鄭力為統計，《論語》中的仁字共出現109次，其間除了「井有仁」的仁（人）不算，亦尚有108次（其詳請參見《儒學方向與人的尊嚴》，頁2），足見孔子視「仁」為要。

〔註9〕 見《論語‧顏淵》，頁106。

　　孟子繼承孔子的仁學思想，進一步闡揚孔子之「仁」，並以心善言性善，將性善說客觀化、系統化地表達出來，認爲聖凡乃屬同類，皆具一固有之性，然此「性」非自然生命之食色官能欲望，而是人類所獨有的仁義之心。是以，《孟子·離婁下》有云：

> 人之所以異於禽獸者幾希！庶民去之，君子存之。舜明於庶物，察於人倫，由仁義行，非行仁義也。〔註10〕

就食色等生理欲望或自然本能上來說，人類與一般動物無甚差別，俱爲渴需飲水、飢需食物、寒需取暖，只有一點是人類異於動物之處，此即根於人心之仁義。故舜之所以能明識萬事萬物之理，可察覺人倫情誼之道，皆由不斷存養擴充「幾希」之仁義而成。於是，此「幾希」之仁義即爲孟子所謂的人性，以這一點「幾希」的不同來分辨人禽，來挺立人的尊嚴與價值。其次，孟子既以仁義說人性，又仁義乃根於人心，爲人所固有，因此，人性本善，非外力鑠成。孟子舉例說明：

> 人皆有不忍人之心。……今人乍見孺子將入於井，皆有怵惕惻隱之心。非所以内交於孺子父母也；非所以要譽於鄉黨朋友也；非惡其聲而然也。由是觀之，無惻隱之心，非人也；無羞惡之心，非人也；無辭讓之心，非人也；無是非之心，非人也。惻隱之心，仁之端也；羞惡之心，義之端也；辭讓之心，禮之端也；是非之心，智之端也。人之有四端，猶其有四體也。〔註11〕

當人「乍見孺子將入於井」時，心中所閃過的念頭並非「內交於孺子之父母」，亦非「要譽於鄉黨朋友」，更非「惡其聲」，乃是興起立即救援之念，而此救援之念在當下是自然地流露，全然無受任何生理欲望的影響，由此可證，四端之心爲人天生具有，隨機而發，無待於外。〔註12〕所以，孟子據此進一步宣稱人人皆可成聖，因爲，善心、善性天生而成，普遍內存於每個人的生命中，聖凡皆有，只要能徹底擴充其四端之心，便可爲堯舜、爲聖賢。

〔註10〕見《孟子》，頁145。

〔註11〕見《孟子·公孫丑下》，頁65。

〔註12〕關於「今人乍見孺子將入於井」一段，徐復觀有十分精闢的見解，認爲「乍見」二字説明心自身直接之呈露，而「非所以內交於孺子之父母」數句，則點捻出此心呈露而採取的救助行動非有待於外，乃完全決定於此一呈露之自身。因此，「心善」即「性善」。其詳請參見《中國人性論史先秦篇》，頁171～172。

　　然則，人生仍有些事非盡一己之力就能改變，如生死窮達、夭壽吉凶，所以，孔、孟又言「命」，〔註13〕承認生命的確具有客觀限制，如：

　　伯牛有疾，子問之，自牖執其手，曰：「亡之，命矣夫！斯人也而有斯疾也，斯人也而有斯疾也。」〔註14〕

　　子曰：「道之將行也與，命也；道之將廢也與，命也。」〔註15〕

　　莫之致而至者，命也。〔註16〕

　　求之有道，得之有命，是求無益於得也；求在外者也。〔註17〕

此「命」乃是「命限」之意。〔註18〕而人生雖有「限」，人的病痛、老死、窮達非個人所能決定，但若能知此限制，便不會一昧地強求、怨天尤人，故孔子言：「不知命，無以爲君子也。」〔註19〕知此命限，以克盡本分，使得生命更顯莊嚴、眞實，「君子固窮，小人窮斯濫矣。」〔註20〕君子知命限之有，能於此命限下努力行事，通過自身的道德實踐來彰顯生命意義。倘若強求於外，導致自我心靈的迷失，即便達到目的，也已減損生命存在之價値。因此，孟子乃言：

　　夭壽不貳，脩身以俟之，所以立命也。〔註21〕

生、老、病、死是人生不可避免的問題，任誰也逃不開，於是，孟子主張正

〔註13〕《論語・子罕》曰：「子罕言利，與命、與仁。」對於此句的疏解，朱熹引程頤之言：「命之理微，仁之道大，皆夫子所罕言也」。但是，觀看《論語》一書，孔子言「命」有25處，言「仁」更高達108次（其詳請參見鄭力爲：《儒學方向與人的尊嚴》，頁2），所以，此句應該不可理解爲孔子罕言命、仁。蔡仁厚認爲其「與命」、「與仁」的「與」字，「不應作連接詞看，而應該是『親與』之義，亦即『和合』的意思。」（《孔孟荀哲學》，頁128）。於是，此句應解爲孔子罕言利，而知命親仁。

〔註14〕見《論語・雍也》，頁52。

〔註15〕見《論語・憲問》，頁129。

〔註16〕見《孟子・萬章上》，頁169。

〔註17〕見《孟子・盡心上》，頁229。

〔註18〕孔、孟言「命」，除了有「命限」之意外，其「命」尚有其他涵義，一是用以表示「命令」，如「君命召，不俟駕行矣。」（《論語・鄉黨》，頁90）；「夫士也，亦無王命而私受之於子，則可乎？」（《孟子・公孫丑下》，頁80）。二是所謂「天命」，如「君子有三畏，畏天命，畏大人，畏聖人之言。」（《論語・季氏》，頁190），又如孟子引《詩經》之文乃言：「永言配命，自求多福。」（《孟子・離婁上》，頁126）。

〔註19〕見《論語・堯曰》，頁180。

〔註20〕見《論語・衛靈公》，頁137。

〔註21〕見《孟子・盡心上》，頁228。

視這些限制，認爲人生雖有境遇之嘆、夭壽之限，但不應就此自限或貳其志，應該要致力於修身，健行不息，以挺立生命之價值，凸顯人格之尊嚴。。

　　除了儒家的人性論外，另一對後世產生重大影響者即是道家。〔註 22〕首先就《老子》一書來看，全文不著一個「性」字，但吾人不可依此便推論老子不言人性論，因爲，老子雖不以「性」字言人性，但其文所載之「德」，實可表達老子的人性觀點。〔註 23〕

　　老子重視「道」，以「道」爲宇宙萬物的形上根據，且老子亦關心人，〔註 24〕認爲道在生化人與宇宙萬物時，便已內在於萬有之中，而成其德。《老子‧第五十一章》有言：

　　　　道生之，德畜之，物形之，勢成之。是以萬物莫不尊道而貴德。道

　　　　之尊，德之貴，夫莫之命而常自然。〔註 25〕

無形的道是萬事萬物的形上實現原理，德則是人與萬物承道而爲己所有的內在之性。然「道」雖生化萬物，但其「生」乃是「不生之生」，運用「生而不有，爲而不恃，長而不宰」的方式令萬物自然而然地生成，於是，以「自然」來形容道及其運行方式。而「德」源自於「道」，亦是一自然，故曰：「莫之命而常自然」。由此見知，老子的人性論乃是自然之性，以「自然」爲人性，認爲人的眞性應是超越於一般社會的倫理道德之上，因此，老子又以「玄德」、

〔註 22〕蒙培元有言：「先秦的心性論，如同先秦哲學一樣，雖然有許多派，但是對後世產生過重大影響的，主要有儒、道兩派。」（《中國心性論》，頁 47）。

〔註 23〕徐復觀主張老子的「道」等同於儒家的「天」，「德」則等同於「性」，因此，老子對「道」與「德」的規定即是對人性的規定（其詳請參見《中國人性論史先秦篇》，頁 338～339）。湯一介持論老子所謂「『道』是具有超越性的本體，而人之『德』則是指得之於『道』的內在性。」（《儒道釋與內在超越問題》，頁 24）。王邦雄則認爲「德是天地萬物所得自於道的存在本質」，是「道內在於天地萬物的生成作用」（《老子的哲學》，頁 97）。而曾春海有言：「就老子哲學而言，做爲天地萬物總根源的『道』，係存有活動的本身，亦即存有。……『德』係人與萬物秉承自道，內在於己的自性和自發自成的能力。換言之，『德』係各存有者稟得於『道』的存有，是經由『道』的化生與內在而有。」（《竹林玄學的典範——嵇康》，頁 63）。另外，方穎嫻（《先秦道家與玄學佛學》，頁 8～10）、蒙培元（《中國心性論》，頁 49）等人亦皆認同老子之「德」即是「性」的看法。

〔註 24〕沈清松對《老子》進行統計，發覺現行《老子》計 81 章而其中論及人的敘述就有 51 章，「人」一詞共出現 84 次，於是，沈氏認爲老子對人頗爲關注。其詳請參見〈老子的人性論初探〉，收錄於《中國人性論》，頁 7。

〔註 25〕見樓宇烈校釋：《老子周易王弼注校釋》，頁 136～137。

「常德」、「孔德」、「上德」來指稱此眞性。〔註26〕再者，玄德乃直通於道，同於道之沖虛玄妙，亦可稱爲「樸」，是以，此眞性既自然又樸素，沒有任何人爲造作雕琢，無知無欲，一如嬰兒赤子般純眞無飾。是以，老子認爲要「沒身不殆」需時時行「致虛極，守靜篤」之工夫，以恢復心之清明寧靜，進而歸根復命：

> 致虛極，守靜篤，萬物並作，吾以觀復。夫物芸芸，各復歸其根。
> 歸根曰靜，是謂復命。復命曰常，知常曰明，不知常，妄作，凶。
> 知常容，容乃公，公乃王，王乃天，天乃道，道乃久。沒身不殆。
> 〔註27〕

天地萬物各自回歸其本源，即回歸沖虛之道體，〔註28〕這就是所謂「復命」，復返於虛靜之本性，〔註29〕以體自然之常道。於是，其精神自然能長、能久，化刹那之生命爲永恆。

莊子繼承老子自然之人性思想，亦認爲人性是源於自然無爲的天道，是天道在人身上的內在化。觀看《莊子》一書，內七篇並無出現任何「性」字，不過，其論「德」之敍述實已表詮了莊子關於人性論的看法，〔註30〕此點正

〔註26〕徐復觀認爲老子用來指稱人之自然本性之「德」，是道所凝結的有限性存在，而爲了與一般人所說的德作區別，老子乃以「玄德」、「常德」、「孔德」、「上德」稱之。其詳請參見《中國人性論史先秦篇》，頁340。

〔註27〕語出《老子‧第十六章》，見樓宇烈校釋：《老子周易王弼注校釋》，頁35～37。

〔註28〕關於「各復歸其根」之「根」字，王淮認爲「根、謂萬物之本源，即道體之虛無是也。」（《老子探義》，頁69）。陳鼓應亦持相同看法，於是將「各復歸其根」解釋爲「回歸本原」、「回歸到一切存在的根源」（《老子今註今譯》，頁90，頁93）。

〔註29〕關於「復命」的解釋，陳鼓應釋爲「復歸本性」、「還回到『虛靜』的本性」（《老子今註今譯》，頁90，頁93），黃登山亦持論爲「恢復其性命之本眞」（《老子釋義》，頁76）。不過，王淮則以「使命」解之，認爲「歸根」、「復命」乃意指「萬物之復歸於道體（虛無）之活動，是乃完成道（自然造化）所賦予之使命。」（《老子探義》，頁70）。然筆者以爲《老子》此章乃言體道之工夫歷程與境界。當人能以虛、一、靜之工夫恢復心的清明澄澈時，便可回歸其存在之根源。而此根源何在？其實不須求之，自身之樸素眞性即是，因「性」乃天道在人身上的內在化。故下文乃言：「復命曰常」，復返於本眞之性便能體自然之常道。虛、靜、根、命、常代表修身以合道之歷程，從致虛守靜以尋其根、歸其根，至瞭解「根」即在「命」，進而以瑩澈之生命來契會常道之自然。故「命」字當解作虛靜之眞性。

〔註30〕徐復觀有云：「莊子內七篇雖然沒有性字，但正與老子相同，內七篇的德字，實際便是性字。」（《中國人性論史‧先秦篇》，頁369），並於《中國藝術精神》

與老子相同。然在《莊子》外篇、雜篇中，言及「性」字則約達七十多處，
〔註31〕而「性」與「德」一般，皆為道內在於人生命本身，因此，《莊子‧
天地篇》有云：

> 泰初有无，无有无名；一之所起，有一而未形。物得以生，謂之德；
> 未形者有分，且然无閒，謂之命；留動而生物，物成生理，謂之形；
> 形體保神，各有儀則，謂之性。性脩反德，德至同於初。〔註32〕

天道雖無形無名、無象無狀，但其無限妙用乃於「有」處展現，故道不離物，
遍在萬事萬物之中，而這遍在萬事萬物之中的道便是「德」，也就是「性」，
於是復性即反德，又性與德乃人與物身上內在化的道，所以，「德至同於初」，
復返人之天生本性便可彰顯生命本來的自由，便可開放坦然地面對生死存
亡、窮達貧富、賢與不肖之諸多限制，不執著、不強求，「知其不可奈何而安
之若命，德之至也。」〔註33〕安命樂天、安時處順，純然地將生命放置於天
地之中，不因富貴而喜，不以困頓為憂，放開種種人事糾結、成敗擔負，便
能無往而不適，體會天道之自然，逍遙於人世間。

再者，莊子攘棄儒家的仁義之說，認為接受仁義便如同接受黥刑，「夫
堯既已黥汝以仁義，而劓汝以是非矣，汝將何以遊乎遙蕩恣睢轉徙之塗
乎？」，〔註34〕而莊子之所以要攘棄仁義，其主要原因乃是仁義於其眼中僅
為一種德目，過於偏狹，對於人性的開展反而形成一種桎梏，「仁義又奚連

曰：「『物得以生謂之德』（天地），所以德實即莊子外篇、雜篇中的所謂性；
落實於形體之中，即是心。外在者為天，內在者為德；實際是無內無外的。」
（頁102）。蒙培元也認為莊子所謂的「性」是：「人性在於自然之道，而不在
仁義等社會倫理，道既是自然界的根本存在，也是人的根本存在，人來源於
自然，因此先驗地具有道的屬性，它內在於人的心中，故謂之『德』。」（《中
國心性論》，頁59）。

〔註31〕依據高瑋謙的統計，《莊子》外雜篇中，單獨提到「性」字有六十多處，「性
命」二字連用者有12次，「性情」二字連用則有1次，所以，總計約七十多
處。其詳請參見〈莊子外雜篇之人性論〉，《鵝湖月刊》，1991年7月，頁56。

〔註32〕見《莊子集釋》，頁424。

〔註33〕見《莊子集釋‧人間世》，頁155。莊子言「安之若命」的「命」有三義，分
別為「義命」、「壽命」與「祿命」。《莊子‧德充符》有言：「死生存亡，窮達
貧富，賢與不肖毀譽，飢渴寒暑，是事之變，命之行也；日夜相代乎前，而
知不能規乎其始者也。」此段文字包含前述莊子「命」之三義：「賢與不肖毀
譽」為義命；「死生存亡」為壽命；「窮達貧富」、「飢渴寒暑」為祿命。而這
些命都是「知不能規乎其始」，是莫之致而至，是不可奈何。

〔註34〕見《莊子集釋‧大宗師》，頁279。

連如膠漆纏索」，〔註35〕且仁義既成名目，便會產生標舉仁義的流弊，「屈折禮樂以匡天下之形，縣跂仁義以慰天下之心，而民乃始踶跂好知，爭歸於利，不可止也。」〔註36〕所以，莊子要否定仁義。然而，莊子不要仁義是否就表示他持人性本惡之論呢？〔註37〕事實上，莊子並非性惡論者，他所擯落棄絕的仁義乃是外在人爲的德目，而非人性天生本有的仁義，所以，莊子要人們忘了仁、忘了義：

> 端正而不知以爲義，相愛而不知以爲仁，實而不知以爲忠，當而不
> 知以爲信。〔註38〕

忘掉種種讓心奔馳外流的物欲牽引，回歸到人性本初，通過最眞實的生命來展現人的價值。唐君毅認爲莊子之人性論不同於告子、荀子，也有別於孟子，「唯莊子言復性以養德，則性應爲善」，〔註39〕筆者同意唐君毅的看法，並以爲莊子之人性論是超越一般道德善惡之上，以顯人性最眞誠、最純粹之至善光輝。

〔註35〕見《莊子集釋・駢拇》，頁321。

〔註36〕見《莊子集釋・馬蹄》，頁341。

〔註37〕顏世安主張莊子比荀子更可稱爲性惡論者，視人類精神爲不可救藥的墮落與黑暗。人心的內在有趨惡的傾向，就連世俗的仁義道德都無法克制這向惡的心，於是，仁義禮法便也成爲這種惡的表現工具。其詳請參見《莊子評傳》，頁79～92。

〔註38〕見《莊子集釋・天地》，頁445。

〔註39〕見《中國哲學原論原性篇》，頁65。韓國學者李康洙也認爲莊子言性與告子、孟子皆有所不同，且「比告子、孟子涉及更深一層次」的意義（〈莊子的心性觀〉，收錄於《道家文化研究第十四輯》，頁217）。其次，王邦雄對於莊子人性論的看法是：「孟子之人性論意謂人性有善的可能，莊子則直謂人性的本身就是善，假如孟子的人性論，是性善說的話，那麼莊子已可說是絕對的性善說了。」（《韓非子的哲學》，頁104）。再者，高柏園認爲莊子對心性乃持肯定態度，因爲莊子主張人人皆有學道、成聖之可能，「而成聖與否之決定畢竟在心之自覺與否」（《莊子內七篇思想研究》，頁197）。而蔡璧名則宣稱「老、莊的道德心與儒者『赤子之心』相類之處，可說皆爲天賦即具。雖不以性善言說，但由『含德之厚』，方能『比於赤子』看來，其天生而具的本心，亦是超乎相對善惡的至善之體（『含德之厚』）。」（〈感應與道德──從判比儒、道與《易傳》的成德工夫論「道德」開展的另一種模式〉，《國立編譯館館刊》，1997年12月，頁7）。另外，方東美宣稱莊子如同其他中國哲學家，確知「人性的至善是源於神性」、「性具有無限的潛能」（《生生之德》，頁271）。而葉海煙則依此主張「人性中有神性，這是莊子修養論的基本命題。人性所具有的無限潛能使人能在存在的階層中往上超升，步步逼近具絕對存有之內涵的道。」（《莊子的生命哲學》，頁7）。

第二節　王弼、嵇康、阮籍之性命義

王弼對於人性的觀點多是承襲道家的自然人性論而來，認爲人性出於自然之天道，「萬物以自然爲性」、〔註40〕「論太始之原以明自然之性」，〔註41〕性與道同體，則人性乃超越善惡之上，因此，王弼在詮釋《論語·陽貨》：「性相近也，習相遠也」時，便有言「性其情」，以近性之情爲正，遠性之情爲邪。其文如下：

> 不性其情，焉能久行其正，此是情之正也。若心好流蕩失眞，此是情之邪也。若以情近性，故云性其情。情近性者，何妨是有欲。若逐欲遷，故云遠也；若欲而不遷，故曰近。但近性者正，而即性非正，雖即性非正，而能使之正。譬如近火者熱，而即火非熱；雖即火非熱，而能使之熱。能使之熱者何？氣也、熱也。能使之正者何？儀也、靜也。又知其有濃薄者。孔子曰：性相近也。若全同也，相近之辭不生；若全異也，相近之辭亦不得立。今云近者，有同有異，取其共是。無善無惡則同也，有濃有薄則異也，雖異而未相遠，故曰近也。〔註42〕

喜怒哀樂之情乃感物而應發，是自然而然的，本應無正邪之分。〔註43〕然而，情之所以會有正邪之分，主要原因在於情爲應外物之動，容易被欲望所牽引、驅使，倘若又違逆、遠離天眞本性，即易使心流蕩失眞而未免於邪。所以，若能以超越善惡之自然本性爲依歸，「靜專動直，不失不和」〔註44〕則雖有欲仍無妨，因爲心不會隨物欲沈浮，應物而無累於物，縱然有欲望產生，也能

〔註40〕見樓宇烈校釋：《老子周易王弼注校釋》，頁77。
〔註41〕見樓宇烈校釋：《老子周易王弼注校釋》，頁196。
〔註42〕見樓宇烈校釋：《老子周易王弼注校釋》，頁631～632。另外，王葆玹認爲此段注解「性相近也，習相遠也」之文字，應僅有「不性其情，焉能久行其正」爲王弼所言，其餘爲「一家舊釋」的內容（其詳請參見《正始玄學》，頁387；或《玄學通論》，頁502）。不過，觀看此段注文，「性其情」的理論與情近性的說法大致相合，所以，筆者基本上仍依循舊說，將其視爲王弼之人性論主張。
〔註43〕王弼注〈泰伯〉有云：「夫喜、懼、哀、樂，民之自然，應感而動，則發乎聲歌。」又注〈憲問〉曰：「情動於中而外形於言」，可見「情」乃出乎自然，應無正邪之分。湯用彤亦認爲情乃自然天成，並非後得，所以，舉「聖人同於人者五情也」來證明「五情既亦自然而不可革，故聖人不能無情，蓋可知也。」（《魏晉玄學論稿·王弼聖人有情義釋》，收錄於《魏晉思想乙編三種》，頁80）。
〔註44〕見樓宇烈校釋：《老子周易王弼注校釋》，頁213。

依循本性之當分而正，不傷自然之性。而此般以情順性、近性者，便是所謂的「性其情」。

不過，情因近性與否而有正邪之別，是否就連帶意味著此性爲善呢？王弼並非認爲如此，因爲在其眼中，一般道德之善惡皆是人爲，是「下德」，〔註45〕唯有無去善惡、是非的相對之心，才能開顯人性的真正意涵，所以，他主張人性無善無惡。然此無善無惡之性非同於告子無善惡的「生之謂性」，而是超越善惡，以自然之玄德作爲「性」的實質內容。〔註46〕王弼舉「火」爲例，說明「熱」爲旁人接近火而產生的感覺，火本身是不會有「熱」的感覺，但它卻能使靠近者「熱」。性之於情亦是如此，「性」本身乃無善無惡、超越善惡，不過，卻可令近性之情爲正。

接著，王弼續言性有濃薄差異，然而此言一出，不禁讓人疑惑，何以人人皆有的超越善惡之自然天性會有濃薄殊別？若是如此，此性豈不是成了氣質之性？而氣質之性又如何能與源自天道之性相契接？歷來學者對此多作不同解釋，〔註47〕皆有其立說精妙之處，而筆者以爲王弼一方面肯定人人具有一超越

〔註45〕 王弼於《老子·第三十八章注》曰：「上德之人，唯道是用，不德其德，無執無用，故能有德而無不爲。……凡不能無爲而爲之者，皆下德也，仁義禮節是也。」（樓宇烈校釋《老子周易王弼注校釋》，頁93〜94）。

〔註46〕 周大興認爲王弼無善無惡之性乍看如同告子只是對性作形式定義，其實是以「具有超越善惡、以道法自然的玄德作爲『性』的實質內容」（《王弼玄學與魏晉名教觀念的演變》，頁72）。再者，王家泠亦以爲王弼繼承老莊之人性論，其性「無善無惡」之說事實上可視爲一種「性超善惡論」或「性至善論」，所以，「王弼『性其情』之性不應被等同於『無正善可言的本體』，而是可爲正善究極依據，稟源於宇宙本根的形上性理。」（〈從王弼「性其情」說到程頤「性其情」說〉，《中國文學研究》，2001年6月，頁11）。另外，韓強於《王弼與中國文化》一書中也持論王弼之人性主張乃是「超善惡的精神自由」（頁161）。

〔註47〕 林麗真認爲漢儒論性「皆依從告子、荀子一系所持的『自然之性』以立說。衍至魏晉，才性論盛行，眾人更是偏就『氣質』以論性，王弼也不例外。」（《王弼》，頁145），故王弼所言之「性」乃指氣質之性，原無善惡可言，於是，「若依其不具道德善惡言，實是人人皆同的；若依其氣稟多寡言，則是人人皆異的。」（〈王弼「性其情」說析論〉，收錄在《王叔岷先生八十壽慶論文集》，頁602）。其次，錢國盈是將王弼之「性」分而爲二，一指人的官能性質，一指無爲之真性。（其詳請參見《魏晉人性論研究》，頁46〜50）再者，周大興將其解釋爲「『無善無惡則同也』……是針對超越義的素樸無僞的本性而說的；另一方面，性是『有濃有薄則異也』，這是從人人所稟賦的形上根源而說的分殊之性。」（《王弼玄學與魏晉名教觀念的演變》，頁72），並於〈王弼「性其情」的人性遠近論〉一文中，再次申論：「王弼所說的『性無善惡，而有濃薄』是從形上學落實到心性論的角度論及人性稟賦的分殊問題，因此，每個

善惡之眞性，另一方面也察覺到現實世界中人人的不同，所以，除了內在於人的普遍之性外，亦重視人人所不同的殊性與限制，智與愚、才與不才、長與短，雖有殊別而皆是出於自然，不能加以損益。就他來說，如此才是一個完整的人，若僅偏重於相同之點或差異之處，皆不能眞正呈顯出人性的全貌。

此外，王弼亦將「性」與「命」〔註48〕連用，以「性命」來表達其因順自然、虛靜無爲的思想，如《老子・第十六章注》有云：

> 歸根則靜，故曰「靜」。靜則復命，故曰「復命」也。復命則得性命
> 之常，故曰「常」也。〔註49〕

人若欲返回其所始，需先歸於虛靜，「靜則全物之眞」，〔註50〕恢復、全存自然生命之眞，並可得內在於生命自身之自然天道，「物反窈冥，則眞精之極得，萬物之性定」，〔註51〕於是順性命自然而行，即是應會天道，若「不以順性命」，則「反以傷自然」。〔註52〕

竹林時期的嵇康同王弼一般，亦提倡以自然言人性，不過，嵇康認爲人乃稟承元氣自然而生，「浩浩太素，陽曜陰凝，二儀陶化，人倫肇興」，所重

人全生而有之『性』雖有稟賦上的濃薄差異，但其所分享的卻是共同的形上根源之道。」（頁351）。王家泠則是認爲王弼之「性」是承繼老莊「道德性命」的人性論，具有相當程度的形上「理性」、「道性」意涵，而之所以會有稟氣濃厚殊異的言論出現，「或許可以說是王弼還無法擺脫兩漢以降，同時也是當時正流行的才性論、氣性論的龐大思潮。」（〈從王弼「性其情」說到程頤「性其情」說〉，頁14），但是，從另一方面來說，儒家言性乃是普世皆一的道德法則，不容許有個別差異，然而，就王弼而言，性只是自然，不等同於道德法則，所以，「雖有殊別而皆稟於天之自然，……正顯現出道家玄學式道性的特性，及與儒家式性理的差異，在道家的哲學觀點中這並不是矛盾的，這是一種可以同時兼顧人的至極本根與個體殊別性的境界之學，同樣是尋求個體生命的究極安頓，它並不追求一種統一的道德行爲。」（頁22～23）。

〔註48〕王弼「命」字除了與「性」相連用外，亦與「天」連用，如注《論語・爲政》：「天命廢興有期，知道終不行也」；注《周易・萃掛》：「順以說而不損剛，順天命者也」。另外，「命」也常單獨使用，以代表肉體形質的生命，如《老子・第三章注》：「貴貨過用，貪者競趣，穿窬探篋，沒命而盜」；《老子・第七十三章注》：「必不得其死也。必齊命也」。或具有命令的意思，如注《周易・泰掛・上六爻辭》：「否道已成，命不行也。」；注《周易・否掛・九四爻辭》：「處否而不可以有命者，以所應者小人也」。或命中注定之意，如注《論語・雍也》：「否泰有命」。

〔註49〕見樓宇烈校釋：《老子周易王弼注校釋》，頁36。

〔註50〕見樓宇烈校釋：《老子周易王弼注校釋》，頁123。

〔註51〕見樓宇烈校釋：《老子周易王弼注校釋》，頁53。

〔註52〕見樓宇烈校釋：《老子周易王弼注校釋》，頁28。

視者在於個體的感性存在，並不像王弼般強調絕對普遍的超越性。〔註53〕

　　嵇康所用「性」字含意，〔註54〕大致上可分為自然生理之性與氣稟殊別之性。首先，就自然生理之性來說，嵇康認為生理的基本需求是合於自然之理，「感而思室，飢而求食，自然之理也」，〔註55〕因此，他將此種生理官能的欲望視為人性，並進一步論述：

> 夫不慮而欲，性之動也；識而後感，智之用也。性動者，遇物而當，
> 足則無餘。智用者，從感而來，勸而不已。故世之所患，禍之所由，
> 常在於智用，不在於性動。〔註56〕

基於生理需求而引發的欲望，是直率不矯，沒有任何計算和機巧，可謂「性之動」，乃出自於真實自然的本性。但是，對於萬事萬物起分別心，進而產生好惡感覺，則為「智之用」。然此智用者往往容易淪於無止盡的物質利益追逐，而人世間的禍患端源便是起於智用，非生發於性動，因為順著生理官能所自然反應的欲望是「遇物而當，足則無餘」，不會有過度放縱的情形，所以，嵇康大聲倡言：

> 六經以抑引為主，人性以從欲為歡，抑引則違其願，從欲則得自然。
> 〔註57〕

此處「從欲」之「從」字，當作「順從」解，順從形質生命的各種基本生理欲望，不應強制壓抑，如此人人方能各隨其性，合於自然之道。〔註58〕

〔註53〕蒙培元認為王弼以「自然」為性的說法，為玄學心性論奠定理論基礎，且為嵇康、阮籍等人從實踐上和理論上同時發展。不過，「阮籍、嵇康都從元氣自然論出發說明人性之自然，並且同養生養性之學聯繫在一起，因而不像王弼那樣強調絕對普遍的超越性，而是更加重視個體的感性存在。」（《中國心性論》，頁195～196）。

〔註54〕何啟民有言：「自古未有『性』字之初，以『生』為性；既有『性』字以後，義亦同『生』。遂引申而為生所稟受，謂善惡材質也；再反之於心體，明所本然，此『性』之三義也。叔夜言『性』，於此三義，莫不具足。」（《竹林七賢研究》，頁86～87）。曾春海則認為嵇康的人性論屬於告子「生之謂性」的氣性思路，「涵攝了生所稟受的自然生理之性、個人氣稟有別的才性及能返照與道通合為一的虛靜心。」（《竹林玄學的典範——嵇康》，頁75）。而錢國盈主張嵇康所用「性」字的意義與人性論有關者可分為兩類：第一，指官能之性質；第二，指材質之性能。（其詳請參見〈魏晉人性論研究〉，頁69～70）。

〔註55〕見戴明揚：《嵇康集校注‧答難養生論》，頁174。

〔註56〕見戴明揚：《嵇康集校注‧答難養生論》，頁174。

〔註57〕見戴明揚：《嵇康集校注‧難自然好學論》，頁261。

〔註58〕嵇康於《養生論》言道：「善養生者，則不然矣。清虛靜泰，少私寡欲。知名

其次，就氣稟殊別之性來說，嵇康以陰陽二儀之陶化解釋萬物之興衰變動，主張萬物皆稟元氣而生，人性亦然：

> 夫元氣陶鑠，眾生稟焉。賦受有多少，故才性有昏明。唯至人特鍾
> 純美，兼周內外，無不畢備。降此以往，蓋闕如也。或明於見物，
> 或勇於決斷。人情貪廉，各有所止，譬諸草木，區以別矣。〔註59〕

人人皆承元氣生化，不過，卻有稟氣多寡的不同，因此衍生才性分殊的現象。唯獨聖人特稟天地之鍾氣，既純且美，兼周內外，無所不備，而一般常人則多少有所偏缺，並且氣成性定，不可遷、不可改，故聖人天生，非積學所能致。嵇康論神仙之存有時，亦是持此種看法：

> 夫神仙雖不目見，然記籍所載，前史所傳，較而論之，其有必矣；
> 似特受異氣，稟之自然，非積學所能致也。〔註60〕

認爲世上必然有神仙存在，不過，神仙特受天地異氣，實爲凡人所不可學得、不可致成。

綜觀上述言論，嵇康所用「性」字的含意，不論是自然生理之性或氣稟殊別之性，皆具「自然義」、「質樸義」、「生就義」，屬於氣性一路。〔註61〕然氣性乃無關乎道德，融於自然生命中，是就生命原始之渾樸以言性，所以，要保持人原始渾樸之眞性，嵇康認爲必須在心上作工夫，以心的清通朗澈來

位之傷德，故忽而不營。非欲，而強禁也。識厚味之害性，故棄而弗顧。非貪，而後抑也。外物以累心不存，神氣以醇白獨著。曠然無憂患，寂然無思慮。」認爲善於養生之人乃「少私寡欲」，不以物欲累心，然而，此似與「人性以從欲爲歡」意見相左，有所矛盾。湯一介對此表示看法：「嵇康提出養生應『少私寡欲』，似乎與上言『從欲』相矛盾。其實不然。上所言『從欲』是要求任自然之性，而反對人爲的名教的束縛；這裡所說的『少私寡欲』也是說的要任自然之性，不以那些『名位』、『厚味』等非自然本性要求的外在的東西累其心。」（《儒道釋與內在超越問題》，頁29）。所言甚是！嵇康所贊同者，僅止於出自單純的生理基本需求的欲望，並非也認可被外物牽引的無窮盡欲望，因此，「人性以從欲爲歡」與「少私寡欲」並不矛盾。

〔註59〕見戴明揚：《嵇康集校注·明膽論》，頁249。
〔註60〕見戴明揚：《嵇康集校注·養生論》，頁144。
〔註61〕牟宗三主張可從二方面言性：一爲順氣而言，則性爲材質之性，亦可稱之爲「氣性」、「才性」或「質性」；一爲逆氣而言，則在「氣」之上逆顯一「理」，此理與心合而爲一，指點一心靈世界。就順氣而言之「氣性」來說，是元氣下委於個體，具有三義：一是自然義（在實然領域內，不可學，不可事，自然而如此），二是質樸義（質樸、材樸、資樸通用。總之曰材質），三是生就義（自然生命凝結而成個體時所呈現的自然之質）。其詳請參見《才性與玄理》，頁1～3。

應物達情而不繫於所欲：

> 夫稱君子者，心無措乎是非，而行不違乎道者也。何以言之？夫氣
> 靜神虛者，心不存乎矜尚；體亮心達者，情不繫於所欲。矜尚不存
> 乎心，故能越名教而任自然；情不繫於所欲，故能審貴賤而通物情。
> 物情順通，故大道無違；越名任心，故是非無措也。〔註62〕

使心在虛靜的工夫之下，解脫外在嗜欲的束縛與牽引，去除生命的奔騖與糾結，無掉智識的成見與執著，則能「越名教而任自然」、「審貴賤而通物情」，超越一切世俗的是非對錯，進而與自然之道相合為一，怡然逍遙。於是，嵇康論養生之方乃形神皆重，不但要保養自然生理之生命，「上藥養命，中藥養性」、〔註63〕「呼吸吐納，服食養身」，〔註64〕以上藥保養生命，中藥調養性情，配合呼吸吐納來延年益壽外，更要懂得養神之道，因為「精神之於形骸，猶國之有君也」。〔註65〕而養神之旨乃於瞭解人稟受的生理生命之理，「誠知性命之理，因輔養以通也」，〔註66〕以澈悟生命渾樸之自然真理，來超克智用之欲、功利交賒，「無為自得，體妙心玄，忘歡而後樂足，遺生而後身存」。〔註67〕由此可知，嵇康之保身養命雖是生理之事，但其工夫仍於心上作。

阮籍論性同嵇康一般，屬於氣性思維，認為元氣下委於個體，五行之正性乃結聚而為人之性：

> 人生天地之中，體自然之形。身者，陰陽之精氣也。性者，五行之
> 正性也；情者，遊魂之變欲也；神者天地之所以馭者也。〔註68〕

萬物依自然而生，以自然為形上根據，無任何一物可外於自然之道而獨立存在，自然之道乃內於萬物己身，於是「自然一體」、「萬物一體」，萬物個個順著自然之道而行，自然而然，和諧共處，成為一體。人也不例外，也是自然之道的一

〔註62〕見戴明揚：《嵇康集校注・釋私論》，頁234。

〔註63〕見戴明揚：《嵇康集校注・養生論》，頁150。嵇康「命」字多單獨使用或與「性」字連用，大致上乃是用來表示自然渾樸之形體生命、壽命，如《養生論》：「至於導養得理，可以盡性命，上獲千餘歲，下可數百年」；《答難養生論》：「火蠶十八日，寒蠶三十日餘，以不得逾時之命，而將養有過倍之隆」；《難宅無吉凶攝生論》：「然唐虞之世，命何同延？長平之卒，命何同短？」；《釋私論》：「然斯數子，皆以投命之禍，臨不測之機，表露心識，猶以安全」。

〔註64〕見戴明揚：《嵇康集校注・養生論》，頁146。

〔註65〕見戴明揚：《嵇康集校注・養生論》，頁145。

〔註66〕見戴明揚：《嵇康集校注・養生論》，頁150。

〔註67〕見戴明揚：《嵇康集校注・養生論》，頁157。

〔註68〕見陳伯君：《阮籍集校注・達莊論》，頁140。

種形態的存在，具現自然而然的形體，即承襲陰陽之精氣而有肢軀，結聚五行之正性而成其性，隨順精氣散露的變化而著情，〔註69〕稟受天地造化之道而內化爲神。然人性既是五行之正性所匯聚形成，即元氣下委於個體，而人稟此元氣之多少、厚薄、清濁又皆不相同，便會出現人性之種種差別與等級現象：

> 昔者天地開闢，萬物並生；大者恬其性，細者靜其形；陰藏其氣，陽發其精；害無所避，利無所爭；放之不失，收之不盈。亡不爲天，存不爲壽；福無所得，禍無所咎：各從其命，以度相守。明者不以智勝，闇者不以愚敗，弱者不以迫畏，強者不以力盡。蓋無君而庶物定，無臣而萬事理，保身修性，不違其紀。〔註70〕

天地萬物順應自然之道而生，其氣固然有盛衰變化，卻也都是順道自然而不傷，是以，無所避、無所爭、無所得、無所咎，不以亡爲天、不以存爲壽，一切因任自然之道而行，自然而然，不勉力而爲。於是，雖因稟氣不同而產生人與人之間的明闇分別、強弱差異，但只要「各從其命，以度相守」，順隨其受命之定限，謹守其氣性之分際，依其材質而爲事，「明者不以智勝，闇者不以愚敗，弱者不以迫畏，強者不以力盡」，則能「無君而庶物定，無臣而萬事理」，整個國家社會不須有外力強加束縛，便可呈顯出和諧一體的境況，人人融洽共處，彼此相關。是以，阮籍又言：

> 君臣垂拱，完太素之樸，百姓熙洽。保性命之和。〔註71〕

聖人取法自然，無爲而治，不扭曲、不操縱，使得人人皆可完保稟性之殊，順應命定之限，百姓和樂喜悅，安居樂業。

　　由此可知，阮籍亦是順氣以言性，乃至言命。不過，在性與命之外，阮籍還提出「神」的概念：

> 天不若道，道不若神。神者，自然之根也。〔註72〕

認爲萬物之所以能自然而然地生成，乃是自然之道的妙化神功，故以「神」言之。而阮籍此言並非有意於自然之上再立一個根本，「神者，自然之根」是用

〔註69〕「情者，遊魂之變欲也」一句，戴璉璋解作「隨順精氣散露的變化而著情」，認爲阮籍所謂「遊魂」，乃語本《周易·繫辭上傳》：「精氣爲物，遊魂爲變。」韓康伯〈注〉「精氣烟熅，聚而成物，聚極則散，而遊魂爲變也。遊魂，言其遊散也。」（〈阮籍的自然觀〉，頁312）。
〔註70〕見陳伯君：《阮籍集校注·大人先生傳》，頁169～170。
〔註71〕見陳伯君：《阮籍集校注·通老論》，頁159。
〔註72〕見陳伯君：《阮籍集校注·大人先生傳》，頁185。

「神」來點拈出「自然之所以爲自然，是落實在萬物自然而然的神功妙化之上」。〔註73〕因此，「神」也就可以說是「自然之根」。再者，人生於天地之間，稟受自然之道而內化爲神，於是，「神」不僅是萬物的形上根據，亦是人的精神主體，〔註74〕而阮籍便由此凸顯精神境界的超越性，以「神」作爲人與天地萬物同體、與自然之道契合的根據，顯現出自個體精神的絕對自由，超脫一切俗世的禮法教化、富貴名利、聲色娛樂的桎梏，達到與天地自然一體的逍遙境界。

因此，阮籍雖是順氣以言性、言命，但在此之外尚言人有「神」，以「神」來彰顯人精神主體的自由與超越。

第三節　郭象之性命義

郭象約生於曹芳嘉平四年（西元252年），卒於晉懷帝永嘉6年（西元312年），享年約六十歲。在此六十年的歲月中，郭象幾乎經歷了西晉政權的建立

〔註73〕　見戴璉璋：〈阮籍的自然觀〉，頁317。再者，戴璉璋依此以體用的關係來詮釋自然與神，認爲「如果說自然是體，那麼神就是用，全體在用，全用是體，而即用可以見體。」（頁317），所以，自然之道便是萬物的大本大根。李玲珠亦主張阮籍提出「神」的概念，「並非在『自然』外別立一層次」（《魏晉自然思潮研究》，134）。不過，許抗生與高晨陽則持論「神比道更根本」（《魏晉思想史》，頁101），「『自然』並不是宇宙萬物的根本，在其之前還有不爲人們所知的最終極的東西，這個東西是比『自然』更高並由之產生出『自然』的『根』。這個『根』即是『神』。」（《阮籍評傳》，頁165）。而筆者以爲阮籍此語並無意在自然之上別立一更高原則，就如同《老子·第二十五章》言：「人法地，地法天，天法道，道法自然」一般，是形容道之自己如此的一種狀態，來表示無形無名之道本身，或道之作用方式。因此，「神」也是阮籍用來形容自然之道的神功妙化，及表示自然之道本身。

〔註74〕　辛旗認爲阮籍言「神」乃意指「『神』是自然的根本。這個『神』絕不是主觀精神」（《阮籍》，頁73），而〈達莊論〉中所言之「神」，應只是人體構成的要素之一，「並不能據此來得出阮籍哲學的最高概念『神』是一個精神本體之結論。」（《阮籍》，頁74）。不過，蒙培元、高晨陽、李玲珠等人則以爲「神」具有精神主體之意，其中，高晨陽有言：「阮籍所理解的『神』不僅具有客觀意義，而且更爲重要的它系指人的精神境界。『神』作爲人的主體的精神狀態的表徵，顯然又具有主觀方面的意義。按照阮籍的思想進行邏輯推論，『神者，自然之根也』，『神』是宇宙的本原，如果主體能體認宇宙的本原，與宇宙整體契合爲一體，『神』也就內化爲人的精神狀態或精神境界。……阮籍提出『神』的概念，……他的最終目標是獲得一種無差別的精神境界，追求自我的解脫和自由，概念『神』即是對這一絕對自由的精神世界的表述。」（《阮籍評傳》，頁165～166）。

與滅亡；從司馬氏奪權的誅戮縱橫，至八王之亂的攻伐混戰，再至永嘉之禍的燒殺擄掠，〔註75〕現實生活充斥著太多的苦難、恐慌與慘酷，使萬民百姓在夾縫中痛苦地求生存，也令諸多名士對生命感到無常與無奈，不禁熄滅心中理想之火，士風日漸由竹林時期的放達趨於頹廢。而郭象身處此中，面臨現實與理想的割裂矛盾，對生命的感觸與思維應有深刻之處，是以，探究郭象之性命觀當是瞭解其思想之重要課題。以下便試就郭象之「性」論與「命」論〔註76〕來探究郭象對人性的無窮與限制的諸般體會。

一、「性」論

郭象《莊子注》一書中，「性」字出現多達268次，若扣除〈莊子序〉：「通天地之統，序萬物之性，達死生之變，而明內聖外王之道。」一處，尚有267個「性」字在《莊子注》本文出現。〔註77〕由此可見，郭象對於「性」的高

〔註75〕正始十年（西元249年）正月，司馬懿發動政變，篡謀曹氏政權，誅殺曹爽、曹義、曹訓、何晏、鄧颺、丁謐、畢軌、李勝、桓範、張當等人及其三族。西元265年，司馬炎正式篡奪曹氏政權，並於西元280年春，揮軍南滅東吳，結束三國鼎立的分裂割據，出現一股振興氣象，改元太康。但未及數年，朝內便開始爲王位繼承之事紛爭不已，加上繼位的惠帝生性癡愚，大權旁落，所以，西晉一統天下不過十餘年，即發生宗室相殘的八王之亂，長達16年之久（永康元年～光熙元年；西元291年～306年），對社會造成慘重的破壞。《晉書・汝南王傳》記載：「自惠皇失政，難起蕭牆，骨肉相殘，黎元塗炭」（頁1627），因此，八王之亂後，一些少數民族趁機起兵、建國，其中，匈奴人劉淵建立漢國，佔領并州，勢力直逼洛陽。永嘉四年（西元310年），劉淵死，其子劉聰繼位。次年，劉聰派兵南下，攻略長安，俘擄晉懷帝，當時「城內饑甚，人皆相食，百官分散，莫有固志。」（《晉書・劉聰》，頁2659）。後又於建興四年（西元316年）再次攻陷長安，晉愍帝「乘羊車，肉袒銜璧，輿櫬降。」（《晉書・孝愍帝》，頁130）。劉聰軍隊兩次進攻長安，在關中一帶大肆燒殺擄掠，造成「千里無煙爨之氣，華夏無冠帶之人，自天地開闢，書籍所載，大亂之極未有若茲者也。」（《晉書・虞預傳》，頁2144）。可見當時百姓生活顛沛流離，無一不在生死線上痛苦地掙扎著。

〔註76〕在郭象《莊子注》中，「性」與「命」二字有單獨使用，如「自然耳，故曰性」（注〈山木〉，頁694）；「知不可奈何者命也而安之，則無哀樂，何易施之有哉！故冥然以所遇爲命而不施心於其間，泯然與至當爲一而無休戚於其中，雖事凡人，猶無往而不適，而況於君親哉！」（注〈人間世〉，頁156）；也有合併使用，如「夫悲生於累，累絕則悲去，悲去而性命不安者，未之有也。」（注〈逍遙遊〉，頁13）。於是，本論文乃先分述「性」、「命」，再論「性命」二字合用的情形。

〔註77〕根據鍾芳姿的統計，「在《莊子注》一書中關於『性』字及和『性』字連用的

度重視。他曾對「性」下過此番定義：

> 言自然則自然矣，人安能故有此自然哉？自然耳，故曰性。〔註78〕

郭象以「自然」來闡釋「性」，又郭象所謂的「自然」乃是根據精神主體開展而出，以道家「無」之生命智慧貫徹而成，亦指無形無名之道，可總提爲萬物之實現原理，「天者，自然也」。〔註79〕因此，郭象不僅以「自然」言天道，亦以「自然」言萬物之性，〔註80〕認爲自然無爲之天道以「不生之生」來化育天地萬物，不操縱、不把持、不損益，自然無爲而萬物生，並且，道在生化人與萬物時，便已內在於萬有之中，而成其「性」。是以，人之所以能「言自然則自然矣」，實乃因內在於人性中自然之道的顯發，「自然耳，故曰性」，人性是源於自然無爲之天道，「天然在內」〔註81〕是天道在人身上的內在化。

又注〈齊物論〉有言：

> 彼，自然也。自然生我，我自然生。故自然者，即我之自然，豈遠之哉！〔註82〕

自然無爲之天道遍在天地萬有中，以自然而然的方式化育宇宙萬物，令生命如實地展現其自己，不扭曲、不勉強，自然而然。人當不除外，亦沐浴於此自然之道中而生成變化。且道不離物，內在於萬物生命本身，形成其「性」，於是「性」乃人身上內在化的道，「故自然者，即我之自然，豈遠之哉！」自然之天道即在我身，只要返回自然之本性，即是自然、即是天道，何需遠求。

於是，郭象乃云：

> 所以迹者，眞性也。〔註83〕

語辭，總計達二百六十八個之多，其中除了一『性』字出現在〈莊子序〉外，其餘二百六十七個『性』字皆在《莊子注》本文注釋中出現。」（《郭象的性論及人生、政治思想》，頁20）。

〔註78〕《莊子・山木》：「人之不能有天，性也」注，頁694。

〔註79〕《莊子・天道》：「是故古之明大道者，先明天而道德次之」注，頁471。另外，其他注文亦有表「自然」爲天道之意，如「天者，自然之謂也」（注〈大宗師〉，頁224）；「凡所謂天，皆明不爲而自然」（注〈山木〉，頁694）。

〔註80〕莊耀郎認爲郭象之「自然」既是「天道的內容，也是萬物的本性」（《郭象玄學》，頁86）。江淑君亦持相同看法，主張郭象之「『天』即是『道』即是『自然』」，且人之本性受於天理自然，以「『自然』」來闡釋『性』的內容，這樣的『性』就是所謂『眞性』。」（〈王弼、郭象玄解《論語》人性觀論析，頁462）。

〔註81〕《莊子・秋水》：「故曰：天在內，人在外」注，頁589。

〔註82〕《莊子・齊物論》：「非彼无我，非我无所取。是亦近矣」注，頁56。

〔註83〕《莊子・天運》：「夫六經，先王之陳迹也，豈其所以迹哉」注，頁532。

以「所以迹」來形容「性」，即意味著性乃人與萬物承道而爲己所有者，因爲，「所以迹者，無迹也，世孰名之哉！」〔註84〕且「無迹者，乘羣變，履萬世，世有夷險，故迹有不及也」。〔註85〕「所以迹」爲「迹」之本，是萬事萬物變化的根本，能夠「乘羣變，履萬世」，超越時空限制、形體區隔，因此，「所以迹」乃無形無象之天道，不能用一般的名言定稱來指陳。而郭象以「所以迹」言人之「性」，便是認爲「性」爲天道於人生命之內在化，於是，人順自然之性而爲，便能與道契合，「不知其然而自然者，非性如何！」〔註86〕可知，「性」爲承自然天道而來，以「自然」爲宗。

又天道無是無非、無善無惡，玄冥彼我，故承道而來之「性」亦爲善惡兩忘，超越倫理，超越於善惡之上，郭象曰：

> 物無貴賤，得生一也。故善與不善，付之公當耳，一無所求於人也。
> 〔註87〕

萬物皆稟自然而生，承道而成，內化天道爲其性，於是，內心質素誠直，能超越一般禮教道德的圍限，遺忘善惡榮辱，「忘善惡而居中」，〔註88〕不矜名爭善。故郭象論人性乃多以「眞」言之：

> 眞在性分之內。〔註89〕

直指人性乃精純眞樸，沒有虛假、造作，於是主張「各安其性，天機自張」，〔註90〕只要依循自然本性行事，不違逆、不扭曲，便可復歸天道，逍遙而無不往。以爲人性直通天道，樸素無飾，如同一潭清澈碧水，寧靜而無雜，閃爍著眞摯的人性光芒。因此，郭象不只以「眞」言人性，亦以樸、素、靜來形容自然之人性，〔註91〕認爲人性無文飾巧僞，凡「率性而動」、〔註92〕「任

〔註84〕《莊子·應帝王》：「有虞氏不及泰氏」注，頁287。
〔註85〕同上。
〔註86〕《莊子·則陽》：「而不知其然，性也」注，頁881。
〔註87〕《莊子·人間世》：「內直者，與天爲徒。與天爲徒者，知天子之與己皆天之所子，而獨以己言蘄乎而人善之，蘄乎而人不善之邪」注，頁143。
〔註88〕《莊子·養生主》：「爲善无近名，爲惡无近刑」注，頁116。
〔註89〕《莊子·秋水》：「謹守而勿失，是謂反其眞」注，頁591。
〔註90〕《莊子·逍遙遊》：「若夫乘天地之正，而御六氣之辯，以遊无窮者，彼且惡乎待哉」注，頁20。
〔註91〕郭象多以眞、樸、素、靜形容人性，如「夫任自然而忘是非者，其體中獨任天眞而已。」（注〈齊物論〉，頁44），「凡非眞性，皆塵垢也。」（注〈齊物論〉，頁99），「還用其本性也。任其純朴而已。」（注〈山木〉，頁678），「守其朴而朴各有所能則平」（注〈徐无鬼〉，頁829），「各有自然之素，既非跂慕之所

眞而直往」〔註93〕者，即是自然無爲而可盡逍遙之妙。

郭象言「性」，除論及人人皆有之眞誠純粹的一面外，且注意到人生而即有的生理本能與欲望，因爲，這些欲望是生命的一部分，不能排拒，如「性之不可去者，衣食也」，〔註94〕寒而求衣，飢則覓食，是人生理官能的基本欲望與能力，就好比目可視、耳可聞一般，乃爲人性之所有，於是，郭象云：

> 足能行而放之，手能執而任之，聽耳之所聞，視目之所見，知止其
> 所不知，能止其所不能，用其自用，爲其自爲，恣其性內而無纖芥
> 於分外，此無爲之至易也。〔註95〕

足、手、耳、目各生理官能之欲望與能力是維持形質生命的憑藉，也就是生存的基礎，爲人性所本有，且此種官能欲望與能力是沒有任何智識分別、計算機巧，所以，順性無爲，自然而然就「知止其所不知，能止其所不能，用其自用，爲其自爲」。

另外，郭象也重視人與人之間相異的稟賦與才能，「物各有性，性各有極」，〔註96〕群物皆有不同於他者之才性，且此才性各有其限制與分際，不可跂尚。然則，由於人性乃承自然天道而來，無善無惡、無是無非，即使各人所稟賦的才能有多寡、高低之別，但皆同通於道，而無好壞、貴賤，因此，凡得於性者，不論大小，俱可逍遙。郭象有言：

> 夫莛橫而楹縱，厲醜而西施好，所謂齊者，豈必齊形狀，同規矩哉！
> 故舉橫縱好醜，恢恑憰怪，各然其所然，各可其所可，則理雖萬殊
> 而性同得，故曰道通爲一也。〔註97〕

萬事萬物皆有其獨特之點、殊別之處，縱、橫、妍、醜各有不同，各有其好，若齊形狀、同規矩，定下一個標準規範，則萬物被圍於此特定且有限的範圍中，生命便無法推展開來，無法自由地展現自己。故齊物之論豈在「必齊形

及」（注〈逍遙遊〉，頁16），「任素而往」（注〈天地〉，頁412），「朴素而足」（注〈山木〉，頁687），「人生而靜，天之性也。」（注〈大宗師〉，頁230）。

〔註92〕《莊子・天道》：「上必无爲而用天下，下必有爲爲天下用，此不易之道也」注，頁465。

〔註93〕《莊子・天道》：「審乎無假而不與利遷」注，頁487。

〔註94〕《莊子・馬蹄》：「彼民有常性，織而衣，耕而食，是謂同德」注，頁334。

〔註95〕《莊子・人間世》：「福輕乎羽，莫之知載」注，頁184。

〔註96〕《莊子・逍遙遊》：「小知不及大知，小年不及大年」注，頁11。

〔註97〕《莊子・齊物論》：「故爲是舉莛與楹，厲與西施，恢恑憰怪，道通爲一」注，頁71。

狀，同規矩哉」！而應是令萬物「各然其所然，各可其所可」，開放一切，不加限定，萬物能各自發揮才能。如此一來，便有無限的可能，「則理雖萬殊而性同得」，俱可復返於自然之真性，不委屈、不強求。所以，縱使萬物才性分殊，但皆稟天道而生，是自然而然，不具任何批判色彩，不在一般道德價值下作思考，故能超越善惡。郭象注〈逍遙遊〉時，即開宗明義地指出：

> 夫大小雖殊，而放於自得之場，則物任其性，事稱其能，各當其分，逍遙一也，豈容勝負於其間哉！〔註98〕

人性乃承天道而來，自然真摯，所在皆是，其性分所具之才能、形狀，亦超越一般價值判斷，無好、壞之分，於是，任其性、當其分、稱其能，「大鵬無以自貴於小鳥，小鳥無羨於天池」，〔註99〕莫不自得而逍遙。但若反之以勝負、貴賤的有色角度來看待才性的殊別，則不明性分之適，而使萬物以大欲小，以小求大，無法順性自足，紛紛向外競求，逐欲無窮，禍患遂生：

> 聰明之用，各有本分，故多方不為有餘，少方不為不足。然情欲之所蕩，未嘗不賤少而貴多也，見夫可貴而矯以尚之，則自多於本用而困其自然之性。若乃忘其所貴而保其素分，則與性無多而異方俱全矣。〔註100〕

人之才性分殊，有智、愚、賢與不肖之別，但其所稟皆是自然之天道，因此，雖有不同，卻無分勝負、貴賤，「多方不為有餘，少方不為不足」。然則，人往往會因外在因素的影響，蕩而不靜，興起智識分別之心，進而扭曲自然本性，向外欲求，以小羨大，賤少貴多，隨外在物欲沉浮而無法自拔，終至失性背道之途。於是，「民之所患，偽之所生，常在於知用，不在於性動」。〔註101〕倘若能無去勝負、貴賤之分別心，「毀其所貴，棄彼任我，則聰明各全，人含其真」，〔註102〕開放一切，無所偏執，復返於天真之性，各安其所安，各為其所為，不卑不亢，不尚不求，則可「與性無多而異方俱全」，少方、多方；長者、短者付之自若，無不得其極而自怡。

〔註98〕　《莊子·逍遙遊》：「逍遙第一」注，頁1。

〔註99〕　《莊子·逍遙遊》：「蜩與學鳩笑之曰：『我決起而飛，[搶]榆枋，時則不至而控於地而已矣，奚以之九萬里而南為？』」注，頁9。

〔註100〕　《莊子·駢拇》：「而多方於聰明之用也」注，頁313～314。

〔註101〕　《莊子·達生》：「民幾乎以其真」注，頁639。

〔註102〕　《莊子·胠篋》：「擢亂六律，鑠絕竽瑟，塞瞽曠之耳，而天下始人含其聰矣；滅文章，散五采，膠離朱之目，而天下始人含其明矣」注，頁355。

所以，郭象注〈齊物論〉時，乃舉音符為例，再次闡明萬物之性乃超越善惡，其所具之才能、形狀亦超越一般價值判斷，無好、壞之分：

> 夫聲之宮商雖千變萬化，唱和大小，莫不稱其所受而各當其分。
> 〔註103〕

樂音千變萬化，各有不同，有的低沉迴盪，有的高亢激昂，但皆有其美，於是，在音樂的世界中，每一個音符都是不容忽視的主角，而一首曲目的成功，端賴曲中所有音符的各當其分，否則必有缺憾。人的世界亦如是，各人稟賦才性殊異，卻無一不美，「雖所美不同，而同有所美。各美其所美，則萬物一美也；各是其所是，則天下一是也。」〔註104〕每個人都是社會的重要組成份子，都有其生命價值處，無分高低貴賤，其差異處只在稟賦才質上的不同，所以「人有偏能，得其所能而任之，則天下無難矣」，〔註105〕各順其性、各展其能，世間便能如樂曲般和諧動聽。

然而，郭象除了申論人性自然，其所稟賦之才質、能力超越一般道德價值判斷外，亦強調這些才質、能力是天生而成，不可改易、不可學致，學習〔註106〕之功僅能成就其性分之內的才質，若超於性分之外者，則雖強效、跂尚亦無功，是以，郭象有云：

> 言性各有分，故知者守知以待終，而愚者報愚以至死，豈有能中易
> 其性者也！〔註107〕

人之才性乃是生而已定，智者不得不智，愚者不得不愚，「物各有分，不可強相希效」，〔註108〕非後天學效之功所能遷，若強以不可學而學、不可為而為，遂矯情偽作橫生，失其天真之自然本性：

> 夫外不可求而求之，譬猶以圓學方，以魚慕鳥耳。雖希翼鸞鳳，擬

〔註103〕《莊子·齊物論》：「前者唱于而隨者唱喁。泠風則小和，飄風則大和」注，頁48。

〔註104〕《莊子·德充符》：「自其同者視之，萬物皆一也」注，頁191。

〔註105〕《莊子·達生》：「曰：『吾生於陵而安於陵，故也；長於水而安於水，性也；不知吾所以然而然，命也。』」注，頁658。

〔註106〕莊耀郎認為郭象對於「學」和「習」二字有特定的用法，「大略言之，『學』之一義和強效、企慕、跂尚之義相近，屬於負面的涵義居多。『習』則和一般的學習的意義相當。」（《郭象玄學》，頁121）。強學矯性，而積習可以報性，可將性分的內涵開發出來，「學」、「習」二字於《莊子注》中涵義不相同。

〔註107〕《莊子·齊物論》：「一受其成形，不忘以待盡」注，頁59。

〔註108〕《莊子·秋水》：「且夫知不知是非之竟，而猶欲觀於莊子之言，是猶使蚊負山，商蚷馳河也，必不勝任矣」注，頁601。

規日月，此愈近彼，愈遠實，學彌得而性彌失。〔註109〕

郭象認爲學習之功是在成就性分之所有，「彼有彼性，故使習彼」，〔註110〕倘若希慕性分之外者，則猶如「以圓學方，以魚慕鳥」。魚性本善泳長游於水中，竟欲學飛鳥翱翔於天際，此非本性所具，強效不可得，即使逐步接近所尙貴者，卻也日漸彌失本性、遠離其眞。因此，學習之有無功效的判別，實乃基於本性之備與不備，如同鑿井求水，必須先尋泉源，假使土下無泉，即便努力穿鑿亦不得活頭泉水來。但世人多只見穿鑿之末事，不悟泉性之自然，並以此爲是，誠乃誤妄危殆。所以，郭象倡言凡矯效、企慕本性之外者，皆爲傷性之舉，若進而以此率天下，使百姓離失眞性，則其過更甚於桀、跖：

　　夫曾史性長於仁耳，而性不長者橫復慕之，慕之而仁，仁已僞矣。

　　天下未嘗慕桀跖而必慕曾史，則曾史之簧鼓天下，使失其眞性，甚

　　於桀跖也。〔註111〕

這段文字導引出一個有意思且值得注意的問題：郭象言人有「性長於仁」者與「性不長者」，此番論點似乎否定人人皆俱仁義，限制德性實現的可能，甚至還暗示有桀、跖之性存在。〔註112〕然而，郭象的人性理論是否眞會限制德性實現的可能？是否眞有暗示桀、跖之性存在？此番問題的糾結與產生實乃源自郭象對「仁義」的看法，因此欲探究郭象人性論是否有限制德性實現之可能以及暗示桀、跖之性存在，須先釐清《莊子注》中「仁義」之本意，方能解決上述種種疑團。

　　關於郭象《莊子注》之「仁義」，歷來學者多有研究討論，大多認爲郭象以氣性言仁義，將仁義視爲才性的一種，故有長於仁義與不長於仁義之分。〔註113〕綜觀《莊子注》一書，郭象以「情性」、「人情」或「人性」詮

〔註109〕《莊子‧齊物論》：「五者園而幾向方矣」注，頁88。

〔註110〕《莊子‧列禦寇》：「彼故使彼」注，頁1044。

〔註111〕《莊子‧駢拇》：「枝於仁者，擢德塞性以收名聲，使天下黃鼓以奉不及之法非乎？而曾史是已」注，頁315。

〔註112〕錢穆認爲「郭氏注莊，失於昧合萬物，物無不適。然則桀驚饕戾，無非遂性。」（《莊老通辨》，頁418）。莊耀郎亦主張郭象注「夫曾史性長於仁耳」一段，以桀跖與曾史相對而言，乃「暗示有所謂的桀跖之性存在。」（《郭象玄學》，頁112）。

〔註113〕關於《莊子注》之「仁義」，歷來學者多有研究，大致上可分爲三類說法：一爲主張「仁義」爲人性所有，如蒙培元認爲郭象強調君臣之義、尊卑之分，所以視「仁義」爲人性。（其詳請參見《中國心性論》，頁221）。二爲主張「仁義」非人性所有，如呂錫琛強調「仁義既非千古不變的普遍規範，也非人人

說仁義：

> 夫仁義自是人之情性，但當任之耳。〔註114〕

> 恐仁義非人情而憂之者，眞可謂多憂也。〔註115〕

> 夫仁義自是人情也。〔註116〕

> 夫仁義者，人之性也。人性有變，古今不同也。故游寄而過去則冥，
> 若滯而係於一方則見。見則僞生，僞生而責多矣。〔註117〕

觀看上述引文，可知「仁義」既是「人之情性」，亦是「人情」，也是「人之性」，然而，「情」、「性」二字於《莊子注》中，誠非同義，不可等同視之；「性」意指承天道而爲己所有者，是天道在人身上之內在化，「情」則爲人之寂靜天性應物而動者，是「性」之動而外顯。順性而動之情乃合乎天道自然，「內保其明，外無情僞，玄鑒洞照，與物無私」，〔註118〕保存、依順內在自然清明之天性，便能令外顯之情眞摯無僞，進而洞鑒觀照萬物，無所偏滯，無所私愛。但倘若興發分別、知識之心，扭曲自然眞性，則其「情」便容易滯著、偏執：

> 感物大深，不止於當，遁天者也。將馳騖於憂樂之境，雖楚戮未加
> 而性情已困，庸非刑哉！〔註119〕

「知」乃生於失當無明，會牽引支離人之天然本性而陷於生命之紛馳、意念之造作、意見之繚繞與知識之葛藤。〔註120〕於是，人一旦生發心知之造作，「益

> 均具的本性。」（〈郭象認爲「名教」即「自然」嗎？〉，《哲學研究》，1999年7月，頁72）。三爲主張「仁義」是人人皆具的氣性，有高下之分，如錢國盈認爲郭象不把「仁義」視作人之道德理性，而是將「仁義」當作氣性，「否定了仁義的擴充之必要，並把仁義視爲人之才性而分高下。」（〈魏晉人性論研究〉，100）。又莊耀郎提出「仁義」是人之本具的情性，人人皆有，「然郭象的性偏落在氣質之性上說，既偏於氣性，則是從特殊性這一面論性，對於屬於人人本有的德性內容而言，必有長於體現和不長於體現的分殊。」（《郭象玄學》，113）。

〔註114〕《莊子·駢拇》：「意仁義其非人情乎」注，頁317。

〔註115〕《莊子·駢拇》：「彼仁人何其多憂也」注，頁317。

〔註116〕《莊子·駢拇》：「自三代以下者，天下何其囂囂也」注，頁320。

〔註117〕《莊子·天運》：「止可以一宿而不可久處，覯而多責」注，頁519。

〔註118〕《莊子·德充符》：「內保而外不蕩也」注，頁215。

〔註119〕《莊子·養生主》：「古者謂之遁天之刑」注，頁128。

〔註120〕郭象有言：「知之爲名，生於失當，而滅於冥極」（注〈養生主〉，頁115），牟宗三曾對此進行一番探究、詮解，認爲「知」是表示離其自在具足之性分而陷於無限追逐中，舉凡聲、色、名、利、仁、義、聖、智、學皆可牽引成一無限追逐。「此可總之曰生命之紛馳，意念之造作，意見之繚繞與知識之葛

生之情」〔註121〕便油然而起，「情有所偏而愛有所成，未能忘愛釋私，玄同彼我也」。〔註122〕遂令生命陷於無限追逐，不止於所當止，而「復逐於彼，皆疲役終身」，〔註123〕馳騖於哀樂、得失之間，猶如刑戮加於己身，困苦不已。所以，情之發動當應物而不累於物，不迷困於憂樂喜怒，以「無」的工夫智慧來忘情、遣情，「斯皆先示有情，然後尋至理以遣之」，〔註124〕將「情」遣之又遣，以達與自然天性內外相冥。如此一來，則可適性稱情而直往，生時安生，死時安死，得失不繫於心。

　　於是，根據上述「性」、「情」的分析辨別，再觀看郭象關於「仁義」的論述，則可發現郭象視「仁義」爲人性，爲人人皆具，出自天然本性：

　　　　仁義發中，而還任本懷，則志得矣，志得矣，其迹則樂也。〔註125〕

仁義由衷而發，純實真摯，是「自然結固，不可解」，〔註126〕並且，此內在於人性之「仁義」非世俗道德判斷之仁義，而是無親之仁、無成之義，是超越一般倫理價值的至仁、至義：

　　　　至仁無親，任理而自存。〔註127〕

　　　　夫至仁者，無愛而直前也。〔註128〕

　　　　無親者，非薄德之謂也。夫人之一體，非有親也；而首自在上，足
　　　　自處下，府藏居內，皮毛在外；外內上下，尊卑貴賤，於其體中各
　　　　任其極，而未有親愛於其間也。然至仁足矣，故五親六族，賢愚遠
　　　　近，不失分於天下者，理自然也，又奚取於有親哉！〔註129〕

內於人性之至仁乃無親無黨、無私無曲，若天之雲行雨施，潤澤萬物，無所偏愛，故「至仁無親」非「薄德之謂」，應是超越一般世俗之仁義而無心於親

　　　　藤」。故以致虛守靜之工夫將一切追逐消化滅除，而重歸於其自己之具足，此
　　　　即所謂「滅於冥極」。關於牟宗三之詳細論述請參見《才性與玄理》，頁 205
　　　　～208。
〔註121〕《莊子・秋水》：「知道者必達於理，達於理者必明於權，明於權者不以物害
　　　　己」注，頁 588。
〔註122〕《莊子・齊物論》：「道之所以虧，愛之所以成」注，頁 76。
〔註123〕《莊子・齊物論》：「終身役役而不見其成功」注，頁 60。
〔註124〕《莊子・至樂》：「且吾與子觀化而化及我，我又何惡焉」注，頁 617。
〔註125〕《莊子・繕性》：「中純實而反乎情，樂也」注，頁 549。
〔註126〕《莊子・人間世》：「子之愛親，命也，不可解於心」注，頁 155。
〔註127〕《莊子・大宗師》：「有親，非仁也」注，頁 233。
〔註128〕《莊子・天道》：「意，幾乎後言！夫兼愛，不亦迂乎」注，頁 479。
〔註129〕《莊子・天運》：「至仁無親」，頁 498。

疏，無不包容，慈愛弘博。然則，一旦發於中而外顯，必定有「迹」：

> 仁者，兼愛之迹；義者，成物之功。愛之非仁，仁迹行焉；成之非
> 義，義功見焉。〔註130〕

雖忘仁忘義，無愛無成，但其至仁無親之眞性總有一端倪、發露處，於是，從「所以迹」發「迹」，仁義之功迹便自然而然地彰顯展現，「非爲仁也，而仁迹行焉」、〔註131〕「非爲義也，而義功著焉」，〔註132〕此仁義之「迹」即是由「所以迹」之眞性發動而生之「情」，故郭象又言「仁義自是人情」。至此，吾人可瞭解何以郭象既言仁義爲人性，又言仁義爲人情，實乃內於人性之仁義爲超越一般倫理之至仁、至義，當此無親之至仁、無成之至義發顯時，則不得不有仁義之情、仁義之迹。然而，雖有仁義之迹，但若能保守朴素清明之本性，即可不耽溺於情，無去「情」之種種可能之偏滯，達至迹冥圓融之境。是以，郭象乃曰：「有無情之情，故無爲也」，〔註133〕情爲人生命之一部份，不可除去，即便是聖人亦有哭號之情，「人哭亦哭」、〔註134〕「與眾號耳」，〔註135〕只要無心玄應，情不繫於心，遣懷忘意，順性無爲，就能有情而不累於情。不過，倘若此「迹」未能冥於「所以迹」，未能休乎恬淡寂靜，而有爲於仁義、成心於仁義，繫得失於懷，矜尚於外，益生之情便油然生起，患難亦隨之而來。所以，順此思維，亦可理解郭象《莊子注》論「仁義」時，何以一方面倡言「仁義」乃「性命之情」，〔註136〕應當任情直往；另一方面卻又主張「仁義」乖違自然之道，「足以惑物，使喪其眞」，〔註137〕是「撓天下之具」，〔註138〕是桎梏人心之膠漆纏鎖。

〔註130〕《莊子‧大宗師》：「可矣，猶未也」注，頁283。
〔註131〕《莊子‧繕性》：「德无不容，仁也」注，頁549。
〔註132〕《莊子‧繕性》：「道无不理，義也」注，頁549。
〔註133〕《莊子‧大宗師》：「夫道，有情有信，无爲无形」注，頁247。
〔註134〕《莊子‧大宗師》：「且也相與吾之耳矣」注，頁277
〔註135〕《莊子‧養生主》：「『然則弔焉若此，可乎？』曰：『然』」注，頁128。
〔註136〕《莊子‧天地》云：「无爲爲之之謂天，无爲言之之謂德，愛人利物之謂仁」，郭象對此文句之所言之「仁」注曰：「此任其性命之情也」（頁407），可知郭象乃視「仁」爲發自天然眞性之情，故應順任直往。
〔註137〕《莊子‧駢拇》：「使天下惑也」注，頁322。
〔註138〕《莊子‧駢拇》：「自虞氏招仁義以撓天下也，天下莫不奔命於仁義」注，頁324。郭象十分重視仁義之迹所帶來的弊端，於《莊子注》中屢屢提及，如「仁義連連，祇足以惑物，使喪其眞。」（注〈駢拇〉，頁322）；「田桓非能殺君，乃資仁義以賊之。」（注〈天地〉，頁419）；「爲義則名彰，名彰則競興，競

依此，再回頭檢視「夫曾史性長於仁耳」一段，即可發現郭象用意乃在凸顯人人皆有至仁之性，只要由衷而發，無心玄應，無一不是真情流露，但由於稟賦之表達能力不同，故表達方式千差萬別、各有殊異。有人「性長於仁」，其稟賦之才質擅於表達「仁」之情，大方示愛；有人則情感內斂，不擅於外顯，屬於「性不長者」。然則，情雖有異，卻皆發自至仁之性。猶如天下父母心，皆親愛子女，不過，每位父母的表達能力與方式乃有所差異，有的父母擅於表達心中之愛，常透過口頭告知孩子，或經由親暱舉動，如摸頭、擁抱、牽手來傳達愛意；有的父母則不擅於表達，必須子女細心感受方能體會，但其親愛之情則同前者般濃厚，如朱自清之父為子買柑橘一事，其背後之深濃父愛不易察覺，須待朱自清用心體會，才知父愛之真誠偉大。倘若標舉規條，通過有限的人文、方式來規範父母對子女的親愛之情（仁），則這些規條便無法真正屬於每一個人，只能適合某一部份的人，有違其性，傳達出的愛意亦不免經過扭曲，顯得造作、不自然，這便是所謂「仁已偽矣」。是以，郭象言人有「性長於仁」者與「性不長者」，此番論點並非否定人人皆具至仁、至義之性，而是認為人因稟賦才能的殊異，故表達仁義之情時，會出現長與不長之分別，然而，長不為有餘，短不為不足，無須矯效羨欲、企慕外求。若是不依順自然天性，強學趿尚於外，則累生悲起，於是，曾、史以其一家之仁義道德規條加於天下萬民之身，即是讓生命推展不開，僵化扭曲，「使失其真性」。郭象曰：

> 多方於仁義者，雖列於五藏，然自一家之正耳，未能與物無方而各
> 正性命，故曰非道德之正。〔註139〕

曾、史稟賦長於表達仁愛之情，本無不妥，但「簧鼓天下」，以「一家之正」來標舉規範，引領天下之人跂慕仿效其仁義之迹、仁義之情，支離其天然真性，捨己從彼，而矯偽之情遂生，不能各正性命，將生命陷於無窮之追逐，生命亦漸告乾涸枯竭，實「非道德之正」。

至於，以桀、跖與曾、史相對是否就暗示有桀、跖之性的存在呢？郭象以桀、跖與曾、史相對而言「天下未嘗慕桀跖而必慕曾史」，這句話主要在凸

興則喪其真矣。父子君臣，懷情相欺，雖欲偃兵，其可得乎！」（注〈徐无鬼〉，頁827）；「仁義有形，固偽形必作。」（注〈徐无鬼〉，頁828）；「仁義既行，將偽以為之。」（注〈徐无鬼〉，頁862）；「仁義可見，則夫貪者將假斯器以獲其志。」（注〈徐无鬼〉，頁862）。

〔註139〕《莊子・駢拇》：「多方乎仁義而用之者，列於五藏哉！而非道德之正也」注，頁313。

顯天下之人常惑於仁義之迹，知不仁爲不仁，卻不知仁爲不仁，故企慕曾、史之仁義。於是，一旦曾、史「簧鼓天下」，其影響力往往大於桀、跖，可謂率天下之人失性背道，企慕希求於外，逐欲無窮，馳騖於得失之間，猶如膠漆纏鎖加於己身，困苦不已，是以，郭象責其過錯「甚於桀跖也」。再者，郭象並不認爲有天生的惡人：

> 厲，惡人也。言天下皆不願爲惡，及其爲惡，或迫於苛役，或迷而
> 失性耳。然迷者自思復，而厲者自思善。〔註140〕

人性乃超越善惡，順性而爲，莫不眞摯自然，契合天道。若矜名爭善於外，則傷性離道，所以，要遣是非、忘善惡，「去善則善無所慕，善無所慕，則善者不矯而自善也」，〔註141〕用致虛極、守靜篤之工夫來無去知識之分別心，以達到無所企慕，順性自然，不矜名爭善，忘仁忘義，則無心玄應，非爲善而善自全，「遣堯舜，然後堯舜之德全耳」，〔註142〕非爲德而德自全。因此，人之所以爲惡，並非天性使然，乃是「或迫於苛役，或迷而失性耳」，是受外在環境壓迫、扭曲其眞摯人性，或惑於所貴而迷失自然之性。於是，一旦回應內在於人性之至仁、至義的呼喚，則「迷者自思復，而厲者自思善」。這句中的「自」字透顯出一股根於人性之向善驅動力，強調人能迷途知返非外鑠之力所致，而是源自於人性的眞誠朴素。〔註143〕由此可知，桀、跖之所以爲惡非天性使然，「天下皆不願爲惡」，並無有所謂的桀、跖之性存在。李美燕曾對郭象適性思想作過一番詳細探究，提出堯、桀之所爲聖或暴的原因：

> 堯與桀之所以爲聖君或暴君，乃與道德心性是否呈現有關，而與才
> 質氣性並非直接相關，更不可由「適性」的觀念，推至「堯亦可，
> 桀亦可」的發展。〔註144〕

〔註140〕《莊子·天地》：「厲之人夜半生其子，遽取火而視之，汲汲然唯恐其似己也」注，頁452。

〔註141〕《莊子·外物》：「去善而自善矣」注，頁935。

〔註142〕《莊子·天運》：「夫德遣堯舜而不爲也」注，頁500。

〔註143〕郭象有言：「任其性命，乃能及人，及人而不累於己，彼我同於自得，斯可謂善也。」（注〈駢拇〉，頁328），眞正的「善」不是來自外在仁義之迹，是出自於內在己身之人性，故順任人性之至仁、至義，慈愛萬物而不累於己，玄同彼我，自得逍遙，此方可謂「善」。

〔註144〕見〈郭象注莊子逍遙遊的詭辭辯證〉，《屏東師院學報》，1995年6月，頁289。另外，盧桂珍認爲『『以殘害爲性』這個看法基本上就與郭象對『性』的定義相異。向、郭所言『物任其性』的『性』，指的是自然而無造作的本性，所以他說：『自然耳，故曰性』（〈山木篇〉注），而殘害在本質上只是人情由慾念

桀、跖之所以作惡爲厲，殘害天下，實非出自天性使然，反而是因爲迷失本性，逆性而爲，使得至仁、至義之本性不顯方才爲惡。因此，郭象言人有「性長於仁」者與「性不長者」，此番論點並無否定人人皆具仁義，亦不認爲有桀、跖之性存在。

二、「命」論

郭象除了注重人性的普遍性與超越性外，也正視生命本身以及外在環境條件的諸多不同與限制，因爲人生實在有許多無奈與不可突破的限制，並非所有人皆是完美無缺，能擁有一切美好。當面臨人生無可解的難題時，不顧一切而力挽狂瀾的作法往往令人陷入更深一層的痛苦，心靈受盡折磨且漸形僵化、枯萎。所以，該如何面對這些無奈與限制，便成爲人生一門重要課題。

對於人生命本身的不同及限制，郭象以才性的角度言之，認爲「大小之辯，各有自然之素，既非跂慕之所及，亦各安天性，不悲所異」，〔註145〕人皆有不同於他者之才性，此等才質、能力是天生而成，不可變易、不可強學仿效，且各有其限制與分際。然則，由於「性」乃承自然天道而來，無善無惡、無是無非，即使所稟賦之才能有多少、大小的不同，但皆同通於道，爲自然之道的一種形態的存在，而無好壞、貴賤。因此，各順其性，各盡其能，不論大小，皆可自得逍遙。至於現實外在環境或條件的限制，郭象則以「命」論之，有言：

> 其理固當，不可逃也。故人之生也，非誤生也；生之所有，非妄有也。天地雖大，萬物雖多，然吾之所遇適在於是，則雖天地神明，國家聖賢，絕力至知而弗能違也。故凡所不遇，弗能遇也，其所遇，弗能不遇也；〔凡〕所不爲，弗能爲也，其所爲，弗能不爲也；故付之而自當矣。〔註146〕

《莊子注》一書中關於「命」字的用法，大致上可分爲四層涵義：〔註147〕

牽引所致的造作與墮落，與向、郭以自然爲性的概念並不相應。」（《王弼與郭象之聖人論》，頁90）。

〔註145〕《莊子·逍遙遊》：「且適南冥也。斥鴳笑之曰：『彼且奚適也？我騰躍而上，不過數仞而下，翱翔蓬蒿之間，此亦飛之至也。而彼且奚適也？』此小大之辯也」注，頁16。

〔註146〕《莊子·德充符》：「死生存亡，窮達貧富，賢與不肖毀譽，飢渴寒暑，是事之變，命之行也」注，頁213。

〔註147〕鍾芳姿於《郭象的性論及人生、政治思想》中指出：「『命』這個概念在郭象《莊子注》中有四層涵義：第一義指生命本身而言，……第二義指的是人生

一是指自然肉體之形質生命，如「心得養納之中，故命續而不絕」；〔註148〕二是就人生一切遭遇而言，如生死存亡、富貴窮達，「生與死，皆命也」；〔註149〕三是所謂「天命」，如「牛馬不辭穿落者，天命之固當也。苟當乎天命，則雖寄之人事，而本在乎天也」；〔註150〕四是用以表示「命令」之意，如「自古或有能違父母之命者矣」。〔註151〕郭象言「命」主要是落在第二義所說的人生一切遭遇，為其論「命」之重點所在。〔註152〕認為「人之生，必外有接物之命」，〔註153〕凡人一生之中必會與物接搆而產生際遇，但這些際遇卻是不可知、不可逃、不可違，於是乃以「知不可奈何者命也」〔註154〕與「不知其所以然而然，謂之命」〔註155〕來界定「命」之基本涵義，表示「命」之形成與變化乃是自然而然，忽然自爾，不知其所由，無所見其形，且人生經歷中的「遇」與「不遇」；「為」與「不為」皆非人力所能操控、主導，即

的一切遭遇而言，……第三義指的則是『天命』，……第四義所謂的『命』在《莊子注》中的另一用法，指的是『命令』而言」（頁25）。曾春海則認為郭象將「命」的基本涵義界定為：「不知所以然而然」，可衍生三種值得注意的含意，一是「性命」，指人天生的稟賦及其內在的定限；二是指「遇命」，是人力無法預知、選擇、改變的運命或際遇；三是「天命」。（其詳請參見〈郭象人生論的考察〉，《哲學與文化》，1997年5月，頁427～428）。

〔註148〕《莊子·養生主》：「指窮於為薪，火傳也」注，頁130。
〔註149〕《莊子·大宗師》：「故善吾生者，乃所以善吾死也」注，頁243。
〔註150〕《莊子·秋水》：「牛馬四足，是謂天；落馬首，穿牛鼻，是謂人」注，頁591。
〔註151〕《莊子·大宗師》：「父母於子，東西南北，唯命是從。陰陽於人，不翅於父母」注，頁263。
〔註152〕唐君毅主張「郭象注莊，明多有以當下之適然之遇，釋莊子之所謂命之言。」（《中國哲學原論導論篇》，頁590），認為郭象之「命」多落在「遇」上言，並視其遇與不遇「皆自生而獨化，如無過去無未來，只純屬現在，而此現在即我之所遇，亦可與我無閒而冥合為一者。故可不成我之礙。此命亦無與我交相制限之義。」（頁630）。
〔註153〕《莊子·山木》：「吾命其在外者也」注，頁692。
〔註154〕《莊子·人間世》：「自事其心者，哀樂不易施乎前，知其不可奈何而安之若命，德之至也」注，頁156。
〔註155〕《莊子·寓言》：「莫知其始，若之何其有命也」注，頁959。郭象於此言「命」是「不知其所以然而然」，表示不可得知「命」之來由、不可預知「命」之生發，不過，郭象又言：「夫物皆有其命，故來事可以知也」（注〈則陽〉，頁908），這前後兩段注文乍看似乎有所矛盾，馮友蘭曾對此做過一番解釋：「郭象並不主張宿命論，也不認為未來的事情可以預知，《則陽》篇的那段注說：『夫物皆有其命，故來事可以知也。』這個『命』也是指理而言，一類的事物據其理是可以一般地推知這一事物的未來活動，至於具體活動的細節，是不能預先知道的。」（《中國哲學史新編》，頁528）。

便天地神明或國家聖賢亦弗能違逆而不可逃。郭象此種「以所遇爲命」〔註156〕的論點在注〈德充符〉之「遊於羿之彀中。中央者，中地也；然而不中者，命也。」一段，更是清楚地陳述：

> 羿，古之善射者。弓矢所及爲彀中。夫利害相攻，則天下皆羿也。自不遺身忘知與物同波者，皆遊於羿之彀中耳。雖張毅之出，單豹之處，猶未免於中地，則中與不中，唯在命耳。而區區者各有所遇，而不知命之自爾。故免乎弓矢之害者，自以爲巧，欣然多己，及至不免，則自恨其謬而志傷神辱，斯未能達命之情者也。夫我之生也，非我之所生也，則一生之內，百年之中，其坐起行止，動靜舍趣，情性知能，凡所有者，凡所無者，凡所爲者，凡所遇者，皆非我也，理自爾耳。而橫生休戚乎其中，斯又逆自然而失者。〔註157〕

人生際遇是不可預知、不可逃匿，「推之不去，留之不停」，〔註158〕該來的，躲不過，不該來的，強求不得，天有不測風雲，人有旦夕禍福，一切皆爲「命之自爾」。但人往往無法眞正體悟此點，而有意強求或閃躲，欲憑己力以扭轉乾坤，改變所有現況。可是，此番作爲非但仍無法違逆命之行，反倒「志傷神辱」，因爲「命」之生發與行事是不可抗拒、不可改變，倘若執意與「命」相抗，則會因「命」之行不如心所願而耿耿於懷，於是，心終究糾結在「命」中，不可自拔，然此舉無異是於「命」之限上再加一限，鎖上再加一鎖，陷生命於無窮的苦痛。就此說來，「命」既非人力所能改易、主導，則人在面對「命」時，是否就該伏首稱臣，放棄主觀能動性的作用，被動地聽任「命」的擺佈、驅使呢？〔註159〕郭象以爲不然。因爲，人生縱使有諸般無奈與限制，安危、禍福、貧富、死生，皆是「不可奈何者」，甚至連稟賦才能或身體形質

〔註156〕《莊子‧人間世》：「自事其心者，哀樂不易施乎前，知其不可奈何而安之若命，德之至也」注，頁156。

〔註157〕郭象注〈德充符〉，頁199～200。馮友蘭認爲此段注文乃郭象關於「命」的總論。(《中國哲學史新編》，頁529)。

〔註158〕《莊子‧德充符》：「日夜相代乎前」注，頁213。

〔註159〕錢穆宣稱郭象言命乃是「一種極端的委天順運的悲觀命定論。」(《中國思想史》，頁138)。許抗生則認爲郭象以「遇」言「命」是「否認了人的主觀能動性的作用，只能被動地聽任著偶然性（也即是必然性）的驅使。」(《魏晉思想史》，頁190)。再者，盧桂珍以爲「郭象對『命』的定義，帶有強烈的必然性與限定性，致使他的學說有宿命論的傾向。」(《王弼與郭象之聖人論》，頁102)。曾春海亦有相同看法，主張以遇命命乃「郭象對人在遇命或運命的支配下，感到失去自由與自主的悲傷。」(〈郭象人生論的考察〉，頁427～428)。

亦非一己所能擇選，但人依舊有一點可掌握，此即自我之心境。當無法改變外在環境或條件的限制時，人可改變其心境；當無法掌握外在際遇的波動起伏時，人可掌握其心境。於是，忘卻所有，以「無」的工夫智慧來開放一切，「夫我之生也，非我之所生也」，不執著於己身之存在，忘掉自己，任順生死，「則一生之內，百年之中，其坐起行止，動靜舍趣，情性知能，凡所有者，凡所無者，凡所爲者，凡所遇者，皆非我也，理自爾耳。」無論所有、所無、所遇、所爲俱不繫於心，順其自然。如此一來，雖現實上有「命」之遇與不遇、中與不中，但透過心境轉化提升，「遺身忘知」，則能於精神上超脫「命」之圍限，超脫「羿之彀中」，不因死生、禍福、窮達之不同而「橫生休戚乎其中」，付之自當，無黏滯、無結礙，所遇皆適。

　　由此可知，郭象乃是運用「無」的工夫智慧來面對人生種種境遇，來超脫「命」之不可奈何，再次展現其玄理玄智之心靈，並非一宿命論者，或被動地聽任命運擺佈、支配，尤其在詮說生死皆自爾、玄同生死時，更是凸顯郭象以「無」之精神境界來觀照死生存亡的命遇問題。其文有云：

> 夫死生之變，猶春秋冬夏四時行耳。故死生之狀雖異，其於各安所遇，一也。今生者方自謂生爲生，而死者方自謂生爲死，則無生矣。生者方自謂死爲死，而死者方自謂死爲生，則無死矣。無生無死，無可無不可。〔註160〕

生與死猶如一線之兩端，有生即有死，有死即有生。人一旦呱呱落地，便開始自生端出發，一步一步地邁向死端，完成人生之旅，故生死爲人生大事，亦是自然而然、不可避免之事，舉凡古今中外，無人能免，因此，生死是「命」，「死生者命之極」、〔註161〕「死生變化，惟命之從」；〔註162〕也是自然，「死生出入，皆欻然自爾」，〔註163〕人之死生變化皆自己而然，無所由，不知所以然而然，如同萬物沐浴於道中，在完全渾化、完全開放之境下自在生長、運行自如。於是，郭象以春、夏、秋、冬之四季運轉送替來形容死生之歷程，闡明死生來去雖有不同，卻如同四季交替一般，自然而然，「簡擇死生而不得

〔註160〕《莊子·齊物論》：「彼是方生之說也，雖然，方生方死，方死方生；方可方不可，方不可方可；因是因非，因非因是」注，頁67。
〔註161〕《莊子·大宗師》：「死生，命也，其有夜旦之常，天也」注，頁241。
〔註162〕《莊子·大宗師》：「彼特以天爲父，而身猶愛之，而況其卓乎」注，頁241。
〔註163〕《莊子·庚桑楚》：「有乎生，有乎死，有乎出，有乎入，入出而無見其形」注，頁801。

其異，若春秋冬夏四季行耳」，〔註164〕死生存亡是「命」，也是自然現象的一環，實非人力可改變或逃避。〔註165〕然則，人們往往不能透徹地體悟此理，戀生惡死，冀盼能長生不死、永世長存，深恐一個閃失即命喪黃泉，而導致情偏一端，滯於己身之存在，終日惴惴不安，擔心受怕。所以，郭象要人們知命，知死生之自然與不可避免：

> 方言死生變化之不可逃，故先舉無逃之極，然後明之以必變之符，將任化而無係也。〔註166〕

既然死生存亡之變是無從避免、無所違逆的事實，與其「志傷神辱」地謀求「未免於中地」的方法，不妨嘗試換個角度思考來看待生死，則「謂生為死」、「謂死為生」，以生為亡，以死為存，忘懷死生之變，順應自然，各安其所遇，便能體化合變而無往不適，超越死生之囿限：

> 體夫極數之妙心，故能無物而不同，無物而不同，則死生變化，無往而非我矣。故生為我時，死為我順；時為我聚，順為我散。聚散雖異，而我皆我之，則生故我耳，未始有得；死亦我也，未始有喪。夫死生之變，猶以為一，既觀其一，則蛻然無係，玄同彼我，以死生為寤寐，以形骸為逆旅，去生如脫屣，斷足如遺土，吾未見足以纓茀其心也。〔註167〕

體妙心玄者，達觀生死，破除生死相對之觀念，視人之生死為一，忘其生又忘其死，能隨任變化，「無往而非我」，於是，以其妙心觀照生死，而生是我，死亦是我，「形生老死，皆我也。故形為我載，生為我勞，老為我佚，死為我息，四者雖變，未始非我，我奚惜哉！」〔註168〕人之形軀樣貌乃隨著歲月增長不停改變，幼兒時期猶如初生嫩芽，嬌小可愛，進入青春期後，人體則開始出現種種性特徵，日趨成熟，而邁入中年，肌膚便不再水嫩飽滿，體力逐

〔註164〕《莊子・大宗師》：「唯簡之而不得」注，頁275。

〔註165〕郭象除以四季闡釋生死相繼循環之既然與不可避免，亦以晝夜來表達，如「以死生為晝夜，旁日月之喻也。」（注〈齊物論〉，頁101）；「天不能無晝夜，我安能無死生而惡之哉！」（注〈大宗師〉，頁261）；「死生猶晝夜耳，未足為遠也。」（注〈大宗師〉，頁263）。

〔註166〕《莊子・大宗師》：「夫藏舟於壑，藏山於澤，謂之固矣」注，頁244。

〔註167〕《莊子・德充符》：「物視其所一而不見其所喪，視喪其足猶遺土也」注，頁192。

〔註168〕《莊子・大宗師》：「夫大塊載以我形，勞我以生，佚我以老，息我以死」注，頁243。

日下降，代謝漸緩，之後，老年時期，皺紋更加大量出現，老態龍鍾。然而，人體雖歷經諸多變化，但「未始非我」，每一個階段的我都是我，即使死亡又何嘗不是我，並無所得亦無所失，我又何須因老死而嘆息、惋惜不已。不過，此並非言有一名曰「我」之不變主體流轉於死生之間，而是藉此說明在體化合變者的玄覽觀照下，死生兩忘，冥一變化。〔註169〕「死生變化，吾皆吾之。既皆是吾，吾何失哉！未始失吾，吾何憂哉！」〔註170〕生死之狀雖異，卻皆是我，故無所失、無所憂，坦然地將生命置於天地之間，坦然地面對生死，無哀樂欣喜之情於其間，則玄同生死，「猶以為一，既覩其一，則蛻然無係，玄同彼我」，不以死生存亡縈累其心，泯化生死，將生死視如覺夢一般，以覺為夢，以夢為覺，又怎知是夢還是覺，而何時又非覺？何時又非夢呢？是以，郭象主張不須生而哀死，死而慕生，應無所企求，各安於其所遇，「死生覺夢，未知所在，當其所遇，無不自得，何為在此而憂彼哉！」〔註171〕生時安生，死時安死，無去知識分別心之偏執，消泯尚生厭死之情識，明白死生之不可逃、不可違，故放下一切欲念偏見與成心造作，無掉「生」的執著，無掉「死」的畏懼，即可超越生死，玄冥於當下。

經由探究郭象對生死所遇之論述後，可看出郭象旨在破除人心之執著偏見，企圖消解情識知心的藤葛纏繞，以求精神之昇華，進而以精神的超拔飛

〔註169〕 莊耀郎對「故生為我時，死為我順；時為我聚，順為我散。聚散雖異，而我皆我之，則生故我耳，未始有得；死亦我也，未始有喪」一段，曾作如是解：「非言有一不變之主體流轉於氣之聚散及死生之間，而是藉此說明體道者其心之玄覽妙觀，死生為一，於是能無係無累，形骸之有無皆不足以縈綴其心。」（《郭象玄學》，頁270）。可見郭象旨在破除心知對生死的執著，無去生死的分別，超越生死的界線，才能不被樂生憂死之情所牽引羈絆，而達到冥合彼我之境。

〔註170〕 《莊子・大宗師》：「且也相與吾之耳矣」注，頁277。

〔註171〕 《莊子・大宗師》「吾特與汝，其夢為始覺者邪」注，頁276。郭象常以「覺夢」論生死，如「夫覺夢之分，無異於死生之辯也。」（注〈齊物論〉，頁113）；「昨日之夢，於今化矣。死生之變，豈異於此。」（注〈齊物論〉，頁113）；「夫死生猶寤寐耳。」（注〈大宗師〉，頁262）。因為人在作夢時，常不知自己處於夢境，乃將「夢」視為「覺」，往往無法分辨是「覺」還是「夢」，而既然不知「覺」非「夢」、「夢」非「覺」，又如何能十分清楚地分辨出自己現下是處生或處死呢？所以，郭象注《莊子・齊物論》之「方其夢也，不知其夢也」一段時，有言：「由此觀之，當死之時，亦不知其死而自適其志也。」（頁105），生死兩忘，無所繫於心，於是生於樂生，死時樂死，則何處不自得。此正可凸顯郭象超越生死、泯化生死隔閡的用心與努力。

越來解生死之限，不被生死所圍，而達到體合變化之境。依此，再觀《莊子注》之「命」，更可明瞭郭象言「命」之旨趣及用心，他承認人生有諸多不可期、不可免、不可拒之事，這些事非人力可改變，於是，轉換心境來面對「命」、承擔「命」：

> 知不可奈何者命也而安之，則無哀無樂，何易施之有哉！故冥然以
> 所遇爲命而不施心於其間，泯然與至當爲一而無休戚於其中，雖事
> 凡人，猶無往而不適，而況於君親哉！〔註172〕

知曉「命」之來去、行變皆無可奈何、弗能違逆，「豈於終規始，在新戀故哉？」〔註173〕於是，郭象認爲面對這不可抗拒的「命」時，不要企圖扭轉它，而是要超越它、承擔它，將工夫轉向心境上作，虛靜其心，不執滯於所遇，忘懷所遇，無心任化，隨所遇而安然承擔，〔註174〕「無哀無樂」，泯化死生存亡、毀譽窮達、飢渴寒暑，不藏休戚於懷，不令憂患之情縈紲其心，則「雖死生窮達，千變萬化，淡然自若而和理在身矣」。〔註175〕由此可知，郭象實以其玄理玄智之觀照心靈言「命」，先揭示「命」之不可奈何與不知其所以然，接著，透過精神的超拔飛越來解「命」之限，是以，又作《致命由己論》，〔註176〕

〔註172〕《莊子・人間世》：「自事其心者，哀樂不易施乎前，知其不可奈何而安之若命，德之至也」注，頁156。

〔註173〕《莊子・德充符》：「而知不能規乎其始者也」注，頁213。

〔註174〕蘇新鋈認爲郭象之思理與莊子仍極相應，於是，將郭象「知不可奈何者命也而安之」的「安」字解爲「安然承擔」，相當能窅顯郭象「安命」一語背後所具有的玄理玄智心靈，以及積極意義，故採其「安然承擔」之說。關於蘇新鋈的詳細論述，可參見《郭象莊學平議》，頁306～313。再者，吳玉如主張郭象的「安命」爲一逍遙境界，「此命已破除了因果對待之關係，而爲一具有藝術性觀照的審美境界，此境界的完成，又有待知止、虛靜的工夫，透過工夫所開展的，則是安命而逍遙的境界，因此，姑不論郭象注莊是否均能發揮而合莊子的本意，但對莊子所言人生之工夫與境界，郭象透過命顯出了相應的了解。」（〈郭象的命論〉，《中國學術年刊》，1994年3月，頁17）。可見郭象「安命」之説非落於茫昧的宿命論屈服上。

〔註175〕《莊子・德充符》：「故不足以滑和」注，頁213。

〔註176〕《昭明文選・辨命論》：「蕭遠論其本，而不暢其流；子玄語其流，而未詳其本。」李善針對此段文字而作注曰：「李蕭遠作《運命論》，言治亂在天，故曰：『論其本』。郭子玄作《致命由己論》，言吉凶由己，故曰：『語其流』。」（頁747）。近人王葆玹根據上述文字記載，認爲「致命由己」的「命」是意指生死之外的「吉凶」，「在命運問題上，愈希望趨吉避凶，愈不可得；而無意於趨吉避凶，反可得吉。郭象《致命由己論》的旨要，肯定在這裡。」（《玄學通論》，頁558）。並引用郭象《莊子注》之「命非己制，故無所用其心。」

倡言「吉凶由己」。然則，「吉凶由己」並非意指人力可操控「命」之運行，
而是點捻出人若能忘懷禍福吉凶，不令所遇之「命」繫累於心，安然承擔所
遇，即可所在皆適，無往而不自得，如此一來，便是超越「命」，便能「吉凶
由己」。

　　因此，當郭象「性」、「命」二字連用時，〔註177〕亦常常透顯出對人生命
本身以及現實外在環境或條件限制的超越意義與安然承擔，如：

　　　　夫悲生於累，累絕則悲去，悲去而性命不安者，未之有也。〔註178〕

生命的苦痛乃源自矜尚於外之欲羨，得失休戚之胸懷，如果能不以己身之短
為悲，不以禍貧為失，超越種種相對之觀念，則能休乎恬淡寂靜，無心玄應，
安然承擔生命的所遇、所為，順應自然。又如：

　　　　苟足於天然而安其性命，故雖天地未足為壽而與我並生，萬物未足
　　　　為異而與我同得。〔註179〕

自足於己身之稟賦與才能，盡力發揮所長，不向外競求；知曉命遇之無可奈
何、弗能違逆，不勉力抗拒，而虛靜其心，不執滯於所遇，於是能安於性命，
憂患不經於心，如此一來，天地與我並生，萬物與我同得，無往而不逍遙。
又如：

　　　　以有係者為縣，則無係者縣解也，縣解而性命之情得矣。〔註180〕

破除種種相對關係，不以死生、得失累於懷，安於生時而不厭生，處於死順
而不惡死，情無偏滯，無得無失，則能稱情直往，適性安命。

　　可見，郭象之性命思想應非為堯亦可、桀亦可的道德價值失落，使人性

（注〈秋水〉，頁597）一句，試圖解釋「命非己制」與「致命由己」這兩句
　　看似衝突的話語。王氏將立論的基點建於分辨「命非己制」與「致命由己」
　　之「命」的意義，認為「命非己制」之「命」乃指生命而言，是「對自己降
　　生和死亡的偶然性感到驚奇、神秘莫測和恐慌」（頁556），所以與「致命由
　　己」的「吉凶」有別。然而，筆者以為「命非己制」與「致命由己」之「命」，
　　皆是「以所遇為命」之意，王葆玹雖以「生命」與「吉凶」來解釋，卻仍不
　　脫「以所遇為命」的命題。因此，王葆玹的看法應尚有討論空間。

〔註177〕鍾芳姿統計郭象《莊子注》中「性命」一辭共出現32處，並逐條列舉。其詳
　　　　請參見《郭象的性論及人生、政治思想》，頁20～24。
〔註178〕《莊子·逍遙遊》：「楚之南有冥靈者，以五百歲為春，五百歲為秋；上古有
　　　　大椿者，以八千歲為春，八千歲為秋」注，頁13。
〔註179〕《莊子·齊物論》：「天下莫大於秋豪之末，而大山為小；莫壽於殤子，而彭
　　　　祖為夭。天地與我並生，萬物與我為一」注，頁81。
〔註180〕《莊子·養生主》：「古者謂是帝之懸解」注，頁129。

失去價值的自覺，或只能被動地聽任「命」之驅使、擺佈而落入悲觀的宿命論。郭象之旨乃在運用詭辭爲用的方式，層層轉進，將相對觀念中的偏執、矛盾一一解消，將人生命本身以及外在環境或條件的諸般限制一一泯化，終達圓融，於是，再透過精神主體的玄覽觀照，以見萬物各在其自己，安於性命，自然而無爲。

關於性命的敘述，先秦時期早有討論，就儒家來說，孔子雖未言明人性本善，但他對「仁」的開闡，實已具有性善論的傾向。爾後，孟子繼承孔子的仁學思想，進一步闡揚孔子之「仁」，並以心善言性善，將性善說客觀化、系統化地表達出來，認爲聖凡乃屬同類，皆具一固有之性，然此「性」非自然生命之食色官能欲望，而是人類所獨有的仁義之心，且普遍內存於每個人的生命中，聖凡皆有，只要能徹底擴充其四端之心，便可爲堯舜、爲聖賢。

然則，人生仍有些事非盡一己之力就能改變，如生死窮達、夭壽吉凶，所以，孔、孟又言「命」，承認生命的確具有客觀限制。但人生雖有「限」，人的病痛、老死、窮達非個人所能決定，但若能知此限制，便不會一昧地強求、怨天尤人，進而克盡本分，使得生命更顯莊嚴、眞實。

再者，就道家而言，《老子》一書雖全文不著一個「性」字，但其文所載之「德」，實可表達老子的人性觀點，以「德」表示人與萬物承道而爲己所有的內在之性，因此，老子又以「玄德」、「常德」、「孔德」、「上德」來指稱此眞性，認爲人的眞性應是超越於一般社會的倫理道德之上，同於道之沖虛玄妙，亦可稱爲「樸」。是以，此眞性既自然又樸素，沒有任何人爲造作雕琢，無知無欲，一如嬰兒赤子般純眞無飾。

莊子繼承老子自然之人性思想，亦認爲人性是源於自然無爲的天道，是天道在人身上的內在化。所以，莊子主張攘棄外在人爲德目的仁義，忘掉種種讓心奔馳外流的物欲牽引，復返人之天生本性便可彰顯生命本來的自由，便可開放坦然地面對生死存亡、窮達貧富、賢與不肖之諸多限制，不執著、不強求，安命樂天、安時處順，純然地將生命放置於天地之中，不因富貴而喜，不以困頓爲憂，放開種種人事糾結、成敗擔負，便能無往而不適，體會天道之自然，逍遙於人世間。

至魏晉時期，王弼對於人性的觀點多是承襲道家的自然人性論而來，認爲人性出於自然之天道，於是，「性」本身乃無善無惡、超越善惡，卻可令近

性之情爲正。不過，王弼又言性有濃薄差異，此意味著王弼一方面肯定人人具有一超越善惡之眞性，另一方面也察覺到現實世界中人人的不同，所以，除了內在於人的普遍之性外，亦重視人人所不同的殊性與限制，智與愚、才與不才、長與短，都是出於自然，不能加以損益。此外，王弼亦將「性」與「命」連用，以「性命」來表達其因順自然、虛靜無爲的思想，認爲人若欲返回其所始，需先歸於虛靜，才能恢復、全存自然生命之眞，並可得內在於生命自身之自然天道。

竹林時期的嵇康同王弼一般，亦提倡以自然言人性，嵇康所用「性」字含意，大致上可分爲自然生理之性與氣稟殊別之性。首先，就自然生理之性來說，嵇康認爲生理的基本需求是合於自然之理，是直率不矯，沒有任何計算和機巧，乃出自於眞實自然的本性。其次，就氣稟殊別之性來說，嵇康以陰陽二儀之陶化解釋萬物之興衰變動，主張萬物皆稟元氣而生，人性亦然，不過，卻有稟氣多寡的不同，因此衍生才性分殊的現象。綜觀嵇康所用「性」字的含意，不論是自然生理之性或氣稟殊別之性，皆具「自然義」、「質樸義」、「生就義」，屬於氣性一路。然氣性乃無關乎道德，融於自然生命中，是就生命原始之渾樸以言性，所以，要保持人原始渾樸之眞性，嵇康認爲必須在心上作工夫，以心的清通朗澈來應物達情而不繫於所欲。

阮籍論性同嵇康一般，屬於氣性思維，認爲元氣下委於個體，五行之正性乃結聚而爲人之性，則人因稟此元氣之多少、厚薄、清濁不同，出現人性之種種差別與等級現象。但只要順隨其受命之定限，謹守其氣性之分際，依其材質而爲事，整個國家社會即不須有外力強加束縛，便可呈顯出和諧一體的境況。此外，阮籍還提出「神」的概念，以「神」作爲人與天地萬物同體、與自然之道契合的根據，顯現出自個體精神的絕對自由，超脫一切俗世的禮法教化、富貴名利的桎梏，達到與天地自然一體的逍遙境界。因此，阮籍雖是順氣以言性、言命，但在此之外尚言人有「神」，以「神」來彰顯人精神主體的自由與超越。

至於郭象之性命思想則可分爲「性」論與「命」論來探究。首先，就「性」論而言，郭象同王弼一般，皆以「自然」來闡釋「性」，皆認爲「性」本身乃無善無惡、超越善惡。因爲，王弼、郭象所謂的「自然」乃是根據主體精神主體開展而出，以道家「無」之生命智慧貫徹而成，亦指無形無名之道，可總提爲萬物之實現原理。所以，郭象不僅以「自然」言天道，亦以「自然」

言萬物之性，認為自然無為之天道以「不生之生」來化育天地萬物，自然無為而萬物生，並且，道在生化人與萬物時，便已內在於萬有之中，而成其「性」。又天道無善無惡，玄冥彼我，故承道而來之「性」亦為善惡兩忘，超越於善惡之上，於是主張依循自然本性行事，不違逆、不扭曲，便可復歸天道，逍遙而無不往。

郭象言「性」，除論及人人皆有之真誠純粹的一面外，且注意到人生而即有的生理本能與欲望，因為，這些欲望是生命的一部分，不能排拒，加上此種官能欲望與能力是沒有任何智識分別、計算機巧，所以，順性無為，自然而然就「知止其所不知，能止其所不能，用其自用，為其自為」。另外，郭象也重視人與人之間相異的稟賦與才能，並認為此才性各有其限制與分際，不可踐尚。然則，由於人性乃承自然天道而來，無善無惡，即使各人所稟賦的才能有多寡、高低之別，但皆同通於道，而無好壞、貴賤，是自然而然，不具任何批判色彩，不在一般道德價值下作思考，超越善惡。因此，凡得於性者，不論大小，俱可逍遙。

然而，郭象除了申論人性自然，其所稟賦之才質、能力超越一般道德價值判斷外，亦強調這些才質、能力是天生而成，不可改易、學致，學習之功僅能成就其性分之內的才質，若強以不可學而學，遂矯情偽作橫生。所以，郭象倡言凡矯效、企慕本性之外者，皆為傷性之舉，若進而以此率天下，則其過更甚於桀、跖。此並非言有所謂的桀、跖之性存在，旨在凸顯人人皆有超越一般倫理之至仁、至義之性，當此無親之至仁、無成之至義發顯時，則不得不有仁義之情、仁義之迹。雖有仁義之迹，但若能保守樸素清明之本性，由衷而發，無心玄應，無一不是真情流露。然而，由於稟賦之表達能力不同，故表達方式千差萬別、各有殊異。不過，長不為有餘，短不為不足，無須矯效羨欲、企慕外求。於是，曾、史以其一家之仁義道德規條加於天下萬民之身，引領天下之人踐慕仿效其仁義之迹、仁義之情，乃是率天下之人強學踐尚於外，支離其天然真性，而矯偽之情遂生，不能各正性命。再者，郭象並不認為有天生的惡人，桀、跖之所以作惡為屬，殘害天下，實非出自天性使然，反而是因為迷失本性，逆性而為，使得至仁、至義之本性不顯方才為惡。

其次，關於現實外在環境或條件限制的「命」論方面，郭象乃以「知不可奈何者命也」與「不知其所以然而然，謂之命」來界定「命」之基本涵義，表示「命」之形成與變化乃是自然而然，不知其所由，且人生經歷中的「遇」

與「不遇」;「爲」與「不爲」皆非人力所能操控主導。倘若執意與「命」相抗，則會因「命」之行不如心所願而耿耿於懷，使得心糾結在「命」中，不可自拔，然此舉無異是陷生命於無窮的苦痛。但是，人生縱使有諸般無奈與限制，並不代表人在面對「命」時，就該放棄主觀能動性的作用，被動地聽任「命」的擺佈，因爲人依舊有一點可掌握，此即自我之心境。於是，在心上作工夫，忘卻所有，以「無」的工夫智慧來開放一切，如此一來，雖現實上有「命」之遇與不遇、中與不中，但透過心境轉化提升，則能於精神上超脫「命」之圍限，不因死生、禍福的不同而「橫生休戚乎其中」，付之自當，所遇皆適。

因此，當郭象「性」、「命」二字連用時，亦常常透顯出對人生命本身以及現實外在環境或條件限制的超越意義與安然承擔。可見，郭象之性命思想應非爲堯亦可、桀亦可的道德價值失落，使人性失去價值的自覺，或只能被動地聽任「命」之驅使、擺佈而落入悲觀的宿命論。郭象之旨乃在運用詭辭爲用的方式，層層轉進，將相對觀念中的偏執、矛盾一一解消，將人生命本身以及外在環境或條件的諸般限制一一泯化，終達圓融，於是，再透過精神主體的玄覽觀照，以見萬物各在其自己，安於性命，自然而無爲。

第四章　天道與性命相貫通──泯齊性分之逍遙論

第一節　順性命以契天道

　　依據上述兩章對郭象天道思想與性命思想的探討，吾人可知郭象並非否定有一形上造物宗主存在，乃是深感當時名士上及造化、下至萬事，凡立說莫不以虛無爲貴，且行徑放蕩疏狂，縱酒終日而不親庶事，所以，爲避免荒誕浮虛之風，郭象在論證天道時，善運「詭辭爲用」的詮說方式，發揮道家玄理玄智的性格，以「有」、「無」雙遣的高度智慧來肯定「無」爲造物主、具形上作用，並直接就「無」在「有」處所展現的無限妙用上說萬物自生、自爾，以顯天道之自然無爲。換言之，當萬物不委屈、不扭曲，自然而然地生成或展現其自己時，便是天道自然功化之發顯。因此，郭象亦以「自然」言天道，「天者，自然也。自然既明，則物得其道也。」〔註 1〕此「自然」非意指現今西方科學所指稱的自然，非對客觀實然世界的描述，而是根據精神主體所開展之虛靈境界，是以「無」的生命實踐工夫與智慧體現而成，意指無形無名之道，可總提爲萬物之實現原理。

　　再者，郭象認爲道不離物，在生化人與萬物時，便已內在於萬有之中，而成其「性」，故人性是源於自然無爲之天道，爲天道在人身上的內在化，自然眞摯、無善無惡。不過，郭象論人性除了言及人性中普遍存在之超越善惡、無是無非的一面外，亦正視人之基本生理能力欲望以及才性多彩之面向，承認人性

〔註 1〕　《莊子・天道》：「是故古之明大道者，先明天而道德次之」注，頁 471。

有其異質性的一面。然則，人之才性雖具高下殊別，但皆承自然天道而來，乃超越一般道德價值判斷，才性與才性之間並無軒輊之分。所以，不論是人人具有之超越善惡的自然眞性，或基本生理的能力欲望，或人人相異之才性分殊，郭象皆正視之、論及之，因爲任何一個人性面向都是生命不可排拒、不可忽視的部分，若僅僅單論人性共有之面向或分殊之面向，皆無法開展出人性之全幅內容，於是，郭象乃將這些面向全部納入其人性論系統來探究。

另外，關懷生命的角度除了可由「性」論入手，亦可就現實外在環境或條件限制的「命」論來說，因爲，凡人一生之中必會與物接構而產生際遇，然則，際遇之生發與否乃是不能預知、弗能違逆、無可奈何，是以，該如何面對這些無奈與限制，便也成爲人生不可忽視的重要課題之一。

由此可知，郭象在探究生命之理時，其關懷視角並非單落於某一面向，而是多方探討，不僅言人人共有之眞誠純粹的一面，也注意到人之生理本能欲望，以及生命本身和外在環境條件的諸多不同與限制。於是，下文便試圖以郭象此般對生命的關懷爲基，申論郭象如何透過順適性命之無爲以契接天道之自然。

由於郭象認爲天道內在人之生命中而成其「性」，因此，人性是無形無名之自然天道的一種具體化呈現，換言之，人只要能保有其眞誠純粹之本性，便能自然而然地順道而行，與天道相契合。但生命的外在誘惑著實繁多且不曾間斷，更不時地牽引、撞擊著原本寧靜自然之本性，「物之感人無窮，人之逐欲無節，則天理滅矣」，〔註 2〕當人一旦無法抵擋欲念的牽引與撞擊時，便會興起知識分別心，產生羨欲執著之情，貴此賤彼，迷失天然本性，而禍患遂生，生命的悲困亦隨之來到：

> 夫舉重攜輕而神氣自若，此力之所限也。而尚名好勝者，雖復絕脰，猶未足以慊其願，此知之無涯也。故知之爲名，生於失當而滅於冥極。冥極者，任其至分而無毫銖之加。是故雖負萬均，苟當其所能，則忽然不知重之在身；雖應萬機，泯然不覺事之在己。此養生之主也。〔註3〕

萬物之才性雖有分殊差異，但皆承自天道，無分勝負、貴賤，若能順性自足，

〔註 2〕 《莊子・大宗師》：「是之謂不以心捐道，不以人助天。是之謂眞人」注，頁230。

〔註 3〕 《莊子・養生主》：「而知也无涯」注，頁115～116。

復返於自然之真性，則大者不爲有餘，小者不爲不足，無須自貴於己身，亦無須欲羨於他者，付之自若，無不得其極而自怡。人的世界亦復如此，每個人天生的才性本具有異於他者之殊處，例如有人善於跑步，具備驚人的體力與爆發力；有人專於寫詩，心思細膩而敏感；有人則長於交際，能言善道、八面玲瓏。這些生命型態各有不同也各有巧妙，當然也各有限制，長於運動者不見得備有交際或作詩的才份，專於寫詩或交際者亦不見得可於運動場上稱雄。因此，郭象認爲人之才質與能力既然各有不同、各有巧妙，就應順其才能發展，不須自悲己身之短而矯效企慕本性之外，或自貴己身之長而欲以一家之正正天下，否則，將使生命膠著，陷入情識糾結之中。但是，人往往尚名好勝，容易受外在物質利欲的炫惑與牽引，使得原本虛靜的本性蕩而不清，興起智識分別之心，對於萬事萬物產生勝負貴賤的價值批判，進而逐欲無窮，得失之情掛累於懷。然則，生命的自然形體與能力是有限的，知識分別心所引發的欲望卻是無止盡，「以有限之性尋無極之知，安得而不困哉」，〔註4〕用有限的生命去追逐無止盡的心知欲望，豈可不形疲神憊。所以，郭象宣稱人應無去知識分別心的絆累，無去心知欲望的諸多紛擾，復返天然寧靜之本性，重歸本身之自在具足，如此一來，「雖負萬均，苟當其所能，則忽然不知重之在身；雖應萬機，泯然不覺事之在己」，人人各適其性、各展其能，所事所爲皆在性分之內，無一絲一毫造作與勉強，雖負萬均、應萬機亦不覺勞弊，一切俱爲自然而然地順道而行，與天道相應契。

由上述可推論，郭象對人性實給予高度信任，視人性所具皆是超越善惡，故倡言人若能無心玄應，遣懷忘意，順性而爲，所遇皆適，莫不真摯自然，契合天道。不過，在郭象適性安命的主張下，仍有一不可忽視之要項，此即人應如何令「知」滅於冥極，使人重歸自在具足之境？換言之，便是郭象順性命以契天道的工夫論何在？因爲，人性雖是超越善惡，所具皆美，但人也往往容易陷於無限追逐而支離其性，所以，去「知」以返性的工夫論就顯得格外重要。

歷來學者多認爲郭象《莊子注》並不具工夫論之敘述，且依此評斷郭象《莊子注》僅爲理智思辨之產物，是玩弄光景之辭，使得「莊子轉俗成真之超拔，遂一易而爲移真從俗之下墮流走」。〔註5〕然而，綜觀郭象《莊子注》一書，提

〔註4〕《莊子・養生主》：「已而爲知者，殆而已矣」注，頁116。
〔註5〕見林聰舜：《向郭莊學之研究》，頁73。今日研究魏晉思想之學人多以爲郭象

—95—

點工夫論之處固然不多，但是，能否就此判定《莊子注》僅是理智思辨之發，而未有工夫之說呢？李美燕於〈郭象注莊子逍遙遊的詭辭辯證〉中提出看法：

> 郭象之「適性」說，並非僅是就萬物之形軀生命之本能欲望，順之任之而言，未及修養轉化之歷程，事實上，郭象注莊子逍遙的理念，依然是把握莊子修證工夫之體認而得。而所謂的修養工夫是在「詭辭爲用」的方式下呈現。……，「遺彼忘我，冥此群異」，「去羨欲之累」等，都是由主體精神生命向上翻越提昇，化解彼我群己之差別對待相的執著，去除生命中的欲羨情執之累而說，當人能去生命中羨欲之情執，自足於己之性分而不向外營求，即能超越現實中依待於比較而成的相對價值觀，……，而有心境上之自在逍遙，郭象的這些注，並非知識的分析，而是智慧的體證，透過否定爲用的方式來呈現逍遙的境界，亦即這裡並未正面地肯定主體的實踐，來呈現逍遙，而是以負面地否定來消解人心心知情欲的執著於比較對待而成的相對價值觀，所產生的羨欲之累，這些話頭就是郭象注《莊子》〈逍遙遊篇〉工夫論的證成，是在詭辭爲用中見。〔註6〕

李美燕認爲郭象關於工夫修養之言論乃是透過「詭辭爲用」來呈現，經由「遣之又遣以至於無遣」的辯證方式銷融心知之執著與異化，以顯生命精神層層轉進的體證工夫與翻越提昇，「遺彼忘我，冥此群異」、「去羨欲之累」、「統大小」、「齊死生」等，無一不是工夫義的字眼，無一不是爲化解生命之欲羨情執而說。因此，著實不能斷言郭象《莊子注》只是全然無工夫之玄談。再者，莊耀郎亦針對郭象《莊子注》是否有工夫論的問題提出一番見解：

> 如何證成郭象有無工夫，有無境界？如欲追究郭象本人之生命的真實，以證成之，則恐怕將永遠無解。其次是依《注》文檢視之，這

《莊子注》乃純爲一玄智思辨之言，並無工夫論之體證與反省，如正文所舉學者林聰舜即認爲「向郭由於缺少工夫上之層層修證，故其由玄思而來之『適性即逍遙』之說，遂不易撐住，僅成爲光景之玩弄，適性說乃可一轉而爲本能物欲之滿足，而失去其高超之一面。」（頁71）。又如錢穆宣稱郭象之言乃是「有自然，無人生。有遭遇，無理想。有放任，無工夫。」（《中國思想史》，頁138）。唐端正認同錢穆所言，且持論郭象「以委諸自然爲已足，以付諸性然爲已當，一切現成，一體平鋪，把莊子講求真修實悟的聖教，蛻化爲一種既無理想，又無工夫的玄談。」（〈齊物論郭注平議〉，收錄在《先秦諸子論叢（續編）》，頁113～114）。

〔註 6〕見李美燕：〈郭象注莊子逍遙遊的詭辭辯證〉，頁288。

是比較實際而有根據的途徑，但是其中的問題是隨文注解的工夫詞語，如前文所述者，究竟能否證成郭象有工夫、有境界，因為「有工夫」、「有境界」和「有工夫論」、「有境界論」是不同層次的問題，前者是實踐的，而後者是思辨的。……然而如今吾人並無一套可靠的方法可以區別郭象之注文是屬於前者抑或後者。則問題仍然回到原點，惟一的根據則是依注文而論，暫且不去碰觸郭象自己有無真實工夫的問題，只論郭象的注文中有無「工夫論」，有無「境界論」。如果依其注文中對「工夫」及「境界」的討論，實無法否認其確實有「工夫論」及「境界論」。雖然郭象的「工夫論」容或不同於莊子，或失之於疏略，但仍無法否認前文所述的「忘」、「刳」、「無為」、「不為」不是「工夫論」的詞語。〔註7〕

莊耀郎指出現今並無一套可靠的方法能考察出郭象本人有無真實的修證工夫，所以，惟一的根據是依《莊子注》來討論注文中是否有「工夫論」。於是，依莊耀郎之見，再次檢視《莊子注》一書，著實不可否認注文之中有「工夫論」的詞語。如郭象注《莊子・寓言》時，就有一段注文十分值得注意：

外權利也。

不自專也。

通彼我也。

與物同也。

自得也。

外形骸也。

無所復為。

所遇皆適而安。

妙，善也。善惡同，故無往而不冥。此言久聞道，知天籟之自然，將忽然自忘，則穢累日去以至於盡耳。〔註8〕

此段文字為郭象分別針對「一年而野」至「九年而大妙」的九個階段所作的解

〔註7〕見莊耀郎：《郭象玄學》，頁101。

〔註8〕《莊子・寓言》：「顏成子游謂東郭子綦曰：『自吾聞子之言，一年而野，二年而從，三年而通，四年而物，五年而來，六年而鬼入，七年而天成，八年而不知死，不知生，九年而大妙。』」注，頁956～957。

釋。吾人不難發現，在此段注文中，郭象乃明確點顯出一人格境界之層層遞昇。
然則，承李美燕之觀點，郭象注莊之修養工夫論「是在『詭辭爲用』的方式下
呈現」，以「負面地否定來消解人心心知情欲的執著」，於是，此段注文之「外
權利」、「不自專」等語句非但是境界語，亦是工夫語。「外權利」、「不自專」、「通
彼我」、「與物同」乃旨在消融價值是非的對偶性結構，亦即化除成心的偏執，
渾化事物的對立。而「自得」至「無往而不冥」則主要點捻出消融彼是對立後
的生命境界，生命復其本位，無滯於追逐世間的名、利、權、勢，渾忘一切，
然後能無生無死，安然承擔生命之所有，於是，天地當下豁然開朗，人間處處
可遊。而且，依循此段注文來觀看《莊子注》一書，整合郭象諸多關於工夫修
養的論述，則更可發現郭象工夫論之用心所在。以下便依此闡述。

　　生命本是自在具足，之所以會破裂、扭曲，乃始於心知的執取，「禍之所
由，由乎有心，而修心以救禍也」，〔註9〕生命的悲累禍患源自「有心」，「有
心」即是心有所執著，即是心知，而心知的執取則起於「失當」，「失當」是
指人心受物欲牽引而歧出，離其自性。〔註10〕當人一旦受物欲牽引，離其天
然本性，進而陷入無限追逐時，往往會產生尚慕本性之外者的念頭和行爲，
因此，郭象主張「修心以救禍」，將人格修養工夫落在「心」上作，且以「外
權利」爲修心之首要工夫，要無去希效本性之外者的念頭和行爲。其文有云：

> 夫物未嘗以大欲小，而必以小羨大，故舉小大之殊各有定分，非羨
> 欲所及，則羨欲之累可以絕矣。夫悲生於累，累絕則悲去，悲去而
> 性命不安者，未之有也。〔註11〕

郭象清楚表明企求欲羨之情識會造成生命的滯陷與悲累，是以，人應努力消
解欲羨之情識。而該如何消解呢？郭象認爲當在洞澈「小大之殊各有定分」
之理，體會人之才質與能力乃分殊不同，且才質、能力是天生而成，不可改
易、不可學致，「非羨欲所及」，如此一來，則「羨欲之累可以絕矣」。反之，
若「自失其性而矯以從物」，〔註12〕一昧跂慕希效所貴尚者，不僅棄置、淹沒

〔註9〕　《莊子・徐无鬼》：「不知問是也」注，頁871。
〔註10〕　牟宗三在《才性與玄理》中有言：「郭注云：『知之爲名，生於失當，而滅於
冥極』。失當，則離其自性，此所以有知之名。」（頁206）。
〔註11〕　《莊子・逍遙遊》：「楚之南有冥靈者，以五百歲爲春，五百歲爲秋；上古有
大椿者，以八千歲爲春，八千歲爲秋」注，頁13。
〔註12〕　《莊子・大宗師》：「亡身不眞，非役人也」注，頁233。

己長，無法真正一展所能，亦滯陷於情識糾結中，令生命膠著、圍限，終身疲役於欲念之流轉而莫能止息。於是，吾人不難發覺，郭象於《莊子注》中乃不厭其煩地反覆論述人之才性各有不同與分限，非後天學效之功所能遷易，其目的即在使人能無去跂慕希企之情：〔註13〕

> 物各有性，性各有極，皆如年知，豈跂尚之所及哉！〔註14〕

> 夫外不可求而求之，譬猶以圓學方，以魚慕鳥耳。雖希翼鸞鳳，擬規日月，此愈近彼，愈遠實，學彌得而性彌失。〔註15〕

> 天性所受，各有本分，不可逃，亦不可加。〔註16〕

> 小大之辨，各有階級，不可相跂。〔註17〕

> 夫穿井所以通泉，吟詠所以通性。無泉則無所穿，無性則無所詠，而世皆忘其泉性之自然，徒識穿詠之末功，因欲矜而有之，不亦妄乎。〔註18〕

人人稟賦之才質與能力各有殊異差別，且各有定分極限，是不可加、不可逃、不可強相希效，「若相放效，強以不可為可，不然為然，斯矯其性情也」，〔註19〕強學於本性之外者不但扭曲了天然本性，也不見學習之功，「無泉則無所穿，無性則無所詠」，本性所無者，雖竭力強為亦無功，猶如「以圓學方，

〔註13〕鍾芳姿指出郭象所謂「小大之殊各有定分」非強學可改易的主張「無疑是判了其對未來希望的死刑」、「否定了人向上的動力和努力」（其詳請參見《郭象的性論及人生、政治思想》，頁125）；蔡僑宗亦持相同看法，宣稱郭象「把人性當作物性來論」，於是封閉了人性向上的可能（其詳請參見〈再探「小大之辨」——郭象注〈莊子·逍遙遊〉之檢討〉，《中正大學研究生集刊第二號·思想編》，2000年9月，頁6～8）。然則，筆者以為郭象之言的確具有限定意味，但此限定意味並無否定人之向上發展的可能性，而是點捨出在現實世界裡，人之才質能力確實有其不同與不可相跂之處，這是人們必須清楚瞭解且坦然接受的事實，如此一來，也才能明白人的自主性與價值並非立於「以小求大」上，應在於活出自我生命的本色來，故不應企求於本性之外，要無去跂慕之情。由此可知，郭象「小大之殊各有定分」非強學可改易的主張乃蘊含著另一層更深的用意，即在使人無去希企之情識。

〔註14〕《莊子·逍遙遊》：「小知不及大知，小年不及大年」注，頁11。

〔註15〕《莊子·齊物論》：「五者園而幾向方矣」注，頁88。

〔註16〕《莊子·養生主》：「是〔遁〕天倍情，忘其所受」注，頁128。

〔註17〕《莊子·秋水》：「號物之數謂之萬；人處一焉；人卒九州，穀食之所生，舟車之所通，人處一焉；此其比萬物也，不似豪末之在於馬體乎」注，頁567。

〔註18〕《莊子·列禦寇》：「齊人之井飲者相捽也。故曰今之世皆緩也」注，頁1044。

〔註19〕《莊子·天地》：「有人治道若相放，可不可，然不然」注，頁427。

以魚慕鳥」，終不可得。所以，郭象主張人應體認「小大之殊各有定分」之理，不去企慕本性之所無者，而要安於性分之所有，發展性分之所有。以大鵬鳥與小斥鷃為例，大鵬鳥「非冥海不足以運其身，非九萬里不足以負其翼」，〔註20〕其羽翼龐巨難舉，若無足夠的空間則不能運其身、負其翼，不能隨興地「決然而起，數仞而下」，〔註21〕不過，也正因為大鵬鳥擁有此般龐巨羽翼，一旦舉擊兩翅，便可摶扶搖而直上九萬里，且飛行時數可長達半年之久。〔註22〕相對地，小斥鷃體型嬌小、羽翼短薄，可輕易地展翅飛翔，但僅能「一飛半朝，搶榆枋而止」，〔註23〕騰躍不過數仞即憩息不行。倘若小大相跂，大鵬鳥棄其巨翼不用，一昧強學小斥鷃之搶榆枋即止，或小斥鷃自悲己短，欲希效大鵬鳥之直上萬里青天，行半歲之久，則此二者必將神形俱勞，使得原本具足自在之生命扭曲、破裂，落於倒懸之苦。於是，郭象要「舉小大之殊各有定分」，讓萬物各知其極，各安其分，以無去欲羨心知之負累。

接著「外權利」而來之人格修養工夫為「不自專」。「不自專」意指不自貴己長，不矜其所能。當人受物欲牽引，陷入無限追逐時，除了會產生尚慕本性之外者的念頭和行為，也可能發生自貴己身、自矜其能的現象，「自處高顯，若臺觀之可觀」，〔註24〕認為己身所具之才能勝於他者，是他者可資觀摩仿效的對象與標準。然而，人一旦貴其身而矜其能，心將有所偏執滯陷，「恆

〔註20〕《莊子・逍遙遊》：「是鳥也，海運則將徙於南冥。南冥者，天池也」注，頁4。

〔註21〕《莊子・逍遙遊》：「鵬之徙於南冥也，水擊三千里，摶扶搖而上者九萬里」注，頁4。

〔註22〕莊子於〈逍遙遊〉中引齊諧所著之書來證明關於大鵬鳥的傳說：「鵬之徙於南冥也，水擊三千里，摶扶搖而上者九萬里，去以六月息者也」。而對於段末之「去以六月息者也」一句，則有兩種詮釋，一是解作飛行長達半年之久方才息止，如郭象注：「夫大鳥一去半歲，至天池而息。」（《莊子集釋》，頁5），成玄英疏：「時隔半年，從容志滿，方言憩止。」（《莊子集釋》，頁5）；二是解作乘六月之大風徙於南冥，如釋德清曰：「周六月，即夏之四月，謂盛陽開發，風始大而有力，乃能鼓其翼。」（《莊子內篇憨山註》，頁160），宣穎云：「息是氣息，大塊噫氣也，即風也。六月氣盛多風，大鵬乃便於鼓翼，此正明上六月海運則徙之說也。」（《莊子南華經解》，收錄於《老列莊三子集成補篇》第三十三冊，頁42）。以上這兩種說法各有巧妙之處，皆能對原文作一番貼切地詮釋，然則，由於本論文旨在研究郭象之思想，故主要乃採郭象「夫大鳥一去半歲，至天池而息」的說法作為論述。

〔註23〕《莊子・逍遙遊》：「去以六月息者也」注，頁5。

〔註24〕《莊子・天地》：「且若是，則其自為處危，其觀台多」注，頁431。

以所長自困」，〔註25〕不能平等地看待萬事萬物，生命無法靈活運轉，遂告僵化，漸形枯竭。所以，郭象在「外權利」之工夫後，便緊接著言「不自專」，其意旨同「外權利」一般，皆試圖破除人心之執取，希望人們能無去驕矜之識，讓生命回歸自然，回歸自在具足之境。依循郭象對「外權利」與「不自專」的人格工夫要求，進一步觀看郭象對聖、德、仁、義、禮、智……等等外在德目的批判，則可更清楚地明瞭郭象力破心知執著之努力。

　　郭象以爲聖、德、仁、義、禮、智等外在規條俱可牽引人心支離其性，令短者自悲而跂慕於外、扭曲自我，「以小羨大，故自失」；〔註26〕長者自貴而矜恃己能、自困膠著，「惑者因欲有其身而矜其能，所以逆其天機而傷其神器」，〔註27〕遂形成一無限追逐，使得「生命之離其自己」。〔註28〕因此，郭象不斷努力揭示這些外在德目之弊，以求除去知欲之追逐與陷落：

　　　　夫聖迹既彰，則仁義不眞而禮樂離性，徒得形表而已矣。〔註29〕
聖人恬淡寂靜，保有朴素清明之本性，能遣懷忘意，應物而不累於物，不耽溺於情而無所偏滯。可是，一旦應物，則必定有「迹」，雖是聖人亦不可免，於是，民乃得聖人應世之陳迹而強名曰：「聖」。〔註30〕聖人之迹既彰，則仁、義、禮、智等外在道德條目亦隨之紛然林立，導致萬民傷性自矯，競相強學

〔註25〕　《莊子·列禦寇》：「美髯長大壯麗勇敢，八者俱過人也，因以是窮」注，頁1059。

〔註26〕　《莊子·秋水》：「於是埳井之鼃聞之，適適然驚，規規然自失也」注，頁600。

〔註27〕　《莊子·秋水》：「夫天機之所動，何可易邪？吾安用足哉」注，頁593。

〔註28〕　牟宗三認爲人之常患乃是「總想以心知之造作，抽離其心知，『欲知而知之，爲見而見之』，期欲以無涯之追逐，窮盡一切『所不知』。殊不知欲追愈遠，『所不知』永不能盡。此之謂『心神奔馳於內，耳目竭喪於外』也。」於是，將一切追逐之學問總謂之爲「生命之離其自己」（《才性與玄理》，頁216）。

〔註29〕　《莊子·馬蹄》：「蹩躠爲仁，踶跂爲義，而天下始疑矣；澶漫爲樂，摘僻爲禮，而天下始分矣」注，頁337。

〔註30〕　「聖」僅是名聖人之迹的敘述乃多次出現在《莊子注》中，如「聖者名也，名生而物迷矣。」（注〈徐无鬼〉，頁831）；「生而可鑑，則人謂之鑑耳，若人不相告，則莫知其美於人，譬之聖人，人與之名。」（注〈則陽〉，頁882）；「夫聖人因物之自行，故無迹。然則所謂聖者，我本無迹，故物得其迹，迹而強名聖，則聖乃無迹之名也。」（注〈讓王〉，頁989）。郭象認爲一般所謂的「聖人」乃是「民得性之迹耳，非所以迹也。」（注〈馬蹄〉，頁337），是人們得聖人之陳迹而強名曰：「聖」，並非眞正直指聖人之所以迹，因此，「聖」是「已去之物，非應變之具也」（注〈胠篋〉，頁344），僅徒得形表而已，若執之以御萬物萬情，則成一人性之桎梏牢籠、膠漆纏鎖。

仿效，然「效之則失我，我失由彼，則彼爲亂主矣」，〔註31〕所以，換個角度來說，導致人心迷失之聖、德、仁、義、禮、智等外在規範乃爲「亂主」，是禍亂的根源。於是，郭象言桀紂守位、大盜之起端賴聖法以成：

> 言暴亂之君，亦得據君人之威以戮賢人而莫之敢亢者，皆聖法之由也。向無聖法，則桀紂焉得守斯位而放其毒，使天下側目哉！〔註32〕
>
> 故人無貴賤，事無眞僞，苟效聖法，則天下吞聲而闇服之，斯乃盜跖之所至賴而以成其大盜者也。〔註33〕
>
> 夫聖人者，天下之所尚也。若乃絕其所尚而守其素朴，棄其禁令而代以寡欲，此所以掊擊聖人而我素朴自全，縱舍盜賊而彼姦自息也。〔註34〕

聖人雖心無偏滯尚愛，應物而不累於物，無意標舉任何教條規範，但仍有可尚之迹，是以，民法其迹，跂慕於外，「天下吞聲而闇服之」，遂令奸詐矯揉之徒有機可乘，爲仁義之美，執禮樂之盛，乃高懸仁義禮樂以恣其貪殘利祿之欲，此正爲桀紂之所以能「得守斯位而放其毒」和「盜跖之所至賴而以成其大盜者也」。既然桀紂守位、大盜之起乃因天下尚貴聖法、希效聖法，所以，郭象竭力「掊擊聖人」。此處所言之「聖人」乃指聖法，即聖人應世之陳迹。〔註35〕企盼透過揭示聖迹之弊以令萬民明白聖法實不足以恃、不足以重，去

〔註31〕《莊子‧胠篋》：「彼曾、史、楊、墨、師曠、工倕、離朱，皆外立其德而以燫亂天下者」注，頁356。

〔註32〕《莊子‧胠篋》：「昔者龍逢斬，比干剖，萇弘胣，子胥靡，故四子之賢而身不免乎戮」注，頁346。

〔註33〕《莊子‧胠篋》：「故曰，脣竭則齒寒，魯酒薄邯鄲圍，聖人生而大盜起」注，頁349。

〔註34〕《莊子‧胠篋》：「掊擊聖人，縱舍盜賊，而天下始治矣」注，頁349。

〔註35〕成玄英疏曰：「掊，打也。聖人，猶聖迹也。夫聖人者，智周萬物，道濟天下。今言掊擊者，亦示貶斥仁義絕聖棄智之意」（《莊子集釋》，頁349）。郭象對於眞正的聖人本身是尊敬推崇而無批評之意，「聖人之在天下，煖焉若陽春之自和，故蒙澤者不謝；淒乎若秋霜之自降，故凋落者不怨也。」（注〈大宗師〉，頁232），肯定聖人之體化合變、遊外冥內，但是，對於聖迹則抱持謹慎的態度，因爲聖迹容易成爲奸矯之徒可以憑藉的利器，如桀紂守位、大盜之起皆是資聖迹以成其矯詐姦巧之行。然則，「聖人生非以起大盜而大盜起」（注〈胠篋〉，頁348），聖人之生非以起大盜爲目的而大盜卻因聖人興起，「必行以仁義，平以權衡，信以符璽，勸以軒冕，威以斧鉞」（注〈胠篋〉，頁352）。問題的癥結不是聖人本身，而是聖人之迹，更精準地說，應是天下萬民效聖人之迹，而天下萬民效聖人之迹的背後則是一欲羨心知。由此可知，大盜之起

其希慕跂尚之欲，不貴難得之貨，復返素樸之天然本性。

　　依此所論，吾人再次觀看郭象對曾、史之徒的批評，將可更清楚地理解郭象何以言其有過甚大而「非道德之正」。這可從兩方面來加以探討，一方面，就天下之眾民百姓而言，因見曾、史稟賦長於表達仁愛之情而企羨不已，遂生自悲之情與尚慕之欲，此乃天下人之「知」，是天下人自興跂效本性之外者的欲望與舉止，實非曾、史所能止。然曾、史雖不能止天下人之心知，至少能做到不刻意標舉己身仁義之迹，但是，曾、史卻「簧鼓天下」，激波揚俗，引領天下人仿效其仁義之迹，令原本已迷失本性之人更加捨己逐彼。這無異是迷上加迷，失之愈失，使得天下百姓之生命越來越深陷於無窮盡的奔鶩與紛擾。故曾、史標名於外之舉的確為其不可推託之過錯。另一方面，就曾、史自身而言，「性長於仁」本無不妥，可是，曾、史卻以此驕傲自滿，認為己長勝於他人，產生「自專」的心知欲念，然則，「自專」對於生命之自在具足來說，實為一極具危險之欲念，因為，「自專」會令生命困窮膠著，偏執滯落於一端，無法拉開生命的寬度、加深生命的厚度。而曾、史非但不以「自專」之心知為患，甚至標舉其能，引物從己，「明示眾人，欲使同乎我之所好」，〔註36〕率天下之人一同雕琢生命，一同置生命於危殆之境。此舉較矜恃其能而陷一己之生命於破裂、妄誤之境更具危險性，「以此明彼，彼此俱失矣」，〔註37〕一方面迷失自我，另一方面亦使天下迷失，誠可謂危上加危。

　　經由上述可知，曾、史之舉不僅是自貴己身而矜其能，更是炫耀群生，「將

　　誠始於民之欲羨心知，故止大盜之法乃在去除人民企尚欲羨之心知。該如何去除呢？郭象認為要「掊擊聖人」，應揭示聖迹、聖法之弊，讓天下萬民明瞭聖迹、聖法實在不足以重、不足以貴，「詩禮者，先王之陳迹也，苟非其人，道不虛行，故夫儒者乃有用之為姦，則迹不足以恃也。」（注〈外物〉，頁928），重之、貴之非但不能行聖人之道，反而引生姦巧矯偽，迷失自己。是以，郭象「掊擊聖人」最主要之目的乃在無去人們跂慕於外之心知，進一步能不重聖、不貴難得之貨而止大盜之興。

〔註36〕《莊子‧齊物論》：「其好之也，欲以明之」注，頁77。
〔註37〕《莊子‧齊物論》：「道昭而不道」注頁87。另外，《莊子注》中亦有其他類似「以此明彼，彼此俱失矣」的話語，如「以此效彼，兩失之。」（注〈秋水〉，頁602）；「彼，百姓也。女，哀公也。彼與女各有所宜，相效則失真，此即今之見驗。」（注〈列禦寇〉，頁1051）。由此可見，郭象乃認為跂慕企求之情與自貴驕矜之識對人心的影響力著實不可小覷，不但會迷失自我，亦會令他人迷失，是「兩失」的局面。故不可不慎、不可不去。

使物不止於本性之分，而矯跂自多以附之」，〔註38〕使得天下之眾民百姓愈跂慕於外，捨己逐彼，失其本性，而「亂莫大於逆物而傷性也」，〔註39〕天下之亂莫大於令萬物違逆其自然天真之本性，故郭象言曾、史過錯甚大之論，除具有責備意味外，亦蘊含「外權利」、「不自專」之深意，希望能藉著揭示曾、史之過來提點人們，令人們有所警醒且無去其欲羨之情與自貴之識，進而真正瞭解萬物雖稟賦才性相異，卻無一不美，勝負、貴賤乃無所措其間。於是，在「外權利」、「不自專」之後，郭象即道「通彼我」、「與物同」。

當人能不欲羨於外、不自貴於己時，原本緊緊將人心纏綁於一端的桎梏、繩索便開始鬆解，人心慢慢地由僵化轉為靈活，也漸漸地不再執滯，不再執著於是非、善惡、美醜、高下的大小等差價值，心胸開闊了，懂得尊重自己也尊重萬物；肯定自我存在價值，也肯定萬物存在價值：

> 雖所美不同，而同有所美。各美其所美，則萬物一美也；各是其所
> 是，則天下一是也。〔註40〕

在現實世界中，萬物本有大小、長短、多寡的不同，此乃不可抹滅的事實，但是，萬物雖有所不同，卻各有其獨特的美感與價值，這也是不可置否的事實。如果勉強訂立一評量萬事萬物的標準，要求萬事萬物需合於此標準方稱之為美、善、好，則會囿限萬物之生命展現，讓萬物之生命推展不開，僵化扭曲。猶如現今社會對「美女」的定義，認為所謂「美女」於身材上必須高挑纖細又不失應有的豐腴；於肌膚上必須潔白如玉，粉嫩細緻；雙腿必須修長筆直且骨肉亭勻；臉如瓜子，僅有巴掌大小；雙眼皮、長睫毛、鼻樑高挺、朱唇豐潤……等等，這些條件標準被成千上萬女性尊為圭臬且奉行不悖，終日為使自己合乎標準而絞盡腦汁，甚至不惜傷害天生自然樣貌，實施人工美容手術，如削骨、抽脂、隆乳、割除腿部肌肉等。甘冒生命危險，忍受諸般痛楚，只為合乎所謂「美女」標準。這些「美」的準則無形中即牽引出生命之負擔與悲累，並限制住生命的無限可能性與發展性。所以，人們應無去企求之情或驕矜之識，不標舉「美」的條件規範，不讓生命滯陷一方，嘗試以多元角度看待萬事萬物，進而尊重萬事萬物，尊重每一個生命型態；欣賞萬

〔註38〕《莊子·天地》：「物將往」注，頁431。
〔註39〕《莊子·天下》：「亂之上也」注，頁1081。
〔註40〕《莊子·德充符》：「自其同者視之，萬物皆一也」注，頁191。

事萬物，欣賞每一個生命情調，能深刻地體認到每個生命都是眞實的，都是
莊嚴的，其美雖有不同，卻無一不美，「各美其所美，則萬物一美也；各是其
所是，則天下一是也」，不抑此揚彼，不立規範準則，不以是非臧否區分萬物，
而是「通彼我」，體諒他人，尊重他人，肯定萬物皆有其生命之精彩處。

　　於是，在懂得尊重自己也尊重萬物；肯定自我存在價值，也肯定萬物存
在價值後，便能經由這份對天地萬物的認同感，更進一步地洞察到天地萬物
之所以能各美其所美、各是其所是的生命價值挺立點乃在於「性」，在於承天
道而來之本性：

　　　　物無貴賤，得生一也。故善與不善，付之公當耳，一無所求於人也。

　　　　依乎天理，推己性命，若嬰兒之直往也。〔註41〕

萬事萬物均有其獨特之點、殊別之處，縱、橫、妍、醜雖各自不同，卻也各有
其好。然而，萬物之所以能「無貴賤」，能各然其所然、各可其所可，其背後之
挺立點何在？郭象認爲透過尊重生命、肯定生命的工夫歷程後，可掘發此挺立
點乃在於「得生一也」，在於萬物之「性」皆是源於自然無爲之天道。猶如「簫
管參差，宮商異律，故有短長高下萬殊之聲。聲雖萬殊，而所稟之度一也，然
則優劣無所錯其閒矣。」〔註42〕聲音雖有唱和大小、長短高下之萬般殊異，但
「所稟之度一也」，均是稟氣自然，故能「優劣無所錯其閒」。換言之，縱使天
地萬物各有自身的特質、形體、運作方式，可是，若就形上本體來說，萬物與
我俱爲自然之道的不同形態的存在，皆是稟自然而生，承道而成，內化天道爲
其性，所以，物我同體，淡然忘懷物我之際。此即所謂「與物同」。

　　經由「外權利」、「不自專」、「通彼我」、「與物同」之層層工夫轉化，一
步步地提昇主體精神之境界後，人們不再僅是抽象概念上的知道「小大之殊
各有定分」，而是具體實踐地消解掉種種相對觀念中的偏執、矛盾、衝突和異
化，能認同自我亦肯定萬物之存在價值，懂得欣賞萬物千姿百態的異相之美，
深刻瞭解「道不逃物」，〔註43〕遍在萬物生命本身而成其「性」，即使是一般

〔註41〕《莊子・人間世》：「內直者，與天爲徒。與天爲徒者，知天子之與己皆天之
　　　　所子，而獨以己言蘄乎而人善之，蘄乎而人不善之邪？若然者，人謂之童子，
　　　　是之謂與天爲徒」注，頁143。

〔註42〕《莊子・齊物論》：「女聞人籟而未聞地籟，女聞地籟而未聞天籟夫」注，頁
　　　　45。

〔註43〕《莊子・知北遊》：「至道若是，大言亦然」注，頁751。

人最鄙夷、嫌棄之物亦存在著道，是天道不同形態的存在。於是，自然之道即在我身，只要誠摯地面對自己即是誠摯地面對天道，何須於生命外再尋一標準規範，又何須因己身之長短而橫生休戚之情：

> 知其自備者，不舍己而求物，故無求無失無棄也。反守我理，我理自通。〔註44〕

體認天道本為我所備有，乃內在於自身的生命中而成其「性」，若能返回自然本性，即是自然、即是天道，何須「舍己而求物」，因此，不惑於所貴，不以小欲大，不用勝負、貴賤的有色角度看待才性分殊，不以「不夷」〔註45〕之心來扭曲事物，「無求無失無棄」讓一切回歸最平實自然的狀態，也讓自己復返樸實無華之天然本性，誠實面對自己的一切，無論是長、是短、是大、是小，皆真誠無畏地接受自己、認同自己、發展自己、成就自己，此即是「反守我理，我理自通」，即是復返於具足自在之本性，即是「自得」。一旦「自得」，則能超越生命本身的不同及限制，感到天地與我並生，萬物與我同得：

> 夫以形相對，則大山大於秋豪也。若各據其性分，物冥其極，則形大未為有餘，形小不為不足。〔苟各足〕於其性，則秋豪不獨小其小而大山不獨大其大矣。若以性足為大，則天下之足未有過於秋豪也；〔若〕性足者〔非〕大，則雖大山亦可稱小矣。故曰天下莫大於秋豪之末而大山為小。大山為小，則天下無大矣；秋豪為大，則天下無小也。無小無大，無壽無夭，是以蟪蛄不羨大椿而欣然自得，斥鴳不貴天池而榮願以足。苟足於天然而安其性命，故雖天地未足為壽而與我並生，萬物未足為異而與我同得。則天地之生又何不並，萬物之得又何不一哉！〔註46〕

〔註44〕《莊子·徐无鬼》：「知大備者，无求，无失，无棄，不以物易己也。反己而不窮」注，頁855。

〔註45〕「不夷」一辭乃出於「夫世之所患者，不夷也，故體大者〔快〕然謂小者為無餘，質小者塊然謂大者為至足，是以上下夸跂，俯仰自失，此乃生民之所惑也。」（注〈秋水〉，頁566），盧桂珍將「不夷」解釋為「不能平等地看待萬事萬物」，指出人心不夷時，便會產生夸跂的意念，「不滿足於自身的稟賦，而汲汲營求於性分之外，導致動靜失據，生命終將無所安頓。」（〈郭象玄學中涵藏的論證模式——以「待而非待」、「為而非為」的分析為主〉，《哲學與文化》，2002年6月，頁537）。

〔註46〕《莊子·齊物論》：「天下莫大於秋豪之末，而大山為小；莫壽於殤子，而彭祖為夭。天地與我並生，萬物與我為一」注，頁81。

若以才性的角度觀看萬物，自是「差數相加，幾微相傾」，〔註47〕群物稟分千差萬別，不可勝察。但是，若從「足於其性」的角度觀看萬物，則各稱所能，各當其分，莫不自在具足，可同通於道，故萬物平等齊一而無好壞、貴賤之分，「秋豪不獨小其小而大山不獨大其大矣」，以性足者爲大，則秋毫與天地同大；以性足者爲小，則天地莫大於秋毫。換言之，一旦「足於其性」，復返天眞自然之本性，便能感到「天地未足爲壽而與我並生，萬物未足爲異而與我同得」，感到自我精神生命之悠遠昂揚與自在徜徉，體認「天地之生又何不並，萬物之得又何不一」，將萬物涵融於生命之中，了無主客、物我的對待。

　　是以，用此自在具足之生命精神來面對外在際遇之無奈與限制時，亦能不因安危、禍福、貧富之起伏而橫生休戚之情，無所掛懷，即便是面對死生存亡之命遇問題時，也能不執著於己身之存在，無去對形軀的戀慕：

　　　　有形者自然相與爲累，唯外乎形者磨之而不磷。實已損矣而不自覺。

　　　　所以不覺，非不損也，恃源往也。〔註48〕

人之肉質形軀乃爲一具體有形之物，既然是有形者自然會有所損傷，不過，倘若人能透過層層工夫轉進，超越生命本身的不同與限制，回歸自然純眞之本性，達到自在具足之境，便可在此生命精神之玄覽觀照下「外形骸」，並且，能外乎形骸之人即可「磨之而不磷」，雖一己之肉質形軀在歷經現實生活上的諸多變動時不免有所損傷，但卻不覺有損，而之所以如此，乃端賴精神之超拔飛越以消解此番磨損。於是，當面對死生之變化時，亦不覺任何得失、損益：

　　　　生爲我時，死爲我順；時爲我聚，順爲我散。聚散雖異，而我皆我
　　　　之，則生故我耳，未始有得；死亦我也，未始有喪。夫死生之變，
　　　　猶以爲一，既觀其一，則蛻然無係，玄同彼我，以死生爲寤寐，以
　　　　形骸爲逆旅，去生如脫屣，斷足如遺土，吾未見足以纓茀其心也。
　　　　〔註49〕

達觀生死，泯化生死相對之觀念，視人之生死爲一，忘其生又忘其死，能隨

〔註47〕《莊子‧秋水》：「以差觀之，因其所大而大之，則萬物莫不大；因其所小而小之，則萬物莫不小；知天地之稊米也，知〔豪〕末之爲丘山也，則差數觀矣」注，頁578。

〔註48〕《莊子‧徐无鬼》：「風之過河也有損焉，日之過河也有損焉。請只風與日相與守河，而河未始其攖也，恃源而往者也」注，頁869。

〔註49〕《莊子‧德充符》：「物視其所一而不見其所喪，視喪其足猶遺土也」注，頁192。

任變化，生是我，死亦是我，並無所得亦無所失，於是，「以死生爲寤寐，以形骸爲逆旅」，肉質形軀之磨損與死生變化誠不足以纓累其心。然則，人最難放下的是自己，最難突破的人生關卡是死生存亡之命遇問題，一旦人能「外形骸」，消解形軀之侷限、放下己身存在之執著時，天下還有何物能令人終日藏休戚於懷？故郭象有言：

> 吾喪我，我自忘矣；我自忘矣，天下有何物足識哉！故都忘外內，然後超然俱得。〔註50〕

> 人之所不能忘者，己也，己猶忘之，又奚識哉！斯乃不識不知而冥於自然。〔註51〕

> 五藏猶忘，何物足識哉！未始有識，故能放任於變化之塗，玄同於反覆之波，而不知終始之所極也。〔註52〕

無去由「我」、「己」所牽引而出之心知膠著與情識糾葛，忘掉自己，忘懷死生之變，生時安生，死時安死，不刻意，不戀棧，順應自然，無所復爲。如此一來，天下尚有何物足以掛累於懷、纓莦其心？天下又有何處不可往、不可安？是以，回歸天然本性後，精神主體乃呈顯一自在具足之境，依此則可坦然眞誠且無畏地面對生命本身的限制以及現實外在環境或條件的限制，超越這些限制，不讓生命中無可逃避、無可違逆的限制繫累於心，進而安然承擔生命之所有，順性自然，處時安命，所遇皆適，天地當下豁然開展，「故無往而不冥」，人間處處可遊。

可見，《莊子注》所言之順性安命誠非全然不具任何工夫論之敘述，亦非全然只是單純的描繪境界之詞語。其境界是透過「穢累日去以至於盡耳」〔註53〕之工夫論來豁顯。故《莊子注》言「順性」、言「安命」，看似輕靈搖

〔註50〕《莊子‧齊物論》：「偃，不亦善乎，而問之也！今者吾喪我，汝知之乎」注，頁45。

〔註51〕《莊子‧天地》：「忘己之人，是之謂入於天」注，頁429。

〔註52〕《莊子‧大宗師》：「反覆終始，不知端倪」注，頁270。

〔註53〕郭象將「九年而大妙」一語解作：「妙，善也。善惡同，故無往而不冥。此言久聞道，知天籟之自然，將忽然自忘，則穢累日去以至於盡耳」，在這段文字有兩個地方值得注意，一是「久聞道」，二是「穢累日去」，這兩句話呈顯出一種時間性，表示去知以契應天道之工夫非一蹴可幾，亦非單憑一己之智悟即可爲之，雖早已聞道，但必須經過長年累月的實踐修養工夫，日復一日，去除泯化穢累「以至於盡耳」，方能眞正體道。由此可知，郭象對於道家「爲道日損」之生命修養工夫論實有掌握，誠不可言郭象《莊子注》全然只是玩

曳，但一個「順」字、一個「安」字，底下便蘊藏多少工夫論之深意。要能破除人心之執著偏見，消解情識知心的藤葛纏繞方可撐得開、顯得出這「順」與「安」之逍遙境界，才能讓生命不黏牙嚼舌而爽朗自在。

第二節　適性自足與內聖外王

承上節所論，郭象乃以自然天眞之本性作爲人與天道之相契點，只要人能去知返性，順性而爲，即能契會天道之自然，達到逍遙遊放之境。所以，逍遙自得之境當爲一主體精神境界的開展，且具普遍性，人人皆可達至。郭象有言：

> 庖人尸祝，各安其所司；鳥獸萬物，各足於所受；帝堯許由，各靜其所遇；此乃天下之至實也。各得其實，又何所爲乎哉？自得而已矣。故堯許之行雖異，其於逍遙一也。〔註54〕

萬物所稟受之才質與能力不盡相同，鳥類長於飛行，魚類善於游水，各有所長，也各有所美，無須棄己身之所能而強學於外。人亦是如此，故順任本性，各展所能，庖廚安於宰烹，尸祝不棄樽俎，帝堯治天下，許由歸山林，其行雖有不同，但皆任其自然之性，合於天道自然而逍遙自得。然而，郭象雖主張「小大雖殊，逍遙一也」，人人都能逍遙，可是，在注「而我猶代子，吾將爲名乎？名者，實之賓也。吾將爲賓乎」一段時，卻又稱揚帝堯治天下之行，貶抑許由隱山林之舉：

> 夫自任者對物，而順物者與物無對，故堯無對於天下，而許由與稷契爲匹矣。何以言其然邪？夫與物冥者，故羣物之所不能離也。是以無心玄應，唯感之從，汎乎若不繫之舟，東西之非己也，故無行而不與百姓共者，亦無往而不爲天下之君矣。以此爲君，若天之自高，實君之德也。若獨亢然立乎高山之頂，非夫人有情於自守，守一家之偏尚，何得專此！此故俗中之一物，而爲堯之外臣耳。〔註55〕

郭象一方面認爲「堯許之行雖異，其於逍遙一也」，不論小大，只要各足於其性皆可逍遙，並無軒輊之分，但另一方面又評論許由乃是「有情於自守，守一家之偏尚」，是「俗中之一物」，這豈不是前後矛盾嗎？再者，就許由而言，

弄光景之辭，只是「一種既無理想，又無工夫的玄談」。

〔註54〕《莊子・逍遙遊》：「庖人雖不治庖，尸祝不越樽俎而代之矣」注，頁26。

〔註55〕郭象注〈逍遙遊〉，頁24。

歸隱山林、獨立高山之頂乃合於天然本性，適性而足，倘若偏要許由治天下，反倒是傷性之舉，不得逍遙自在。所以，郭象劣許由而優帝堯之言似乎與其逍遙思想相衝突，然而，郭象對許由的看法是否真的與逍遙思想矛盾、衝突嗎？在此正可引導出一些有意思的議題──許由與帝堯俱達逍遙之境，何以只稱帝堯可為聖人，而貶許由為「俗中之一物」？凡人之逍遙與聖人之逍遙是否相等？若不相等，其差異處何在？本文以下便試圖解決這些問題，並逐步探討郭象對聖人的一些看法。

一、聖、凡逍遙之同與異

首先，就「逍遙」境界來說，郭象認為人人皆有可能達至逍遙之境，因為人性乃承天道而來，無善無惡、無是無非，即使各人所受之才質能力有高低分別，卻無一不是稟天道而生，是自然而然，不具任何道德價值批判色彩，於是，無論小大、長短、美醜，只要能復返自在具足之真性，莫不怡然自得，「夫大小雖殊，而放於自得之場，則物任其性，事稱其能，各當其分，逍遙一也，豈容勝負於其間哉！」〔註56〕不過，「逍遙」之內容卻因人而異，隨著各人稟賦才性的差別而呈顯出不同的姿態，是以，「小大雖殊，逍遙一也」的「一」乃指各足於性，而非逍遙之內容皆相同。〔註57〕於是，帝堯與許由雖行為舉止不相同；前者治天下，後者歸山林，但就「各足於所受」而言，則都是順性而發，都是各自回歸天然之本性，故「其於逍遙一也」。然而，郭象並不就此宣稱自足於本性者即可為聖人，因為，郭象以為真正的聖人並非僅是足於本性之自通，亦須使萬物不失其所待而同於大通：

> 乘天地之正者，即是順萬物之性也；御六氣之辯者，即是遊變化之塗也；如斯以往，則何往而有窮哉！所遇斯乘，又將惡乎待哉！此乃至德之人玄同彼我者之逍遙也。苟有待焉，則雖列子之輕妙，猶

〔註56〕《莊子·逍遙遊》：「逍遙第一」注，頁1。

〔註57〕李中華說：「郭象明確地把『逍遙』解釋為『自足其性』，自然無為。」（《魏晉玄學史》，頁377）；許抗生有云：「郭象提出了足性則可逍遙自在的理論，認為只要自足其性，即可得到精神上的滿足而逍遙。」（《魏晉思想史》，頁198）；莊耀郎亦主張郭象判定能否逍遙的條件乃在於是否「各安其性」，且進一步申論「逍遙的內容可以因性之殊異而萬殊，其均於性分之自足則一，萬物同得於自性以為逍遙，故『逍遙一也』之一是一於『足於性分』，而非說逍遙必有相同之內容。」（《郭象玄學》，頁61）。

不能以無風而行，故必得其所待，然後逍遙耳，而況大鵬乎！夫唯
與物冥而循大變者，爲能無待而常通，豈〔獨〕自通而已哉！又順
有待者，使不失其所待，所待不失，則同於大通矣。〔註58〕

當人能各任其性、各當其分時，不論聖凡皆可淡然自若、逍遙自得，不過，
由於逍遙之內容乃因人之才性不同而有萬殊差別，所以，聖人之逍遙與凡人
之逍遙自然也有所殊異。凡人是以自足於天然本性爲逍遙，聖人則不止於此，
還更進一步地順萬物之性，遊變化之塗，使有待者不失其所待。故聖人並非
只求自身圓滿之自了漢，而是玄同彼我，與物冥化，其逍遙爲「玄同彼我者
之逍遙也」。〔註59〕郭象在評論非世之人、教誨之人、尊主強國之人、避世之
人以及養形之人時，亦即有言：

此數子者，所好不同，恣其所好，各之其方，亦所以爲逍遙也。然
此僅各自得，爲能靡所不樹哉！若夫使萬物各得其分而不自失者，
故當付之無所執爲也。〔註60〕

郭象認爲非世之人、教誨之人、尊主強國之人、避世之人以及養形之人所好
雖各有不同，卻無一不是順性發動而各自圓滿，俱可「爲逍遙也」。不過，此
數子之逍遙乃「獨自通而已」，僅是發展自我、成就自我，頂多使得與自己志

〔註58〕《莊子・逍遙遊》：「若夫乘天地之正，而御六氣之辯，以遊无窮者，彼且惡
　　　　乎待哉」注，頁20。

〔註59〕湯用彤主張郭象所說的聖人不但能自足、自通，且能使萬物均於自得，「若限
　　　　於一方，只是自足，只能稱爲『自了漢』。」（其詳請參見《理學、佛學、玄
　　　　學》，頁340～341）。盧桂珍與蔡忠道亦持相同看法，盧氏有云：「郭象提出一
　　　　個問題：『豈獨自通而已？』意指聖人絕不是只顧自身完滿的自了漢，還能更
　　　　進一步使一切有待之芸芸眾物都得到他們性命之所需。」（《王弼與郭象之聖
　　　　人論》，頁91）；蔡氏則言：「物自有性，性各有極，人本其性分而盡其極，則
　　　　皆能適性而逍遙，在這層逍遙的意義之下，郭象一方面承認個體先天的差異，
　　　　一方面在精神自由的理境上肯定所有個體生命的價值。聖人的境界卻不止於
　　　　此，畢竟，在內聖外王的理想下，聖人絕非僅止於個體逍遙的自了漢，而是
　　　　必須玄通物我，使一切有待之萬物也能順性自足。」（《魏晉儒道互補之研究》，
　　　　頁176）。

〔註60〕《莊子・刻意》：「刻意尚行，離世異俗，高論怨誹，爲亢而已矣；此山谷之
　　　　士，非世之人，枯槁赴淵者之所好也。語仁義忠信，恭儉推讓，爲修而已矣；
　　　　此平世之士，教誨之人，遊居學者之所好也。與大功，立大名，禮君臣，正
　　　　上下，爲治而已矣；此朝廷之士，尊主強國之人，致功并兼者之所好也。就
　　　　藪澤，處閒曠，釣魚閒處，無爲而已矣；此江海之士，避世之人，閒暇者之
　　　　所好也。吹呴呼吸，吐故納新，熊經鳥申，爲壽而已矣；此道引之士，養形
　　　　之人，彭祖壽考者之所好也。」注，頁536。

向相同者亦能順性自得，卻未能更進一步地「使萬物各得其分而不自失」。一如郭象在《論語體略》中所言：「修己者僅可以內敬其身，外安同己之人耳，豈足以安百姓哉！」〔註61〕所以，郭象在論此數子皆可逍遙後，又續言「然此僅各自得，焉能靡所不樹哉」，此數子是以各足於所受爲逍遙，並不能使天下芸芸之有待者皆不失其所待，僅可「內敬其身，外安同己之人」，非爲玄同彼我而「靡所不樹」之聖人。

於是，依前所論，再次觀看郭象對帝堯及許由之論述，吾人便可理解郭象何以一方面言「堯許之行雖異，其於逍遙一也」，另一方面又道許由是「有情於自守，守一家之偏尚」，是「俗中之一物」。因爲，就各足於本性、回歸自在具足之天性一處來說，帝堯與許由並無二異，不過，就其逍遙之內容來說，卻實有殊別。許由是離世異俗，隱居於箕山之頂，逍遙於穎水之濱，雖亢然自足，但僅獨自通，只成就自身之圓滿或「外安同己之人」；帝堯則是「戴黃屋，佩玉璽」、「歷山川，同民事」，〔註62〕位居九五之尊，身處華廈之宅，衣飾金玉之服，乘坐黃蓋之車，統天下而治萬民，平海內而理萬機，但卻無心於天下，隨時可忘，「窅然喪之，而嘗遊心於絕冥之境，雖寄坐萬物之上而未始不逍遙也。」〔註63〕因此，帝堯雖日理萬機，治理朝政，身居廟堂之上，然其乃有天下而無繫於懷，對於萬物黔黎能不操縱、不把持，順萬物黔黎之性而成就之，故可曠然無累，精神常全，無異於山林之中，自在逍遙，「終日（揮）〔見〕形而神氣無變，俯仰萬機而淡然自若」，〔註64〕以不治治之，無心而成化，「則葶才萬品，各任其事而自當其責矣」，〔註65〕不僅能運轉一己之生命，亦能安頓天下群物品品之生命。所以，許由與帝堯二者，一是獨立高山之頂，僅成就自身或與其志向相同者之圓滿，另一是與百姓共處，澤及萬物，同時證成自我與安頓群體。然則，郭象心目中之聖人乃是「豈〔獨〕自通而已哉！又順有待者，使不失其所待，所待不失，則同於大通矣」，據此，

〔註61〕《論語・憲問》：「子路問君子。子曰：『修己以敬。』曰：『如斯而已乎？』曰：『修己以安人。』曰：『如斯而已乎？』曰：『修己以安百姓。修己以安百姓，堯舜其猶病諸！』」注。

〔註62〕《莊子・逍遙遊》：「藐姑射之山，有神人居焉，肌膚若冰雪，（綽）〔淖〕約若處子」注，頁28。

〔註63〕《莊子・逍遙遊》：「堯治天下之民，平海內之政，往見四子藐姑射之山，汾水之陽，窅然喪其天下焉」注，頁34。

〔註64〕《莊子・大宗師》：「彼，遊方之外者也；而丘，遊方之內者也」注，頁268。

〔註65〕《莊子・天道》：「靜則无爲，无爲也則任事者責矣」注，頁460。

帝堯被郭象譽爲「無對於天下」，能同物群，是迹冥圓融、遊外宏內之聖人；而許由則相對地顯得「與稷契爲匹」、「守一家之偏尙」，故郭象乃言其爲「俗中之一物」。〔註66〕

二、聖人之遊外宏內

經上述可知，郭象主張聖人須兼備內聖之德與外王之功，〔註67〕能「遊外者依內，離人者合俗，故有天下者無以天下爲也。是以遺物而後能入羣，坐忘而後能應務」，〔註68〕既可自足自得，又能入群應務而造化萬有，使群物順任本性之自然，達到「同於大通」的整體和諧境界。也正由於郭象認爲內聖外王者方可爲聖人，故吾人不難發現《莊子注》中，常以聖王爲例來說明

〔註66〕成玄英曾對郭象評論帝堯、許由之語提出看法：「堯負扆汾陽而喪天下，許由不夷其俗而獨立高山，圓照偏溺，斷可知矣。」（《莊子集釋》，頁24）。成玄英以「圓照」言帝堯，以「偏溺」言許由，實能契合郭象認爲聖人必須成己安眾之旨。另外，歷來研究魏晉玄學之學者亦針對帝堯與許由之比較問題多所闡發，如牟宗三在《才性與玄理》一書中道曰：「許由有對，而堯無對。獨立高山，雖顯無以爲本，而不能渾化，則滯無而成有。堯雖治天下，而『以不治治之』，則無心而成化，『窅然喪其天下』，則有無兩得，玄同而化，而亦不知其孰有孰無也。此即成疏所謂之『圓照』，許由未能至乎此也。」（頁189）；又如蘇新鋈認爲郭象在評論帝堯與許由時，極能透視《莊子》一書之內在旨義，於是能精闢地點捻出堯爲全「迹」、「冥」於一身之聖君，而許由則只獨得一「冥」，偏至未全（其詳請參見《郭象莊學平議》，頁274～275）；再者，大陸學者湯一介強調郭象之所以言許由是「俗中之一物」，乃因爲「這是把事物看得有分別了，不能順自然，不能『無心而不自用』。」（《郭象與魏晉玄學（增訂本）》，頁173）；另外，高晨陽亦宣稱許由之獨立於高山的行爲舉止「實際是滯無，滯無則成有，把有與無對立起來，因此，這樣的人不過是『俗中之一物』，非眞正的超越，不會有眞正的逍遙。」（《儒道會通與正始玄學》，頁379）。

〔註67〕郭象心目中的聖人不僅僅可遊方外之致，亦能冥方內之極，兼具「內聖外王之道」（〈莊子序〉，頁3），於是有云：「神人即聖人也，聖言其外，神言其內也。」（注〈外物〉，頁945）；「夫神人即今所謂聖人也」（注〈逍遙遊〉，頁28），湯一介將這兩段注文解釋爲「所謂的『聖人』實指『外王』，而『神人』則指『內聖』，且『內聖』即可以是『外王』，並非爲二。」（《郭象與魏晉玄學（增訂本）》，頁247）。而盧桂珍亦曰：「恣任本性之自然，是安己也，使物皆自得逍遙，是安百姓也。安己是內聖之極，安百姓則是外王之至，聖人之道即是合此二者。即郭象所言：『神人即聖人也。聖言其外，神言其內。』」（《王弼與郭象之聖人論》，頁107》。所以，郭象乃涵納「內聖」與「外王」爲一而成聖人之道。

〔註68〕《莊子・大宗師》：「丘，天之戮民也」注，頁271。

聖人之迹與所以迹：

> 堯舜者，世事之名耳；爲名者，非名也。故夫堯舜者，豈直堯舜而已哉？必有神人之實焉。今所稱堯舜者，徒名其塵垢粃穅。〔註69〕

> 夫黃帝非爲仁義也，直與物冥，則仁義之迹自見。迹自見，則後世之心必自殉之，是亦黃帝之迹使物攖也。〔註70〕

> 夫堯舜帝王之名，皆其迹耳，我寄斯迹而迹非我也，故駭者自世。世彌駭，其迹愈粗，粗之與妙，自途之夷險耳，遊者豈常改其足哉！故聖人一也，而有堯舜湯武之異。明斯異者，時世之名耳，未足以名聖人之實也。故夫堯舜者，豈直一堯舜而已哉！是以雖有矜愁之貌，仁義之迹，而所以迹者故全也。〔註71〕

> 夫禹時三聖相承，治成德備，功美漸去，故史籍無所載，仲尼不能閒，是以雖有天下而不與焉，斯乃有而無之也。故考其時而禹爲最優，計其人則雖三聖，故一堯耳。〔註72〕

> 冉相氏，古之聖王也。居空以隨物，物自成。〔註73〕

郭象注《莊子》一書，大發莊子之玄理玄智，振起玄風，不過，郭象並不認爲莊子是聖人，而是推崇儒家之聖王爲聖人，如上述引文所舉之黃帝、堯、舜、禹、湯、武等人，〔註74〕僅將莊子視爲「知本」者，是能以語言文字精

〔註69〕 《莊子・逍遙遊》：「是其塵垢粃穅，將猶陶鑄堯舜者也，孰肯以物爲事」注，頁33。

〔註70〕 《莊子・在宥》：「昔者黃帝始以仁義攖人之心」注，頁373～374。

〔註71〕 《莊子・在宥》：「夫施及三王而天下大駭矣」注，頁375。

〔註72〕 《莊子・天地》：「子高曰：『昔堯治天下，不賞而民勸，不罰而民畏。今子賞罰而民且不仁，德自此衰，刑自此立，後世之亂自此始矣。夫子闔行邪？无落吾事！』俋俋乎耕而不顧」注，頁424。另外，在《論語體略》中亦出現過類似「夫禹時三聖相承」之文字：「舜禹相承雖三聖，故一堯耳，天下化成則功美漸去，其所因循常事而已。故史籍無所稱，仲尼不能間，故曰：『禹，吾無間然矣。』」（注《論語・泰伯》：「子曰：『禹，吾無間然矣。』」）。

〔註73〕 《莊子・則陽》：「冉相氏得其環中以隨成」注，頁885。

〔註74〕 郭象所言之聖人除黃帝、堯、舜、禹、湯、武等人外，亦將未曾實居王者之位的孔子稱爲聖人，例如在注《莊子・大宗師》：「孔子曰：『彼，遊方之外者也；而丘，遊方之內者也。』」一段時，有云：「夫理有至極，外內相冥，未有極遊外之致而不冥於內者也，未有能冥於內而不遊於外者也。故聖人常遊外以（宏）〔冥〕內，無心以順有，故雖終日（揮）〔見〕形而神氣無變，俯仰萬機而淡然自若。夫見形而不及神者，天下之常累也。是故觀其與羣物並行，則莫能謂之遺物而離人矣；觀其體化而應務，則莫能謂之坐忘而自得

確地陳述玄妙道體之旨，但尚未能眞正體道，未能眞正與道相契合，即「雖未體之，言則至矣」。〔註75〕然則，郭象之所以如此評論莊子可從兩點加以探討，第一點，是就言意關係的辯證上來說，聖人體道，又道乃無形無名，故不可言、不可訓，一旦以言說詮定，便是落於「有」，而莊子「未始藏其狂言」，未曾藏其高狂之言論，大量運用芒忽恣縱之詭辭來描寫自身對玄虛妙道之瞭解與修養工夫之體悟，於是，由此處可顯示莊子仍滯於「有」，尚未達至渾化有、無之聖人境界。〔註76〕第二點，是就聖人須兼備內聖之德與外王之功來

矣。豈直謂聖人不然哉？乃必謂至理之無比。是故莊子將明流統之所宗以釋天下之可悟，若直就稱仲尼之如此，或者將據所見以排之，故超聖人之內跡，而寄方外於數子。宜忘其所寄以尋述作之大意，則夫遊外（宏）〔冥〕內之道坦然自明，而莊子之書故是涉俗蓋世之談矣。」（頁268）。《莊子》一書原意乃在藉由孟子反、子琴張之臨尸能歌與孔子、子貢之守禮憑弔來形成對比，並透過孔子的自承鄙陋以凸顯遊於方外者的逍遙無滯。可是，郭象卻一轉莊子原意，將孔子稱爲遊外冥內之聖人。又如在《論語體略》中，郭象注《論語・衛靈公》：「子曰：『吾嘗終日不食、終夜不寢以思，無益，不如學也。』」一句，以及注《論語・陽貨》：「孔子曰：『諾，吾將仕矣。』」時，即分別以「聖人無詭教」和「聖人爲心」爲開端來詮釋孔子所言。由此可知，郭象乃尊孔子爲聖人。然孔子雖不似黃帝、堯、舜、禹、湯、武等人曾實質上地位居九五之尊，不過，孔子向來有「素王」之稱，而郭象對「素王」的看法是「有其道爲天下所歸而無其爵者」（注〈天道〉，頁461），所以，孔子體化合變而入群應務之生命境界乃無異於聖王，故能雖無爵位卻爲天下所歸。

〔註75〕關於郭象評論莊子尚未達至聖人境界的敍述乃見於〈莊子序〉：「夫莊子者，可謂知本矣，故未始藏其狂言，言雖無會而獨應者也。夫應而非會，則雖當無用；言非物事，則雖高不行；與夫寂然不動，不得已而後起者，固有間矣，斯可謂知無心者也。夫心無爲，則隨感而應，應隨其時，言唯謹爾。故與化爲體，流萬代而冥物，豈曾設對獨遘而遊談乎方外哉！此其所以不經而爲百家之冠也。然莊生雖未體之，言則至矣。」從這段序文中，可知郭象認爲莊子之言乃合於玄冥之道，於是，以「知本」稱之。孔繁在《魏晉玄談》一書中，對「知本」一辭有所解釋：「郭象在《莊子序》中提出莊子『知本』，所謂『知本』是『與化同體，流萬代而冥物』。」（頁131）。然而，觀看〈莊子序〉一文，郭象言莊子是「知本矣」的意思應非如上述孔繁所説，因爲「與化同體，流萬代而冥物」是郭象形容聖人境界之語，但是，莊子在郭象的評論中並非爲一聖人，乃是「知本」的「百家之冠」。所以，「知本」應是指莊子能以精確的文字來陳述玄妙道體之主旨，不過，莊子「未體之」，尚未眞正體道，僅能「設對獨遘而遊談乎方外」，未能達至「與化同體，流萬代而冥物」之聖人境界。

〔註76〕朴敬姬認爲郭象評莊子爲「知本」者而尚未體道的原因乃是：「向、郭稱心無爲者，則『忘言以尋其所況』；未體化者，則『自必於有爲之域而不反』，孔子所以爲聖，即在於『不肯致言』，老莊之所以不足爲聖，即在於『未始藏其狂言』。」（《魏晉儒道之爭》，頁98）。盧桂珍亦持相似看法，主張郭象在〈莊

說，莊子寧願同泥龜之曳尾於塗而不願爲王卿之事，〔註77〕恰與許由兀然獨立於高山之頂而不願治天下相似，皆是僅成就自身生命之圓滿，而無安頓群體生命之功化，故郭象宣稱莊子雖能知玄冥之道，但「應而非會，則雖當無用；言非物事，則雖高不行」，不能和光同塵，不能與民同其憂患，缺乏以百姓之言爲言、以萬物之心爲心的拯世潤物之實踐力，即便所言之理高明且切合玄妙道體之旨，卻仍顯得隔絕塵世而「雖當無用」、「雖高不行」。於是，郭象稱莊子爲「知本」的「百家之冠」，不稱其爲聖人，乃以黃帝、堯、舜、禹、湯、武等人爲例，闡釋聖人遊外宏內之道。

由於郭象主張聖人應成己安民以明內聖外王之道，所以，郭象在談論聖人時，亦常涵攝國君治理天下的看法，宣稱在上位者應效法天道之自然無爲：

> 天地以無爲爲德，故明其宗本，則與天地無逆也。夫順天所以應人
> 也，故天和至而人和盡也。〔註78〕

天道乃沖虛玄妙、無形無名，且天道之於萬物是以不主宰、不役使、不損益的方式爲萬物宗主，讓萬物在其沖虛玄德中，順其本性自生自長、自成自濟，而不知其所以然。因此，爲人君者當以天道爲宗，「觀其形容，象其物宜，與天地不異」，〔註79〕觀天地之潤澤萬物、覆載群生，法天道之無爲無言、無愛無成。〔註80〕於是，無心以任百官眾生，讓開一步，令百官眾生能各順其性、

子序〉中對比聖人與莊周之言，乃與「王弼向裴徽論述『聖人體無』的那段話，有許多類似的地方。王弼將孔子與老子進行比較，認爲老子經常講『無』，顯示出他仍停滯於『有』的境界，未能渾化掉『無』與『有』的相對性，故不能達到『無』的境界。孔子不講『無』，正表示他已經真正的達到『無』的境界，故而老不及聖。郭象在《莊子序》中，則對比孔子與莊周，亦是藉由言、意的關係進行辯證。」（《王弼與郭象之聖人論》，頁77）。

〔註77〕關於莊子寧願同泥龜之曳尾於塗而不願爲王卿之事乃出自《莊子・秋水》一篇，其文有云：「莊子釣於濮水，楚王使大夫二人往先焉，曰：『願以境內累矣！』莊子持竿不顧，曰：『吾聞楚有神龜，死已三千歲矣，王巾笥而藏之廟堂之上。此龜者，寧其死爲留骨而貴乎？寧其生而曳尾於塗中乎？』二大夫曰：『寧生而曳尾塗中。』莊子曰：『往矣！吾將曳尾於塗中。』」（頁603～604）。另外，在《莊子・列禦寇》中亦有類似的敘述：「或聘於莊子。莊子應其使曰：『子見夫犧牛乎？衣以文繡，食以芻叔，及其牽而入於大廟，雖欲爲孤犢，其可得乎！』」（頁1062）。

〔註78〕《莊子・天道》：「夫明白於天地之德者，此之謂大本大宗，與天和者；所以均調天下，與人和者也」注，頁462。

〔註79〕《莊子・知北遊》：「觀於天地之謂也」注，頁735。

〔註80〕郭象主張天地以「無爲」爲德，且將聖人之行爲表現視作與天地合德之舉，如「與天合德，則雖出而靜。」（注〈天道〉，頁476）；「不爲萬物而萬物自生

各展其能、各司其職：

> 百姓百品，萬國殊風，以不治治之，乃得其極。若欲修己以治之，
> 雖堯舜必病，況君子乎？今堯舜非修之也，萬物自無爲而治。若天
> 之自高，地之自厚，日月之明，雲行雨施而已。故能夷暢條達，曲
> 成不遺而無病也。〔註81〕

> 夫王不材於百官，故百官御其事，而明者爲之視，聰者爲之聽，知者
> 爲之謀，勇者爲之扞。夫何爲哉？玄默而已。而羣材不失其當，則不
> 材乃材之所至賴也。故天下樂推而不厭，乘萬物而無害也。〔註82〕

> 君位無爲而委百官，百官有所司而君不與焉。二者俱以不爲而自得，
> 則君道逸，臣道勞，勞逸之際，不可同日而論之也。〔註83〕

> 夫無爲也，則羣才萬品，各任其事而自當其責矣。故曰巍巍乎舜禹
> 之有天下而不與焉，此之謂也。〔註84〕

君王之治天下非處處雄據成績、事事自攬把持，應是懂得善用人才，〔註85〕

者，天地也；不爲百行而百行自成者，聖人也。」（注〈刻意〉，頁538）；「乃
與天地合其恬惔之德也。」（注〈刻意〉，頁542）；「其所施同天地之德，故閒
靜而不二。」（注〈則陽〉，頁880）。可知聖人乃法天道之自然無爲，與天地
合其德以治天下，故能心神閒逸，終不疲勞，亦能使天下黎民蒼生自成自行。

〔註81〕《論語・憲問》：「子路問君子。子曰：『修己以敬。』曰：『如斯而已乎？』
曰：『修己以安人。』曰：『如斯而已乎？』曰：『修己以安百姓。修己以安百
姓，堯舜其猶病諸！』」注。

〔註82〕《莊子・人間世》：「嗟呼神人，以此不材」注，頁177。關於「王不材於百官，
故百官御其事」一段注文，盧國龍將其詮釋爲：「最高統治者最好是『不材』
的料子，否則他就要搞專制獨斷，不材的君主搞不了專制獨斷，天下人都稱心
如意，自然也就『樂推而不厭』，天下似乎可以太平。但晉惠帝不材之甚，結
果國破家亡，中州陷落，生靈塗炭，華夏文明幾將廢絕在胡騎鐵蹄之下。」（《郭
象評傳》，頁187）。由盧國龍以晉惠帝爲例說明君王「不材」看來，盧氏應是
將「不材」理解爲庸庸碌碌而毫無作爲之意。莊耀郎即曾對盧氏此番詮釋提出
看法：「盧國龍將『不材』即解作如晉惠帝的庸材。此種詮釋方式是落在歷史
故實中附會比配，於邏輯上無必然性，且郭象之玄理亦非如此。」（《郭象玄學》，
頁249）。筆者以爲郭象所說的「不材」應是指聖王無心、無爲，不自矜其能，
不標名於外而引領天下人仿效其才能，以令百官各御其事、各展其能，「而羣
材不失其當」。所以，郭象所言之「不材」的意思應非如盧國龍所理解一般。

〔註83〕《莊子・在宥》：「天道之與人道也，相去遠矣，不可不察也」注，頁402。

〔註84〕《莊子・天道》：「靜則无爲，无爲也則任事者責矣」注，頁460。

〔註85〕吳曉青指出君王之用才使能乃「賦予『無爲而無不爲』一個新的詮釋。這意
味著君主在完成『無爲之治』的過程中存在階段性，亦即在量能授官的階段

並法天道之自然無爲，以玄覽觀照的方式成就天下萬物，使百官群才自爲、自行，各順其性，各稱其能，「明者爲之視，聰者爲之聽，知者爲之謀，勇者爲之扞」。如此一來，人人各任其事而自當其責，則天下之務便自然能得之以成、得之以治，「能夷暢條達，曲成不遺而無病也」。因此，郭象認爲君主統萬民、平海內之首務非在於能親事，乃在於能「無爲」，然此「無爲」並非「拱默」之謂，非毫無作爲，而是「玄默」之謂，是隨物變化，應世非唱，任萬物各順自然天性而自爲、自用、自明、自得，沒有勉強，沒有委屈，故謂「無爲」。〔註86〕其文有云：

> 所謂無爲之業，非拱默而已；所謂塵垢之外，非伏於山林也。〔註87〕

> 無爲者，非拱默之謂也，直各任其自爲，則性命安矣。不得已者，
> 非迫於威刑也，直抱道懷朴，任乎自然之極，而天下自賓也。〔註88〕

萬物皆稟自然而生，承道而成，內化天道而爲其性，縱使有稟賦才能上的多寡、高低之別，但俱同通於道，無勝負、貴賤之分，超越一般價值判斷，於是，凡能復歸天然本性者，莫不淡然自若、逍遙自得。因此，聖王之於天下非立意求規矩、齊形狀，亦非拱默而毫無作爲，乃是「抱道懷朴」，以沖虛靈妙之心玄覽萬物，觀照群生，令群物品品各任其自爲，自生自長，自成自濟；使黎民百姓各順其自性，盡其所懷，寬宥自在，則「天下自賓也」。此即所謂無爲之治。

反之，若在上位者不能無爲，意求有爲，欲以一己之正正天下，便會令天下人心紛紛向外競求，離其眞性，於是，矯僞之情遂生，不能各正性命而深陷於無窮盡的奔鶩與紛擾中，因此，郭象曰：

裏是不得不爲的，一旦官得其人，則須『各司其任』而任其自爲，不可越俎代庖、牝雞司晨。」（《魏晉有無之辨研究——從王弼到郭象》，頁267～268）。

〔註86〕 郭象在《莊子注》一書中對「無爲」之論述，除了就政治人事上言聖王無心玄應，隨感而動，與物相冥，以令天下萬物順性自爲自得，各稱其能外，亦可就性分上來說，郭象認爲順性而爲即是「無爲」，如「率性而動，故謂之無爲也」（注〈天道〉，頁466）；「性動者，遇物而當足則忘餘，斯德生也。」（注〈達生〉，頁638）；「以性自動，故稱爲耳；此乃眞爲，非有爲也。」（注〈庚桑楚〉，頁811）；「爲其所有爲，則眞爲也，爲其眞爲，則無爲矣，又何加焉！」（注〈天下〉，頁1065）。不分聖凡，只要能順任天然本性而行，不違逆、不扭曲，皆可「遇物而當足則忘餘」，此性動之舉雖「爲」卻是「眞爲」，故亦可稱之「無爲」。

〔註87〕 《莊子·大宗師》：「芒然彷徨乎塵垢之外，逍遙乎无爲之業」注，頁270。

〔註88〕 《莊子·在宥》：「故君子不得已而臨莅天下，莫若无爲。无爲也而後安其性命之情」注，頁369～370。

夫欲爲人之國者，不因眾之自爲而以己爲之者，此爲徒求三王主物之利而不見己爲之患也。然則三王之所以利，豈爲之哉？因天下之自爲而任耳。己與天下，相因而成者也。今以一己而專制天下，則天下塞矣，己豈通哉！故一身既不成，而萬方有餘喪矣。〔註89〕

中國古代自秦始皇起，至清末爲止，一直實施著專制主義的中央集權制度，將一國之至高權力與地位皆集於一人——皇帝，所以，皇權乃具有絕對的權威性，不受任何法律、制度約束，可以操縱任何一人之生、死、賞、罰。〔註90〕於是，在此君主專制之政體下，君主的一舉一動、所作所爲皆影響遠大，甚至關係著國家政體之興廢與盛衰，天下蒼生之安危與存亡。所以，郭象認爲一個能與民同其憂患的君主當法天道之潤物無私，不操縱、不把持、不私有，無掉役使黎民百姓之私欲心知，「因天下之自爲而任耳」，令黎民百姓自爲自用、自在自得。一旦，在上位者「不因眾之自爲而以己爲之」，有意以一己之私欲宰制天下、炫耀群生，則將滯陷於心知的執取，不能平等地看待萬事萬物，生命遂告僵化枯竭。如此一來，不僅保不住自己眞實本性，且天下亦爲之滯塞，嚴重破壞「己與天下，相因而成」之整體互補性與和諧性，導致「一身既不成，而萬方有餘喪矣」的結果。故又曰：

以己制物，則物失其眞。夫寄當於萬物，則無事而自成；以一身制天下，則功莫就而任不勝也。〔註91〕

夫物之形性何爲而失哉？皆由人君撓之以至斯患耳，故自責。〔註92〕

〔註89〕《莊子・在囿》：「而欲爲人之國者，此攬乎三王之利而不見其患者也。此以人之國僥倖也，幾何僥倖而不喪人之國乎」注，頁393～394。

〔註90〕西元前221年，秦王嬴政統一六國後，認爲自己功業甚爲偉大，「今名號不更，無以稱成功傳後世。」於是，要臣子們商議帝號。丞相王綰、御史大夫馮劫、廷尉李斯等人認爲：「古有天皇、有地皇、有泰皇。泰皇最貴。臣等昧死上尊號，王爲泰皇，命爲制，令爲詔，天子自稱曰朕。」嬴政聞後，有言：「去泰著皇，采上古帝位號，號曰皇帝。他如議。」（其詳請參見《史記・秦始皇本紀第六》），乃取「三皇」、「五帝」各一字，合爲「皇帝」，以作爲稱號，並建立一套相關制度。自此，中國皇帝制度正式形成，直至清末皇帝溥儀宣佈退位（1912年2月12日），共計2133年，中國歷朝歷代無不實施皇帝制度，雖多少有所修改、增補，但是，對於皇帝擁有一國至高之權力與地位則皆是如一。

〔註91〕《莊子・應帝王》：「是欺德也；其於治天下也，猶涉海鑿河而使蚉負山也」注，頁291～292。

〔註92〕《莊子・則陽》：「故一形有失其形者，退而自責」注，頁903。

國君不能有天下而無繫於懷，乃有意以一家之正標舉規範制度來引領、控制天下群生，而「上有所好，則下不能安其本分」，〔註93〕遂使天下萬民捨己從彼，矜尚於外，支離其天然真性，「物失其真」，困陷於無窮之奔馳追逐，而益生之情便油然生起，患難亦隨之到來。是以，國君之動靜舉止實關係甚大，他一己之私欲不但會令自我生命陷於破裂、妄誤之境，亦會率天下之人一同雕琢生命，使得原本具足自在之生命扭曲、僵化，落於倒懸之苦。於是，郭象認為國君對於天下萬物乖違其自然天真本性之事應責無旁貸，舉凡譎偽之生、賦斂之急、盜竊之起，皆起因於國君不能法天道無為之德，而有意以一己之知宰制天下，故「主日興偽，士民何以得其真乎！當責上也。」〔註94〕可見郭象對於人君之弊並非一無所視。

正由於郭象知道人君的一舉一動、所作所為乃影響著國家政體之興廢與天下蒼生之安危，也知道人君「動必乘人，一怒則伏尸流血，一喜則軒冕塞路」〔註95〕的禍害，所以，郭象注《莊子・應帝王》：「明王之治：功蓋天下而似不自己」時，有云：

> 天下若無明王，則莫能自得。今之自得，實明王之功也。然功在無
>
> 為而還任天下。天下皆得自任，故似非明王之功。〔註96〕

當一個人擁有的力量愈大時，相對地責任也愈重，郭象所說「天下若無明王，則莫能自得」即是點捻出這個觀念；一方面它指出君王勢力、權力之大，集一國之至高權力與地位於一身，足以操縱天下萬物、黎民百姓之生殺大權，另一方面也期待君王不僅只是擁有至高權力與地位，也能與民同其憂患，有天下而無繫於懷，法聖人之無為而還任天下之功化，成為一個內聖外王的聖人之君，否則，「一怒則伏尸流血，一喜則軒冕塞路」，天下蒼生皆極有可能因君王之壓制與役使而支離其性、莫能自得。因此，就更加凸顯無為而治的重要性。只有「無為而還任天下」才能「天下皆得自任」，不但君王可證成一己之生命，亦能安頓群體之生命，「使不失其所待，所待不失，則同於大通矣」，達到天下皆逍遙之整體和諧與完滿。

〔註93〕《莊子・則陽》：「今立人之所病，聚人之所爭，窮困人之身使无休時，欲无至此，得乎」注，頁903。

〔註94〕《莊子・則陽》：「日出多偽，士民安取不偽！夫力不足則偽，知不足則欺，財不足則盜。盜竊之行，於誰責而可乎」注，頁904。

〔註95〕《莊子・人間世》：「輕用其國」注，頁132。

〔註96〕郭象注〈應帝王〉，頁296。

　　不過，郭象「天下若無明王，則莫能自得」的論述，似乎也隱然與其適性逍遙之理論架構有著某種程度的矛盾，因為，郭象不斷地於《莊子注》中宣稱萬物只要去除生命的心知負累，即能回歸寧靜天然之本性，怡然自得。是以，如此說來，人們應具主觀能動性，可透過一己之生命實踐工夫復返於具足自在之本性，超越生命本身與外在現實環境的不同及限制，安然承擔性命之所有，達到逍遙境界。可是，「天下若無明王，則莫能自得」一語，似乎又將天下之人是否能自得全然繫於一人身上，而非可單靠個人修養工夫以成，無形中減弱了人們的主觀能動性。

　　郭象以「自然」言天道，且認為道不離物，在生化人與萬物時，便已內在於萬有之中，而成其「性」，故人性是源於自然無為之天道，為天道在人身上的內在化，自然真摯、無善無惡。換言之，人只要能保有其真誠純粹之本性，便能自然而然地順道而行，與天道相契合。但生命的外在誘惑著實繁多且不曾間斷，更不時地牽引、撞擊著原本寧靜自然之本性，當人一旦無法抵擋欲念的牽引與撞擊時，便會興起知識分別心，產生羨欲執著之情，貴此賤彼，迷失天然本性，而禍患遂生，生命的悲困亦隨之來到。所以，郭象宣稱人應透過「外權利」、「不自專」、「通彼我」、「與物同」……等生命實踐工夫來無去知識分別心的絆累，無去心知欲望的諸多紛擾，生時安生，死時安死，不刻意，不戀棧，順應自然，無所復為，復返天然寧靜之本性，重歸本身之自在具足。

　　然而，郭象雖主張人人皆可透過生命實踐的工夫回歸自在具足之本性，讓生命不黏牙嚼舌而爽朗自在，可是，並不就此宣稱自足於本性者即可為聖人，因為，郭象以為真正的聖人並非僅是發展自我、成就自我，或者頂多使得與自己志向相同者亦能順性自得，而是能使天下群物品品皆不失其所待而同於大通。凡人是以自足於天然本性為逍遙，聖人則不止於此，還更進一步地順萬物之性，遊變化之塗，玄同彼我而「靡所不樹」，使有待者不失其所待。故聖人並非是只求自身圓滿之自了漢，而是與百姓共處，澤及萬物，同時證成自我與安頓群體。據此，帝堯被郭象譽為「無對於天下」，能同物群，是迹冥圓融、遊外宏內之聖人；而許由則相對地顯得「與稷契為匹」、「守一家之偏尚」，為「俗中之一物」。成玄英以「圓照」言帝堯，以「偏溺」言許由，實能契合郭象認為聖人必須成己安眾之旨。

　　於是，郭象乃宣稱聖人須兼備內聖之德與外王之功，既可自足自得，又能入群應務而造化萬有，使群物順任本性之自然，達到「同於大通」的整體和諧境界。也正由於郭象認為內聖外王者方可為聖人，故言莊子為「知本」的「百家之冠」，不稱其為聖人。郭象注《莊子》一書，大發莊子之玄理玄智，振起玄風，不過，郭象並不認為莊子是聖人，於〈莊子序〉中言莊子雖能知玄冥之道，但不能和光同塵，不能與民同其憂患，缺乏以百姓之心為心的拯世潤物之實踐力，即便所言之理高明且切合玄妙道體之旨，卻仍顯得隔絕塵世，故乃以黃帝、堯、舜、禹、湯、武等人為例，闡釋聖人遊外宏內之道。並期許在上位者成為聖王，效法天道之自然無為以治天下，以沖虛靈妙之心玄覽萬物，觀照群生，讓開一步，令天下萬物各順其性，盡其所懷，寬宥自在，則天下之務便自然能得之以成、得之以治，達到天下皆逍遙之整體和諧與完滿。

　　不過，郭象「天下若無明王，則莫能自得」的論述，似乎也隱然與其適性逍遙之理論架構有著某種程度的矛盾，將天下之人是否能自得全然繫於一人身上，而非可單靠個人修養工夫以成，無形中減弱了人們的主觀能動性。

第五章　結　論

　　關於郭象思想的探討，歷來學界先進著墨頗多，能由不同面向一一切入、論述，研究成果實碩大輝煌，然則，對於天道與性命間相貫通的議題，多是約略論述，似未特見有意於此處用力者，於是，本論文乃有意於此問題上著眼，以「郭象天道性命思想」爲切入點來探究郭象思想，而此論點則包含著「天道思想」、「性命思想」、「天道與性命之間」的種種關係。

　　首先，就天道思想來說，歷來學者多認爲郭象自生論乃是將「無」視爲一頑空死體，是數學上的零、什麼都沒有，並進一步推論郭象否定無的形上作用以及萬物之上有一宗主。然則，郭象果眞將「無」視爲一無所有、空無內容之空無，是頑空之死體嗎？這個問題引起筆者的興趣，故乃就郭象對「無」的反思以及其思想核心著眼，進行析論，得出郭象仍是與道家血脈相連，具有道家玄智玄智的性格，以「自然」爲思想中心來建構其玄學系統，試圖無掉掛空的無，以作用的保存來落實「無」的生命實踐工夫與智慧，這是一種對「無」最純粹的肯定。於是，據此再深入探究郭象之自生，則可發現，郭象是在主體渾化境界上說萬物自生、破萬物自生以顯「無」之沖虛妙用，以「無」爲形上之萬物宗主。「道生」與「自生」並不衝突，二者是一體的兩面，說萬物自生並不代表就是否定形上之萬物宗主，而是以有顯無，是經由萬有之自生自化來彰顯無的形上智慧。是舉自生以證道生，本道生以盡自生，道生與自生之間呈雙迴向關係。

　　再者，就性命思想來說，多數的學者都認爲郭象側重於才性的討論，而筆者則以爲郭象雖重人之才性部分，但是，對於人人具有之超越善惡的自然眞性亦能正視之、論及之，因爲任何一個人性面向都是生命不可排拒、不可

忽視的部分，若僅僅單論人性共有之面向或分殊之面向，皆無法開展出人性之全幅內容，於是，郭象乃將這些面向全部納入其人性論系統來探究。至於現實外在環境或條件的限制，郭象則以「命」論之。

關於「曾史性長於仁」一段是否有否定人人皆具仁義而限制了德性實現的可能，或認為有所謂的桀、跖之性存在的問題，本論文乃先釐清《莊子注》中「仁義」之本意，得知郭象視「仁義」為人性，為人人皆具，出自天然本性，而此內在於人性之「仁義」非世俗道德判斷之仁義，是超越一般倫理價值的至仁、至義，一旦發於中而外顯，必定有「迹」，於是，郭象既言仁義為人性，又言仁義為人情。但由於稟賦之表達能力不同，故表達方式千差萬別、各有殊異，然而，長不為有餘，短不為不足，無須矯效羨欲、企慕外求。依此所論，再次檢視「曾史性長於仁」一段，便能發現曾、史之徒不僅是自貴己身而矜其能，更是炫耀群生，使得天下之人強學跂尚於外，捨己逐彼，失其本性，不能各正性命。一方面迷失自我，另一方面亦使天下迷失。而天下之亂莫大於令萬物違逆其自然天真之本性，故郭象言曾、史過錯甚大。再者，郭象並不認為有天生的惡人，桀、跖之所以作惡為厲，殘害天下，實非出自天性使然，反而是因為迷失本性，使得至仁、至義之本性不顯方才為惡。一旦回應內在於人性之至仁、至義的呼喚，則「迷者自思復，而厲者自思善」。這句中的「自」字透顯出一股根於人性之向善驅動力，強調人能迷途知返非外鑠之力所致，而是源自於人性的真誠朴素。

第三，就天道與性命相貫通的部分來說，本論文乃著重於郭象工夫論的探究，以及分辨凡人之逍遙與聖人之逍遙的同與異。認為郭象《莊子注》具工夫論之敘述，非僅為理智思辨之產物，或玩弄光景之辭，因為郭象是透過詭辭為用的方式來呈現其工夫修養之言論，經由「遣之又遣以至於無遣」的辯證方式消融心知之執著與異化，以顯生命精神層層轉進的體證工夫與翻越提昇，如「外權利」、「不自專」、「通彼我」、「與物同」……等層層轉進，將相對觀念中的偏執、矛盾一一解消，將人生命本身以及外在環境或條件的諸般限制一一泯化，無去心知欲望的諸多紛擾，重歸本身之自在具足，自得逍遙。

郭象雖主張人人皆可透過生命實踐的工夫回歸自在具足之本性，可是，並不就此宣稱自足於本性者即可為聖人，因為，郭象以為真正的聖人非僅是足於本性之自通，亦須使萬物不失其所待而同於大通。且期許在上位者成為聖王，以沖虛靈妙之心玄覽萬物，令天下萬物各順其性，達到天下皆逍遙之

整體和諧與完滿。不過，郭象「天下若無明王，則莫能自得」的論述，似乎也隱然與其適性逍遙之理論架構有著某種程度的矛盾，將天下之人是否能自得全然繫於一人身上，而非可單靠個人修養工夫以成，無形中減弱了人們的主觀能動性。

此外，在探討以上議題之際，筆者發現尚有幾個問題頗值得繼續加以深究：第一，是正始時期之何晏、王弼等人喜談「無」，何以至嵇康、阮籍時乃多談「自然」？這之間的轉折相當耐人尋思。第二，是關於魏晉之「性」論已有學者進行探討、整理，〔註1〕但是，對於「命」論的研究則仍缺乏較深入的論述，應有專文加以分析。第三，是郭象於《莊子注》中多言「理」，而關於「理」的研究已有一定成果，〔註2〕不過，郭象尚言「至理」，而「理」是否就全然等同於「至理」呢？「理」、「至理」與「道」或「性」之間的關係又是如何呢？此問題值得進一步探究。第四，本論文旨在探究郭象之天道性命觀，對於郭象的思想雖多所著墨，不過，卻鮮少將《莊子》原文與郭象《莊子注》作一番深入比較，所以，關於《莊子》與《莊子注》之間的比較分析尚有努力空間。第五，近來研究魏晉思想的學者，有人以「自然與名教」來解說魏晉的天人關係，稱之爲「天人新義」，〔註3〕但是，這樣的論點是否眞

〔註1〕 如錢國盈〈魏晉人性論研究〉，周大興〈王弼「性其情」的人性遠近論〉、王家泠〈從王弼「性其情」說到程頤「性其情」說〉，鍾芳姿《郭象的性論及人生、政治思想》……等等，皆是針對魏晉之「性」論而發。

〔註2〕 如錢穆在《莊老通辨・王弼郭象注易老莊用理字條錄》中，一方面細細摘錄、梳理出王弼、郭象運用「理」字的文句，一方面再加以申論，又如湯一介（《郭象與魏晉玄學（增訂本）》第十四章之〈理與自性〉）、莊耀郎《郭象玄學》第四章之〈理與自然〉）皆有所探究。

〔註3〕 湯用彤說：「王弼注《老子》據說分『道經』與『德經』，可以爲例。討論的問題也就是『天人之際』，……即是說人君爲『道』配『天』，臣下有『德』爲『人』，『道德』兩字在意義上等於天人，……君主與臣下的關係，如上所述，在理論上，即是『道』與『器』的對立，『天、人』『道、德』的不同，乃至『常道』『可道』『有名』『無名』的分別也可以這樣去解釋。概括地說，不就是『名教』與『自然』之辨的問題嗎？」（《魏晉玄學論稿・魏晉思想的發展》，頁130。）湯一介承襲父親的看法，更是直接言道：「魏晉玄學討論的中心課題是『自然』與『名教』的關係問題，而實際上也是天人關係問題。」（《中國傳統文化中的儒道釋》，頁2。）余敦康認爲：「玄學的創新不是這種古已有之的自然主義，而是自然與名教的內在的聯結，因此，『聖人以自然用』這個命題才是玄學的發明創造，體現了玄學家超越於前人的天人新義。」（《何晏王弼玄學新探》，頁362。）另外，劉學智也清楚地指出：「玄學家所說的『天』……其本質的含義則是『自然』即天道無爲的本性；其所說的『人』

能切合魏晉人物的想法？是否能涵蓋魏晉天人思想？是否就是對魏晉天人觀念最佳、最詳細的詮釋？此番問題應再細細推敲。第六，魏晉人士多為經典作注，其注疏有何方法、理論？又對同一部經典也有不同的詮釋，其差異何在？這些議題都頗值得深思，然則，筆者限於時間及篇幅的緣故，未予以詳細討論，乃有待日後研究與努力。

即『人道』，主要指社會的綱常名教，也包括人的名分、名節乃至道德理想、理想人格等。……玄學各派對此關係的理解雖不盡相同，但基本傾向則是在『自然』為本的基礎上致力於名教與自然的統一，這就是魏晉的天人新義，也是玄學的思想主題。」（〈魏晉玄學的「天人」新義與人生哲學〉，哲學與文化，1994 年 5 月，頁 439。）

參考書目

凡例說明：

1. 下列參考書目依類型分爲典籍類、近人專書、博碩士學位論文、期刊論文四類。

2. 參考書目之排列方式，乃依作者姓氏筆劃數由少至多排列（若姓氏筆劃相同者，則以姓名第二個字爲準，以此類推）；同一作者之數本著作，則依出版時間先後排列。

一、典籍類

〔4劃〕

1. 王叔岷：《郭象莊子注校記》，上海：上海商務書局，1950年。
2. 王叔岷：《莊子校詮》，台北：中央研究院歷史語言研究所，1994年4月。
3. 王淮：《老子探義》，台北：台灣商務書局，1998年6月。

〔6劃〕

1. 朱熹：《四書集註》，台北：學海出版社，1988年6月。

〔7劃〕

1. 阮元校定：《論語》，重刊宋本，台北：藝文印書館，1997年8月。
2. 阮元校定：《孟子》，重刊宋本，台北：藝文印書館，1997年8月。
3. 李昉：《太平御覽》，台北：國泰文化，1980年1月。
4. 李霖：《道德眞經取善集》，收錄在《續修四庫全書》，上海：上海古籍出版社，1995年。
5. 余嘉錫：《世說新語箋疏》，台北：華正書局，1993年10月。

〔10劃〕

1. 馬國翰:《玉函山房輯佚書》,重刊同治十年辛末濟南皇華館書局補刻,台北:文海出版社,1974年12月。

〔11劃〕

1. 郭慶藩:《莊子集釋》,台北:頂淵文化,2001年12月。

2. 陳伯君:《阮籍集校注》,北京:中華書局,1987年10月。

3. 陳鼓應:《老子今註今譯》,台北:台灣商務書局,1992年12月。

〔12劃〕

1. 傅暢:《晉諸公讚》,影印清道光中甘泉黃氏刊,台北:藝文印書館,1972年。

2. 黃登山:《老子釋義》,台北:學生書局,1987年12月。

〔13劃〕

1. 楊家駱主編:《新校本魏書》,台北:鼎文書局,1987年。

2. 楊家駱主編:《新校本晉書》,台北:鼎文書局,1987年。

〔15劃〕

1. 樓宇烈校釋:《老子周易王弼注校釋》,台北:華正書局,1981年9月。

〔16劃〕

1. 蕭統:《昭明文選》,影印胡刻宋本,台北:華正書局,1990年9月。

〔17劃〕

1. 戴明揚:《嵇康集校注》,台北:河洛圖書出版社,1978年5月。

〔21劃〕

1. 顧歡:《道德經注疏》,影印嘉業堂叢書本,收錄在《無求備齋老子集成》,台北:藝文印書館,1965年。

二、近人專書

〔4劃〕

1. 方立天:《中國古代哲學問題發展史(上冊)》,台北:洪葉文化,1995年4月。

2. 方立天:《中國古代哲學問題發展史(下冊)》,台北:洪葉文化,1995年4月。

3. 方東美:《生生之德》,台北:黎明文化,1989年4月。

4. 方穎嫻:《先秦道家與玄學佛學》,台北:學生書局,1986 年 11 月。

5. 王邦雄:《韓非子的哲學》,台北:東大圖書,1988 年 6 月。

6. 王邦雄:《儒道之間》,台北:漢光文化,1989 年 10 月。

7. 王邦雄:《中國哲學論集》,台北:學生書局,1990 年 2 月。

8. 王邦雄:《老子的哲學》,台北:東大圖書,1990 年 2 月。

9. 王叔岷先生八十壽慶論文集編輯委員會:《王叔岷先生八十壽慶論文集》,大安出版社,1993 年 6 月。

10. 王葆玹:《正始玄學》,山東:齊魯書社,1987 年 9 月。

11. 王葆玹:《玄學通論》,台北:五南圖書,1996 年 4 月。

12. 王曉毅:《王弼評傳》,南京:南京大學出版社,2002 年 5 月。

13. 孔繁:《魏晉玄談》,遼寧:遼寧教育出版社,1995 年 6 月。

〔5 劃〕

1. 台大哲學系主編:《中國人性論》,台北:東大圖書,1990 年 3 月。

〔6 劃〕

1. 牟宗三:《心體與性體(一)》,台北:正中書局,1973 年 10 月。

2. 牟宗三:《中國哲學的特質》,台北:學生書局,1984 年 4 月。

3. 牟宗三:《生命的學問》,台北:三民書局,1984 年 7 月。

4. 牟宗三:《中國哲學十九講》,台北:學生書局,1997 年 1 月。

5. 牟宗三:《才性與玄理》,台北:學生書局,1997 年 8 月。

6. 朱歧祥:《甲骨文研究——中國古文字與文化論稿》,台北:里仁書局,1998 年 8 月。

7. 弗洛依德著,楊庸一譯:《圖騰與禁忌》,志文出版社,1992 年 8 月。

8. 朱哲:《先秦道家哲學研究》,上海:上海人民出版社,2000 年 9 月。

9. 任繼愈主編:《中國哲學發展史(魏晉南北朝)》,北京:人民出版社,1998 年 5 月。

〔7 劃〕

1. 里仁書局主編:《含章光化:戴璉璋先生七秩哲誕論文集》,台北:里仁書局,2002 年 12 月。

2. 李杜:《中西哲學思想中的天道與上帝》,台北:聯經出版社,1987 年 2 月。

3. 祁志祥:《中國人學史》,上海:上海大學出版社,2002 年 3 月。

4. 李澤厚、劉紀綱:《中國美學史——魏晉南北朝編(上、下)》,安徽:安徽文藝出版社,1999 年 5 月。

5. 吳怡：《生命的轉化》，台北：東大圖書，1996年10月。

6. 何啓民：《竹林七賢研究》，台北：中國學術著作獎助委員會，1966年3月。

7. 何啓民：《魏晉思想與談風》，台北：學生書局，1990年6月。

8. 呂理政：《天、人、社會：試論中國傳統的宇宙認知模型》，台北：中央研究院民族學研究所，1990年3月。

9. 余敦康：《何晏王弼玄學新探》，山東：齊魯書社，1991年7月。

10. 辛冠潔主編：《中國古代著名哲學家評傳》續篇二，山東：齊魯書社，1984年6月。

11. 辛旗：《阮籍》，台北：東大圖書，1996年6月。

〔8劃〕

1. 宗白華：《美學散步》，上海：上海人民出版社，2002年4月。

2. 金白鉉：《莊子哲學中天人之際研究》，台北：文史哲出版社，1981年8月。

3. 周紹賢：《魏晉清談述論》，台北：台灣商務書局，1987年2月。

4. 周紹賢、劉貴傑：《魏晉哲學》，台北：五南圖書，1996年7月。

5. 林聰舜：《向郭莊學之研究》，台北：文史哲出版社，1981年12月。

6. 林麗眞：《王弼》，台北：東大圖書，1988年7月。

〔9劃〕

1. 侯外廬主編：《中國思想史通第三卷》，北京：人民出版社，1957年5月。

2. 韋政通：《孔子》，台北：東大圖書，1996年10月。

3. 南懷瑾：《論語別裁》，台北：老古文化，1992年12月。

〔10劃〕

1. 唐君毅：《中國文化之精神價值》，台北：正中書局，1989年1月。

2. 唐君毅：《中西哲學思想之比較論文集》，台北：學生書局，1991年9月。

3. 唐君毅：《中國哲學原論導論篇》，台北：學生書局，1991年9月。

4. 唐君毅：《中國哲學原論原性篇》，台北：學生書局，1991年9月。

5. 唐君毅：《中國哲學原論原道篇卷一》，台北：學生書局，1991年9月。

6. 唐君毅：《中國哲學原論原道篇卷二》，台北：學生書局，1991年9月。

7. 唐君毅：《中國哲學原論原道篇卷三》，台北：學生書局，1991年9月。

8. 唐長孺：《魏晉南北朝隋唐史三論》，武漢：武漢大學出版社，1993年3月。

9. 唐端正：《先秦諸子論叢（續編）》，台北：東大圖書，1983年4月。

10. 唐翼明:《魏晉清談》,台北:東大圖書,1992 年 10 月。

11. 孫叔平:《中國哲學史稿》,上海:上海人民出版社,2000 年 12 月。

12. 袁保新:《老子哲學之詮釋與重建》,台北:文津出版社,1997 年 12 月。

13. 高柏園:《莊子內七篇思想研究》,台北:文津出版社,1992 年 4 月。

14. 高晨陽:《阮籍評傳》,南京:南京大學出版社,1997 年 3 月。

15. 高晨陽:《儒道會通與正始玄學》,山東:齊魯書社,2000 年 1 月。

16. 高齡芬:《王弼老學之研究》,台北:文津出版社,1992 年 1 月。

17. 徐復觀:《中國藝術精神》,台北:學生書局,1998 年 5 月。

18. 徐復觀:《中國人性論史先秦篇》,台北:台灣商務書局,1994 年 4 月。

19. 容肇祖:《魏晉的自然主義》,台北:台灣商務書局,1980 年 6 月。

〔11 劃〕

 1. 崔大華:《莊學研究》,北京:人民出版社,1992 年 11 月。

 2. 張立文:《中國哲學範疇發展史（天道篇）》,台北:五南圖書,1996 年 7 月。

 3. 張立文:《中國哲學範疇發展史（人道篇）》,台北:五南圖書,1997 年 1 月。

 4. 張蓓蓓:《中古學術論略》,台北:大安出版社,1991 年 5 月。

 5. 許抗生等:《魏晉玄學史》,陝西:陝西師範大學出版社,1989 年 7 月。

 6. 許抗生:《魏晉思想史》,台北:桂冠圖書,1995 年 1 月。

 7. 陶建國:《兩漢魏晉之道家思想》,台北:文津出版社,1990 年 3 月。

 8. 郭梨華:《王弼之自然與名教》,台北:文津出版社,1995 年 12 月。

 9. 陳品卿:《莊學新探》,台北:文史哲出版社,1984 年 9 月。

10. 陳鼓應主編:《道家文化研究第十四輯》,北京:生活‧讀書‧新知三聯書局,1998 年 7 月。

11. 陳鼓應主編:《道家文化研究第十九輯》,北京:生活‧讀書‧新知三聯書局,2002 年 6 月。

12. 陳衛平、郁振華:《孔子與中國文化》,貴州:貴州人民出版社,2000 年 10 月。

13. 陳錫勇:《老子校正》,台北:里仁書局,2000 年 9 月。

14. 莊萬壽:《嵇康研究及年譜》,台北:學生書局,1990 年 10 月。

15. 莊耀郎:《郭象玄學》,台北:里仁書局,1998 年 3 月。

〔12 劃〕

 1. 湯一介:《中國傳統文化中的儒道釋》,北京:中國和平,1988 年 10 月。

2. 湯一介：《儒道釋與內在超越問題》，江西：江西人民出版社，1991 年 8 月。

3. 湯一介：《郭象與魏晉玄學（增訂本）》，北京：北京大學出版社，2000 年 7 月。

4. 湯用彤：《理學、佛學、玄學》，台北：淑馨出版社，1992 年 1 月。

5. 馮友蘭：《中國哲學史新編（中卷）》，北京：人民出版社，2001 年 3 月。

6. 賀昌群、劉大杰、袁行霈：《魏晉思想甲編三種》，台北：里仁書局，1995 年 8 月。

7. 勞思光：《新編中國哲學史（一）》，，台北：三民書局，1984 年 1 月。

8. 曾春海：《竹林玄學的典範——嵇康》，台北：萬卷樓圖書，2000 年 3 月。

9. 傅偉勳：《從創造的詮釋學到大乘佛學》，台北：東大圖書，1990 年 7 月。

〔13 劃〕

1. 楊伯峻：《論語譯注》，北京：中華書局，1982 年 9 月。

2. 葉海煙：《莊子的生命哲學》，台北：東大圖書，1990 年 4 月。

3. 楊慧傑：《天人關係論》，台北：水牛圖書，1989 年 6 月。

〔14 劃〕

1. 蒙培元：《中國心性論》，台北：學生書局，1996 年 3 月。

〔15 劃〕

1. 鄭力爲：《儒學方向與人的尊嚴》，台北：文津出版社，1987 年 8 月。

2. 蔡仁厚：《孔孟荀哲學》，台北：學生書局，1984 年 12 月。

3. 蔡忠道：《魏晉儒道互補之研究》，台北：文津出版社，2000 年 6 月。

4. 蔡振豐：《魏晉名士與玄學清談》，台北：黎明文化，1997 年 8 月。

5. 魯迅、容肇祖、湯用彤：《魏晉思想乙編三種》，台北：里仁書局，1995 年 8 月。

6. 劉汝霖：《漢晉學術編年》，上海：上海書店，1991 年 12 月。

7. 劉述先：《生命情調的抉擇》，台北：志文出版社，1978 年 9 月。

8. 劉瀚平：《儒家心性與天道》，台北：商鼎文化，1996 年 12 月。

9. 潘重規：《論語今注》，台北：里仁書局，2000 年 3 月。

〔16 劃〕

1. 盧雪崑：《儒家的心性學與道德形上學》，台北：文津出版社，1991 年 8 月。

2. 盧國龍：《郭象評傳——理性的薔薇》，廣西：廣西教育出版社，1997

年 8 月。

3. 錢穆：《莊老通辨》，台北：三民書局，1973 年 8 月。

4. 錢穆：《中國思想史》，台北：學生書局，1995 年 8 月。

〔17 劃〕

1. 謝大寧：《歷史的嵇康與玄學的嵇康——從玄學史看嵇康思想的兩個側面》，台北：文史哲出版社，1997 年 12 月。

2. 韓強：《王弼與中國文化》，貴州：貴州人民出版社，2001 年 10 月。

〔18 劃〕

1. 顏世安：《莊子評傳》，南京：南京大學出版社，1999 年 12 月。

〔19 劃〕

1. 羅宗強：《玄學與魏晉士人心態》，台北：文史哲出版社，1992 年 11 月。

〔20 劃〕

1. 蘇新鋈：《郭象莊學平議》，台北：學生書局，1980 年 10 月。

三、博、碩士學位論文

（一）博士論文

〔6 劃〕

1. 朴敬姬：《魏晉儒道之爭》，政治大學中國文學研究所，1988 年。

〔7 劃〕

1. 李宗定：《老子「道」的詮釋與反思——從韓非、王弼注老之溯源考察》，中正大學中國文學研究所，2001 年。

2. 李玲珠：《魏晉自然思潮研究》，高雄師範大學國文研究所，2000 年。

3. 吳冠宏：《魏晉玄論與士風新探——以「情」爲綜合及詮釋進路》，台灣大學中國文學研究所，1996 年。

4. 吳曉青：《魏晉有無之辨研究——從王弼到郭象》，政治大學中國文學研究所，1999 年。

〔8 劃〕

1. 周大興：《王弼玄學與魏晉名教觀念的演變》，文化大學哲學研究所，1995 年。

〔10 劃〕

1. 高齡芬：《王弼與郭象玄學方法之研究》，輔仁大學中國文學研究所，2002

年。

〔11 劃〕

　1. 莊耀郎：《王弼玄學》，臺灣師範大學國文研究所，1990 年。

〔17 劃〕

　1. 鍾竹連：《郭象思想研究》，高雄師範大學國文研究所，2000 年。

（二）碩士論文

〔8 劃〕

　1. 林宴寬：《阮籍自然與名教思想析論》，臺灣師範大學國文研究所，1997
　　年。

〔11 劃〕

　1. 陳黎君：《郭象哲學體系中「自然」概念的探義》，輔仁大學哲學研究所，
　　1996 年。

　2. 陳錦湧：《郭象玄冥哲學之研究》，臺灣師範大學國文研究所，1998 年。

〔13 劃〕

　1. 詹雅能：《裴頠崇有論研究》，台灣師範大學國文研究所，1988 年。

〔16 劃〕

　1. 盧桂珍：《王弼與郭象之聖人論》，台灣大學中國文學研究所，1986 年。

〔17 劃〕

　1. 鍾芳姿：《郭象的性論及人生、政治思想》，政治大學哲學研究所，1995
　　年。

〔18 劃〕

　1. 顏承繁：《人物志在人性學上之價值》，台灣師範大學國文研究所，1976
　　年。

〔19 劃〕

　1. 羅安琪：《魏晉「有、無」思想之研究》，台灣師範大學國文研究所，1995
　　年 6 月。

四、期刊論文

〔4 劃〕

　1. 王岫林：〈郭象適性安命論對東晉士人思想的影響〉，《雲漢學刊》，1998
　　年 5 月。

2. 王家泠：〈從王弼「性其情」說到程頤「性其情」說〉，《中國文學研究》，2001 年 6 月。

3. 王新春：〈郭象的「獨化論」——一個在玄學氛圍下被掏空了其真精神的儒學變種〉，《孔孟學報》，1995 年 9 月。

4. 王曉毅：〈何晏王弼生平著述考〉，《孔孟學報》，1995 年 9 月。

〔6 劃〕

1. 江建俊：〈郭象之形上思想〉，《中華文化復興月刊》，1985 年 11 月。

2. 江淑君：〈論王弼注老之思維方式〉，《鵝湖月刊》，1995 年 1 月。

〔7 劃〕

1. 吳玉如：〈郭象的命論〉，《中國學術年刊》，1994 年 3 月。

2. 吳明：〈王弼、向、郭之「自然道德論」〉，《新亞學報》，1997 年 7 月。

3. 吳冠宏：〈何晏「聖人無情說」試解——兼論關於王弼「聖人有情說」之爭議〉，《臺大中文學報》，1997 年 6 月。

4. 吳冠宏：〈莊子與郭象「無情說」之比較——以「莊子」「莊惠有情無情之辯」及其郭注為討論核心〉，《東華人文學報》，2000 年 7 月。

5. 吳智雄：〈論王弼「貴無」思想及其發展〉，《中山中文學刊》，1995 年 6 月。

6. 吳曉青：〈從空間性詞彙論郭象的生命哲學〉，《臺北科技大學學報》，1999 年 9 月。

7. 吳曉青：〈郭象「論語體略」中的政治思想〉，《暨大學報》，2001 年 10 月。

8. 李軍：〈嵇康的自然主義教育論及其反現實性〉，《中國文化月刊》，1994 年 12 月。

9. 李玲珠：〈魏晉「自生」概念研究〉，《國研所集刊第三十七號》，1993 年 6 月。

10. 李美燕：〈郭象注莊子逍遙遊的詭辭辯證〉，《屏東師院學報》，1995 年 6 月。

11. 余敦康：〈阮籍、嵇康玄學思想的演變〉，《文史哲》，1987 年 5 月。

12. 余敦康：〈從「莊子」到郭象「莊子注」〉，《哲學與文化》，1994 年 8 月。

13. 岑溢成：〈嵇康的思維方式與魏晉玄學〉，《鵝湖學誌》，1992 年 12 月。

14. 呂錫琛：〈郭象認為「名教」即「自然」嗎？〉，《哲學研究》，1999 年 7 月。

〔8 劃〕

1. 周大興：〈阮籍〈樂論〉的儒道性格評議〉，《中國文化月刊》，1993 年 3

月。

2. 周大興：〈王弼「性其情」的人性遠近論〉，《中國文哲研究集刊》，2000年3月。

3. 周杏芬：〈試探聖人「無情」與「有情」之義──以何晏、王弼之説爲例〉，《中國文化月刊》，1995年2月。

〔9劃〕

1. 封思毅：〈莊子郭象注纂要〉，《中國國學》，1994年10月。

2. 胡森永：〈郭象論自然與名教〉，《靜宜人文學報》，1995年6月。

〔10劃〕

1. 高瑋謙：〈莊子外雜篇之人性論〉，《鵝湖月刊》，1991年7月。

〔11劃〕

1. 陳文章：〈莊子寓言精神之工夫型態與境界型態（上）──兼比較憨山、郭象、宣穎、陳壽昌之注解〉，《鵝湖月刊》，1997年5月。

2. 陳文章：〈莊子寓言精神之工夫型態與境界型態──兼比較憨山、郭象、宣穎、陳壽昌之注解（下）〉，《鵝湖月刊》，1997年6月。

3. 湯一介：〈論郭象注《莊子》的方法〉，《中國文化研究》，1998年2月。

4. 湯用彤：〈嵇康、阮籍之學〉，《中國文化》，1990年6月。

5. 陳啓文：〈郭象「莊子注」之「自生」義試析〉，《哲學與文化》，2002年2月。

6. 陳榮灼：〈王弼與郭象玄學思想之異同〉，《東海學報》，1992年6月。

7. 章啓：〈論王弼對「老子」自然觀的超越〉，《哲學雜誌》，2000年1月。

8. 莊耀郎：〈王弼之聖人論〉，《中國學術年刊》，1992年4月。

9. 莊耀郎：〈王弼之有無義析論〉，《國文學報》，1992年6月。

10. 莊耀郎：〈王弼儒道會通理論的省察〉，《國文學報》，1994年6月。

11. 莊耀郎：〈郭象的名教觀〉，《中國學術年刊》，1998年3月。

12. 莊耀郎：〈郭象「莊子注」的方法論〉，《中國學術年刊》，1999年3月。

〔12劃〕

1. 曾守正：〈阮籍〈樂論〉的美學思想〉，《鵝湖月刊》，1992年11月。

2. 曾春海：〈對郭象人生論的考察〉，《哲學與文化》，1997年5月。

3. 張素卿：〈王弼：玄學的典範〉，《臺大中文學報》，1994年6月。

〔13劃〕

1. 楊明照：〈郭象莊子注是否竊自向秀檢討〉，《燕京學報》，1940年12月。

〔14 劃〕

1. 壽普暄：〈由經典釋文試探莊子古本〉，《燕京學報》，1940 年 12 月。

〔15 劃〕

1. 劉榮賢：〈「老子王弼注」中王弼與老子思想之分界〉，《靜宜人文學報》，1997 年 6 月。

2. 蔡僑宗：〈再探「小大之辯」——郭象注〈莊子・逍遙遊〉之檢討〉，《中正大學研究生集刊第二號・思想編》，2000 年 9 月。

3. 蔡璧名：〈感應與道德——從判比儒、道與《易傳》的成德工夫論「道德」開展的另一種模式〉，《國立編譯館館刊》，1997 年 12 月。

〔16 劃〕

1. 盧桂珍：〈郭象玄學中涵藏的論證模式——以「待而非待」、「爲而非爲」的分析爲主〉，《哲學與文化》，2002 年 6 月。

2. 錢國盈：〈魏晉人性論研究〉，《國研所集刊》第三十六號，1992 年 5 月。

〔17 劃〕

1. 謝如柏：〈郭象自生說探義〉，《中國文學研究》，2002 年 6 月。

2. 戴璉璋：〈王弼易學中的玄思〉，《中國文哲研究集刊》，1991 年 3 月。

3. 戴璉璋：〈阮籍的自然觀〉，《國文哲研究集刊》，1993 年 3 月。

4. 戴璉璋：〈郭象的自生說與玄冥論〉，《中國文哲研究集刊》，1995 年 9 月。